THE DESERT SPEAR

沙漠之矛

下册

【美】彼得·布雷特 PETER V. BRETT ◎著
程栎 邹蜜 ◎译

THE DESERT SPEAR by Peter V. Brett
copyright © 2010 by Peter V. Brett
This edition arranged with JABberwocky Literary Agency, Inc., through The Grayhawk Agency.
Simplified Chinese edition copyright © 2013 Chongqing Green Culture Co., Ltd.
All rights reserved.

图书在版编目(CIP)数据

魔印人.Ⅱ,沙漠之矛 / (美) 布雷特著；程栎译. —重庆：重庆出版社, 2014.2

书名原文: The desert spear

ISBN 978-7-229-07172-1

Ⅰ.①魔… Ⅱ.①布… ②程… Ⅲ.①长篇小说—美国—现代 Ⅳ.①I712.45

中国版本图书馆CIP数据核字(2013)第 274715 号
版贸核渝字(2013)第 195 号

魔印人Ⅱ:沙漠之矛
SHAMO ZHI MAO
【美】布雷特著 程 栎 邹 蜜译

出 版 人：罗小卫
责任编辑：张立武
责任校对：廖应碧
封面绘图：Larry Rostant
正文插画：东方朔
装帧设计：重庆出版集团艺术设计公司·卢晓鸣

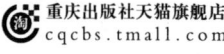出版

重庆出版集团
重庆出版社

重庆长江二路 205 号 邮政编码：400016   http://www.cqph.com

重庆出版集团艺术设计有限公司制版

自贡兴华印务有限公司印刷

重庆出版集团图书发行有限公司发行

E-MAIL:fxchu@cqph.com 邮购电话：023-68809452

重庆出版社天猫旗舰店
cqcbs.tmall.com

全国新华书店经销

开本：880mm×1230mm 1/32 印张：25.75 字数：593 千
2014 年 4 月第 1 版 2014 年 4 月第 1 次印刷
ISBN 978-7-229-07172-1
定价：65.80 元(上下册)

如有印装质量问题，请向本集团图书发行有限公司调换：023-68706683

版权所有 侵权必究

译者序

换个角度看世界

当美国新锐奇幻作家彼得·V.布雷特发表了《魔印人》的续作《沙漠之矛》时,距离《魔印人》出版只有一年半的时间,评论界对于《沙漠之矛》的前景有些担忧,毕竟对于很多一鸣惊人的新锐奇幻作家而言,第二本书其实是最难的一道坎。很多时候,作为一位新人作家,拥有一个好点子,一套好设定,写出一本被读者喜欢的处女作而一鸣惊人,这在奇幻文学兴盛的美国并非什么新鲜事。而在这个单行本奇幻越来越少,奇幻小说都在向系列化发展的时代,第二本书的难度无疑更具挑战性:一方面读者们都对于续作抱有很高的期望值,另一方面读者对于处女作中的点子或者设定已经没有新鲜感了。这些年,因为创意或者笔力不足,续作风评逐渐走低,继而像流星般划过的奇幻作家也不是一两位了。对于布雷特而言,他也并非专业作家。他的作品也是在手机上创作,继而被奇幻编辑发掘,加上两本作品之间如此短的出版间隔,业界对于他筹划中宏大的恶魔系列五部曲的质量表示担忧也不足为奇。

事实上《沙漠之矛》的出版,奠定了布雷特作为当代奇幻文坛几位领军者之一的地位。当然,也许从评论上和销量上来说,《沙漠之矛》相比《魔印人》是有些下降的,也有批评者说,同为第二卷的《沙漠之矛》,不如《智者之惧》出色。但是瑕不掩

瑜,《沙漠之矛》还是继承了《魔印人》严谨而明快的风格,成功地拓展了《魔印人》的世界设定,让"恶魔"逐步走上了正轨。

在《沙漠之矛》中,作者布雷特增加了几个新的POV人物视角,除了第一本中的三位主线人物亚伦、黎莎和罗杰之外,还增加了贾迪尔、阿邦以及瑞娜的视角,同时还有少数新登场的恶魔王子以及西莉雅(在瑞娜失神时)的视角。除了恶魔王子之外,其他几位都是已经在《魔印人》中登场过的人物。本书名为《沙漠之矛》,人物的核心自然是前著中描述过的克拉西亚领袖贾迪尔。在本书的前半部分,采用倒述和回忆的方式,描述了贾迪尔的成长经历,并且详细描绘了克拉西亚独特的风俗文化。曾经有看过英文版的朋友向我吐槽,第二卷有点无趣,看了三分之一了,都是贾迪尔的故事,各种设定看起来头晕,而《魔印人》中广受大家喜爱的主人公亚伦则迟迟没有登场。我想在这个部分,作者也作了痛苦的抉择,毕竟采用POV方式撰写奇幻小说,相比传统的第一人称或者第三人称的方式,其优点就在于能够用不同的视角来推动故事的发展,让整个故事更加有血有肉。而克拉西亚的故事,在恶魔系列的续集中,必将扮演重要的角色。因此,有必要集中对作者设定的克拉西亚文化加以详细且集中的描述。同时,对于贾迪尔的人物塑造也是很成功的。看过《魔印人》的人也许都感觉贾迪尔是个简单的坏人或者小人,但是看过《沙漠之矛》之后也会明白贾迪尔并不是这么单纯的"坏人"——每个人物在环境的影响下会作出各自的决定,这方面作者并没有作更多的善恶判定。

除了增加新的POV人物视角之外,《沙漠之矛》也在用稳健的幅度继续拓展了提沙世界,人类的内战,领主的政治斗争,"科学时代"的遗产,新的恶魔和地心魔域,这些剧情都在徐徐展开,并不断向作者预设的奇幻世界推进。作者布雷特在接受采访时说,自己并不是一个随性写作的作家,而是先有大

纲,继而逐渐展开并完善整篇小说,每个人物,每段情节,都做了认真的取舍。至少就我个人观点而言,在《沙漠之矛》中,作者的控制力还是非常优秀的,在展开很多设定的同时,继续保持了情节的紧张刺激,让人读起来不乏味;并没有陷入因剧情线索无限展开而导致的驾驭力不足的泥潭。这点相比于很多传统的史诗奇幻作品,已经是个很大的进步。

当然,不得不提的是,本书的前半部分还是有些难读,作为译者也感觉很难翻,毕竟克拉西亚文化中有很多独特的名词,译成中文也很拗口,读者可以参考下本书附录的克拉西亚词汇表,看熟了之后就感觉没有太大的障碍了。只要跨过了贾迪尔视角这部分,大家就会发现《沙漠之矛》的故事依然精彩;而贾迪尔部分对于后续精彩的故事发展也是十分必要的,大家会在"恶魔"系列的后续作品中品味出它的价值。《沙漠之矛》无疑是一部非常成功的续作,祝大家可以继续享受"魔印人"的世界。

最后,我要感谢在《魔印人》出版后给予很多支持和鼓励的读者,同时也要感谢很多对《魔印人》的翻译提出了宝贵意见的朋友,这些都是我继续精益求精,将"魔印人"系列继续下去的支持和动力。开卷有益,希望大家在《沙漠之矛》中同样有所享受,抑或有所收获。

程栋

2014年2月于北京

第十八章　乔尔斯公会长

333 AR　春

"你为什么同意去？"罗杰在詹森带领男人们回到等候厅，然后把他们留在那里等待黎莎和汪妲时低声说道。"林白克只是想要摆脱你，因为他怕自己的子民跑去追随你。"

"我和他一样不希望看到这种事。"魔印人说。"我不希望人们把我当成什么救世主。再说，我自己也有前往密尔恩的理由，而带着林白克的印信前往是个掩人耳目的大好机会。"

"你打算把你的战斗魔印送给他们。"罗杰说。

魔印人点头。"还有其他事。"

"好吧，"罗杰说，"我们什么时候启程？"

魔印人看着他。"不是'我们'，罗杰。我要独自前往密尔恩。我会连夜兼程赶我的路，而你会拖慢我的速度。再说，你还要回去训练学徒。"

"有什么好训练的？"罗杰问。"不管我对地心魔物做了什么，我都没办法教会其他人。"

"恶魔屎！"魔印人大声道。"你不能说这种丧气话。你才训练学徒几个月而已，我们要有小提琴巫师，罗杰，你得想办法训练他们。"他双手搭上罗杰的肩，直视他的双眼。罗杰在他眼中看见无尽的决心，以及他对罗杰的信心。"你办得到。"魔印人说，轻捏他的肩膀。他转身离开，但那目光依然留在罗

杰心里，他觉得魔印人将他的决心灌输到了自己身上。如果他没有办法训练学徒，他知道该去找谁。他只需要克服内心的恐惧，回去面对他们就行了。

加尔德来到魔印人面前，单膝跪地。"让我随你去，"他恳求，"我不怕连夜赶路，不会拖慢你。"

"起来。"魔印人大声说道，一脚踢中加尔德的膝盖。巨人立刻起身，但仍垂着目光。魔印人一手搭上他的肩。

"我知道你不会拖慢我，加尔德。"他说。"但你还是不能跟着，我要孤身前往密尔恩。"

"但你该有人保护。"加尔德说。"世界需要你。"

"世界比较需要像你这样的人。"魔印人对加尔德说。"而且我不需保镖。我另外还有任务要交给你。"

"一定办到。"加尔德承诺道。

"我不用保镖，但罗杰要。"魔印人说。罗杰立刻抬头看他，但魔印人不理会。"如果汪妲守护黎莎，我要你守护罗杰。他的小提琴魔法独一无二、无可取代，如果善加利用，说不定能力挽狂澜。"

加尔德深深鞠躬，步入自窗口洒下的阳光中。"我以太阳之名起誓。"他看向罗杰。"我不会让他离开我的视线范围。"

罗杰看着巨人，看着这个心思难以捉摸、不知恐慌为何物的伐木工，不知自己应该感到欣慰还是害怕。"至少让我自己在你的视线外上拉屎拉尿吧。"

加尔德哈哈大笑，轻轻拍罗杰背部，将他体内的空气全部挤了出来。罗杰被拍得差点摔倒。

"今晚北门关闭前我就要启程前往密尔恩堡。"魔印人在回

程的马车上对黎莎转述觐见公爵的结果,一切完全符合老公爵夫人所言。"事实上,我打算把行李搬上黎明舞者后立刻出发。"

黎莎交代汪妲在听见男人们证实阿瑞安的说法时要不动声色。女孩表现得不错。但黎莎自己得压抑一股可能使得嘴角上扬的笑意。"喔?"

"林白克要我代表他去觐见欧克公爵,要求对方协助我们将克拉西亚人赶出提沙领地。"魔印人说。

黎莎故作严肃地点了点头,对于老公爵夫人的权力深感敬畏。她愿意付出一切换取在男人毫无所觉的情况下将其操弄于股掌间的权力!

魔印人神情期待地看着她。"干吗?"

"不反对我去?"他似乎有点失望。"也不坚持要随我同去?"

黎莎轻哼一声。"我在洼地还有事要办。"她说,刻意回避他的目光。"而且你也明白表示想将战斗魔印散布到所有城市和村落,这样是最好的做法。"

魔印人点头。"我也这么想。"

他们一言不发地度过接下来的行程,回到诊所时学徒们正在外面收衣服。

"加尔德,请帮女孩们抬洗衣篮。"黎莎在空马车离开时说道。加尔德点头过去帮忙。

"汪妲,"黎莎说,"魔印人此行需要补给,请拿几袋魔印箭矢出来。"

"是,女士。"汪妲说着,鞠躬进屋。

"才进宫廷五分钟,所有人都开始向你鞠躬了。"罗杰喃喃说道。

"罗杰，可以请你去找吉赛尔女士，让女人们在他的鞍袋里装点食物吗？"

罗杰看着他们，皱起眉。"我最好留下来监督你们。"

黎莎的目光严峻得令他咋舌。他以一种讽刺性的夸张动作鞠躬，然后离开。黎莎和魔印人走向马厩，他拿起他的魔印马鞍以及战马的盔甲。

"你会小心，是吧？"黎莎问他。

"不小心的话，我也活不到今天。"他回答。

"有道理。"黎莎说。"但我并不单指地心魔物，欧克公爵……名声比林白克还糟。"

"你是说他不会让自己的顾问牵着鼻子走？"魔印人问。"我知道，我和欧克打过交道。"

黎莎摇头。"你到底有没有不曾去过的地方？"

魔印人耸肩。"东方山脉以东，西方森林以西，克拉西亚沙漠另一边的海岸。"他看着她。"但有机会的话，总有一天我会去那些地方见识见识。"

"我也想去见识，如果造物主允许的话。"黎莎说。

"现在没有东西可以阻止你或任何人前往任何地方了。"魔印人说着，扬起一只刺青手掌。

我是说随你一起去。她很想这样说，但没有说出口。他的话已经讲得十分明白，自己就是他的罗杰，继续假装不是这样已经没有任何意义。

魔印人伸出手。"你也要小心，黎莎。"

黎莎甩开他的手掌，上前拥抱他。"再见。"

一小时过后，他已策马离城，向北驰去。而尽管眼眶湿润，黎莎还是感觉像放下胸口一块大石。

黎莎恢复之前诊所的生活作息,在吉赛尔处理书信时为学徒上课并且巡视病房。她渴望上楼回房阅读背包里的魔印书籍,但她抗拒诱惑,不愿沉浸在亚伦的知识中,因为她很清楚自己一旦陷入就再也不会去管其他事。对黎莎而言,学习就像加尔德拿魔印斧砍杀地心魔物所带来的快感,是会上瘾的。至少暂时而言,她打算享受几小时研磨草药,以及治疗骨折或感冒之类轻微病症的时光。

最后一次巡房结束,所有学徒都上床睡觉后,黎莎煮了一壶茶,拿只茶杯来到吉赛尔的起居室。这个时间起居室应该空无一人,而且里面有个温暖的壁灯以及一张小书桌。黎莎还有书信待回复,她与公爵领地中不少草药师互通声息,其中还有许多人还不知道布鲁娜于去年逝世的消息。就和磨药一样,与老朋友保持联系也是另一件自从遇上罗杰和魔印人后就一直没空去做的事。

但走近起居室时,她听见里面传来玻璃破碎的声音。她走进起居室,看见罗杰坐在吉赛尔的书桌后面,面前摆了一瓶打开了的白酒,炉火猛烈,嗞嗞作响,壁炉前方的石板上洒有许多玻璃碎片。

"你打算烧掉整间诊所吗?"黎莎喝道,从围裙中抽出抹布,冲过去在酒精着火前将其擦干。

罗杰不去理她,拿起另一只酒杯倒酒。

"吉赛尔女士见你摔她的杯子可不会高兴的,罗杰。"黎莎说。

罗杰把手伸进随身携带的七彩袋中。袋子很旧,很肮脏,破破烂烂,但罗杰还是称它为"惊奇袋"。确实,他可以从里

面拿出令最多疑的观众啧啧称奇的东西。

他丢了一把魔印人的古老金币到桌子上，金币在桌边发出清脆悦耳的叮当声，其中有半数跌落到地板上。"这下她可以再买一百只酒杯了。"

"罗杰，你怎么了？"黎莎大声道。"如果这是和刚刚把你支开……"

罗杰满不在乎地挥动手掌，顺手喝了一口酒。黎莎看得出来他已经醉了。"我不在乎你和亚伦在马厩里如何道别。"

黎莎瞪他。"我没有和他做，如果你是在暗示这个。"

罗杰耸肩。"就算有，也是你们的事。"

"那到底是怎么回事？"黎莎轻声询问，来到他身边。

罗杰凝神片刻，接着再度把手伸到惊奇袋中，拿出一个长木盒，打开盒盖，露出一面沉重的金牌。

"詹森给我的。"罗杰说。"这是皇家英勇勋章。公爵颁发给艾利克，表扬他在河桥镇沦陷当晚英勇救我的事迹。我以前都不知道。"

"你想念他。"黎莎说。"这很自然，他救过你。"

"他才没有！"罗杰大叫，抓起链子，将金牌扔过客厅。金牌重重撞上墙壁，随即摔落在地。

黎莎双掌搭上罗杰的肩。但他噘起嘴。一时间，她以为他会动手打她。"罗杰，到底怎么了？"她柔声问道。

罗杰甩开她的手掌，偏过头去。本来她以为他打算保持沉默，但接着他开口了。

"我一直以为那只是一场噩梦。"他的语气紧张，好像随时都会断裂。"我母亲和我在跳舞，艾利克则在演奏小提琴。我父亲及信使杰若随着音乐鼓掌。当时是淡季，旅店里没有其他客人。"

他深吸一口气,大力吞噬口水。"突然一声巨响,有东西冲撞大门。我记得那天早上我父亲曾和镇上的魔印师皮特大师争吵,但他和杰若都说不必担心。"他阴沉地干笑几下,随即呜咽一声。"我想我们应该要担心,因为当我们转向声音来源时,一头石恶魔破门而入。"

"喔,罗杰!"黎莎说,捂住她的嘴。但罗杰没有转身。

"石恶魔身后跟着一群火恶魔,在它捶打门楣和门框的同时试图将双脚挤进屋内。我母亲将我抱起,所有人同时大叫,但我不记得大家在叫什么,除了……"他呜咽。黎莎必须强迫自己不要走近。

罗杰很快就恢复平静。"杰若把他的魔印盾牌丢给艾利克,叫他带我妈去安全的地方。杰若拿起长矛,我父亲自火炉中拿出一根拨火棒,两人一起冲上去阻挡恶魔。"

罗杰沉默了一段时间。再度开口时,语气平稳冰冷,不带任何情绪。"我母亲跑向他,但艾利克把她推开,抓起他的惊奇袋逃出房间。"

黎莎倒抽一口凉气,罗杰点头。"我说真的。艾利克救我只是因为我母亲在被恶魔杀死的前一刻把我塞到他藏身的地窖里。即使到了那个地步,他还打算丢下我不管。"

他把手伸到艾利克的惊奇袋上,以手触摸陈旧的绒布和龟裂的皮革补丁。"当时这个袋子没有绽线,也没有褪色。艾利克是公爵的手下,这个袋子又新又亮,正符合皇家传信使者的身份。"

"那就是艾利克事迹的真相。"他咬牙切齿地说道。"拯救这个装潢玩具的袋子!"他以完整的手掌抓起惊奇袋,紧握的力道大得指节泛白。"这个人随身携带的袋子,对我来说曾经意义重大!"他抓着袋子在黎莎面前摇晃,然后目光瞟向壁炉中的熊熊烈火,接着绕过桌子,朝壁炉走近。

"罗杰,不!"黎莎叫道,冲到他面前抓起袋子。罗杰使劲紧握,不让她抢走,但他也没有试图松手。他们四目相对,罗杰的眼睛瞪大,如同被逼入绝境的野兽。黎莎双手环抱他,他将脸埋在她胸口,哭泣了一段时间。

当罗杰终于不再战抖后,黎莎放手,但罗杰依然紧抱着她。他双眼紧闭,不过嘴唇却在接近她。她立刻推开罗杰,接着在他醉醺醺地倒地前将他扶起。

"对不起。"他说。

"没关系。"她说,扶他走回书桌的椅子旁。他重重坐倒,嘴唇紧闭,仿佛在吞回满肚子的呕吐物。他脸色苍白,冷汗直流。

"喝点我的茶。"黎莎说。她从他手中拿过惊奇袋。罗杰随即放手,不再抗拒。她将袋子放在阴暗的角落,远离火堆,然后从地板上捡起艾利克的金牌。

"他为什么把金牌留下?"罗杰问,看着金牌。"公爵赶我们出宫的时候,他把屋里所有能带走的东西通通带走。他可以变卖金牌,就像我们在穷困潦倒期间卖掉所有东西一样。它可以供我们吃住好几个月,黑夜呀,它可以付清艾利克在城里所有酒吧亏欠的酒账,那可不是一笔小数目。"

"或许他知道自己不配拥有这面金牌。"黎莎说。"或许他对自己的所作所为感到羞愧。"

罗杰点头。"我也是这样想。但基于某种理由,这样让我更难过。我十分恨他……"

"但他和你情同父子,不是吗?"黎莎帮他说完。她摇摇头。"我很熟悉这种感觉。"黎莎把金牌翻过来,在掌心中感受其光滑的背面。"罗杰,你父母叫什么名字?"

"卡莉和杰桑。"罗杰问。"怎么了?"

黎莎将金牌放在桌上，把手伸进围裙的一个口袋里，取出一块放置魔印工具的皮革。"如果这面金牌是为了表扬你在河桥镇大屠杀中获救的事迹，那它就应该表扬所有人。"

她以流畅的字迹在柔软的金属表面上刻下卡莉、杰桑，以及杰若的名字。刻好后，这些名字在火光中闪闪发光。罗杰瞪大双眼，看着黎莎拿起珠链子，将金牌套上他的颈子。"当你看着它时，不要去想艾利克的过错，去想那些为了你牺牲性命却没有受到表扬的人们。"

罗杰触摸金牌，泪水悄然滴落。"我永远不会摘下它了。"

黎莎伸手搭在他的肩上。"我想你会的，如果必须在守护金牌或是解救他人之间做选择的情况。你不是艾利克，罗杰，你比他坚强多了。"

罗杰点头。"该是证明这点的时候了。"他当即起身，但脚步不稳，得扶着桌面才不至于摔倒。

"明天开始吧。"他更正道。

"保持警觉，让我发言。"罗杰在进入吟游诗人公会时对加尔德道。"不要被灿烂的笑容和眼花缭乱的色彩迷惑，这里的人有一半以上都可以在你毫不察觉的情况下扒光你口袋里的钱。"

加尔德反射性地伸手拍向自己的口袋。

"也不要一直抓着。"罗杰补充。"那等于告诉大家你把钱放在哪里。"

"那我该怎么办？"加尔德问。

"把手放在身体两侧，不要让任何人撞上你。"罗杰说。加尔德点头，紧紧跟在罗杰身后穿越走廊。这个背后插着两把魔

印斧的伐木巨人,在公会会馆吸引了一些目光。吟游诗人公会本身就是个充满惊奇的地方,那些看他的人很可能只是好奇这个壮汉是在哪出戏里扮演哪个角色。

最后,他们来到公会长办公室外。"罗杰·半掌来拜见乔尔斯公会长。"罗杰对接待书记说道。

男人突然抬头。那是乔尔斯的书记官大卫,罗杰曾经见过一次。

"你疯了吗,在过了这么久后突然跑来?"大卫悄声问道,瞄向走廊另一边,确定是否有人在看,"公会长会没收你的钱财!"

"如果他想保住自己的钱财,他就不会这么做。"加尔德低声吼道。大卫转向他,结果只看见两条结实的胳臂,必须抬起脑袋才能看到加尔德的双眼。

"你说了算,先生。"书记说,大力吞咽口水。他从小小的走廊办公桌后起身。"我去通知公会会长你找他。"他走到公会会长办公室的橡木大门前敲门,然后在沉闷声中消失于门后。

"这里?!现在?!"里面传来男人的吼叫声。片刻过后,大门敞开,乔尔斯公会长站在门后。与吟游诗人大多穿的七彩服不同,公会长身穿上好的亚麻上衣及羊毛背心,胡子修剪得很整齐,抹了油的头发往后梳着。他看起来不像吟游诗人,反而更像个贵族。想到这里,罗杰突然发现自己从来没看过公会长表演。他怀疑乔尔斯到底是不是吟游诗人。

公会长神情震怒,令罗杰当场回过神来。"你有种,竟然还敢回来,半掌!我们帮你办了一场天杀的葬礼,而你还欠我……"他看向大卫。

"五千卡拉。"大卫说。"出入只有几十卡拉。"

"我们可以先理清这笔欠账。"罗杰说,从口袋中取出一袋

魔印人的古老金币，抛向公会长。这些金币比他所欠的款项多出两倍有余。

乔尔斯打开钱袋，随手取出一枚金币，咬了一咬，看到牙齿在金属柔软的表面上留下的痕迹，立刻眉开眼笑。他转向罗杰。"我想我可以安排出一点时间听你解释。"他说，退向一旁，让罗杰和加尔德进入办公室。"大卫，帮我们的客人端杯茶来。"

大卫端茶进来，罗杰赏给他一枚金币，比他一年所得还多。"麻烦你帮我处理死而复生的相关文件。"

大卫点头，满脸堆笑。"保证在日落前你就能从火葬堆中爬回人间。"他离开办公室，关上大门。

"好了，罗杰。"乔尔斯说。"去年究竟发生什么事，你这一年又跑到哪里去了？前一天你还和杰卡伯在赚钱还债，隔天我就接到某个书记传信过来，叫我去殓房支付杰卡伯大师丧葬的费用，而你却不见踪影！"

"杰卡伯大师和我遭人袭击，"罗杰说，"在诊所里疗伤好几个月，痊愈后，我认为我最好出城避避风头。"他微笑。"但在那之后，我就一直在见证有史以来最伟大的潭普草神话，而且最棒的部分在于，一切都是真的！"

"光这样不够，半掌。"乔尔斯说。"谁袭击你？"

罗杰心照不宣地看着公会长。"你以为呢？"

乔尔斯两眼大张，接着咳嗽一声，试图掩饰。"啊……好吧，你没事就好。"

"有人把你打进诊所？"加尔德问，握紧拳头。"告诉我上哪去找他们，我一定会——"

"我们不是为那个而来。"罗杰说，伸手压下加尔德的手臂，不过这么做的同时目光保持在乔尔斯脸上。公会长呼出一

口长气,气势锐减。

"还喝什么茶,"乔尔斯喃喃,"我得来点真正的饮料。"他双手微微战抖,伸到书桌中,取出一只釉面陶瓶以及三只杯子。他在每只杯子里倒了不少酒,然后分给他们。

"敬明智地挑选战场。"公会长说,扬起酒杯,在喝酒的同时与罗杰交换一个眼神。

加尔德怀疑地打量着他们。罗杰认为这个莽汉或许不像其他人想的那般愚蠢。但片刻过后,加尔德耸一耸肩,端起酒杯一饮而尽。

他的眼珠立刻凸起,脸颊涨红。他弯下腰去,咳嗽一声。

"造物主呀,孩子,这玩意儿不能大口豪饮!"乔尔斯斥道。"这是安吉尔斯白兰地,年份八成比你还老,这是用来小口浅尝的。"

"抱歉,先生。"加尔德喘息道,他的声音变得嘶哑。

"洼地里习惯在麦酒里掺水。"罗杰说。"大大的酒杯冒满酒泡,加尔德这种巨汉一喝就是十几杯;酒杯里微量的酒精直接来自发酵桶里。"

"不懂得欣赏好东西。"乔尔斯点头说道。"你呢,半掌?"

罗杰微笑。"我是艾利克的学徒,不是吗?"他喝了一小口酒,让液体在嘴中来回流动,一边将烈酒的灼烧感呼出,一边享受醇厚的酒香。"我在成年之前就已在喝白酒了。"

乔尔斯大笑,把手伸向书桌,取出一袋烟草。"洼地人总抽烟吧,嗯?"他问还在咳嗽的加尔德,后者点头。

公会长灵光一现,突然转身面对罗杰。"你说洼地?"

"是。"罗杰说,自乔尔斯的烟袋里取出一点干草,塞入突然出现在他残缺手掌中的干烟管。"我是这么说的。"

乔尔斯倒抽一口凉气。"你就是魔印人的小提琴巫师?"

罗杰点头，用公会长桌上的油灯点燃一张纸张，然后将烟管中的烟管吸得发光。

乔尔斯靠在椅背上，打量着罗杰。片刻后，他点点头。"我想这也没有什么值得惊讶的，我一直认为你的音乐中蕴含着某种魔法。"

罗杰将细蜡烛递给他，乔尔斯吸燃他自己的烟管，又把蜡烛交给加尔德。

他们在沉默中抽了一会儿烟草，最后乔尔斯坐直身子，弹掉烟管中的烟渣，将烟管靠在桌上的小木架上，"好吧，罗杰，你可以坐在这神吹一整天，但我还有个公会要忙。你是要告诉我你是跑去洼地等待魔印人出现的吗？"

"我不是去洼地等待魔印人出现。"罗杰说："他是与我和黎莎·佩伯一起抵达洼地的。"

"人称魔印女巫的女人？"乔尔斯问。

罗杰点头。

乔尔斯眉头一紧。"如果你是在向我兜售麦酒故事，罗杰，我对太阳起誓我会……"

"这绝不是麦酒故事，"罗杰说。"每个字都是真的。"

"你我都很清楚这是世上所有吟游诗人梦寐以求的故事，"乔尔斯说，"所以我们就先跳到结尾吧，你开价多少？"

"钱我已经不看在眼里了，公会长。"罗杰说。

"别对我说你受到某种宗教感召，"乔尔斯说，"那样艾利克会死不瞑目。魔印人或许能让吟游诗人演出场场爆满，但你不会以为他真是解放者，是吧？"

只听见喀啦一声，两人同时转头，加尔德的巨手已经将椅子的一边扶手捏断。"他是解放者。"加尔德吼道。"我会杀掉任何胆敢说他不是的人。"

"你不能这么做!"罗杰大声道。"他自己都说他不是了,除非你想要我告诉他让你表现得有多浑蛋,不然你就给我闭嘴。"

加尔德瞪他片刻。罗杰觉得全身血液都要凝结了,不过还是毫不退缩地面对他的目光。过了一会儿,加尔德冷静下来,迫切地转向公会长。

"不好意思弄坏你的椅子。"他说,笨手笨脚地想把椅子臂装回去。

"啊……不要放在心上。"乔尔斯说。罗杰心知这张椅子的价值高于任何吟游诗人一场演出的收入。

"我没有资格评断他是不是解放者,"罗杰说,"去年以前,我都还认定魔印人只是麦酒故事杜撰出来的人物。我自己也编造了几段他的事迹,在说故事时信口胡扯。"他凑到公会长面前。"但这是真的。他能徒手杀死恶魔,并且拥有难以解释的力量。"

"吟游诗人的把戏。"乔尔斯怀疑地道。

罗杰摇头。"我的把戏可以把人唬得一愣一愣的,公会长,所以我不是会被灵活的身手和闪亮粉末骗住的土包子。我不会说他是造物主派来的使者。但他拥有真正的魔法,这点就和太阳会发光一样毋庸置疑。"

乔尔斯靠回椅背,十指交叠。"姑且当你是说真的。如果你不打算出售故事,这依然不能解释你此行的目的。"

"喔,我会出售。"罗杰说。"我编了一首歌,'伐木洼地之役',城内所有酒馆和广场都会有人点唱,而且我还有许多让你的吟游诗人连清空收钱帽的时间都没有的精彩故事。"

"如果你不要钱,那你想要什么?"乔尔斯问。

"我要训练其他人施展小提琴魔法,"罗杰说,"但我不擅长教学。我已经开班授课数个月了,他们演奏的音乐足以让人

们翩翩起舞,但没有人能让地心魔物的心情从'嗜血'变为'凶残'。"

"音乐有两层面,罗杰。"乔尔斯说。"技巧与天赋。其中一种可以透过学习获得,另一种不行。我活了这么久,从来不曾见人像你一样天赋异禀,你天生拥有某种没有小提琴老师教得会的才能。"

"所以你不打算帮忙?"罗杰问。

"我没那么说,"乔尔斯说,"我只是想先提醒你。尽管如此,我们还是可以想出办法。艾利克有教过你音乐手势吗?"

罗杰好奇地看着公会长,随即摇了摇头。

"利用手势指挥一群演奏者。"乔尔斯说。

"就像乐队指挥。"罗杰说。

乔尔斯摇头。"乐队指挥的演奏者都已知道演奏的曲目。音乐手势师能够临场编曲,只要他的乐手了解那些手势,他们立刻就能跟上。"

罗杰坐直身子。"有这种事?"

乔尔斯微笑。"没错。我们有不少大师可以教导这种技巧,我会派一些人前往洼地,并且要求他们听从你的指示。"

罗杰眨眼,表示认同。

"我并非没有私心。"乔尔斯说。"不管你卖给我们多少故事都只能红一阵子,但不管那家伙是不是解放者,这都是代表我们这个年代的轰动事件,而故事可还没演完呢。洼地显然处于关键地位,我想派吟游诗人过去已经很久了,只是因为流感和难民的事,一直没人有胆子过去。只要你能确保安全和住所,我就会……说服他们。"

"我可以保证。"罗杰说着面露微笑。

SECTION III 第三部分
审判 *Judgments*

第十九章 猎刀

333 AR　夏

被关进茅房后的几个星期，农场里来了位客人。瑞娜一看到旅人的身影立刻心头狂跳，但来人并非科比·费雪，而是他的父亲加瑞克。

加瑞克·费雪身材高大魁梧，父子俩长得很像，尽管年过五十，但浓密的黑色卷发和胡须中夹杂着些许白丝。他停下马车，朝瑞娜轻轻点头。

"你爸在家吗，女孩？"他问。

瑞娜点头。

加瑞克坐在马车旁边。"那就去叫他出来吧。"

瑞娜再度点头，跑进田里，一路上心脏狂跳不止。他想干什么？他是为了科比的婚事而来的吗？他还是在想着我吗？她心不在焉，一不小心竟撞上了扛着一捆玉米的父亲。

"黑夜呀，女儿！你这下子又是发什么疯？"豪尔问，抓着她的肩膀使劲摇晃。

"加瑞克·费雪驾车来了。"瑞娜说。"他在院子里等你。"

豪尔皱眉。"他在等我，是吗？"他拿抹布擦手，摸摸猎刀的骨柄，像要确定有带在身上，然后走出田地。

"谭纳！"加瑞克叫道，当瑞娜和她父亲回到院子里时他依然坐在马车上。他跳下马车，伸出手。"很高兴看到你气色这

么好。"

豪尔点头,和他握了握手。"你也是,费雪。你这么大老远来这里有什么事?"

"我给你带了点鱼来。"加瑞克说,指向马车上的几个木桶。"上好的鳟鱼和鲶鱼,还是活蹦乱跳的。丢点面包进去,它们还可以活一阵子,我想你应该好一阵子没有吃到鲜鱼了。"

"你真是太客气了。"豪尔说着,一边帮助加瑞克卸货。

"聊表心意。"加瑞克说。货卸完后,他挥手擦拭头上的汗水。"今天太阳很大,旅程遥远,我现在实在很渴。我可以先在你家休息一下再走吗?"

豪尔点头,两个男人走过去坐在前廊的旧摇椅上。瑞娜去拿凉水瓶子,另外还带了两只杯子出来。

加瑞克把手伸进口袋中,取出一根陶烟管。"介意我抽烟吗?"

豪尔摇头。"女儿,去拿我的烟管和烟袋。"他说,接着与加瑞克分享烟草。瑞娜自炉中抽出一根火红的木条,帮他们点烟草。

"嗯,"加瑞克说,十分享受地缓缓吐出一大口烟,"真是好烟草。"

"我自己种的。"豪尔说。"霍格的烟草大多都是向南哨买的;而南哨的人总是把最好的留着,把快烂掉的次品卖给他。"他转向瑞娜。"女儿,把烟袋装满,让费雪先生带回去。"

瑞娜点头进屋,但她躲在门边偷听。客套话结束后很快就会进入正题,她可不想错过只字片语。

"抱歉我过了这么久才来。"加瑞克开口。"没有不敬的意思。"

"不必介意。"豪尔边抽边说。

"全镇的人都在谈论我们儿女间的事。"加瑞克说。"我是从霍格的女儿还是谁那里听来的，那些好太太们除了说长道短没有事情好做。"

豪尔吐口水。

"我也想为我儿子的行为道歉。"加瑞克说。"科比总是告诉我说他已经长大成人，可以处理自己的事，但长大了也要看处世方式，他觉得事情不对就是不对。"

"真是很恰当的说法。"豪尔嘟哝一声啐道。

"好了，你都已经让他夹着尾巴逃回去了，自然清楚这件事，而我既然听说了，当然要管。我向你保证，绝对不会再发生这种事了。"

"很高兴听到你这么说。"豪尔说。"如果我是你，一定会把那个小鬼痛扁一顿。"

加瑞克皱眉。"如果我是你，就会叫女儿把裙摆维持在脚踝边，不要让每个路过的男人心生邪念。"

"喔，我已经和她谈过了。"豪尔保证道。"她不会再犯了。我让她见识过造物主的恐怖手段，我是说真格的。"

"最好不是说说而已，如果是我女儿，"加瑞克说，"我会把她打得体无完肤。"

"你有你的教法，费雪。"豪尔说。"我有我的。"

加瑞克点头。"也对。"他抽一口烟。"如果他们在你发现前赶到博金丘，那个心软的牧师就会帮他们证婚。"他警告道。

瑞娜倒抽一口凉气，心脏突然停了一下。她在惊恐中捂住嘴，屏息良久，直到肯定他们没有听见。

"哈洛总是那么心软。"豪尔说。"牧师应该惩罚罪人，而不是纵容他们。"

加瑞克咕哝一声表示赞同。"女孩没有不舒服吧？"他尽量

装作随口询问的语气。但瑞娜听得出来他很重视这个问题。

豪尔摇头。"每个月都还会流血。"

加瑞克叹了口气,显然是放下了心中的一块大石。瑞娜这才明白他为什么过这么久才来。她的手移到肚子上,希望能够感受到子宫的胎动,但她只和科比做过一次,而豪尔总是小心翼翼地不在她的体内播种。

"没有不敬的意思,"加瑞克说,"但我那个好吃懒做的儿子这辈子第一次开始奋发向上,诺咪和我打算帮他找个好妻子,而不是这种新闻。"

"要是你儿子再来碰我女儿,他就没有机会奋发向上了。"豪尔说。

加瑞克皱眉,但点头。"我也是这样想,只是我家女人不这么想。"他弹弹烟管。"我想我们取得共识了。"

"我想是的。"豪尔说。"女儿!烟草在哪?"

瑞娜吓得跳起身来,完全忘记烟袋的事。她冲向烟草桶,把一个羊皮袋装得满满的。"来了!"

豪尔神色不善地看着她回来,打了她屁股一下以示惩戒。他将皮袋交给加瑞克,然后两人看着加瑞克爬上马车,驾车离去。

"你觉得是真的吗,爪爪太太?"当晚瑞娜照顾小猫时对母猫问道。小猫全挤成一堆,在畜棚藏身角落里争先恐后地抢夺躺在旧手推车后爪爪太太的乳头。现在瑞娜称它为爪爪太太,好像它是个寻常的母亲,尽管把它肚子搞大的那只斑猫在小猫出生后就消失了。

"你认为如果我们去找牧师,他真的能帮我们证婚吗?"她

问。"科比这么说,加瑞克也这么说。喔,你能想象吗?"瑞娜抓起一只小猫,在它的喵喵声中亲吻它的头。

"瑞娜,信使。"她说,听着这个名字,脸上露出微笑。听起来不错,很适合自己。

"我可以跑到镇中广场。"她说。"路途遥远,但我可以在四小时内跑到。如果我晚一点被发现,爸就没有办法在天黑前追上,在他关节疼痛的情况下绝对不可能。"她说着看向马车。

"特别是当他无法骑马的时候。"她狡猾地补充道。

"但万一我去的时候科比不在呢?"她问。"万一他不想要我了怎么办?"正当她思考这个可怕的念头时,不负责任的斑猫回来了,嘴里还叼着一只大老鼠。把老鼠放在瓜瓜太太身边,瑞娜认为这是造物主赐给她的预兆。

她等候数日,以防父亲怀疑自己听见加瑞克的话。她在脑海中一再演练这个计划,心知这是最后一次逃脱的机会。如果他抓到她,把她丢回茅房,她很怀疑自己能不能活下来,更别说要鼓起勇气再度逃跑。

她父亲每天会在中午过后回家,花不少时间享受午餐,然后再回田野工作。如果她在这个时候逃跑,就能在天黑前两小时左右抵达镇中广场。豪尔发现她不见时肯定已来不及在地心魔物现身前赶到镇中广场,要等到天亮才能出发。或至少停在半途找人借宿。

如果科比人在镇中广场,他们就有时间当天前往博金丘去找牧师。如果不在,她就继续前往杰夫的农场。她从来没有去过那里,但路席克曾说杰夫农场位于镇中北两小时的路程。她应该有足够的时间跑过去。如果豪尔前来找寻,伊莲就会帮她

躲藏，瑞娜知道她会的。

逃跑的日子终于到了，她小心翼翼，不做任何不寻常的事。她就像过去一星期每一天那样处理日常家务，努力维持正常作息。

豪尔离开田里正常吃饭时，她已经把菜煮好了。"多待了一会儿？"她对父亲说道，试图表现出不慌不忙的模样。"把菜吃光，好清洗盘子，晚餐煮新鲜的。"

"我绝对不会拒绝你煮的菜，瑞娜。"豪尔笑着说道。"这些年都应该让你掌厨，而不是班妮。"他趁她弯腰盛菜时捏了她一把。瑞娜很想把一碗汤倒到他腿上，但她压抑住这种冲动。强迫自己咯咯娇笑，把菜碗交给他。

"看到你笑真好，女儿。"豪尔说。"自从你姐姐和小孩们离开后，你的脸就一直很难看。"

"我想我习惯了。"瑞娜强迫自己说道，走回座位吃了点菜，尽管此刻吃饭并非她最想做的事。

豪尔离开后，她在椅子上从一数到一百，然后迅速起身，走到砧板旁。砧板上堆满她不打算炖的蔬菜。她拿起刀，前往畜棚。

他们家唯一能拉马车的动物就是两头骡子。瑞娜悲伤地看着它们，自从豪尔从马克·佩斯特尔家购买它们后就一直由她照顾。

我真的能够这么做吗？父亲的农场就是我唯一的世界。我去过镇中广场和博金丘几次，但那里的人潮令自己感到窒息。他们会接纳我吗？我在人们眼中真的是个妓女吗？男人会试图强暴自己，认定我愚蠢到乐意这么做吗？

她的心脏跳得震耳欲聋，但她深深吸了口气，平复自己的心情，直到手中的菜刀不再抖动，接着她坚决地举起菜刀。她

砍断所有鞍带,以及连接马车的马具,还有马勒和缰绳,她捶下一个马车车轮的木钉,踢下车轮,然后拿把石斧将其劈碎。她抛下石斧,把手伸进围裙口袋中,拿出科比给她的溪石项链。她没有笨到在可能被父亲发现时戴它,但她私底下十分珍惜它。此刻她戴起项链,觉得很适合自己,是个很恰当的订婚礼物。

接着她拿起自己藏好的水袋,溜出畜棚大门,撩起裙摆,以最快的速度沿路奔跑。

这段路比瑞娜想象中难走,而且好像更长。她身体很结实,但不习惯长跑。没过多久她的肺部就好像在烧,大腿也酸痛不已。她在别无选择的情况下停步,拿出水袋喝水,大口喘息,但她每次都休息不到一分钟就再度开跑。

抵达跨溪小桥时,她已经视线模糊,如同喝了博金麦酒一样脚步凌乱。她跪倒在溪岸上,将脸浸入冰冷的溪水中,大口喝水。

大约过了一小时,她的神志开始恢复清醒,她抬头看天。太阳已开始偏西,不过时间还够,只要她继续前进。她起身时,脚掌、小腿,以及胸口都疼痛得难以忍受,但瑞娜不顾痛楚,继续奔跑。

穿越镇中广场时,她遇上了几个人,大多是在夜晚来临前检视魔印的镇民。他们好奇地看她,其中有一个人出声叫她,但她不理他们;朝所有提贝溪镇民都知道的地方前进——霍格的杂货铺。

"店已经打烊了。"史坦·泰勒在瑞娜跳上杂货铺前廊台阶时从上方走下来说道。他跌了一跤。瑞娜只好停步扶他。

"什么意思,店打烊了?"她问,试图掩饰语气中的绝望。

"霍格应该要开到黄昏才对。"

如果科比不在店里,她就不知道该上哪去找他,只能去向伊莲求助。

"意思就是店打烊了!"史坦大叫,用力点头,"好吧,我不过就是多喝一些麦酒,还吐了点出来。好像就为了可惜那点酒就把可怜的史坦踢出来,然后提前关门一样?"

瑞娜闻到他的酒味,随即后退。他衣服上的呕吐物还是湿的。看起来有些谣言是真的,比如,史坦是个酒鬼之类。

她扶史坦靠着栏杆,跑上台阶用力敲门。"洛斯克先生!"她叫道。"我是瑞娜·谭纳!我要见科比·费雪!"她不断捶门,直到手掌疼痛,一直没有回应。

"他早就走了。"史坦说。死命地紧握栏杆不放。他脸色发白,不断冒汗。"我刚刚一直坐在前廊上,并想办法……站起来回家。"

瑞娜惊恐地看着他。史坦误会她的表情。"喔,你不必为老史坦·泰勒担心,女孩。"他说着挥向她面前的空气。"我有好几次喝得比现在还醉,我会没事……会没事的!"

瑞娜点头,等他跌跌撞撞地离开后,绕过屋侧来到新货铺后方。她认为霍格不会让任何人在他不在时待在店里,就算科比也一样。如果科比住在后面,这里肯定另有入口。

她想的没错,她在马厩旁边找到一个小房间,原来或许是为了储藏马具之用,但空间足以放下一个箱子外加一张床。她深吸一口气,敲了敲门。片刻过后,科比打开房门。她随即发出愉快的笑声。

"瑞娜,你跑到这里来干什么?!"科比的眼珠差点蹦出自己脑袋。他伸出头来,东张西望,然后抓起她的手臂,将她拉入屋内。她摸上前去想要抱他,但他没有任何动作,并且不让

她靠近自己。

"有人看到你来吗？"他问。

"只在前面遇上史坦·泰勒。"瑞娜微笑着说道。"但他醉得已经不省人事了。"她再度扑向他，但他还是和她保持距离。

"你不该来的，瑞娜。"科比说。

那感觉像是他拿锤子锤打她的胸口。

"什么？"她问。

"你赶紧在被发现前离开这里。"科比说。"就算你爸没有把我杀了，我爸也会动手。"

"你已经三十岁了，而且壮得像匹马！"瑞娜叫道。"你难道比我还要怕我们的父亲？"

"你爸不会杀你，瑞娜。"科比说。"但他会杀了我。"

"不，他只会让我生不如死！"瑞娜说。

"那你就更有理由在被他发现前离开。"科比说。"就算牧师为我们证婚，他们还是不会罢休。你不知道，我爸让我娶艾伯·马许的女儿，就算把干草叉架在我的背后也非娶不可。他已经付给艾伯一大堆鱼才订下了这门婚事。"

"那我们私奔。"瑞娜说，紧紧抓着他的手臂。"我们前往阳光牧地，甚至是自由城邦，你可以加入真正的信使公会。"

"然后在野外露宿？"科比惊恐地问道。"你疯了吗？"

"但你说你爱我，"瑞娜说，紧握溪石项链，"你说没有任何事能把我们分开。"

"那是在你爸差点割下我的命根子、我爸差点做出更可怕的事情以前。"科比说，迫切地四下打量。"我今晚也不该待在这里，"他喃喃地说道，"以免豪尔在天黑前找上门来。你去博金丘找你姐姐。我去找我爸，让他知道我什么都没做。走吧。"他伸手抵住瑞娜的背，将她朝房门推去。她任由他摆布，心下

感觉无比的震惊与困惑。

科比打开房门，结果发现豪尔站在门口，手持骨柄猎刀。他身后有一只骡子瘫在地上不断喘气。他直接骑骡背赶来的。

"抓到你了！"豪尔吼道，一拳击中科比的脸。他的拳头紧紧握住猎刀的沉重的骨柄，打得科比的脑袋转向一旁，摔倒在地。他伸出另一手抓起瑞娜，瘦骨嶙峋的指头掐入她的手臂。

"去找你的姐姐收留你。"他说，脸上表情怒不可抑。"我很快就会赶去收拾你。"他把她推向房门，目光转向科比。

"事情不是你想的那样！"科比叫道，一脚挣扎跪起，伸手挡在豪尔面前。"不是我叫她来的！"

"不是你才怪！"豪尔轻哼，举起猎刀。"我向你保证过，小鬼，我不打算违背自己的承诺。"

他回头看向瑞娜，只见她吓得呆在原地。"给我跑啊！"他吼道。"你将要被关在茅房里一星期，不要逼我考虑两星期！"

瑞娜惊慌地退缩。豪尔没再理她。茅房当晚的景象再度回到她脑海，短短几秒内她又一次感受到了仿佛永无止境的折磨。她想起离开茅房的情况，想起父亲卧床的气味，皱巴巴的皮肤压在自己身上呻吟插入的模样。

她想到回去农场的景象，情绪突然崩溃。

"不！"她大叫，看向她的父亲，指甲如同利爪般插入他的脸颊。他震惊后退，脑袋撞在地板上，她试图自他手中夺下猎刀，但豪尔比她强壮，死都不肯放手。

这时科比已经起身，但没有走近他们。"科比！"她哀求。"帮我！"

豪尔捶中瑞娜的脸，将她击倒，然后跳上去压住她，但她咬中他的手臂，他痛得大叫。他再度挥拳击中她的脸，然后又捶了她的肚子三下，直到她松手。

"小婊子！"他叫，看着手臂上冒出的鲜血。他怒吼一声，抛下猎刀，双手掐住她的喉咙。

瑞娜竭力挣扎，但豪尔紧紧掐着，说什么也不肯放手。鲜血沿着他的手臂流下，在她无法呼吸的情况下滴落在她脸上。她看见父亲的眼中狂态暴露，心知他打算置她于死地。

她的目光再度飘向科比，但他依然站在一旁，不为所动。她努力吸引他的目光，默默哀求。

科比突然一惊，仿佛回过神来地冲向他们。"够了！"他叫。"你会掐死她的！"

"你才够了，小鬼。"豪尔说着，一手放开瑞娜的喉咙，在科比接近的同时抓起猎刀。就在科比要出手抓他时，豪尔转过身去，一刀插入他的双腿之间。

科比满脸涨红，惊恐地低下头去，只见汩汩鲜红的热血沿着猎刀流下。他深吸一口气，打算大叫。但豪尔没有给他机会，他拾起猎刀，插入对方心脏。

科比抓住胸口的刀身，无声地抗议着，摔倒在地，就此死去。

豪尔放开瑞娜，任由她在地上虚弱喘息，走到科比身前，拔出他的猎刀。"我不只警告你一次了，小鬼。"他说，在科比的衣服上的擦拭刀身。"你应该听话的。"

他将猎刀插回刀鞘，不过猎刀只在鞘中停留片刻，随即被瑞娜拔出，插入他的背心。她一刀又一刀，在鲜血溅满自己脸颊和连衣裙时尖叫，哭泣。

第二十章　洛达克·劳利

333 AR　夏

　　杰夫·贝尔斯十分准时地检查完前廊的魔印。他的家人都已经进屋了，小孩们洗手准备吃饭，伊莲和诺莉安在屋里。他看着最后一丝阳光消失在地平面下，热气正缓缓散出地面，为恶魔提供一条从地心魔域爬入人间的道路。

　　恶臭的灰色雾气开始凝聚时，他开始朝屋内移动，尽管地心魔物还要一段时间才会现形。杰夫在事情与恶魔有关时绝不肯冒任何风险。

　　但当他伸手关门时，他听见一阵叫声，于是抬起头来。有人正从道路的另一头朝农场死命跑来，沿途不断尖叫。

　　杰夫拿起总是摆在门旁的斧头，尽量走到前廊魔印的边缘，目光紧张地看向正在院子里凝聚形体的恶魔身上。他想到自己的长子，心知他会毫不迟疑地冲去帮助那个陌生人，但亚伦已经去世十四年了，而杰夫从来不会像他那么勇敢。

　　"坚强一点，继续奔跑！"他朝那人喊道。"安全的地方近在眼前！"此刻的地心魔物比较像烟雾而非血肉之躯，因他的叫声抬起头来。杰夫当即紧握斧头。他不肯离开安全的魔印力场，但他可以攻击过于接近的恶魔，帮来人清出一条通道。

　　"怎么回事？"伊莲在屋里叫道。

　　"通通留在屋里。"杰夫大声回应。"不管听见什么，留在

屋里!"

他推上房门,回头去看。尖叫的陌生人已经很接近了。对方是个女人,衣衫上染满鲜血,拼命奔跑,这倒十分符合目前处境。她手中握有某样东西,但杰夫看不出来那是什么。

地心魔物在她通过时挥出利爪,但由于还未凝聚完毕,所以只在她身上留下一点刮痕。女人似乎没有注意到——不过她本来就已经在尖叫了。

"继续跑!"杰夫再度叫道,希望借此激励对方。

"瑞娜……"他深吸口气说道。但当他再度望去时,眼前已经不是瑞娜·谭纳,而是十四年前在同一处惨遭火恶魔毒手的妻子希尔维。

他体内突然升起一股勇气,令他不自觉地跳出前廊,挤出全身力量挥出钢斧。火恶魔能够抵挡任何人类拿得起来的武器,但它的体形过小,被这一斧砍倒在地。

其他地心魔物纷纷大喊,朝他们扑来。但杰夫的举动已帮瑞娜清出一条通道。杰夫抓起瑞娜的手臂,拉着她冲往安全处。他在前廊台阶上绊了一跤,两人一同摔倒,一头木恶魔立即扑上来,却撞上了外围的魔印网,在一阵如同蛛网般的银光中反弹而出。

杰夫将瑞娜抱在怀里,呼唤她的名字;但她却不住尖叫,没发现自己已脱离险境。她浑身是血,连衣裙湿透了,手臂和脸颊一片血红,但他看不出哪里受伤。紧扭在她右手中的是把骨柄猎刀。这把刀一样染满鲜血。

"瑞娜,你没事吧?"他问。"这是谁的血?"

房门打开,伊莲走了出来,看到妹妹的状况立刻倒抽一口凉气。

"那是爸的猎刀。"伊莲说,指向她紧握的满是血迹的猎刀。"我到哪都认得出来,他向来刀不离身。"

"造物主呀。"杰夫说,脸色苍白。

"瑞娜,出了什么事?"伊莲问,凑上前去搭住妹妹的肩。"你受伤了吗?爸在哪?他没事吗?"

但伊莲和杰夫一样得不到瑞娜的回应,于是她不再询问,只是静静倾听瑞娜的哭声及魔印圈外恶魔的叫声。

"先带她进屋。"杰夫说,"叫小孩回房,我带她去我们房间。"伊莲点头,随即进屋,杰夫则将瑞娜战抖的身躯抱在自己强壮的手臂中。

他将瑞娜放在自己的麦秆床垫上,然后在伊莲带着一碗温水和干净的布进来时转过身去。这时瑞娜已经不再尖叫,但依然没有反应,任由伊莲掰开她的手掌取下猎刀放在床头柜上,然后脱下她的衣服,拿布用力擦拭她身上的血迹。

"你觉得发生什么事了?"杰夫在伊莲为瑞娜盖上床单时问道。

伊莲摇头。"不知道。这里距离爸的农场很远,就算不走大道,抄近路跑也要跑很久。她肯定已经跑了好几个小时。"

"但看起来她是从镇上来的。"杰夫说。

伊莲耸肩。

"不管怎么回事,事情都与地心魔物无关。"杰夫说,"白天是不可能。"

"杰夫,"伊莲说。"我要你明天去农场一趟。或许他们遭到夜狼或强盗袭击,在你回来前我会藏好瑞娜。"

"强盗和夜狼,在提贝溪镇?"杰夫语气中充满怀疑。

"去看看就是了。"伊莲说。

"万一我看到豪尔被猎刀砍死了呢?"杰夫问,知道两人心中都有这个想法。

伊莲深深地叹息。"那你就擦干血迹，搭建火葬堆，有人问起，就说他滑下干草梯，摔断了脖子。"

"我们不能就这样说谎，"杰夫说，"如果她杀了人……"

伊莲怒气冲冲地转身面对他。"你以为这些年来我跟着你都他妈的在干吗？"她大声反问道。杰夫伸手安抚她，但她继续说下去。

"我有当个尽职的妻子吗？"伊莲问道。"有没有打理你家？帮你生儿子？你爱我吗？"

"我当然爱。"杰夫说。

"那你就为我办这件事，杰夫·贝尔斯。"她说。"为我们三姊妹办这件事，为班妮和她的孩子办这件事。那座农场里曾发生的事不能传入镇民耳中，他们编造的故事就够糟糕了，也够烦人了。"

杰夫沉默了一段时间，两人双目对视，交换内心的想法。最后，他一脸坚定地点了点头。"好吧。我吃完早餐就走。"

天一亮杰夫就起床，尽管全身疲惫依然匆忙做完早活。他们一整晚上都在想办法与瑞娜沟通，但她只是凝望天花板，不吃不睡。吃完早餐后，他将马鞍绑上他们最好的母马。

"我想该避开大路。"他对伊莲说。"抄捷径穿过东南方的田野。"伊莲点头，伸出双手紧紧拥抱他。他也抱紧她，心中十分担心自己可能发现的情况；最后他放手。"最好早去早回。"

他骑上马背，耳中已经听见远方传来匆忙杂乱的马蹄声。他抬起头来，看见一辆马车直奔过来，上面坐着草药师可琳·特利格，她满脸忧虑地紧握双手，以及镇长"不孕"西莉雅，她的表情十分严肃。西莉雅已年近七十岁了，身材依然消瘦，但依然像硬牛皮一样顽固，如同伐木工的斧头一样锋利。

骑在马车一边的是洛斯克·霍格，另一边是加瑞克·费雪，和他的曾叔父兼鱼洞发言人洛达克·劳利。跟在他们后面步行的是哈洛牧师和鱼洞半数男丁，所有人全都手持渔叉。

农场映入眼帘时，加瑞克立刻策马上前，冲向伊莲，快得马匹必须立起身来才能止步。

"她在哪里？"加瑞克大声质问。

"谁在哪里？"伊莲问，直视他激动的目光。

"不要耍我，女人！"加瑞克吼道。"我是来找你那个淫荡恶毒的杀人犯妹妹，你心里很清楚！"他跳下马背，大步上前，边走边挥动拳头。

"你给我站住，加瑞克·费雪。"诺莉安·卡特说道，手持杰夫的斧头走出屋来。她打从杰夫丧妻后就一直住在这里，与他们如同一家人。"这里不是你家。你给我站在原地，把话说清楚，不然就准备面对地心魔物。"

"我是为了瑞娜·谭纳杀害她亲生父亲及我儿子的事而来，我一定要她抵命！"加瑞克叫道。"窝藏她是没有用的！"

哈洛牧师连忙上前，站在加瑞克和女人之间。他年轻力壮，足以与年纪比较大但身材同等魁梧的加瑞克抗衡。"现在没有任何证据，加瑞克！我们得问她几个问题，就这样。"他对伊莲说。"还有你，如果杰夫离开之后她有开口说话。"

"我们不能只是问她问题，牧师。"洛达克说着，跳下马背。他本名洛达克·费雪，但提贝溪镇的人全都叫他洛达克·劳利，因为他在镇议会中代表鱼洞发言，同时也是该辖区内的冲突仲裁者。他的耳朵到下颌间长满花白胡须，头顶秃得像个鸡蛋。他比西莉雅还要年长，不过脾气更加暴躁，好

打抱不平，爱管闲事。"那个女孩得为她所有的罪付出代价。"

接着下马的是霍格。他和往常一样盛气凌人，是个拥有半座提贝溪镇而其他半数镇民都欠他钱的男人。"加瑞克说你父亲和科比·费雪死了都是真的。"霍格对伊莲说。"昨天晚上我女儿和我在店里听见叫声，于是出门察看，结果发现他们躺在我租给科比的屋子里。他们不只是被刀刺死，还被……肢解，两人都一样。史坦·泰勒在事发前见过你的妹妹。"

伊莲倒抽一口凉气，伸手捂住嘴。

"太可怕了。"哈洛同意道。"所以我们最好立刻找到瑞娜。"

"所以给我让开！"洛达克吼道。

"我才是提贝溪镇的镇长，洛达克·劳利，不是你！"西莉雅叫道，众人当场闭嘴。杰夫伸手扶她下车。双脚着地后，她立刻拉起裙摆大步走上前来。尽管其他比较年轻的男人比她壮硕许多，但他们还是在她面前让道两旁。

在提贝溪镇想要活到西莉雅这个年纪并不容易。提贝溪镇的日子很苦，只有最警觉、最机智、最有能力的镇民才有可能活到满头灰发的年纪，而其他镇民会给予他们应有的敬意。年轻时，西莉雅就很强势，现在她已变成一种权势的象征了。

只有洛达克不为所动。多年以来他曾数次击败西莉雅成为镇长，而如果在提贝溪镇年龄就代表权力，他也比西莉雅也更有优势，尽管差别不太大。

"可琳、哈洛、洛斯克、洛达克和我要进屋见她。"西莉雅对杰夫说道。这并非请求——他们五人代表历届镇议会。除了让他们进去外，杰夫别无选择。

"我也要进去！"加瑞克吼道。鱼洞的居民大多是他的亲友，情绪激动地围在他身边跟着起哄。

"不，你不行。"西莉雅说，严峻地瞪着他们。"你们先不要激动过头，我们是来调查事情真相，不能在不经过调查审判就钉死那个女孩。"

洛达克伸手搭上加瑞克肩膀，说道。"如果是她，她就逃不了的，加尔，我向你保证。"加瑞克咬牙切齿，但不得不让步，在他们进屋时让出道来。

瑞娜依然躺在昨晚他们安置她的床上，凝视着天花板。她偶尔会眨一下眼。可琳直接走到她身边。

"喔，造物主。"西莉雅说，看向床头柜旁的染血猎刀。杰夫暗自诅咒，干吗把刀留在那里？昨晚就该把刀扔到井里。

"造物主呀。"哈洛喘息道，比画着魔印。

"还有这里。"洛达克嘟哝一声，踢了门旁的脸盆一脚。瑞娜的连衣裙泡在里面，清水也被染成了粉红色。"你还认为我们只是来问几个问题的吗，牧师？"

可琳担忧地伸出稳健的手掌检视瑞娜脸上的伤痕，接着转向其他人，干咳了一声，示意男人们回避。但男人们呆呆地看着她，接着在可琳拉开被单时大吃一惊，匆忙转过身去。

✦

"没有骨折，"可琳检查完毕后向西莉雅汇报，"但她被打得很惨，喉咙上还有深深的掐痕。"

西莉雅走过去坐在瑞娜身边。她温柔地伸出手掌，在瑞娜汗湿的脸颊上拂开发丝。"瑞娜，亲爱的，你总得见我吧？女孩，听得见我说话吗？"

女孩一点反应也没有。

"一整晚都这样？"西莉雅皱眉问道。

"是的。"杰夫说。

西莉雅叹了一口气，双手放上膝盖，撑起身子。她拿起猎刀，转身把所有人赶出房外，然后关上房门。

"我见过这种情况，大多是在被恶魔攻击后。"她说。

可琳点头表示同意。"幸存者惊吓过度，无法面对，只能双眼无神地干瞪着。"

"她会好起来吗？"伊莲问。

"有时候过几天就会恢复，"西莉雅说，"有时候……"她耸肩。"我不打算骗你，伊莲·贝尔斯。就我记忆所及，这是提贝溪镇所发生过最严重的事件。我任镇长加起来已超过三十年了，见过很多惨剧，但从来没有人承受得住如此残酷的刺激。那种事情或许应该发生在自由城邦，但不是在这里。"

"瑞娜不可能……！"伊莲呜咽道。

西莉雅把手搭在她的肩上，安抚她。

"所以我才希望能够先和她谈判，听听她的说法。"她看向洛达克。"渔夫们是为了讨还血债而来，没有见血或得到合理的解释之前恐怕不会离开。"

"我们不是无理取闹。"洛达克低吼。"我们的亲人死了。"

"或许你没注意到，我的亲人也死了。"伊莲瞪着他说道。

"那就更有理由说个公道。"洛达克说。

西莉雅怒吼一声，所有人当即闭嘴；她将染血猎刀交给哈洛牧师。

"牧师，请你将它包起来，藏在袍中，直到我们回到镇上再说，谢谢。"哈洛点头，伸手接过刀。

"你他妈的以为自己在做什么？"洛达克大叫，抢在牧师之前夺下猎刀。"全镇的人都有权看看这把刀！"他说着四下挥刀。

西莉雅抓住他的手腕，体重比她重两倍有余的洛达克哈哈大笑，直到她的脚跟踏上他脚背。他痛得大叫，放开猎刀，去揉自己的脚背。西莉雅在猎刀落地前伸手抓住。

"用用脑袋，劳利！"她叫道。"那把猎刀是证物，所有人都要看，不过不是在屋外站了二十几个手持渔叉的渔民，屋内还有个毫无抵抗能力且动弹不得的女孩时拿出来看，牧师不是要偷走或者销毁证物。"

伊莲取来一块布，西莉雅包起猎刀递给牧师，后者小心将刀插在长袍里。她拉起裙摆，走出屋外，尽管驼背，仍然抬头挺胸，面对聚集在院子里摩拳擦掌、愤怒的群众。

"她此刻还不能说话。"西莉雅说。

"我们不想听她说话！"加瑞克叫道。渔夫们全部点头表示同意。

"我不在乎你们想干什么。"西莉雅说。"在镇议会开会讨论此事前，所有人不得胡来。"

"议会？"加瑞克问。"这又不是恶魔攻击事件！她杀了我儿子！"

"你没有证据，加瑞克。"哈洛。"有可能是他和豪尔互杀致死。"

"就算刀不是她拿的，但她不能脱掉干系。"加瑞克说。"引诱我的儿子犯罪，让她爸爸颜面无光！"

"法律就是法律，加瑞克。"西莉雅说。"议会将开会讨论，到时候你可以出面指控，她可以辩护，然后我们才能评断她有没有犯罪。死了两个人已经够糟了，我不会让你的暴民再杀一个。只因为你们不能等待公平审判。"

加瑞克寻求洛达克的支持，但鱼洞发言人不吱声，朝哈洛移动。他突然将牧师推到墙上，将手伸进他的长袍里搜索。

"她们隐瞒了真相！"洛达克叫道。"那个女孩有件血衣！"

他高举豪尔的猎刀。"还有一把血刀!"

渔夫抓起渔叉,愤怒吼叫,准备闯进屋里。"去你的法律,"加瑞克对西莉雅说,"如果法律不让我帮儿子报仇。"

"除非杀了我,不然休想碰那个可怜的女孩。"西莉雅说,她走到门口,与其他议会成员及杰夫的家人站在一起。"这是你们想要的吗?"她叫道。"背负谋杀犯的罪名?所有姓费雪的人?"

"呸,你不可能把我们通通吊死。"洛达克嘲笑道。"我们要带走女孩,没得商量。退开,不然我们就动手了。"

霍格高举双手,退向一旁。西莉雅瞪着他。"叛徒!"

但霍格只是微笑。"我不是叛徒,女士,只是路过的生意人,我没资格在这种事上表态,就该靠边站。"

"你和其他人一样都是这个镇的镇民!"西莉雅叫道。"你已经在镇中广场居住二十年了,几乎每年都会参加议会!如果有别的地方比这更像你家,或许该是你回家的时候了!"

霍格再度微笑。"很抱歉,女士,但我对所有人都必须公道,与一整区的居民对立,我还怎么做生意。"

"一年起码有一次,半数镇民会来找我,打算以诈欺的罪名把你赶出镇外,就像是密尔恩、安吉尔斯,以及造物主知道的其他地方一样。"西莉雅说。"而每年我都劝他们不要那么做。提醒他们你的杂货铺为大家带来的方便,以及你来之前镇上的状况。但如果你现在撂挑子,我保证今后不会再有顾客踏入你的店里。"

"你不能那样做!"霍格叫道。

"喔,是的,我可以,洛斯克·霍格。"西莉雅说。"不信的话就试试看。"洛达克皱起眉,并在霍格走回门口和西莉雅站在一起时越皱越深。

霍格面对他的目光。"我什么都不想听,洛达克。我们可以等上一两天。如果有人在镇议会召开前碰瑞娜·谭纳，就永远别想进我的店铺。"

西莉雅转向洛达克，眼中充满怒火。"多久，劳利？鱼洞少了贝尔斯的货物和牲口能撑多久？沼泽米？博金丘麦酒？卡特的木材？"

"好，你召开议会，"洛达克说，"但之前我们要把女孩关在鱼洞。"

西莉雅冷笑一声。"你以为我会把她交给你？"

"那不然关哪？"他问。"我宁愿死也反对让她和家人一起待在这里，她随时可能逃跑。"

西莉雅叹气，回头看向杰夫家。"让她住在我的纺织间。那儿的门很厚实，想要的话你可以钉死窗户，派人看守。"

"你确定这样明智吗？"洛斯克扬眉询问。

"喔，当然，"西莉雅说，轻蔑地挥了挥手。"她只是个小女孩。"

"一个杀死两名成年男子的小女孩。"洛斯克提醒她。

"胡说八道。"西莉雅说，"我怀疑她是否有能力杀死一个那么强壮的男人，更别说是两个。"

"好，"洛达克吼道，"但这玩意儿我留下了，"他举起猎刀，"还有那件血衣，直到议会召开。"西莉雅脸色一沉，两人再度四目相交，暗中卯上了。她知道洛达克·劳利可以利用那些东西到处造谣，但她没有多少选择。

"我今天就通知大家，"西莉雅点头说道，"三天后开会。"

杰夫抱着瑞娜上车，一行人将她送到西莉雅在镇中广场的房子，把她锁在纺织间里。加瑞克从外面钉死窗户，仔细检查木板的强度，最后才在嘀咕声中悻悻离开。

第二十一章　镇议会

333 AR　夏

　　第二天黎明，西莉雅在一阵疼痛中下床。她的关节炎已经拖了很多年了。下雨或是寒冷的日子最糟，但最近就连最温暖干燥的季节也会痛如针扎。她担心在自己死前症状还会恶化。

　　但西莉雅从不抱怨，甚至不愿向可琳·特利格求助。身为提贝溪的镇长，她必须承担这种痛楚——镇民期望看到她的坚毅，为了公理挺身而出。不管她四肢痛得有多难受，从来没人看见她流露出任何不称职的征兆，她是一块永远不倒的丰碑。

　　西莉雅起身梳洗时感到心情愈加沉重，在换上厚重的高领连衣裙时，想起瑞娜的母亲——尽管自己并不熟悉瑞娜姐妹——也清楚她死在地心魔物手上前豪尔是如何对待她的。有人说她是宁愿投身恶魔的怀抱，也要逃离豪尔的折磨。如果他像对待妻子那样对待女儿，西莉雅完全可以理解瑞娜动手杀他，或许完全是出于自卫。

　　着装完毕后，她又帮瑞娜梳洗，给她换上一件自己的连衣裙，然后扶她坐起，喂她吃粥。她在瑞娜吃完后擦拭她的嘴角，离开纺织间，放下门。

　　她吃过早餐才出门。瑞克·费雪手持渔叉站在门外。他今年十七岁，未婚。但是，西莉雅见过他和佛德·米勒的女儿珍走在一起。如果佛德同意，他们应该很快就会订婚。

"需要你帮忙跑腿。"西莉雅说。

"对不起，女士，"瑞克说，"洛达克·劳利吩咐我不管在任何情况下都要留在这里，确保那个女孩不会逃跑。"

"喔，他对你这么说的？"西莉雅问。"那我猜你哥波利守在屋子后面，盯着加瑞克钉死的窗户？"

"是的，女士。"瑞克说。

西莉雅回到屋内，拿出扫帚。"瑞克·费雪。想要待在这里站岗，你们就得把我家前后扫得一尘不染。"

"我不确定……"瑞克开口。

"难道你要让我这个老太太审案之余，还抽空自己扫屋子？"西莉雅问。"下次遇上佛德·米勒时，我会在他面前表扬你。"

话还没说完，瑞克很高兴地接过扫帚。

"真是个好孩子，"她说，"扫完后，再去检查我的魔印。有人来找我，就让他们在前廊等着，我很快就回来。"

"是的，女士。"瑞克说。

她拿了一罐奶油饼干前往广场上小孩们玩耍的地方，用饼干为报酬派遣脚程最快的小孩前去报信。当她回家时，瑞克已经扫完门前的走道，正在打扫前廊。她找来的第一个人，史坦·泰勒，此刻瘫在前廊台阶上，满脸痛楚地抱着脑袋。

"后悔昨天喝那么多麦酒了？"西莉雅问，心中早已知道答案。史坦每次伸手去拿麦酒时，心里总在后悔昨晚喝太多了。

史坦只是呻吟。

"进屋里来，喝杯醒酒茶。"西莉雅说。"我想问问你前天晚上看到了什么。"

她仔细询问史坦，接着又询问其他自称看到瑞娜前往杂货铺的人。不过人数多得夸张，好像全镇的人都有亲眼目睹她目

露凶光，手持猎刀，在街道上横冲直撞。洛达克和加瑞克拿着血衣与血刀在镇上四处展示，所有人都想要出来作证，或捞点好处。

"科比或许有点软弱，"哈洛牧师对她说，想起佛南·博金葬礼过后的事，"不过他是真心想娶瑞娜，我从他的脸上看得出来。她也一样，唯一对此事不满的人是豪尔。"

"昨晚我家路席克和费雪家的两人打了一架。"米雅达·博金后来告诉她。"他们说瑞娜一直想要杀死她爸，于是试图引诱科比代她出手。路席克打了其中一人的鼻子，而对方打断了他手臂。"

"路席克动手打人？"西莉雅问。

"我儿子和瑞娜·谭纳一家住了十来年，"米雅达说，"如果他说她不会杀人，我相信他。"

"现在佛南去世了，你会代表博金丘发言？"西莉雅问。

米雅达点头。"博金丘昨天已经投票通过。"

接着进来的是可琳·特利格。"我一直问我自己，"草药师说，"凶手为什么攻击可怜的科比的胯下？动手的一定是她，因为没有男人会对另一个男人做这种事。除非科比去找她的时候，她并不像谣言说的那样。我认为是他强暴她，而她是为了报仇才去找他。当她父亲试图阻止她时，她就把他一起杀了……"

当天下午，杰夫与伊莲、班妮一起抵达。他紧护住两位女人，在班妮和瑞克·费雪互瞪时挡在两人之间。

"路席克怎么样？"西莉雅在他们进屋后对班妮问道。

班妮叹气。"可琳说，两个月后才能拆除夹板，但这样会令我们陷入困境,难以交出霍格预订的麦酒。继续这样冲突下去的话,我很替我的孩子担心。"

西莉雅点头。"在洛达克煽动下,渔民群情激愤,要血债血偿,或许会找你们的茬儿,最好看好你的儿子。我会安排镇上有空的人去给你们帮忙酿酒。"

"谢谢镇长。"班妮说。

西莉雅冷冷瞪视三人。"面对困境的时候,我们得互相帮助。"她转身带领他们前往纺织间。瑞娜仍然呆坐在最初那张椅子里,死盯着墙壁。

"她吃东西了吗?"伊莲问,语言中充满忧虑。

西莉雅点头。"我曾安排别人给她喂食物,带她去上厕所,她一一配合。昨晚甚至会踩我的纺织机的踏板,她只是受了过度刺激。"

"她对我也一样。"伊莲说。班妮看着瑞娜,开始哭泣。

"介意让我们独处一段时间吗,镇长?"杰夫问。

"当然不。"西莉雅说,离开房间,关上房门。

※

杰夫待在后面,让伊莲和班妮照料妹妹。他们低声交谈,不过杰夫能听见三十码外田鼠挖洞的声音,所以一字一句他都听得清清楚楚。

"是她干的,"班妮说,"没想过她会伤害科比·费雪,但她非常担心爸和她独处时可能会做的事。她哀求我带她一起离开……"班妮再度哭泣。伊莲和她一起哭。她们互相拥抱,直到不再啜泣。

"喔,瑞娜,"伊莲说,"你为什么非要把他杀了不可?我一直都忍气吞声。"

"你根本没有忍气吞声。"班妮突然说道。"你只是和我一样躲在看见的第一个男人身后,我们之所以能全身而退,那是因为还有瑞娜留在爸身边。"

伊莲看向她,目光充满恐惧。"我不知道他有找你。"她说着,伸出一手。"我以为你当时还太年幼。"

班妮甩开她的手掌。"你根本就知道。"她啐道。"当时我的胸部就比大多数有夫之妇还要大了,年纪也足以订婚。你知道会这样,你还是离开了。因为你只顾自己,根本不在乎妹妹。"

"你就没有这么做吗?"伊莲指责道。"如果这不叫恶人先告状,还能叫什么!"

她们同时动手,但杰夫转眼赶到,抓起两人的衣领把她们分开。"不要打架!"他说,挡在两人中间,冷冷地瞪着她们,直到她们低下头去。当他放手时,两人已经平静下来。

"或许该是向议会坦承一切的时候了。"他说。两个女人同时抬头看他。"告诉他们豪尔是个混蛋。"他扬起下颌,指向瑞娜。"或许他们不会为了她所做的事处罚她。"

伊莲瘫在瑞娜身旁的椅子上思考着,但班妮瞪着他。"你想要我站在洛达克·劳利那种人面前,直言我们家的丑事?"她问道。"把这种事说给旅馆老板和可琳·特利格那个大嘴巴听,后果会怎样?黑夜呀,我以后如何面对我丈夫,如何在镇民面前抬头挺胸?我们三个人该怎么做人?比真相更糟的就是将真相公诸于世!"

"比看到你妹妹被人钉死还要糟糕?"杰夫问。

"就算没那么糟,"班妮说,"也不表示这样做可以改变议会成员的看法,搞不好还会弄到三姐妹都被钉死,而不只是一个——"

杰夫看向伊莲。她一言不发地坐在原位，琢磨着班妮的分析。"我认为公布真相没有好处。"她轻声说道，说到最后一个字时已声泪俱下。杰夫连忙赶到她身旁，半跪在地拥抱哭泣的她。

"你最好也不要泄露此事，杰夫·贝尔斯。"班妮说。

杰夫看着哭泣的妻子，点了点头。"我无权为你们俩作决定，我不会说的。"

伊莲看向瑞娜，呻吟一声，整张脸揪得更难看。"我很抱歉。"她呜咽，随即推门而出。

◆

"你还好吗？亲爱的？"西莉雅在伊莲跌跌撞撞地走出纺织间时问道。

"看她那样很难受。"伊莲喃喃说道。

西莉雅点头，但这种说法并不让她信服。"坐下。"她指向客厅里的椅子。"我去泡茶。"

"谢谢，镇长。"伊莲说。"但我们还有事——"

"坐下，"西莉雅再度严厉命令道。伊莲听她的语气改变，立刻坐下，"大家都坐。"西莉雅在班妮和杰夫跟上来时补充道。

"镇议会明天召开。"西莉雅在倒好茶后说道。"很可能会一大早就开。如果到时候瑞娜还是不能开口说话，洛达克就会要求我们在缺乏她的证词的情况下作出裁决。而在这么多对她不利的证据下，此事多半会依照他的意思宣判。我会试图拖延到她状况好转，但那得由议会决定。"

"你认为他们会如何裁决？"杰夫问。

西莉雅呼出一口气。"不确定，镇上从来不曾发生这种事。

但渔民们都带着武器,这又会给沼泽和南哨的人更多理由不让小孩接近镇中广场与其中的诱惑。牧师和米雅达或许不会背弃瑞娜,但剩下的议会成员很难说。做好她会被吊死的准备吧。加瑞克会亲自绑绳子。"

伊莲轻呼一声。

"这不是什么小罪,女孩。"西莉雅说。"死了两个男人,其中一人有个愤怒的亲属。我会在议会上一直争辩到脸色发青,但法律就是法律。一旦议会投票,除了认命接受没有其他选择。"

她转向班妮和伊莲。"所以如果有什么事——任何事——可以助我帮瑞娜辩护,我现在就要知道。"

两姐妹同时看向杰夫,但没有人说话。

西莉雅满脸不高兴。"马克·佩斯特尔在议会中代表农场发言,去拜访他,看看能不能问出他投票的意向。一定要让他得知真实的情况,不要听洛达克讲的那些潭普草鬼话。"

"马克的农场很远。"杰夫说。"赶到那里天就要黑了。"

"那就在那里借宿,尽可能利用待在那里的时间。"她说,再度使用命令的语气。她朝房门点头。"现在出发,亲爱的,我会确保伊莲和班妮平安到家。"

杰夫紧张地看向伊莲,然后点头。"是的,女士。"他说完,立即快步走出房门。

西莉雅回头面对两姐妹,但目光低垂。"我一直看不透你们父亲,"她说,在饼干罐里挑选奶油饼干,"根据经验,我会留心妻子死在地心魔物手中的男人。有时候他们……会受到过度打击,做出反常的行为。我请镇民看顾豪尔,但他喜欢独来独往,而前几年似乎没有什么问题。"她拿了一块饼干伸进茶杯沾茶水,目光依然低垂。

"但后来,伊莲,当你在杰夫前妻尸骨未寒前就和他私奔时,我又开始琢磨此事。是什么逼迫你从家里逃出来?据我对豪尔的了解,他应该会召集一群人,不顾你的哭闹把你绑回家。当时我都想要亲手这么做了。"她小口吃着沾湿的饼干,接着拿出餐巾擦拭嘴角。伊莲只是凝望着她,张嘴结舌。

"但他没有。"西莉雅说,放下餐巾,直视伊莲的双眼。"为什么?"

伊莲在西莉雅的瞪视下退缩,垂下目光,摇头道,"不知道。"

西莉雅皱眉,挑出另一块饼干。"很多男人想要追求瑞娜。"她再度垂下目光。"她是个美丽的女孩,而且两个姐姐都已生下健康的孩子。亚伦·贝尔斯离家后,豪尔本可以帮她订一门亲。这样家里还能多个男人下田帮忙,甚至也是父亲该做的。但再一次,他还是没有这么做。他一再赶跑那些男孩,有时候还拿干草叉动粗,直到你们妹妹过了最适合生育的年龄。即便这时,科比·费雪依然是个不错的年轻人,而且农场刚好迫切需要强壮的帮手,但他依然回绝婚事。"

西莉雅抬头看向两姊妹。"我在想一个男人为什么会这样做,我心里一直在琢磨——但我懂什么?我一年只会和你们爸爸见一两次面。你们俩和他朝夕相处,我想你们对他的了解比我深多了。有什么想要补充的吗?"

伊莲和班妮望着她,看看对方,然后看向自己的手掌。"没有。"她们同时说道。

"没有人看到你们俩为父亲的死落泪。"西莉雅逼问道。"特别是当你们的父亲被人从背后捅死后,这可有些反常。"伊莲和班妮甚至没敢正视西莉雅的双眼。

西莉雅看着她们一段时间,接着深深叹息。"那你们就滚

吧！"她终于说道。"滚出我家，不然我就要拿拐杖打断你们的腿！乞求造物主惩罚你们——这辈子都没有人为你们挺身而出！"

两姊妹夺门而出。西莉雅以手撑头，感觉自己从来不曾如此无助。

✿

第二天早上，西莉雅才刚穿好衣服就发现洛达克·劳利和科比的父母——加瑞克和诺咪，以及将近一百名鱼洞居民，几乎是鱼洞所有居民出现在她的院子里。

"你就这么虚弱了，洛达克·劳利，要把所有亲友拉来壮胆助威？"她边问，边走出前廊。

群众中传来一阵惊讶的低语，所有人同时转向洛达克等候号令。洛达克张嘴欲言，但被西莉雅打断。

"我不会在一群暴民威胁下召开镇议会。"她底气十足地说道，令当场所有成年男子胆战心惊。"你们投票选出发言人是有原因的，除了提出控诉的人，其他都给我解散，不然我就宣布改期开会，直到你们解散，就算你们愿意在我家门口过冬也无所谓！"

群众中传出困惑的声浪，盖过了洛达克的回应。一会儿，他们开始解散，有些回鱼洞，不过大多前往镇中广场及杂货铺等待判决。西莉雅不喜欢这种情况，但他们离开她的视线后，她也找不出借口了。

洛达克皱眉看着她。但西莉雅只是微微一笑，请诺咪帮忙在前廊上泡杯茶。

接着抵达的是可琳·特利格，因为她在距离不远的家中听到了这边很热闹。她的女儿，也是她学徒，立刻接手泡茶，让三名议会成员等待其他成员抵达。

　　议会共有十个席位，所有提贝溪镇的分区每年都会投票一次，选出其中一人加入议会，与牧师及草药师同堂议事。此外，他们还会投票选出镇长。西莉雅通常都会当选，即使没当选，也会担任镇中广场的发言人。

　　议会席次通常会由每个地区中最年长的人担任，不会年年变动，除非有人死了。佛南·博金已担任博金丘发言人近十年，在他死后这席位就顺理成章地由他的寡妇继承。

　　接着抵达的是米雅达·博金，至少有五十名博金丘的镇民护送她前来，不过他们也立刻解散到镇中广场去了。她与手臂绑着吊带的路席克以及披孝哀悼父亲的班妮一同走来。哈洛牧师以及两名辅祭也跟他们一起抵达。

　　"带着受伤的儿子四处招摇不会引来同情的目光。"洛达克在米雅达接过茶杯就座时警告道。

　　"四处招摇，"米雅达饶富兴味地说，"这话从拿着血衣从镇头跑到镇尾摇旗呐喊的男人口中说出来真是别有味道。"

　　洛达克皱眉，但他的回应又被大步走来的布林·卡特（绰号布林·宽肩）打断。"啊，我的朋友们！"布林在低头闪避前廊顶时大声说道。他热情地拥抱女人们，然后和男人们握手，力大如牛的他握得对方直皱眉。

　　身为上次林区大屠杀的幸存者，布林曾经历了好几星期和瑞娜一样魂不守舍的阶段，现在则抬头挺胸地担任他们分区的发言人。布林已当了近十五年的鳏夫，不管人们如何相劝，一直没有再续弦，他认为这样做对亡妻和子女都不公平。镇民都说他忠诚得有些愚蠢。

　　一小时后，克伦·马许吃力地拄着手杖，缓缓穿街而来。他现年八十，是提贝溪镇里最年长的人之一，当他的儿子凯文

和孙子菲尔扶他走上台阶时,所有人都起身向他致敬。他们全都赤脚前来,这是沼泽居民的习惯。尽管嘴里无牙,步履蹒跚,克伦朝其他发言人点头时,黑色双眼依然流露出锐利的目光。

接下抵达的是马克·佩斯特尔,领头走在一群农夫前,杰夫·贝尔斯也在内。

来到前廊时,杰夫凑到西莉雅身旁。"马克对瑞娜没有偏见。"他低声道。"他向我保证秉公处理,不管费雪家的人如何叫嚣。"

西莉雅点头,接着杰夫走到与加瑞克和诺咪·费雪对面伊莲、班妮和路席克站在一起。

随着时光推移,空气中逐渐扬起一阵喧嚣声,很显然,不只有鱼洞的居民倾巢而出。街道上出现了数百名群众,他们在前往开裁缝铺、鞋匠铺或其他位于镇中广场附近店家的路上逗留,装作漠不关心地盯着西莉雅的前廊。

最后抵达的是南哨的人,南哨是镇上最偏远的地区,基本上可以自成一镇,拥有三百名居民以及他们自己的草药师和圣堂。

他们几乎是列队前来,所有人都有穿着朴素的服饰。南哨男人蓄着满嘴大胡子,身穿黑裤和黑吊带,上身穿着短袖白上衣,外加一身黑外套、黑帽、黑鞋,即使在炎热的夏天也一样。女人从下颌、脚踝到手腕全部包在黑色连衣裙里,外面加穿白围裙和白呢帽。没工作时还会戴上白手套,撑白阳伞。他们脑袋低垂,不断凭空比画魔印,驱赶罪孽。

走在她们前面的是乔吉·华许。身为发言人兼牧师,乔吉是全提贝溪最年长的人,比次年长的还老二十岁。镇上有些孩子在他欢庆百岁生日时都还没出生。尽管如此,他依然抬头挺胸地带队前来,步伐稳健,目光坚定,与比他小近三十岁却已饱受岁月摧残的克伦·马许形成强烈对比。

由于乔吉年纪老迈,并握有全镇最大区域的选票,他理应成为镇长,但南哨以外的镇民从来不会投票给他,永远也不会,就连哈洛牧师也不会投他——乔治·华许太恪守规定了。

西莉雅尽可能地站直身子,她的个子很高,走过去向他打招呼。

"镇长。"乔吉说,压抑着一股必须将这个头衔让给女人的不情愿,而且对方还是个未婚的老丫头。

"牧师。"西莉雅叫道,毫不退缩。他们恭敬地朝彼此鞠躬。

乔吉的妻子们,有些和他一样年迈而骄傲,有些比较年轻,甚至还有一名有孕在身,全都沉默地经过众人身旁走进屋里。西莉雅知道她们打算前往厨房,南哨的人总会第一个去占领厨房,以确保食物符合他们特殊的口味偏好——他们的食物清淡,绝不添加调味料或糖。

西莉雅指示杰夫。"去杂货店把洛斯克拉来。"杰夫立刻跑了出去。

西莉雅总会被选为镇中广场的发言人,而当她同时担任镇长时,她就会指派洛斯克·霍格代表镇中广场发言,好让该区保有独立的发言权,如同镇上法律所要求的。很多人都厌恶这个决定,但西莉雅知道杂货铺是镇中广场的心脏,而当她获得好处时,其他更多人也会获得。

✽

"好了,进来吧,我们先吃饭。"西莉雅等众人喝茶休息片刻后说道。"我们在稍后咖啡时间处理例行议会事务,等餐具收拾好后再来讨论这次议会的主题。"

"如果大家没有异议，镇长，"洛达克·劳利说，"我希望能把吃饭和其他事务放到下次议会处理，直接讨论这次杀人案件。"

"大家不会没有异议，洛达克·费雪。"乔治·华许说，拿起光滑的黑拐杖敲击地板。"我们不能因为有血案就抛弃我们的习俗礼仪。现在我们身处大瘟疫年代，死亡是件司空惯的事。造物主会惩罚所有罪人，我们要等镇上的例行事务处理后再来审判谭纳家的女孩。"

他的话具有一种无可抗拒的威严，虽然西莉雅才是镇长。她愿意接受这种藐视自己权威的态度——乔吉总是如此——因为他的说法对她有利。时间拖得越晚，瑞娜的判决，就算是死刑，也不可能在当晚宣判。

"我们都该吃点东西。"哈洛牧师说，尽管他和乔吉常常意见不合。"如同《卡农经》所示，'空腹之人难以公正裁决'。"

洛达克环顾四周，寻求其他支持者，但除了每次最后抵达而第一个离开的霍格外，所有人都坚持遵照议会传统。他皱紧眉头，但没有办法。加瑞克张口欲言。洛达克摇头示意他闭嘴。

他们用餐后，在喝咖啡、吃蛋糕时，轮流讨论每个区域最近的一些日常事务。

"我想该是看看那个女孩的时候了。"乔吉待到最后发言地区发言完毕后说道。宣告议程结束是镇长的职责，但他再一次代替西莉雅发言，把他的拐杖当作镇长的议事槌敲击。她将其他人证请到前廊去，然后带领九名议会成员进屋看瑞娜。

"她不是假装的吧？"乔吉问。

"你可以请你们的草药师检查她。"西莉雅说。乔吉点头，召唤他的妻子特莉娜，年近九十的南哨草药师进来，她从厨房赶了过来，走近瑞娜身边。

"男人们出去。"乔吉下令。接着所有人都回到餐桌旁的椅子上坐好。西莉雅坐在最前面,乔吉如同往常坐在最后面。

片刻过后,特莉娜来到餐厅,看向乔吉。他点头示意她发言。"不管她做了什么,女孩是真的受到惊吓。"她说。他再度点头,示意她离开。

"所以你们都看到她的情况了。"西莉雅说,趁乔吉有机会领导议程之前拿起议事槌。"我提议暂缓所有决议,直到她恢复理智,可以为自己辩护。"

"暂缓个鸟!"洛达克吼道。他一下子站起身来,但乔吉一杖敲在桌上,阻止他的动作。

"我大老远跑来,不是为了看一个神志不清的女孩一眼后离开,西莉雅。"他说。"我们最好按照规矩,先来听听证人和控方的说法。"

西莉雅皱眉,但没有反对。不管是不是镇长,想要反抗乔吉,就得独力反抗。她传唤加瑞克提出控诉,接着传唤证人,一个接着一个,让议会成员质问。

"我不会假装知道当天晚上发生了什么事。"西莉雅小结辩论时说道。"除了这个女孩,没有直接目击证人。而在我们作出裁决之前,她应该有权为自己辩护。"

"没有目击证人?"洛达克大叫。"刚才史坦·泰勒明明说他看见她朝案发现场前进!"

"当天晚上史坦·泰勒烂醉如泥,洛达克。"西莉雅说,看向洛斯克。

后者点头表示确认。"他吐在我的地板上,于是我把他赶了出去,然后提前关门。"洛斯克说。

"那该怪罪把酒放到他手里的人。"乔吉说。

洛斯克眉头紧锁,但心知不能反唇相讥。

"他要么看到了那个女孩，不然就是没有，西莉雅。"克伦·马许说。其他人也跟着点头。

"他在附近看到她，没错。"西莉雅说，"但没看见她去哪里或是做了什么。"

"你是要说她与此案无关？"乔吉怀疑地问道。

"她当然与此案有关，"西莉雅大声道，"随便哪个白痴都看得出来。但我们不能肯定她在此案中扮演什么角色。或许两名死者互殴致死，或许她是自卫杀人。可琳和特利娜两人都可以证实她被打得很惨。"

"那根本无关紧要，西莉雅。"洛达克说。"两个男人不可能用同一把刀互砍至死。所以查出她杀的是哪一个人，难道会有什么不同吗？"

乔吉点头。"而且我们也不能忘了，他们很有可能是遭到女人挑拨离间。事情才会走到这个地步——都是因为这个女孩放荡淫乱，她应该为此付出代价。"

"两个男人为了争夺女孩大打出手，而我们要怪罪那个女孩？"米雅达插嘴道。"狗屁不通！"

"这不是狗屁不通，米雅达·博金，你只是因为被告是亲戚而不愿看清真相。"洛达克说。

"五十步笑百步。"米雅达说。"这话该是我对你说的。"

西莉雅敲打木槌。"如果镇上所有有血缘关系的人都没有资格在审判中发言，洛达克·费雪，那你根本不必与人辩论了。所有人都有权发言，这是我们的法律。"

"法律。"洛达克若有所思地道。"幸好最近读了点法律。"他拿出一本皮革封面已经磨损的书。"特别是与杀人犯有关的部分。"他翻到有标记的页面，开始读道：

"如果提贝溪镇或附属地发生凶杀案，镇民应该在镇中广场立起木桩,将应负责的人绑在桩上一个白天使其忏悔,再绑一个黑夜,没有魔印或遮蔽物守护,让所有人见证造物主的愤怒降临在违反这一戒律者身上。"

"你不可能是认真的!"西莉雅叫道。"实在太野蛮了!"

"法律就是这样。"洛达克讽刺道。

"讲讲道理,洛达克。"哈洛说。"那条法律起码已经三百年了。"

"《卡农经》更古老,牧师。"乔吉说。"接下来你要说它也不合时宜了吗?公理本来就不该仁慈。"

"我们不是来修订法律的。"洛达克说。"法律就是法律,你不是这么说的吗,西莉雅?"

西莉雅气得鼻孔冒烟,但还是点了点头。

"我们只是来讨论她有没有罪。"洛达克说着将豪尔的血刀放在桌上。"而我说有罪,就像白天会到来一样明显。"

"她可能是事发后才捡起这把刀的,洛达克,你也清楚这点。"哈洛牧师说。"科比想娶瑞娜,豪尔两度威胁要割掉他的命根子。"

洛达克哈哈大笑。"你或许可以说服一些镇民,两个男人可以用同一把刀互相残杀,但他们并不只是被杀,而是惨遭肢解。我的曾侄子不可能在卵蛋被砍掉、胸口插着匕首的情况下将豪尔砍成肉酱吧。"

"他说得有道理。"霍格说。

洛达克嘟哝一声。"那就让我们投票表决。"

"附议。"霍格说。"镇中广场从来不曾涌入这么多人,我得赶回杂货铺才行。"

"一个女孩性命垂危,而你竟然只在乎能从那些来看热闹的镇民手中多赚些买卖点数?"西莉雅问。

"不要对我说教，西莉雅。"霍格说。"案发在我家，已经够倒霉了。"

"所有人都同意投票？"乔吉问。

"我是镇长，乔吉·华许！"西莉雅大声说道，举起议事槌指向他。但这时有很多人举手表示同意，令她不得不停止抗议。乔吉轻轻点头，接受她的指责。

"好吧，"西莉雅说，"我说除非证明有罪，不然瑞娜就是无辜的，而目前我们没有任何直接证据。"她转向右边，让哈洛牧师继续投票。

"你错了，西莉雅。"哈洛牧师说。"我们有一项证据：年轻人的爱情。我和科比谈过，也看过瑞娜的眼神。他们都是成年人，想要决定自己的婚姻，而那本是他们的权利。豪尔无权拒绝，而我愿意站在阳光下宣称，我相信任何暴力之举都是豪尔起头，也是豪尔收尾的。瑞娜是无辜的。"

接着是布林·卡特，壮汉的语气出奇温柔。"在我看来这个女孩所做的一切都是出于自卫。我知道目睹恐怖得必须封闭自己心灵的景象是什么感觉。地心魔物夺走我的家人时，我的情况就和她差不多。西莉雅帮助我度过那段时期，这个女孩也应该拥有同等待遇。无辜。"

"绝对不无辜。"克伦·马许说。"全镇的人都知道瑞娜·谭纳是个罪人，主动献身给科比·费雪。任何男人在情欲驱使下都会疯狂！如果她的行为举止与地心魔物无异，我们就该毫不留情地惩罚她。沼泽恶魔的心地都比她善良，因为太阳还是会在第二天早上升起。有罪！"

接下来是乔吉·华许。"豪尔的女儿一直为他带来麻烦，这件惨案没在十五年前由她姐姐犯下，看来造物主已经够慈悲了。有罪！"

洛达克·劳利点头。"我们都知道她有罪。"他转向洛斯克。

"不管所犯何罪,把女孩关在外面给地心魔物吃都是种野蛮的行为。"霍格说。"但如果你们这里的习俗如此……"他耸肩,"不能任由镇民杀害镇民,我说绑她出去,做个了结。有罪!"

"看看明年我会不会让你代表镇中广场发言。"西莉雅喃喃说道。

"对不起,女士,不过我确实在为镇中广场发言,"霍格说,"镇民在前来镇上购物时一定要有安全感,放个杀人犯在外面跑肯定会让镇民不安。"

"豪尔是个自私自利的恶魔。"米雅达·博金说。"我曾经试图帮瑞娜说媒,但豪尔异常固执。我绝不会怀疑科比是她杀的,而瑞娜是为了避免被杀而采取必要手段。无辜。"

"那么科比为什么会被割下卵蛋?"可琳问。"我认为是他强暴她,而她前来镇上报仇。她刺伤他的股间,然后两人互殴,直到她结束一切。豪尔一定是来追她的,而她从后面偷袭他。这个女孩有罪。"

所有人都转向马克·佩斯特尔。现在四票无辜,五票有罪,他有权让议会陷入僵局,或是宣告她有罪。他一言不发地坐了很长一段时间,皱起眉以指尖撑起脸颊。

"所有人都在说'无辜'或'有罪',"马克终于开口,"但法律没有这么说。我们都听到法律怎么说了,它说'得负责的人'。我认识豪尔·谭纳,认识他很多年了,向来不喜欢那个恶魔养的浑蛋。"他一口啐在地上。"但这并不表示他该被人从背后捅死。在我看来,这个女孩不在乎她爸,现在导致两个男人死亡。不管她有没有动手杀人,就像太阳会出来一样,

她肯定得为此事'负责'。"

投票结束了，但西莉雅因为太过震惊而无法动手去拿议事槌。乔吉提起拐杖敲击地板。"有罪，六比四。"

"那么今晚我就要她死。"洛达克吼道。

"我不准你这么践踏法律！"西莉雅说，终于挤出声音。"法律规定她有一个白天的时间可以忏悔，而现在天已经快要黑了。"

乔吉敲击拐杖。"西莉雅说得对。瑞娜·谭纳明天一早会被绑在镇中广场的木柱上，让所有人唾弃并见证，直到造物主的公义获得伸张。"

"你们想让镇民看?!"霍格惊骇莫名。

"不上学的人是粗俗野蛮愚昧的。"乔吉说。

"我绝不会去围观地心魔物撕裂一个活生生的人！"可琳叫道。其他人，就连克伦·马许也都出声抗议。

"喔，是的，你们必须看。"西莉雅突然说道。她环顾四周，目光坚定不移。"如果我们要……谋杀这个女孩，那么我们都该瞪大眼睛看着，记得我们的所作所为：男人、女人，以及小孩。"她低声吼道。"法律就是法律。"

第二十二章　错过的道路

333 AR　春

从林白克公爵的安吉尔斯堡领地前往欧克公爵领地的分界河大桥，骑马要赶一整天的路程。魔印人出城较晚，无法在天黑前赶到。

这样或许也好。与黎莎的道别让他心情很压抑——他打算把怒气发泄到地心魔物身上。贾迪尔教过他克拉西亚人拥抱痛苦的沙鲁沙克——这种技巧十分有效，但世上没有多少能比赤手空拳掐死恶魔更刺激的游戏了。

洼地交给黎莎照料就好，至少在克拉西亚人入侵之前无须担心。她聪慧过人，同时也颇有领导天赋，深受镇民敬仰，本着一颗纯洁善良的心管理镇务。就算此刻她的魔印技巧还没超越自己，那也只是迟早的事。

她美艳动人，他心想。这点无法否认。魔印人阅人无数，但从来没见过像她这么艳丽的女人。以前的自己或许可以爱她——在贾迪尔把自己丢在沙漠里等死之前，在自己为了生存而被迫把自己变成恶魔之前。

现在自己已经不是正常人了，不配拥有爱情。

夜幕降临，但他的魔印眼可以在黑暗中清晰分辨事物。他轻触黎明舞者的盔甲，上面的魔印反射着淡淡的魔光，大大提升战马的夜视能力。他在地心魔物现形时策马狂奔，但道路两

旁都是浓密的树林，木恶魔紧追上来，有的在树枝上跳跃，有的沿着树林边缘奔跑。树皮般的外壳让它们隐形得很好，但魔印人可以看见它们身上的魔光，绝对不会认错。天上传来风恶魔的吼叫声，沿着他前进的路径，试图快速俯冲袭击。

魔印人放开缰绳，仅以膝盖驾驭战马，伸手取出长弓。头上恶魔的尖叫声越来越近。他猛然转身，一箭射穿俯冲而来的风恶魔脑袋，爆发出一团强烈的魔光。

刺眼的魔光让木恶魔无处遁形。它们张牙舞爪，发出痛恨地吼叫，从四面八方一扑而上。

魔印人不断抽箭，射箭。魔印箭矢在涌来的恶魔身上射出黑色大洞。黎明舞者踏向前方的恶魔，绽放出如同庆典的烟火般道道闪光。

恶魔紧追不舍，围着疾行的战马奔驰。魔印人将长弓塞回鞍具，拔出一根长矛，以肉眼难以察觉的速度挥舞，扎向四面八方的地心魔物。其中一头冲到近处，被他一脚踢在头上，脚底的冲击魔印在一阵魔光中将对方踹出很远。

一路上，黎明舞者未曾停止奔跑。

※

尽管整个晚上都没有休息，但借助夜晚吸收所屠杀的恶魔的魔力，在破晓时分到达河桥镇时，一人一马依然神采奕奕。

河桥镇毁灭已十五年。当时河桥镇是密尔恩的属地，但林白克想要瓜分过桥费，于是试图在分界河南边重建一座河桥镇。

魔印人记得瑞根觐见欧克公爵，告知林白克计划时的情况。当时公爵大发雷霆，一副不惜将安吉尔斯堡夷为平地也不愿与林白克分享过桥费的架势。

于是分界河两岸各有一座，都自称是河桥镇，形成了对峙局面——两镇都有皇家警卫驻防，过往商旅必须两边付费。拒绝付费的人可以雇用木筏运人员和货物过河——这通常比过桥费还贵——省钱，只剩下跳进河里游泳了。

河桥镇是全提沙境内唯一拥有城墙的村镇。在密尔恩河岸，围墙由石块和沙石所建；在安吉尔斯河岸则是以焦油涂过木材紧紧捆绑而成。两道围墙都沿新旧河岸而建，墙顶巡逻的守卫常常隔着分界河相互叫骂、攻击。

安吉尔斯河岸的河桥镇早班守卫打开大门时，魔印人立刻穿门而过。他戴着手套，压低帽兜，遮蔽面容。守卫或许会对此感到奇怪。但当他高举林白克的印信时，丝毫没有放慢速度，也不打算解释。皇家信使在河两岸城镇都可免费通行。守卫们低声抱怨这种傲慢的举动，但没有人胆敢阻挡。

晨间的空气里弥漫着一阵炊烟，河桥镇民正在做早饭，没有人注意到魔印人的出现。这样比较方便——他文满刺青的皮肤常常会让半数镇民把他当作地心魔物一样躲避，另一半则会当场下跪，口呼"解放者"。他真的不知道哪一种情况更糟糕。

通过河桥镇后，前往密尔恩的道路是笔直向北。一般信使走完这段路约花两星期，他的老师瑞根得花十一天。魔印人和他的黎明舞者，昼夜兼程，只花了六天便抵达，沿路留下许多恶魔尸骨燃烧后的灰烬。他在寂静的黑夜里全速通过位于密尔恩南部一天路程之遥的村庄哈尔登园；当密尔恩映入眼帘时，黎明还很远。

密尔恩和提贝溪镇一样称得上是魔印人的故乡。看着这座自己曾数度发誓永远不再重返的山尖城堡，他的心里五味杂陈。他心烦意乱，于是取出携带式魔印圈扎营，等待黎明到来，试图搜索记忆中的欧克公爵的形象。

魔印人只在未成年时见过欧克公爵一次，不过他后来曾在

图书馆中工作，所以知晓公爵的想法。欧克锁藏知识，与其他人珍藏食物或财宝一样。如果自己把战斗魔印交给欧克，公爵绝对会试图借口保守秘密，把它们锁起来，而不是与人民分享。

魔印人绝不能干这种事，应该尽快让城内所有魔印师都取得战斗魔印。密尔恩有个魔印师内部网络，也是自己当年协助建立起来的。如果他将魔印交给他的老师卡伯，如此一来，欧克就是想封锁，也是徒劳。

想到卡伯，就开启了他心中尘封已久的记忆。他已有八年不曾与他的老师及其他密尔恩人联络了。他写了很多信，但没有勇气寄出。瑞根和伊莉莎还好吗？他们的女儿玛雅应该差不多八岁了。卡伯怎么样了？自己的朋友杰克呢？玛丽好吗？

玛丽——自己最初是因为玛丽而选择离开的。他可以再度面对杰克、瑞根和卡伯，而玛丽，他这辈子唯一爱过的女孩。

她还在想我吗？他心想。她是否认定我会回来而仍在等待呢？几年来，他曾无数次自问，但她已经拒绝过他一次，他再也不敢追问这些答案。

现在……他低头看着皮肤上的刺青。他无法面对任何人，他不能让他们看到自己变成这样的怪物。他愿意相信卡伯，因为他没有其他选择，但最好还是让其他人以为他永远不曾回来过，或者死了。他想到自己背袋中的信件，信里的内容足以解释一切。他会找人送信、让所有人以为写信的人死得其所。

他突然感到疲惫不堪，于是就地躺下。睡着的同时，他仿佛看见了玛丽，就是他们分手那晚。

他的梦境改变了那个过去。这一次，他没有离开她。他放弃成为信使的冲动，留下来经营卡伯的魔印店。他没有因此感到压抑，反而觉得比行走于荒芜的野外更自由。

他看到了玛丽身穿婚纱的美艳，她的肚子优雅地一天天变大，她被一群健康快乐的孩子包围时，醉人的欢笑。他看见顾客的微笑，因为自己的魔印让他们的家园安全，他看见了伊莉莎眼中的骄傲，一位母亲的骄傲……

他的四肢在地上抽动，试图抛开脑中的幻境，但这场梦缠住了他，他无路可逃。

他再度回到分手的那晚，这次更符合现实，他在争吵后毅然驱马离去。但同时，他的心一直跟随玛丽，看着她耗费数年光阴在城墙上徘徊，等待他的归期。她脸上的欢笑与神采荡然无存，那种忧伤的神情让她显得可爱；但随着岁月流逝，那忧伤而美丽的容颜逐渐枯萎苍白，嘴角处浮现凄凉的皱纹，无神的双眼四周布满黑眼圈。她将自己的青春浪费在那城墙上，祈祷并哭泣……

他第三次看见分手的那天晚上，这次变成了噩梦——他离开，但没有悲伤，也没有痛苦。玛丽在城门口朝地面吐口水，然后转身就走，立刻找到另一个男人，彻底践踏他们的感情。瑞根和伊莉莎全副心思放在出生的女儿玛雅身上，甚至没有发现他的离开。卡伯的新学徒比他懂得感恩，一心只想当个好魔印师，继承他的衣钵……

魔印人惊醒，但那个画面沉入脑海深处，而他对自己的恐惧感到羞愧，因为他自认如此自私。

最后的梦境对大家而言才是最好的结局。他心想。

✳

经过十几年风吹雨打，密尔恩城墙上曾被独臂魔攻破的缺口仍然十分明显。魔印人收起携带式魔印网，取下黎明舞者身上的护甲时，注意到了这一点。

三场梦依然在脑中纠结。他会在城里看见哪一种情况？他

应该想办法得知答案吗？然后安抚自己悸动的心情？

不，他脑中的声音建议道。你是来找卡伯的，去找他。你不是来找其他人的，不要让他们痛苦，不要让自己痛苦。这个声音一直在提醒他小心谨慎——那是他父亲的声音，虽然他已经将近十五年不曾见过杰夫·贝尔斯了。

他早已习惯忽略这个声音。

看一眼就好。他心想。她甚至不会看见我，就算看见了也不会认出我的。看一眼就好，好让我放心战斗。

他放慢速度，尽管如此，抵达城门时，城门也才刚打开。城市守卫走出城门，护送魔印师和学徒前往划分好的区域，让他们弯下腰去拾取魔印玻璃，并且迅速检视它们是否通过地心魔物的接触成功加持了魔力。玻璃魔印是魔印人本人带来密尔恩的，但就连他也对这种极具效率的制作方式感到讶异，简直与他们在洼地所做的事没有什么差别，只不过成本太高。密尔恩魔印师制作的似乎大多是奢侈品：拐杖、雕像、窗户及珠宝。擦掉这些诱饵上的血迹后，所有物品都会像钻石一样清亮透彻，而且更加坚硬。

守卫在他接近时抬起头来——在湿冷的早晨，他戴着兜帽并不显得特别——但看到黎明舞者鞍具上的武器，他们立刻紧张地举起长矛，直到魔印人拿出盖有林白克印信的包裹。

"你来得真早，信使。"其中一名守卫松了一口气说道。

"急着赶路，想要跳过哈尔登园。"魔印人信口开河。"我还以为可以赶上昨晚进城，结果远远听见最后一阵钟声，我就知道绝不可能了，我在一里外扎营过夜。"

"运气真背。"守卫说。"在距离温暖的城墙和温馨的屋檐一里的野外扎营肯定特别寒冷。"

魔印人点了点头，假装发抖并拉低兜帽，仿佛想要驱赶余寒；其实他已多年不惧严寒酷暑。"我想找个温暖的房间,喝点热咖啡。或是先喝咖啡,再找房间补个回笼觉也不错。"

守卫点头,正打算要挥手招呼他入城时突然抬起头来。魔印人神色一紧,心想守卫是不是要叫他放下兜帽。

"南方的情况真如传闻中那么糟糕吗?"守卫问道。"来森堡沦陷,到处都是难民,而这个解放者却什么也不管?"

就连这最北边的城镇也听说了那些传闻。"在我觐见公爵之前,不便谈论这些事。"魔印人说。"但没错,南方的情况比这还糟。"

守卫嘟哝一声,挥手招呼他入城。

※

魔印人找了间旅店,将黎明舞者牵到马厩。马厩里有个男孩,正在清理隔间。他看起来不到十二岁,整个人脏兮兮的。

仆役。魔印人心想,这是他不得不这么早就开始工作的原因。男孩也许就睡在马厩里,或许还认为那是非常幸运的事。他把手伸进钱袋里取出一枚沉重的金币,放在男孩的掌心。

男孩惊喜得双眼凸起,盯着金币。这可能是他这辈子拿过最多的一笔钱,足够购买衣服、食物,并且负担一个月旅店的租金。

"好好照顾我的马,等我回来的时候还会给你一枚。"魔印人说。这本是奢侈浪费之举,还可能会引人惦记——金钱对他已没有任何意义,而他很清楚密尔恩的仆役多么容易沦为乞丐。他离开男孩,走向旅店大厅。

"我要一间上等房,住几个晚上。"他对旅店主人说道,假装背不动沉重的鞍袋和装备的模样。

"一晚上五枚银月币。"旅店主人回道。他很年轻,看起来

不像老板,而且还偷偷弯腰,试图窥一眼魔印人兜帽下的容貌。

"火恶魔往我脸上喷火。"魔印人自语道,恼怒的语气吓退了对方。"不想吓着别人。"

"原来是这样,信使。"旅店主人很难堪地应道,再度鞠躬。"我道歉,我不该这样。"

"没关系。"魔印人嘟哝道,拿装备上楼,锁在房间里,然后离开旅店。

※

密尔恩的街道依然是那么明亮而又熟悉,就连这种烟花、粪堆、火和铸铁铺的炭火混合气味与他印象中一模一样,但又有种陌生的感觉——物是人非了。

魔印人对前往卡伯店铺的路记忆犹新,但他对那一带的改变感到震惊。店铺两边都扩建了大型房舍。他和卡伯居住的店铺后方的小房子已拆除,取而代之的是大好几倍的仓库。亚伦离开时卡伯的生意兴旺,但比眼前的景况萧条多了。他鼓起勇气,走向大门。

开门的时候,门上传来一阵铃声,这个声音如同灵魂中失去的一记忆,令他不禁微微战抖。店铺比以前更大了,但依然充满熟悉的物品和气味。他看见与自己共度数年时光的旧工作台,他曾推着走遍全城的手推车。他走到一个窗台前,虔敬地伸出戴着手套的手指触摸自己曾经亲手刻画的魔印。他觉得自己可以拿出魔印工具立刻开工,好像过去八年的一切都不曾发生过。

"有什么需要帮忙的吗?"一个声音从身后传来,魔印人全身僵硬,血液顿时凝结。他沉浸在回忆中,完全没注意到有人走近,但他无须转身就知道对方是谁。他不但知道,而且惊呆了。她在这里做什么？这到底代表什么意义？慢慢地，他转身面对她，将脸遮蔽在兜帽的阴影下。

岁月对伊莉莎母亲十分仁慈——对于四十六岁的女人来说，她的长发依旧乌黑亮丽，脸颊圆润，只有眼睛和嘴唇旁边有些许皱纹——笑纹——他听过别人如此称呼，而这让他感到些许欣慰——很明显，她这八年来都活在微笑中，他心想。

伊莉莎张嘴欲言。但一个有着褐色长发及一双褐色大眼的小女孩跑了过来，吸引了她的注意。女孩身穿紫色连衣裙，头上绑着同样颜色的丝带。丝带绑歪了，许多发丝垂在她的脸前，她的脸颊和手掌都是白白的灰，衣服上也沾了不少。魔印人立刻认出她是瑞根和伊莉莎的女儿，玛雅。他曾在她出生后抱过她。她看起来天真无邪，可爱至极——他突然感到心痛——在她身上看见自己错失多年的喜悦。

"妈妈，看我画的！"女孩叫道。她拿出一块石板，其上绘有魔印圈。魔印人瞄了一眼，心下知道魔印圈威力强大。而且，他看出其中很多魔印都是他当年从提贝溪镇带出来的。他对于自己传承下来的东西能在自己第二故乡与她的生活有所接触而感到十分欣慰。

"画得很漂亮，亲爱的。"伊莉莎赞道，弯下腰去绑起女儿的头发。绑完后，她亲了亲玛雅的额头。"过不久，你父亲就会带你一起出去干活。"

女孩发出一声愉快的尖叫。

"我们有客人要招呼，亲爱的。"伊莉莎说，转而面对魔印人，伸手环抱着女儿。"我是伊莉莎母亲。"即使多年过后，她在提及这个头衔时依然充满骄傲。"这位是我的女儿——"

"你是牧师吗？"女孩打断母亲问道。

"不是。"魔印人以自从在自己身上刺青后惯用的低沉、刺

耳的声音答道。他不希望被伊莉莎认出来。

"那你为什么打扮得像个牧师呢?"女孩问道。

"我脸上有恶魔伤疤。"他对她说。"我不想吓着你。"

"我不害怕。"女孩说,试图偷看他兜帽下的长相。他后退一步,拉低兜帽。

"这样太没礼貌了!"伊莉莎责备道。"过去找弟弟玩。"

女孩露出叛逆的神情。但伊莉莎冷冷瞪着她。于是她一下跑到另一头的工作桌上去找一个五岁左右,正在把正、反两面都绘有魔印的木牌叠成一叠的小男孩。魔印人在他童稚的脸上看到了瑞根的影子,深深为他的老师感到高兴,但又夹杂着强烈的遗憾,因为自己永远没有机会认识这个男孩,更别提看着他长大成人。

伊莉莎一脸尴尬。"很抱歉,我丈夫身上也有不想让人看见的伤疤,你是信使?"

魔印人点头。

"今天我有什么能为你效劳的?"她问。"新的盾牌?还是修补携带式魔印圈?"

"我在找一位叫卡伯的魔印师。"他说。"我听说这是他的店。"

伊莉莎哀伤地摇了摇头。"卡伯去世差不多快四年了。"她说。这些话对他带来的打击远超过恶魔的利爪。"死于癌症,他把店交给我和我丈夫打理。谁请你来这里找他的?"

"一名……我认识的信使。"魔印人信口说道。

"什么信使?"伊莉莎逼问。"叫什么名字?"

魔印人迟疑片刻,心念电转。他想不到任何名字,而他心知拖得越久,他就越有可能暴露身份。"提贝溪的亚伦。"他脱口而出,话才出口就已经后悔。

伊莉莎双眼一亮。"告诉我亚伦的消息。"她哀求,伸手抓住他的手臂。"我们从前很亲近。你最近一次看到他是在哪里?他还好吗?你可以帮我捎信给他吗?我丈夫和我愿意支付任何代价。"

看着她眼中的关切的神情,魔印人突然明白自己的不辞而别伤他们有多深。而现在,他竟然愚蠢地给了她还有机会见到亚伦的希望。但她认识的那个男孩已经死了。就算他拉开兜帽,说出真相,她也无法找回从前的他。还是给她一个她需要的结尾比较好。

"那天晚上,亚伦提起过你,"他说,心意已决,"你和他所描述的一样美丽。"

伊莉莎微笑着接受恭维,双眼湿润,接着笑容消失,突然意识到这句话里隐藏的深义。"那天晚上?"

"我受伤的那天晚上。"他说。"在克拉西亚沙漠。亚伦死了,为了让我生存下来。"这种说法勉强算是事实。

伊莉莎倒抽一口凉气,伸手捂住口鼻。她的双眼刚才还绽放喜悦的露珠,如今盈满泪水,一张脸痛苦纠结。

"他临死前还想到你。"他说。"想到他在密尔恩的朋友,他的……家人。他请我来这里告诉你们。"

伊莉莎几乎没有听见他的话。"喔,亚伦!"她哭喊一声,双脚软瘫。魔印人冲上前去一把扶住,让她坐在附近的一座工作台,尽情地哭泣。

"母亲!"玛雅大叫着,跑了过来。"母亲,怎么了?你为什么哭了?"她看向魔印人,目光中充满痛恨。

他跪倒在女孩身前,不确定是为了降低威胁感,还是为了让她殴打自己。他暗自希望她动手。"我带来的一些坏消息让她伤心了,玛雅。"他温柔地说道。"有时候,信使不得不代人

传达不好的消息。"

仿佛排练好的一样,伊莉莎突然抬头看他,不再哭泣。她深吸一口气,克制自己的情绪,扬起缝有花边的袖口擦拭泪水,拥抱女儿。"他说得对,亲爱的。我不会有事的。带你弟弟去后面一会儿,听话。"

玛雅再度神色不善地瞪了魔印人一眼,接着点头带弟弟离开前厅。

他看着他们离开,心里十分难受。他本不该来的,该找人送信或去找其他魔印师,虽然没有人像卡伯一样值得他信赖。

"我很抱歉,"魔印人说,"我不想让你伤心的。"

"我知道。"伊莉莎说。"很高兴你告诉我这件事。从某些方面来看,这让一切变得简单许多,如果你了解我的意思的话。"

"的确,"魔印人同意道。他在背袋中摸索,拿出一叠信件,以及一本战斗魔印宝典,包在油布中,以坚固的绳子捆绑,"这些是给你的,亚伦希望你们保有这些东西。"

伊莉莎接过这个包裹,轻轻点头。"谢谢你。你打算在密尔恩停留一阵子吗?我丈夫出门了,但他肯定有问题想要问你,他对亚伦就像对自己的儿子一样。"

"我只会在城里待一天,女士。"他说,一点也不想与瑞根交谈。瑞根会逼问一些根本不存在的细节。"我想我该去觐见公爵了,还要去找几个人,然后我就要离开密尔恩了。"

他心知自己应该打住,但反正伤害已经造成了,而且接下来的话完全是不自觉脱口而出。"告诉我……玛丽依然住在朗奈尔牧师家中吗?"

伊莉莎摇头。"多年前搬走了,她——"

"无所谓。"魔印人打断她,不希望继续听下去。玛丽找到别的男人了。这不是什么意外的事，自己也无权再去关心她。

"杰克呢？那个男孩。"他问。"我也有封信要交给他。"

"他不再是男孩了。"伊莉莎说，目光锐利地看着他。"他已经长大成人。他住在磨坊路，第三间工人小屋。"

魔印人点头。"那么，如果你允许，我就走了。"

"你或许不会喜欢在那里看见的景象。"伊莉莎叮嘱道。

魔印人点头看了她一眼，试图琢磨话中的含义，但从她红肿的泪眼中根本看不出什么。她满脸疲惫，神色诚恳。他匆匆转身逃离。

"你怎么知道我女儿的名字叫玛雅？"伊莉莎突然追问道。

他没想到对方这样问。他迟疑片刻。"她过来的时候，你有向我介绍的。"话一出口，他立刻暗自诅咒，因为伊莉莎还没介绍就已经被女孩打断，而他本来只要说是亚伦告诉他的就没问题了。

"我们都很想念你。"她低声说道。

他僵在原地，克制一股转身回去将她抱在怀里乞求原谅的冲动。

他一言不发地逃出魔印店。

※

魔印人边走边埋怨自己。她认出自己了，也不知道是怎么认出来的，但就是认出来了，而就这么走出来或许比告知自己死亡的消息让她更伤心。伊莉莎将自己视如亲生，如此离开必定是彻底拒绝了她的关心。但又能怎么办呢？让她看看自己现在的样子？

不，还是让她认为自己背弃她了比较好，任何谎言都比真相要好。

即使她有权知道？脑中挥之不去的声音问道。

这个问题令他心痛，于是他将之抛在脑后，把注意力集中在前来密尔恩的主要目的——林白克的要求上。他前往欧克公爵的宫殿，但门口守卫很不友善。

"公爵阁下没时间接见城内所有衣衫褴褛的牧师。"看见身穿兜帽长袍的他走近时，一名守卫吼道。

"他会接见我的。"魔印人说，举起盖有林白克印信的包裹。守卫瞪大双眼，以怀疑的目光扫视他的全身。

"但我不曾见过你。"第一名守卫说。"因为我见过所有皇家信使。"

"再说，什么样的信使会穿牧师长袍？"另一名守卫问道。

魔印人心头依然思索着与伊莉莎会面的情景，没有耐心与这些无关紧要的人物啰唆。"不肯开门通报就会打碎你们脑袋的那种信使。"他立即拉开兜帽。

守卫们一看见布满文身的脸孔，当场后退一步。魔印人朝宫门一指。他们争先恐后地跑过去开门。其中一名跌跌撞撞地冲向宫殿报信。

魔印人戴回兜帽，忍住笑意——相貌丑陋还是有点好处。

他步伐稳健地走向宫殿，吸引院子里所有人的目光，在众人窃窃私语中走了进去。没过多久，公爵的宫廷总管琼恩主母在宫门守卫的搀扶下出来迎接他。在十几年前，魔印人第一次见到她时就已经十分瘦削，现在更是骨瘦如柴了，皮肤白得近乎透明，其上布满蓝色的血管和老年斑。但她依然腰杆挺直，健步如飞。瑞根曾将宫廷总管比作某种自成一格的地心魔物，而数次与她打交道的过程令他坚信这种观点。两名守卫谨慎地跟在她身后几步的距离之外。

"就是他，主母。"一名守卫道。

琼恩点头,挥手支开守卫。守卫返回宫门,但魔印人看见许多庭院里的人涌了过来,等着看戏。

"你就是人称魔印人的人,是不是?"琼恩问。

魔印人点头。"我带来林白克公爵的紧急讯息,还有我本人提供的协助。"

琼恩扬起一边眉头。"很多人认为你是解放者再世,你怎么会帮林白克送信?"

"我不帮任何特定的个人服务。"魔印人说。"我帮林白克送信是因为我们同仇敌忾,克拉西亚攻击来森堡的举动危及我们所有人。"

琼恩点头。"公爵阁下也这么认为,因此他同意接见你……"

魔印人点头,开始朝宫殿走,但琼恩扬起一指。"……不过是在明天。"她补充道。

魔印人脸色一沉。公爵通常会让信使等待一段时间,借以彰显权威,不过在还没过中午的时候让身怀紧急讯息的皇家信使等待一整天简直闻所未闻。

"或许你没说清楚我的讯息有多重要。"魔印人严肃地道。

"或许是你高估了自己的重要性。"琼恩回应。"你在分界河以南算是个有影响的人物,不过此刻你身处群山之中、北地守护者欧克公爵的领地。他会在他认为有空时接见你,但他说明天才会有空。"

装腔作势。欧克想要借作弄魔印人来显示自己的权威。

当然,他可以坚持宣称受到侮辱威胁跑回安吉尔斯,甚至硬闯入宫。只要他不想被阻挡,就没有守卫有能力阻挡他。

但他需要欧克的大力支持。瑞根会破解他交给伊莉莎的魔印宝典,并知道该如何处理他,但只有欧克有权利提供必要的

人力物力共同对付克拉西亚人。这一切值得等待一天。

"那好吧。明天破晓时分,我在宫门外等候。"他转身离去。

"密尔恩有宵禁。"琼恩说。"破晓前没有人可以在街上行走。"

魔印人转身面对她,抬起头来,让她看见自己兜帽底下的容貌。他微笑的时候,牙齿在布满刺青的嘴唇之间显得异常白。"那就叫守卫逮捕我。"他提议道。

他们各自玩一把装腔作势,展示自己的尊严。

琼恩的嘴抿成一条直线。如果说魔印人的刺青令她不安,她也没流露出来。"那就破晓时分。"她同意道,接着迅速转身,大步赶回宫殿去了。

离开公爵宫殿后,数名守卫跟踪过来。他们谨慎地保持距离,显然是打算找出他的落脚处,并且记下与他有接触的每一个人。

魔印人在密尔恩住过好几年,各种胡同巷道了如指掌。他转入一条死巷,离开守卫视线范围后,立刻跃起十英尺高,抓住二楼的窗沿。接着他又轻轻松松地跳到对面的三楼窗沿,然后再跳到对面的屋顶。他趴在屋顶边缘观察,看着守卫们耐心等待他发现走进死胡同后回头。用不了多久他们就会失去耐心,然后让其中一人进入巷中调查,但魔印人早就走远了。

当他抵达磨坊路第三间房舍时,魔印人想起伊莉莎提起杰克时最后一句暗示的话。他还好吗?是不是发生什么事了?

成长过程中,杰克和玛丽是他仅有的朋友。杰克梦想成为吟游诗人。两个男孩曾约定等亚伦取得信使执照就一起外出闯荡,以信使与吟游戏诗人这种常见的组合。

但杰克不像亚伦这般执著于自己的梦想,他从不愿意花太多心思练习吟游诗人的技巧。等到亚伦决定离开时,杰克的杂耍技巧就和他以双臂当翅膀飞翔的能力一样糟糕。

尽管如此,他似乎过得很不错。虽然这里无法与瑞根和伊莉莎的豪宅相提并论,不过杰克的家看来坚固而且整洁,以密尔恩的标准来看算是非常宽敞了。这个时间,杰克多半待在磨坊里,这样也好。他家里会有人帮忙收信的,不太可能有人认识亚伦·贝尔斯,更别说是魔印人。

然而万万没想到出来应门的竟然会是玛丽。

她看到全身包在兜帽和长袍下的他立刻倒抽一口凉气,接着后退一步。他和她同样惊讶。

"请问,"玛丽问,恢复正常,"有什么可以效劳吗?"她把手放在门上,随时准备甩上房门。

她比印象中要成熟一些,但岁月并没有剥夺她的美貌。他记忆中的玛丽与现在眼前这朵鲜花相比只算是春天的花蕾。年轻时苗条的体形变得圆润丰满,浓密的褐发波浪般垂在圆脸以及自己亲吻过上千次的丰唇两旁。他一看到她手就开始战抖,但不管她的美丽有多令他吃惊,真正令他难以接受的是她前来应门这件事。

她嫁给了杰克?杰克,教他玩抱球,并且随他一起去面包店后窗偷糖吃的那个男孩;当亚伦告诉他自己想要成为信使后,就一直神情敬畏地跟在他身后的杰克;杰克,在玛丽面前如同隐形的男孩,因为她眼中只容得下亚伦。

"不好意思,"他说,惊讶得忘记改变音调,"我一定是找

错……"转身就走,大步走出磨坊路。

他听见她在身后喘息,于是加快步伐。

"亚伦?"她大叫道,吓得他拔腿就跑。

但才刚跑出几步,他就听见她追上来的声音。"亚伦,停下来!拜托!"她叫道。但他装作没听见,一心只想逃跑,强壮的双脚轻易将她抛在身后。

路上有辆坏掉的马车翻倒在地,两个男人在车旁争吵。他浪费宝贵的时间绕过马车,玛丽一会儿就追了上来。他闪入两间小屋之后,希望能够抄捷径逃脱,但他印象中的出口消失了,小巷的末端现在是一面高得无法攀越的墙。

他闭上双眼,试图以意志力让自己如同在黎莎小屋里时一样化作一团雾。但太阳高挂头顶,魔法说什么也没有效果。他立刻折返,但已经太迟了。他在玛丽转入小巷的同时迎面撞了个满怀,两人同时摔倒。魔印人摔倒时保持冷静,在撞上石板地时出手抓住兜帽。他全身绷紧,翻身而起。但玛丽已经扑到他身上,紧紧抱住了她。

"亚伦,"她哭泣道,"我放手过一次,我对造物主发誓我绝对不会再放手。"她紧紧抱住他,但这个拥抱依然令魔印人感到莫名的恐惧。

一段时间后,玛丽恢复自制,抽噎一声,用衣袖擦拭鼻子和眼睛。"我看起来一定很糟。"她喃喃道。

"你很美。"他说,听起来不太像恭维,而是陈述事实。

她害羞地笑了笑,垂下目光,再度抽咽。"我试着等你。"她低声说道。

"没有关系。"他说。

但玛丽摇头。"如果我以为你会回来,我就会永远等下去。"她抬头看着他,凝视着兜帽底下的阴影。"我绝对不会……"

"嫁给杰克?"他问,语气比他预想中要刻薄一点。

她偏开目光,两人同时尴尬起身。"你离开了。"她反驳道。"他留在我身边。这些年来,他一直对我很好,亚伦,但……"她抬头看着他,微微迟疑。"如果你要我……"

他五脏翻腾。还要她怎样?难道她会和自己一起离开吗?还是留在密尔恩,但离开杰克和自己在一起?梦中的景象闪过脑海。

"玛丽,不要。"他哀求。"不要说出口。"现在他已经没有回头的机会了。

她偏过头,仿佛挨了一下耳光。"你不是为了我而回来的,是不是?"她责问道,深深吸了一口气,试图忍住泪水。"你只是回来看看老朋友杰克,拍拍他的背,聊几句,然后再度离开?"

"不是那样的,玛丽。"他说着,走到她的背后,双手搭上她的肩。这种感觉很奇特,熟悉却又陌生。他已经不记得自己上一次如此与人接触是什么时候了。"我希望你在我离开时找到另一个男人。"

玛丽转回来再度拥抱他,不过没有直视他的目光。"他对我很好。父亲和磨坊老板打过招呼,他们让他担任监工。我去母亲学校帮忙抄写字板,存下足够的钱买了这间房子。"

"杰克是个好人。"魔印人说。

她抬头看他。"亚伦,你为什么还要遮住脸?"

他不自觉地偏过头去。一时间,他竟希望忘记自己的变化。"黑夜改变了我,你最好不要看到我的样子。"

"胡说。"玛丽说,伸手去揭他的兜帽。"这么多年后你还活着,你以为我会在乎你脸上有没有伤疤吗?"

他突然退后，挡下她的手掌。"事情不像你想的那么简单。"

"亚伦，"她在尴尬的片刻过后说道，如同多年前那样双手叉腰，"你一声不吭离开密尔恩已经八年了，既然有胆回来，难道没胆露个脸？"

"根据我的记忆，当年离开的人是你。"他说。

"你以为我不知道吗？"玛丽对他叫道。"这些年来我一直责怪自己，不知道你究竟是死在路边，还是投入另一个女人的怀抱，一切只是因为那天晚上自私的我闹情绪！我到底还要被惩罚多久？只因为你告诉我你宁愿出外冒险也不要和我一起受困牢笼？"

他看着她，心知她说的没错。他从来不曾对她撒谎，或是对任何人撒谎，但他依然欺骗了她，因为他让她相信自己已经淡忘了成为信使的梦想。

他缓缓举起双手，拉开兜帽。

玛丽瞪大双眼，在看见文身的同时伸手捂住嘴阻止自己出叫声来。只是脸上就有几十个魔印，沿着他的下颌和嘴唇而上，覆盖他的鼻子和眼睛四周，就连耳朵上都有。

她本能地后退。"你的脸，你英俊的脸。亚伦，你做了什么？"

他曾想象过这种反应无数次，在提沙境内所有地方的人们脸上看过，尽管如此，他还是深深被她的反应刺伤。她眼中的神情等于是在批判现在的他所代表的一切，让他感到数年不曾感受到的渺小与无助。

这种感觉令他愤怒，密尔恩的亚伦数年来头一次浮出水面，这一刻再度沉入黑暗中。魔印人重新掌握，他的目光坚定不移。

"我为了生存，迫不得已。"他说，声音十分刺耳。

"不，你不是。"玛丽摇头说道。"你本来在密尔恩就可以生存，安安稳稳地过日子，你并非……为了生存而自残。事实上，你会这么做都是因为你痛恨自己，认定自己没有资格过露宿野外之外的生活。你这么做是因为你不敢敞开心胸去爱任何可能会被地心魔物夺走的东西。"

"我不怕任何地心魔物能做的事。"他说。"我在夜里肆意游荡，不畏惧任何恶魔，不管大小。它们闻风丧胆，玛丽！"他拍击胸口，强调这点。

"它们当然闻风丧胆。"玛丽低声说道，眼泪沿着光滑的脸蛋流下。"你已经变成怪物了。"

"怪物?!"魔印人大叫。令她吓得又退了两步。"我成就了数百年来无人成就的事！完成自己从前的梦想！我带回了人类自从第一次恶魔战争过后就失去的力量！"

玛丽一口啐在地上，对他的成就毫不在乎。这画面令他忐忑不安，他昨晚曾见过这个画面，在第三场梦境中。

"什么代价？"她大声问道。"杰克给了我两个儿子，亚伦。你会要求他们参加另一场恶魔战争，死在战场上吗？他们本来应该是你的儿子，是你送给世界的礼物，但结果你为世界带来的只是一条毁灭之路。"

魔印人愤怒地张开嘴，想要反驳，但什么也说不出口。如果这话是其他人说的，他一定会辩驳到底，但玛丽轻而易举地突破他的心里防线。自己到底为世界带来了什么？会不会有数千名年轻人带着他的武器上战场，结果却在战争中惨遭屠杀？

"你说完成了从前的梦想并没有说错，亚伦。"玛丽说，"你确保再也没有人可以亲近你。"她皱着眉直摇头。温柔的嘴唇溢出一声呜咽，接着她捂住嘴，惊恐地转身逃走了。

魔印人停了很长一段时间，在人来人往的同时低头凝视着

石板地。他们看见他文满魔印的容貌,纷纷开始交头接耳,但他毫不在乎,再一次,玛丽哭着离开他,而他希望大地吞噬自己。

☙

他漫无目地在街上游荡,试图坦然接受玛丽所说的话,但没有办法。她说得对吗?自母亲惨死的那天晚上以后,自己可曾真的敞开心扉面对任何人?自己知道这个答案,而答案令她的指控更具分量。人们在他面前纷纷让道,他的魔印皮肤对人类和地心魔物一样,具有阻挡的效果,只有黎莎曾试图突破这道屏障,而他却连她也一并赶跑。

一段时间过后,他抬起头来,发现自己本能地回到卡伯的店前。这个熟悉的地方召唤着他,而他已经没有力气反抗。他觉得内心空了,一片虚无。让伊莉莎埋怨一顿,举起拳头殴打自己吧,不管她做什么都不可能比现在还糟了。

他进去的时候,伊莉莎坐在地板上哭泣,独自一人。她在门铃响起时抬起头来,与魔印人四目相交。一段漫长的时间过去,两人都没有开口说话。

"你为什么没告诉我他们结婚了?"他终于问道。这是无理取闹的质问,但他想不出还能说些什么。

"你也没把一切通通告诉我。"她回道。她的语气中没有愤怒,没有责怪。她是在陈述事实,就像讨论她早餐想吃些什么。

他点头。"我不希望让你看见自己现在这个样子。"

"什么样子?"伊莉莎轻声问道,将手中的扫帚放到一旁,来到他身边。她伸手触摸他的手臂。

"伤疤?我曾经见过。"

他转过身去,她放开手掌。"我的伤痛是自己刻画上去的。"

"我们的伤都是这样来的。"她说。

"玛丽只看我一眼，就好似看到地心魔物般拔腿就跑。"他无力地陈述道。

"我真的很遗憾。"伊莉莎说，从后面伸出双手环抱他。

魔印人很想挣脱，但某部分的他在她的拥抱中融化。他转过身来，回应她的拥抱，闻着她熟悉的体香，闭上双眼，敞开心胸，让痛苦离开身体。

片刻过后，伊莉莎推开他。"我想看看她所见的。"

他摇头。"我……"

"闭嘴。"伊莉莎轻声说道，把手伸进兜帽中，一只手指封住他的嘴唇。他全身紧张，看着她的手缓缓向上，撩起兜帽拉向后方。他感到无比的恐惧，血液几乎凝结，只是依然如同雕像般冰冷地站在原地。

就和玛丽一样，伊莉莎瞪大双眼，倒抽一口凉气，但她没有退缩，只是看着他，接受眼前的一切。

"我从来不曾欣赏过魔印。"她在一段时间后说道。"以前，它们只是一种工具，就像榔子或火焰一样。"她伸手抚摸他的脸庞。柔软的手指滑过他眉头、下颌及额头上的魔印。"直到现在，在这间店铺中工作，我才了解它们有多美丽。任何能够守护我们心爱之人的事物都是美的。"

他呜咽一声，开始哭泣的时候身形一晃，但伊莉莎稳稳地扶持他，支撑他。

"回家吧，亚伦。"她说。"就算只住一晚也好。"

第二十三章　欧克的宫廷

333 AR　春

魔印人离开魔印店，步行一段距离后再度跳上屋顶，确保没有人跟随，才回到瑞根和伊莉莎的家。

这里比他印象中要小。当他十一岁初到密尔恩时，瑞根和伊莉莎的家在他眼中有如一座小村庄，拥有自己的花园、围墙、仆役房舍及大宅本身。现在就连庭院，他小时候学习战斗和骑马的辽阔场地，似乎都带来一种幽闭恐惧的感觉。他太习惯行走于无边天际的黑夜中，围墙令他窒息。

门口的仆役二话没说就让他进去。伊莉莎派人回家报信，还派了另一个人去旅馆牵黎明舞者并带回他的行李。他穿过庭院，进入大宅，走上大理石台阶，回到自己以前住过的房间。

屋里就和他离开时一模一样。亚伦居住密尔恩期间拥有很多东西——书籍、衣物、工具、绘有魔印的物品——外出送信时带不下，因为信使只有一匹马可以驮信件。他将大部分的东西都留在这里，而这个房间似乎完全不受时间打扰。床上铺有新床单，一尘不染，不过所有物品都在原位。他的书桌依然凌乱不堪。他在桌前坐了很长一段时间，沉浸在熟悉的感觉中，重温十七岁的时光。

门上传来急促的敲门声，令他回过神来。他打开房门，看见玛格莉特母亲，她厚实的手臂交握胸前，冷冷打量着他。玛格莉特自从他第一天抵达密尔恩就开始照顾他，帮他疗伤，教导他在城里做人处世的道理。魔印人惊讶地发现这么多年后她依然令他不安。

"让我看看。"玛格莉特说。

他甚至不用问她看什么。他鼓起勇气，放下兜帽。

玛格莉行凝视他良久，没有露出预期中的恐惧或惊讶神情。她嘟哝一声，自顾自地点了点头。

接着她一巴掌甩在他脸上。

"这下是为了你令我家女主人心碎而打！"她叫道。这一巴掌出乎意料地沉重，而在他站稳脚步之前又被甩了一耳光。

"这下是为你令我心碎而打！"她啜泣一声，然后抓住他，将他拉到身前，紧拥到令他透不过气。"感谢造物主你没事。"她呜咽道。

☙❧

没过多久，瑞根回到家，他拍拍魔印人的肩，直视他的双眼，完全不提他脸上的魔印。"很高兴你回来了。"他说。

事实上，魔印人看到瑞根反而更加惊讶，因为他胸口别着一个沉重的纯金胸针，其上刻有魔印师公会的开键魔印。

"你现在是魔印师公会的公会长？"他问。

瑞根点头。"卡伯和我在你离开后成为合作伙伴，而你发起的魔印交换生意让我们成为全密尔恩最大的魔印商行。卡伯当了三年公会长，后来因患癌症而虚弱去世。身为他的继承人，我很自然就继任了公会长的职位。"

"这是一个全密尔恩没有任何人有异议的决定。"伊莉莎补充道，凝望她丈夫的眼神中充满骄傲与爱恋。

瑞根耸肩。"我也只是恪尽职守。当然，"他转向魔印人，

"这职位本来应该是你的,它依然属于你。卡伯的遗嘱中很清楚地写着,只要你回来,他所拥有的一切都要转交给你。"

"魔印店?"魔印人问,想不到自己从前的老师会在多年后依然把自己定为遗嘱继承人。

"魔印店、魔印交换生意、仓库,以及魔印玻璃制品,"瑞根说,"学徒合约在内的一切。"

"足以让你成为密尔恩最有钱的权威人物。"伊莉莎说。

魔印人的脑海中浮现一个画面——他走在欧克公爵的宫殿大厅里,帮助公爵阁下出谋划策,号令数十名甚至数百名魔印师。分配权力……缔结同盟……

审阅报告。

发布报告。

旁边跟着一大群仆役任他驱使。

在城墙内窒息……

他摇头。"我不能接受,全都不要。亚伦·贝尔斯已经死了。"

"亚伦!"伊莉莎吼道。"你好端端地站在这里,怎么能说那种话?"

"我不能就这么回来重拾以前的生活,就算是现在,空气也异常凝重,让我难以呼吸……"

瑞根搭着他的肩膀。"我以前也当过信使。"他提醒道。"我知道野外的空气是什么气味,也知道身处城墙内会渴望新鲜空气,但这种渴望是会随着时间消逝的。"

魔印人凝视他,目光深沉。"我为什么要让它消逝?"他大声问道。"你为什么要让它消逝?为什么要在手持钥匙的时候把自己锁在囚牢里?"

"因为玛雅,"瑞根说,"因为亚伦。"

"亚伦?"魔印人语气困惑。

"不是你。"瑞根低吼,他也有点火了。"我五岁的儿子亚伦。他需要父亲,这比他父亲需要新鲜空气重要多了!"

这下重击比玛格莉特的巴掌还要沉重。魔印人心知自己就应该受此惩罚。刚刚他对瑞根说话的语气就像以在对自己父亲说话,好像他是提贝溪的杰夫·贝尔斯,那个站在原地眼睁睁看自己妻子惨遭屠杀的懦夫。

但瑞根并非懦夫,他已经证明这个事实数千次了。魔印人曾亲眼见识过他手持长矛与盾牌面对地心魔物。瑞根不是因为恐惧而放弃黑夜,他是为了征服恐惧才这么做的。

"我很抱歉。"他说。"你说得对,我无权……"

瑞根嘘了一口气。"没关系,孩子。"

魔印人走到瑞根和伊莉莎的接待厅墙上一排排的肖像画之前。他们每年都有会请人画一幅画,以记录岁月的流逝。第一幅画里只有瑞根和伊莉莎,外表十分年轻。第二幅绘于数年后,魔印人看着儿时的脸瞪视自己,不过脸上没有魔印,他已经好多年不曾见过这一幕。亚伦·贝尔斯,一个十二岁的男孩,坐在椅子上,瑞根和伊莉莎站在他身后。

接下来每年的肖像画里他越长越大,直到有一年,他站在瑞根和伊莉莎之间,伊莉莎抱着襁褓中的玛雅。

隔年的画像中他不见了,但没过多久,新的亚伦出现了。他轻轻触摸画布。"真希望他出生时我在这里,真希望此刻我可以待在他身边。"

"你可以。"伊莉莎语气坚定。"我们是一家人。你不用过着乞丐般的生活,这里永远都是你的家。"

魔印人点头。"我现在了解了,透过一种我不曾看待此事的角度。为此,我深感抱歉。我以前没有回应你们的爱,今后

也没有能力回应。等我觐见公爵后，就会立刻离开密尔恩。"

"什么?!"伊莉莎叫道。"你才刚到家而已!"

魔印人摇头。"我选择了自己的路，就必须走到尽头。"

"那你打算去哪里?"伊莉莎问。

"先去提贝溪镇。"他说。"去把战斗魔印交给他们。接下来，请你们将战斗魔印传遍密尔恩和附属村落，我会负责安吉尔斯和雷克顿。"

"你期望所有小村落都起来战斗?"伊莉莎惊问。

魔印人摇头。"我并没有要求任何人战斗。但如果当年我爸拥有一把长弓和魔印箭矢，我妈或许就不会死了。所以每人都应该拥有他曾经没法获得的机会。等到战斗魔印传流到世界每个角落，广为人知，不可能再度失落后，人们就可以自行决定该怎么样做。"

"然后呢?"伊莉莎逼问。

魔印人以高亢的声音回道："欢迎所有人与我并肩作战，我们将会对抗恶魔，直到身亡，或是直到玛雅和亚伦可以无所畏惧地欣赏日落。"

✾

夜深了，仆役早已就寝。瑞根、伊莉莎，以及魔印人坐在书房，空气中弥漫着男人一边喝白酒一边抽烟时所散发的香甜气味。

"公爵召唤我明天前往觐见厅会见'魔印人'。"瑞根说。"我真想不到他们说的是你。"

他忍俊不禁。"我奉命要让魔印师假扮成仆役，接着趁你和公爵阁下交谈时画下你身上的刺青。"

魔印人点头。"我会戴上兜帽。"

"为什么?"瑞根问。"如果你打算让所有人都拥有魔印。为什么要隐藏它们?"

"因为欧克觊觎它们。"魔印人说。"我可以利用这点取得谈判优势。我要让他分心,以为得向我购买魔印,而你可以私下在公爵领地散布给予所有魔印师。悄悄地流传开来,不要让欧克有机会藏私。"

瑞根嘟哝一声。"高明。"他同意道。"不过欧克发现后一定会大发雷霆。"

魔印人耸肩。"到那时我早就走了,就当作是他把那么多知识锁在大图书馆里,只让少数人阅读的惩罚。"

瑞根点头。"那么觐见时我最好装作不认识你。如果你身份泄露,我就装出和其他人一样吃惊的表情。"

"我想这是明智之举。"魔印人同意道。"你认为还有谁会出席?"

"人越少越好。"瑞根说。"欧克其实很高兴与你在破晓时分会面,这样他就可以在牧师和贵族们发现之前送你出宫。除了公爵和琼恩,现场只会有我。信使公会的马尔坎公会长、欧克的女儿,以及我那些假扮成仆役的魔印师。"

"谈谈欧克的女儿。"魔印人说。

"海帕提雅、艾莉雅以及罗兰。"瑞根说。"都和她们父亲一样死脑筋,而且长相很平庸。全是母亲,都有产下儿子。如果公爵没有儿子,主母议会将从那堆小孩里挑选下一任公爵。"

"所以如果欧克死了,继任的将会是个小鬼头?"魔印人说。

"基本上如此。"瑞根说。"实际上,男孩的母亲会垂帘听政,握有统领领地的实权,直到他长大成人……也可能更久;不要低估她们。"

"我不会。"魔印人说。

"另外你还应该知道,公爵换了新的传令使者。"瑞根说。

魔印人耸肩。"那有什么关系?我连以前的都不认识。"

"有关系。"瑞根说。"因为新使者是奇林。"

魔印人立刻抬头。奇林是瑞根在道上拯救小亚伦时的吟游诗人伙伴,当时亚伦因为砍断独臂魔的手臂遭恶魔感染而昏迷不醒。这个吟游诗人是个懦夫,当恶魔测试魔印时只会缩在睡袋里哭泣;但多年后,魔印人发现他在表演时称独臂魔是他砍断的。那时独臂魔每天晚上都会为了找亚伦复仇而攻击城墙魔印,有一回甚至真的突破城墙,差点成功报仇。当时亚伦在大庭广众之下指责奇林说谎,结果他还连累克被跟着他痛扁一顿。

"一个没有胆量长途旅行的人怎么帮公爵传令?"魔印人笑着问道。

"欧克掌权的关键就是网罗人才及珍藏知识。"瑞根说。"有些贵族看过奇林演唱那首关于独臂魔的吹嘘歌谣,进而博得欧克的信赖。没过多久奇林就接受公爵指令,现在他专门为公爵演出。"

"因此,他并没有真的外出传令。"魔印人说。

"喔,他有。"瑞根说。"附近大多数的小村镇一天之内就能抵达,欧克甚至为了这个胆小如鼠的家伙在道上修建了好几座驿站。"

公爵宫殿的大门于破晓时开启,而出门迎接魔印人的不是别人,正是奇林。

奇林看起来与魔印人印象中差不多,从密尔恩人的标准来看身材很高,有着红葡萄色头发及翡翠绿眼珠。他明显发福了,显然是升官后还捞了不少油水。稀疏的小胡子与下颌的胡须分开，不过脸上倒是涂抹了不少粉，以遮掩皱纹，保留逝去的青春。

上次见面时，奇林还穿着吟游诗人的七彩表演服，现在他身为皇家传令使者，服饰也因身份而改变。他的短袖外前缀有代表欧克公爵的灰色、白色及绿色，样式较为朴实，不过裤子依然是宽松的表演服，以免公爵突然叫他表演翻筋斗。黑斗篷的内里倒是缝满七彩补丁，只要迅速转身就能显露出来。

"很荣幸见到你，阁下！"奇林招呼道，很正式地鞠躬行礼。"公爵阁下正在和几名重要顾问等候你的到来。这边请，我会领你前往等候厅。"

魔印人随他穿越宫殿。上一次进入大厅时，许多仆役和主母为了公爵的事务而在里面忙进忙出。但此时正值破晓时分，走道上只有零星几名仆役，而且全都受过保持低调的训练——瑞根曾说是魔印师化装成的。

大厅走廊笼罩在一排摇曳的火光中。这些灯座不需燃油或灯芯，也不需要草药师提炼合成物。它的能量来源叫作电力——欧克私藏的一种古老科技。它看起来十分神奇，但魔印人待在公爵图书馆时就知道这东西只是利用磁力产生能量，与用风力或水力转动磨面机没有多大不同。

奇林领他来到铺满厚而软的绒布地毯，且有座壁灯的房间。墙边立着书柜，还有张桃木书桌。如果他孤身一人，这里或许是个很好的等候室。

但奇林并没有离开的打算。他走到一堆银器旁，倒了两杯上等红酒，然后递给魔印人一杯。"我本人也是资深的恶魔战士，我创作的一首名叫'独臂魔'的歌曲，你应该听过吧？"

年少气盛的亚伦听到这话一定会大发雷霆——奇林竟然还

在抢占他的功绩。但魔印人已不在乎这种小事了。"我确实听过。"他说,拍拍吟游诗人的肩。"很荣幸见到你这么英勇的战士。今晚我想跟你一起出战,让更多石恶魔去见阳光!"

奇林吓得脸色发青——略带病态的苍白。魔印人的脸藏在兜帽阴影里窃笑,或许他没有自己想象中豁达。

"我……呃,感谢你如此提议。"奇林结巴说道。"那是莫大的荣幸,但是,我身负公爵的职责,不容许再像年轻时那么做了。"

"我了解。"魔印人说。"幸好当年拯救那个男孩时,你无须顾虑这么多。他叫什么名字?"

"亚伦·贝尔斯。"奇林立刻补充道,以熟练的微笑恢复镇定。他凑到近处,伸手搂住魔印人的肩,压低声音。"以下是我以恶魔战士身份对另一名恶魔战士的承诺。"他说。"只要你方便在结束与公爵会面后,接受我的访谈,我可以将你的英雄事迹写成歌剧,永远传唱下去。"

魔印人转头面对他,提起兜帽,任由灯光照在脸上。奇林倒抽一口凉气,移开手臂,退向一旁。

"我杀恶魔不是为了荣耀,吟游诗人。"他吼道,大步逼近可怜的传令信使,直到他的背部撞上书柜,导致书柜猛烈摇晃。"我杀恶魔,"他凑上前去。"是因为它们该杀。"

奇林手掌战抖,溢出不少美酒。魔印人后退一步,面露微笑。"或许你可以把刚刚发生的事情写成一首歌。"他建议道。

奇林依然没有离开,不过也不好意思再度开口说话。魔印人对此心存感激。

※

欧克的接见厅比魔印人印象中变小了,但依然很奢华,许多高大的石柱撑起高得令人咋舌的拱顶。天花板漆成天空蓝，中间绘有耀眼的太阳。地上嵌满帷幔。这间大厅足以容纳上百人。公爵肯定曾在此举行过无数宴会，并且坐在大厅首端的王座上欣赏宴会的盛景。

魔印人走进大厅时，欧克公爵已经坐在自己的王座上。他身后的王座台上站着几名丑陋的女人，外貌和公爵相似。昂贵的礼服及珠宝昭示了她们的公主身份。琼恩主母在王座台阶下方，手持备忘录和鹅毛笔。站在她对面的是瑞根和马尔坎公会长。这两名退休信使自在地并肩而立。瑞根对马尔坎轻声低语。马尔坎窃笑。琼恩反感地瞪了他一眼。

琼恩身边站着皇家图书馆长、玛丽的父亲朗奈尔牧师。

魔印人咒骂自己。他应该料到朗奈尔会出席的，如果玛丽曾透露给他父亲……

尽管朗奈尔好奇地打量着他，目光看来却不像认得他的样子。自己的身份没有暴露，至少暂时没有。

两名守卫关上门，举起长矛于门前交叉。所有"仆役"手上都拿着写字板，在石柱的另一边巡逻，故作低调地仔细观察他。

近距离看，欧克公爵比魔印人印象中更胖更老。肥大的手指上仍然戴满戒指，胸口还戴着沉重的黄金项链，金冠下的头发比当年更显稀疏。他曾经气度非凡，现在只怕是从王座上起身也得有人帮忙了。

"欧克公爵，群山之光，密尔恩领主，"奇林宣告道，"容我为你引见魔印人，代表林白克公爵、森林城堡守护者及安吉尔斯领主的信使。"

瑞根的声音在他心头响起，每当觐见公爵时他就会听见这些话语——如果你迁就他们，商人和贵族就会骑到你头上。你

在他们面前必须表现得像个国王，永远不要忘记出城冒险的人是谁。

他将这话放在心里，抬头挺胸，大步向前。"公爵阁下。"他不等对方开口就抢先说道。他长袍飘逸，优雅地鞠了个躬。但对于众人低声议论这种大胆的举动，欧克似乎全不在意。

"欢迎来到密尔恩，"公爵说道，"我们曾听说不少关于你的事迹。我承认我和许多人一样以为你只是传说中的人物，可以请你让我见识见识吗？"他说着，比个拉下兜帽的手势。

魔印人点头，拉开兜帽，四面八方随即传来一阵惊呼。就连瑞根都装出震惊的模样。

他等待片刻，让所有人看清自己。"了不起。"欧克说。"真是百闻不如一见。"他说话的同时，瑞根手下的魔印师开始工作，在竭力掩饰的情况下拿笔描绘眼前所见的魔印。

这一次他心里响起卡伯的声音。密尔恩堡和提贝溪不同，孩子。在这里，干什么都要花钱。他不认为他们能够抄录多少——他脸上的魔印太小也太密了——但他依然顺手拉回兜帽，目光停留在公爵脸上。这意思十分明显，他不会把宝贝白送给他。

欧克看向魔印人，对他的言行很不满意。

"我为安吉尔斯的林白克公爵带来讯息。"魔印人说，拿出盖有印信的包裹。

公爵不加理会。"你是谁？"他单刀直入地问道。"来自何处？"

"我是魔印人。"他说。"来自提沙。"

"不准在密尔恩提起那个名字。"公爵警告道。

"不管能不能提，事实就是如此。"魔印人回应道。

欧克瞪大双眼，想不到他竟如此大胆，接着靠回椅背，沉思不语。欧克和魔印人曾见过的公爵不同。在雷克顿或来森堡，公爵只是代表议会发言的名义领袖而已。在安吉尔斯，林白克握有实权，不过他的兄弟和詹森所作的决定似乎不比他少。但在密尔恩不同，一切都在欧克的掌握中。他的顾问显然只是提参考建议，无权下决定。从他能够统治数十年这一点来看，他肯定是个精明谨慎的人。

"你真的能够赤手空拳杀死恶魔吗？"公爵问。

魔印人再度微笑。"就像我对你的吟游诗人所说的，公爵阁下，黄昏后随我出城，我可以让你亲眼见证。"

欧克哈哈大笑，不过是勉强挤出一丝干涩的笑容，他浑圆红润的脸颊变得面无血色。"或许改天吧？"

魔印人点头会意。

欧克凝视他一段时间，仿佛试图作出什么决定。"那么——"他终于问道。"你到底是不是？"

"阁下是指？"魔印人问。

"解放者。"公爵挑明地讲。

"当然不是。"朗奈尔牧师嘲笑道。但在公爵比了个明显的手势后，他立刻闭嘴。

"不是。"魔印人回答。"解放者只是传说，不是真的。"朗奈尔打算开口驳斥，但他望了公爵一眼，随即保持沉默。"我只是个找回失落魔印的人。"

"战斗魔印！"马尔坎惊奇地说道，双眼放光。除了瑞根，他是大厅内唯一曾在黑夜中独自面对恶魔的人会对此感兴趣，也算情理之中。信使公会通常愿意付出任何代价让他们的人拥有魔印长矛和箭矢。

"你是如何找回这些魔印的？"欧克逼问。

"城市之间的废墟里藏有许多珍宝。"魔印人答道。

"哪里?"马尔坎问。魔印人只是微笑,让他们自行上钩。

"够了,"欧克说,"你那些魔印要多少钱?"

魔印人摇头。"我不会为了钱出售魔印。"

欧克眉头一皱。"我可以命令我的守卫劝你改变主意。"他警告道,朝门边的两个守卫点头。

魔印人微笑道:"那你就会发现你将失掉两名守卫。"

"或许。"公爵若有所思地道。"但我有足够多的守卫,多到把你压在地上,让我的魔印师画下你身上的所有魔印。"

"我身上没有可帮助你加持长矛或武器的魔印。"魔印人撒谎道。"那些魔印在这里,"他轻拍兜帽侧面。"全密尔恩的守卫都没法逼我交出它们。"

"我不这么认为。"欧克警告道。"我看得出来你心里有个价钱,少兜圈子,开价吧。"

"一件一件来。"魔印人说,将林白克的包裹交给琼恩。"林白克公爵要求联盟,携手赶走入侵来森堡的克拉西亚人。"

"林白克当然想要联盟。"欧克不屑地道。"他躲在木墙之后,位于沙漠老鼠之北的绿地上。但我为什么要出兵呢?"

"他引用大协定。"魔印人说。

欧克等待琼恩呈上书信,一把接过去,迅速浏览一遍。他脸色一沉,将信揉成一团。

"早在林白克于分界河岸重建河桥镇时,"他吼道,"他就违背了大协定,交出十五年来收取的过桥费,或许我会考虑派兵支援他。"

"公爵阁下,"魔印人说,压抑住一股跳上王座台掐死他的冲动,"河桥镇的问题可以改日再谈。克拉西亚人对你们双方都有威胁,远比那种琐碎的小事重要许多。"

"琐碎?!"公爵大声吼道。瑞根摇头,魔印人立刻后悔自己的遣词。他应付贵族的能力还远不及他的老师。

"克拉西亚人不是来抽税的,公爵阁下。"他继续道。"不要搞错了,他们是来杀戮、奸淫,直到整个北地都被他们纳入麾下。"

"我不怕沙漠老鼠。"欧克说。"让他们来我的山区送死吧!让他们在冰封之地围城,看看他们在城墙外饥寒交迫时能不能用沙魔印对抗冰恶魔。"

"那你的外围村落怎么办?"魔印人问。"你打算牺牲他们吗?"

"我可以守护自己的领地。"欧克说。"我的图书馆里藏有记载战争科技的书籍——武器和机械的设计图,足以在不费吹灰之力的情况下击退那些野蛮人。"

"我可以提供建议吗,公爵阁下?"朗奈尔牧师插言道,吸引了所有人的目光。他深深鞠躬。当欧克点头后,他迅速走上台阶,弯腰低语。

魔印人敏锐的耳力清楚地听见每一个字。

"公爵阁下,您认为让这种秘密重返人间真的是明智之举吗?"牧师问。"当初就是因为人类相互残杀才引发大瘟疫的。"

"难道你更喜欢克拉西亚瘟疫吗?"欧克小声回应。"《伊弗佳》降临时,造物主的牧师会变成什么东西?"

朗奈尔迟疑。"您说得很有道理,公爵阁下。"他鞠躬退下。

"就算你坚守分界河,"魔印人说,"密尔恩在缺乏南方的猎物、渔猎及木材的情况下又能撑多久?王室花园或许供应宫殿所需,但当城内其他人开始挨饿时,他们会把你从内城墙里揪出来分吃掉。"

欧克怒吼一声,但没有立刻回应。"不——"他终于说道。

"我不会在没有任何回报的情况下为了帮助林白克而派遣密尔恩士兵去南方送死。"

魔印人对此人的短视、近利感到怒不可抑,但这种反应依然在他意料中。现在就看他如何协商了。

"林白克公爵授权我谈判协商。"魔印人说。"他不会自河桥镇撤哨,但他愿意在接下来的十年间交出一半的过桥费,以换取你的帮助。"

"才一半?才十年?"欧克嘲笑。"那点钱采办军用物资都不够。"

"这点还有谈判空间,公爵阁下。"魔印人说。

欧克摇头。"不够好,差得远了。如果林白克请我协助,得付出更多代价。"

魔印人侧头询问:"什么代价,公爵阁下?"

"林白克至今还没有男性王位继承人,对不对?"欧克直接问道。琼恩主母低呼一声,大厅中其他人全都为这个不恰当的话题而不安躁动。

"就和公爵阁下一样。"魔印人说。不过欧克并不在乎这下反击。

"我有外孙。"欧克说。"我后继有人。"

"恕我愚昧,但此事和联盟有什么关系?"魔印人问。

"如果林白克想要子孙,他就得娶我的女儿。"欧克说,回头看看身后那些丑陋的女儿。"交还过桥费当作订婚聘礼。"

"阁下的女儿不都已是母亲了吗?"魔印人语气困惑地问。

"没错。"欧克说。"保证能生,而且全生过儿子,都处于生育年龄。"

魔印人再度看向公爵的女儿们。她们看起来一点也不像处于生育年龄的样子。但他没有发表评论。"公爵阁下,但她们不是都已经结婚了吗?"

欧克耸肩。"全嫁给低等贵族。我只要一声令下就能解除婚约,让她们骄傲地坐在林白克的王座旁,为他生儿育女。我甚至愿意让他自己挑。"

林白克死都不会就范。魔印人心想。联盟无望了。"我无权商谈这种事。"他说。

"当然。"欧克同意道。"我今天就会签署书面提议,派遣我的传令使者前往林白克的宫殿亲自传达。"

"公爵阁下,"奇林尖叫道,脸色再度变得跟死鱼一样惨白,"您当然需要我待在宫里——"

"你给我前往安吉尔斯,否则我就把你从高塔上扔下去。"欧克吼道。

奇林鞠躬,试图在绝望的神情之外加上一副吟游诗人的面具。"既然无须担心宫里的职责,我当然很愿意为您效劳。"

欧克咕哝一声,目光转回魔印人身上。"你的战斗魔印在身上。你的战斗魔印到底要怎样才肯拿出来?"

魔印人微微一笑,把手伸进背袋中取出一本手工捆绑,皮革封面的魔印宝典。"你是指这些?"

"你不是说你没带在身上?"欧克问。

魔印人耸肩。"我说谎。"

"你要什么条件?"公爵再度问道。

"派遣魔印师和补给品随同您的传令使者一起前往河桥镇。"魔印人说。"外加一道皇家命令。同意所有难民可以在不付过桥费的情况下,再渡过分界河,并提供食物、避难所,保证他们安然过冬。"

"这么多?只为了一本魔印书?"欧克大声说道。"太荒谬了!"

魔印人耸肩。"如果您想向林白克购买我卖给他的东西，你最好尽快支援，免得克拉西亚人烧毁他的城市。"

"当然，魔印师公会愿意分担公爵阁下的支出。"瑞根立刻说道。

"信使公会也愿意。"马尔坎立即补充。

欧克眯起双眼看着他们两个。魔印人心知已经赢了。欧克知道如果自己拒绝，两个公会会长将私下购买魔印，到时候他就会失去掌控自第一次恶魔战争以来在魔法方面最伟大突破的机会。

"我绝不会让我的公会分担我的支出。"公爵说。"王室会全部支出。毕竟。"他朝魔印人点头。"密尔恩至少能做的就是接纳所有远道而来的难民。当然，前提是他们愿意宣誓效忠。"

魔印人听得直皱眉，但还是点了点头。接着朗奈尔还是在欧克的指示下快步上前接过魔印宝典。马尔坎渴望地盯着宝典看。

"你愿意随我们的车队一起前往安吉尔斯吗？"公爵问，意图掩饰想要尽快摆脱魔印人的意图。

魔印人摇头。"感谢你，公爵阁下，但我自己一个人最安全。"他鞠了个躬，然后在没有获得允许的情况下转身，昂首阔步地走出大厅。

※

他轻而易举地摆脱欧克派来跟踪的人。城市已经开始晨间的喧嚣，魔印人在人来人往的街道上朝公爵图书馆前进。踏上全提沙最壮观的建筑台阶时，他看起来就像一名普通的牧师。

一如往常，公爵图书馆同样勾起了魔印人对年少时那些快乐而忧伤的回忆。在里面，欧克及他的先祖几乎收藏了所有大回归时代逃过火恶魔荼毒的上古典籍——科学、医药、魔法、历史等所有的一切。密尔恩公爵集所有知识于一室，将之束之高阁，不让任何人受益。

魔印人在当初做学徒时，曾帮图书馆中的书柜和家具刻制魔印，换来终生阅读其中馆藏的权利，当然，他并不打算透露自己的身份，就算对微不足道的辅祭书记也不放过，反正他此行的目的也不在图书。进入图书馆后，他立刻避开人们的目光，走向一条侧面通道。

他等在朗奈尔牧师的办公室。当图书馆长紧抱着战斗魔印宝典回来时，并没有意识到魔印人在那里，而是第一时间锁上了他身后的门。

魔印人喘了口气，转身拿起牧师身后的魔印宝典。"很奇怪，欧克竟把魔印宝典给了你而不是魔印师公会，那里可以更好地解译它。"

朗奈尔惊呼一声向后跃开。看清来人后，他的眼睛瞪得更大，手迅速在面前比画魔印。

牧师确定魔印人并不打算攻击后，挺直腰身，恢复冷静。"我有能力解译此书。魔印是辅祭研究的一部分。世人或许还没准备好接受这本书中的知识，公爵阁下命令我先行审读评估。"

"这就是你的使命，牧师？决定什么知识可以让世人接受？好像你和欧克有权不让人们取得对抗地心魔物的能力。"

朗奈尔轻哼一声。"阁下说得好像是免费赠送的魔印宝典。"

魔印人走到朗奈尔的书桌前。桌面十分整齐，一尘不染，桌上只摆有一盏油灯，一组光亮的桃木写字工具，以及放有牧师私人《卡农经》的黄铜书架。他顺手拿起《卡农经》，敏锐

的耳朵听见牧师不满的吸气声，但对方没有吭声。

皮革封面十分陈旧，墨迹很淡。这不是提沙好看的陈列品，而是经常参阅的指南，牧师经常会琢磨藏品记载的神秘内容。待在图书馆期间，朗奈尔曾经命令亚伦阅读这本经书，但他不像朗奈尔那样深信此书，因为这本书是建立在两个他无法接受的大前提下：一是世上存在全能的造物主，一是地心魔物是造物主派来惩罚人类罪孽的瘟疫。

在他的眼中，这本书如同这个世界的所有事物，都得为人类凄惨的处境负责——在应该坚强的时候懦弱退缩，总是活在恐惧中，对一切不抱半点希望。尽管如此，《卡农经》中对于手足情谊以及人类团结合作等描述都像魔印人坚信不移的理念。

他翻开书页，找到要找的页面，开始念诵：

"世上没有任何男人不是你的兄弟，没有任何女人不是你的姊妹，没有任何小孩不是你们的子孙。因为所有人罹受大瘟疫的苦难，不管是正义之士还是罪人。所有人都必须团结一致，对抗黑夜。"

魔印人重重合上经书，吓了图书馆长一大跳。"我要求公爵付出代价购买魔印——牧师要欧克在无助的人找上门来时帮助他们。"

"你与林白克狼狈为奸。"朗奈尔说道。"他出钱要你赶走对分界河以南的地区造成困扰的乞丐。"

"听听你在说什么，牧师！"魔印人说。"找尽借口不去遵守《卡农经》的告诫！"

"你到底为何而来？"朗奈尔问。"只要愿意，你可以将魔印全部送给密尔恩的每一个人。"

"已经送了。"魔印人说。"你和欧克都没有能力阻止魔印流传。"

朗奈尔瞪大双眼。"你为什么告诉我这个?奇林要到明天才会出发,我还是可以要求公爵取消收留难民的承诺。"

"你不会的。"魔印人说,将《卡农经》放回原位的。"我只想了解欧克提到的战争机器。"魔印人说。

朗奈尔深吸一口气。"如果我拒绝呢?"

魔印人耸耸肩,"那我就只好亲自到书柜去取了。"

"除非拥有公爵印信亲批的文件,任何人不得查阅资料。"朗奈尔说。

魔印人拉开兜帽。"就连我也不能?"

朗奈尔讶异地凝视着他满是刺青的脸。他审视了很长一段时间,再度开口说话时,他引用了另一段《卡农经》文字。"他的身上拥有印记……"

"恶魔无法逼视,它们将于恐惧中抱头鼠蹿。"魔印人接着道。"这段经文是我帮你的书柜刻制魔印那年,你强迫我背诵下来的。"

朗奈尔凝视他很久,试图拨开魔印和岁月的尘埃。他的眼中闪过似曾相识的光芒。"亚伦?"他惊呼道。

魔印人点头。"你曾许诺,我一辈子都可以进馆查阅资料。"他提醒图书馆长。

"当然,当然……"朗奈尔说。他仿佛为了让自己清醒,大力摇头。"我怎么会没看出来?"他喃喃说道。

"看出什么?"魔印人问。

"你。"朗奈尔跪倒。"你就是解放者,为了结束大瘟疫而降临世间!"

魔印人脸色一沉。"我可没这么说。你认识小时候的我!

我既倔强又冲动，从来不曾踏足圣堂。我向你女儿求婚，然后悄悄离开，背弃婚约。"他凑到牧师身前。"我就算吃恶魔也不会相信这个'大瘟疫'是人类自作自受的惩罚。"

"当然不是。"朗奈尔说。"解放者的看法必定与我们相反。"

"我才不是天杀的解放者。"魔印人大声叫道。

但这次图书馆长没有退缩，他惊讶地睁大眼睛。"你是啊，"朗奈尔说，"只有这样才能解释你的奇迹。"

"奇迹？"魔印人难以置信地问道。"你是抽了潭普草吗，牧师？我是什么奇迹？"

"奇林可以随意编造在路中拯救你的歌谣，但我在那之前已经听卡伯大师说过真实的版本。"朗奈尔说。"年少的你就能砍断石恶魔的手臂，而当它突破城墙时，是你把它诱入魔印陷阱的。"

魔印人耸耸肩。"那又怎样？任何懂得绘制魔印技巧的人都能做到。"

"但我没听说其他人这么做过。"朗奈尔说。"而且你砍断石恶魔手臂时才不到十二岁，还是在独自露宿野外的情况下。"

"要不是瑞根施救，我早就死翘翘了。"魔印人说。

"信使出现之前，你已经撑过好几个晚上。"朗奈尔说。"造物主一定是在考验结束时派遣他去救你的。"

"什么考验？"魔印人问。

"本来只是个路边捡来的乞儿，"图书馆长继续，"而你却为密尔恩带来全新的魔印，并在结束深造阶段之前振兴了整个魔印产业！"他说话的语气像是在每件事迹中看见全新的光芒，抽丝剥茧地解开伟大的谜团。

"你为神圣的图书馆绘制魔印。"他语气敬畏地指着房间说道。"当时你只是个孩子,学徒,而我竟然答应请你为全世界最重要的图书馆绘制魔印。"

"只是一堆旧家具而已。"魔印人笑笑说。

朗奈尔点头,仿佛又找到更有力的证据。"造物主要你来此,前来图书馆。这里的一切都是为你准备的。"

"胡说八道。"魔印人微怒道。

朗奈尔立即起身。"请你戴上兜帽。"他说着走向房门。

魔印人看了一会儿,接着戴上兜帽。朗奈尔带他离开办公室,直接走向主图书室,闲庭信步地穿越书柜迷宫,就像走在自己家里一样。

魔印人丝毫没有落后,在帮图书馆每一个书柜、书桌、板凳绘制魔印时,馆内的布局已经了然于胸。没过多久他们就来到一道以绳索隔开的拱门旁,一名身材结实的辅祭站在一侧值班,严禁闲人进出,他头顶的拱心石上刻着"BR"两字。

这里收藏的是整个图书馆最有分量的书籍——大回归时代以前失传的书籍原稿。这些书都存放于玻璃后,几乎没人触碰,因为馆方在很久以前就誊抄了不少副本。BR 区中同时也存放着无数参考书籍、哲学书籍,以及由虔诚的造物主牧师担任的历任图书馆长判定,就连密尔恩学者也不适合阅读的史实资料。

魔印人小时候很喜欢趁巡视辅祭不在时溜进去偷窥这些书籍,而且曾经不止一次夹带禁忌书籍回家研读,然后偷偷放回去。

辅祭在牧师走近时鞠躬致敬,朗奈尔带他直接走到一个书柜前。这里有几千本书,但馆长知道每一本书的具体位置,因此,没有丝毫停留,也无须查对,随手抽出一本,交给魔印人。书封面上写着:上古兵器谱。

"科学时代拥有的可怕武器。"朗奈尔说。"可以轻易杀死

成百上千人的终极武器,造物主也会为之动容。"

魔印人没有理会他。"欧克打算重新建造?"

"可怕的终极武器超出我们的能力范围,需要大型精炼厂和电能。"朗奈尔说。"但不少武器只需简单的化学知识和铸铁技术就可以了。那本书,"他指着魔印人手中的古卷本,"详细记载了各种武器列表和制作方法。带走吧。"

魔印人皱眉道。"欧克追查起来怎么办?"

"这里资料很充分,我可以提前誊抄整理一本。"他说着指向那一堆书。"魔印师公会开始加持玻璃后,我就把它们搬出去吸收魔力。你的魔印让那些玻璃坚硬无比,简直是奇迹。"

"我的身份,你必须保密。"魔印人要求道,"否则会让所有认识我的人遭到迫害。"

朗奈尔点头。"暂时而言,我知道就够了。"

就算没有告诉朗奈尔自己是谁,玛丽也会跟他父亲说起的,但出乎意料的是这个恪守教规的老顽固会坚信自己就是解放者。魔印人皱起眉头,将书放入背袋。

❦

心灵恶魔于新月的最后一个晚上追逐魔印人的踪迹来到密尔恩堡。恶魔王子只有在一个月中最黑暗的三个晚上才能现身,但它很快就能找出猎物的踪迹,跟随滞留在空气中的气味,即使对方路过数日也能闻到。那是一种十分微妙的气味——不太像人类,并且带有盗自地心魔域的魔力气息。

心灵恶魔坐在化身魔所变的风恶魔背上,凝视着下方位于人类聚集地外的魔印网。城墙的魔印威力强大,但屋顶上的魔印力场却有极大的缝隙。除非意外发生,不然一只需要魔力加持才能看见魔印网的风恶魔绝对没法发现这些缝隙,但在恶魔王子眼中，魔印网形同虚设，于是它引导自己的化身魔轻松穿越魔印网，进入城市中。

房舍的窗户紧闭，黑暗的街道空无一人。心灵恶魔感受到房舍上的魔印试图吸收自己的魔力，但化身魔迅速滑翔，魔印根本来不及吸收。城内到处都是复杂的魔印网，但恶魔王子如同人类绕行水坑一样轻易躲开。

他们跟随空中一条隐形通道穿越全城。他们在雄伟的内城稍作停留，但在内城门外闻了闻，立刻知道这里不是最终目的地。接着它们前往一座魔印力场异常强大的建筑，魔印王子也震惊不已——通常人类聚集的中心都有这么一座建筑——最好还是避开，因为很明显目标已经离开，没必要以身犯险。

那股气味带领它们来到另一面魔印墙边，这面墙魔印缜密，完美无瑕。这些魔印并非针对它们的，但恶魔王子心知只要自己或是化身魔试图强行通过，魔印网依然会启动并且造成难以抗拒的痛楚。恶魔不得已出手破坏其中一些魔印，让自己安然无恙地穿越力场。

他们悄然飞往大宅，透过窗户，心灵恶魔终于找到了猎物。他身边的都是枯燥无味的生物，但猎物本身在皮肤上绘制各种魔印，强大的魔印反光极其强烈。

强烈无比。恶魔王子已经存活数千年，是头小心谨慎、思虑周到、坚决的生物。在如此深入人类聚集地时，他没有办法召集躯壳进攻，而心灵恶魔又不愿牺牲自己的化身魔。亲眼看见这个猎物之后，它立刻觉得非杀死他不可。等到下个月对方疏忽时机会较大，而且还需要知道他身上未知强大力量的来源。

它移到窗口，观察着人类牲口难听的叫声和动作。

"那你会发现自己缺少两名守卫。"瑞根一边以低沉浑厚的笑声说道。"我还以为欧克当场就要发飙了!我教你表现得像位绅士,而不是来拼命的克拉西亚莽夫。"

"我没想到他会要求联姻。"魔印人大笑道。

"欧克很清楚自己不会有儿子了。"瑞根说。"所以明智之举就是在女儿们争夺王位之前先送走一个。不管林白克选择哪一个,她多半都会庆幸自己的运气,并且争夺安吉尔斯王位的胜算更大。"

"林白克不会接受联姻。"魔印人说。

瑞根摇头。"那得看克拉西亚人的进攻猛烈程度了——如果有你说的一半激烈,林白克别无选择——你会跟他分享上古武器吗?"

魔印人摇头。"我对公爵之间那些私人恩怨不感兴趣,也不会帮助人类自相残杀。我更希望用来对抗地心魔物。"

"难怪朗奈尔把你当成解放者。"瑞根说。

魔印人突然转头看他。

"不要那样看我。"瑞根说。"我和你一样不相信你是解放者。至少,不相信你是上天派来的使者。但或许当时机成熟时,自然会出现一名拥有足够的意志与动力的领袖来引导我们。"

魔印人摇头。"我不希望引导任何人。我只想要散播战斗魔印,确保它们从此不会失传,让人们自己引导自己。"

他走到窗前,透过窗帘看向夜空。"我会在天亮前离开。不让任何人……"

他差点错过对方,因为他的视线看向天空而非地面。那只是惊鸿一瞥,还没看清楚就已经消失,但他经魔印加持的眼睛绝对没有看错——庭院里有头恶魔。

他转身冲向房门，边跑边扯下长袍，丢在大理石地板上。

伊莉莎发出一声惊呼。"亚伦，怎么了？"

他没理她，举起沉重橡木门上的门闩，顺势推开大门，仿佛那门完全没有重量。他跳入庭院，发狂似的四下搜寻——什么也没有。

瑞根随即赶到门口，手持长矛以及魔印盾牌。"你看见什么？"他问道。

"院子里有头恶魔。"他说。"力量强大，你们先待在魔印后面。"

"听我的话。"伊莉莎叫道。"在我心跳停止前进屋里来。"

魔印人不理会她，在院子里游走搜寻。瑞根的围墙内还有仆役宿舍、果园和马厩。很多地方可以藏身。他在黑暗中快速行走，一切在他眼中无所遁形，他的眼力甚至比在白天更好。

空气中有股气息，像是残留的臭味，但虚无缥缈，难以捉摸。他肌肉紧绷，随时准备采取行动。

但什么也没有。他彻头彻尾地搜了一遍，没有任何发现。难道看错了？

"找到了吗？"瑞根在他走进房门时问道。他站在门口，魔印之后，随时准备冲出院子。

"完全没有。"他耸耸肩道，"或许是眼花了。"

瑞根咕哝一声。"小心为妙。"

魔印人进屋时接过瑞根的长矛。信使的长矛是道上相依为命的伙伴，而瑞根的这根，尽管已经将近十年不曾外出送信，至今依然常上油保养，矛头异常锋利。

"我离开前先帮这根长矛绘制魔印。"他说。看了屋外一眼。"你明天早上记得检查围墙魔印。"瑞根点点头。

"你一定要在这多呆几天。"伊莉莎挽留道。

"我已经引起太多的注意,不能让人找到这儿来。"魔印人说道。"我最好明早一早就走,趁黎明城门开启时立刻出城。"

伊莉莎一脸割舍不下的伤感,但她紧紧拥抱他,亲吻他。"我们希望不要再等十年才与你重逢。"她叮嘱道。

"会再见面的。"魔印人承诺道。"我保证。"

魔印人在黎明前离开瑞根和伊莉莎时,觉得自己已经很多年不曾如此愉快了。瑞根与伊莉莎不肯休息,与他彻夜长谈,告诉他这些年来密尔恩发生的事,询问他这些年来的际遇。他说了些早期的冒险故事,但没有提起在沙漠里遭遇的事,亚伦·贝尔斯死去而魔印人诞生的事,以及近来发生的事。

尽管如此,单只是早年做信使那些经历就够讲一整个晚上了。他一直待到晨钟响起之前才离开,还得在人们开始打开魔印屋门和魔印窗叶的同时快跑远离瑞根家,以免引人注意。

他微笑。本来伊莉莎计划让自己错过晨钟,多待一天,但她从来不曾成功困住自己。

当他抵达城门时,白天换班的守门卫士还在伸懒腰,不过城门已打开了。"看来今天早上大家都起得格外早。"其中一名守卫在他路过时说道。

魔印人好奇这话是什么意思,而接着在他骑经第一次遇见杰克的山丘时,发现他的朋友坐在一颗大石头上等他。

"我终于等到了。"杰克说。"我还得违反宵禁才赶得上。"

魔印人跳下马背,走到他面前。杰克没有起身或是伸手寒暄的举动,于是魔印人在他身旁坐了下来。"我在这座山丘上认识的杰克绝对不会违反宵禁。"

杰克耸耸肩。"没有第二选择了,我知道你一定会趁着天亮前溜出城去。"

"瑞根的手下没有把信交给你吗?"魔印人问。

杰克取出一叠信,丢在地上。"我不识字,你知道。"

魔印人轻叹一声。事实上,他忘记了。"我去找过你。"他说。"只是,没想到会在那里看到玛丽,而她也很厌恶我。"

"我知道。"杰克说。

"她也没有留我。"

"我知道。"杰克说。"她哭着跑来磨坊找我,把事情都告诉我了。"

魔印人垂下头去。"我很抱歉。"

"你应该抱歉。"杰克说。他沉默地坐了一会儿,遥望着眼前的景象。

"我一直知道她嫁给我,是退而求其次。"杰克终于打破沉默。"你离开一年后,她才不再把我当作只是用来靠着哭泣的肩膀。又过了两年她才同意嫁给我,又过了一年我们才结婚。即使在婚礼当天,她依然满怀希望你能冲进来带走她。黑夜呀,就连我也如此期望。"

他耸耸肩。"我不怪她。她嫁给比她低了一个阶级的人,而且我没有受过教育,长得又不好看。小时候我跟着你到处跑是有原因的,你在各方面都比我强,我甚至没有资格当你的吟游诗人。"

"杰克,我不像你想象的那么优秀。"魔印人感叹道。

"是呀,我现在了解了。"杰克啐道。"你永远不可能成为比我更好的丈夫。知道为什么吗?因为你志在千里,而我始终陪在她身边。"

魔印人皱眉,后悔的念头统统消失。他可以接受杰克生气、

伤心，但无法忍受这种高傲的语气。

"和我记得的杰克一样。"他说。"只会跑出来尽可能地表现，听说玛丽她爸还得找磨坊老板帮忙，你才能搬离父母的家。"

但杰克毫不退让。"我在这里陪她，"他大声道，指着自己脑袋。"还有这里！"他指向自己心口。"你的脑袋和内心一直都在那里。"他挥手指向地平线。"所以你何不赶快回去？这里没有人需要你解放。"

魔印人无趣地点点头，跳回黎明舞者的背上。"多保重，杰克。"他催马绝尘而去。

第二十四章　夜里的弟兄

333 AR　春

"嘿！小心坑洞，我在调音！"马车在道上颠簸时，罗杰叫道。他小心翼翼地为魔印人送的小提琴安上琴弦——在吟游诗人公会会馆购买最昂贵的琴弦。他以前的小提琴是杰卡伯大师的，那廉价的工艺导致他随时都会错音。在杰卡伯大师之前，他用的是艾利克的小提琴，做工较为细致，但因为太过老旧，所以早在被杰辛·黄金嗓和他的学徒们打坏前就已经不能用了。

这把从那座被遗忘的废墟里找出来的琴完全是个古董。琴头和琴身的弧度与罗杰之前用过的大不相同，但做工十分精致，而存放了不知道多少世纪后的木质部分看起来和新的一样。一把足以配得上为公爵演奏的小提琴。

"很抱歉，罗杰，"黎莎说。"你是不是在调音，我不知道回去的路为什么这么颠簸不平。"

罗杰对她吐舌头，轻轻转动位于残缺手掌上的食指和大拇指间最后一枚弦轴，以另一只手的大拇指拨弄琴弦。

"好了！"他终于叫道。"停车！"

"罗杰，天黑前还是多赶些。"黎莎说。

罗杰知道在洼地之外多待一刻对她都是种折磨，她担心洼地镇民就像母亲担心自己生病的小孩。

"停一下就好。"罗杰哀求。黎莎喷了一声，不过还是照

做。加尔德和汪妲同时停马,好奇地打量马车。

罗杰站在驾车座位上,挥舞着小提琴和琴弓。他将乐器顶在下颌之下,以琴弓轻扶琴弦,拉出一阵嘹亮的嗡嗡声。

"你听,"他眉飞色舞道,"像蜂蜜一样温润醇厚,相比之下,杰卡伯的小提琴简直就是玩具。"

"你觉得好听就好,罗杰。"黎莎说。

罗杰皱眉片刻,继续挥挥琴弓,不去理她。他伸出仅存的两指取得平衡,琴弦如同残缺手掌的一部分在琴弦上舞动。罗杰以小提琴演奏着音乐,整个人徜徉在音乐的旋律中。

他感受到艾利克的金牌安稳地贴在自己胸口,隐藏在七彩上衣下。它带来的不再是痛苦回忆,而是为他带来慰藉,用以纪念为他牺牲的人;感觉到它的存在让他腰身挺得更直。

这不是罗杰第一个护身符。数年来,他都把绑有艾利克金发的木娃娃放在七彩裤腰带的暗袋内。在那之前,他的护身符是他母亲的娃娃,上头绑着母亲的金发。

但有了这块金牌,罗杰可以感受到老师以及父母都在守护自己,而他则透过小提琴与他们交谈。他演奏自己的爱,演奏自己的孤独与遗憾,诉说着无法在他生前告诉他们的事。

终于演奏完毕后,黎莎和其他人依然凝望着他,他们一脸茫然,有如遭受蛊惑的地心魔物。经过一段沉默后,他们终于晃晃脑袋,清醒过来。

"从来不曾听过如此美妙的音乐。"汪妲说。加尔德咕哝一声。黎莎拿出手帕轻拭眼角。

接下来通往解放者洼地的旅程充满了音乐,只要罗杰一有空就会演奏。他知道他们回去后依然得面对同样的问题,但有了公爵及吟游诗人公会答应的援助,加上脖子上挂着守护金牌所提供的慰藉,他对未来充满信心——所有问题都会迎刃而解。

距离洼地还有一天路程的时候，道上开始出现众多难民，很多人都直接在道上搭起帐篷和魔印圈。黎莎立刻认出他们是雷克顿人，因为雷克顿人普遍矮胖，拥有一张圆脸，而且能从站姿看出他们惯于在船只甲板而非陆地上行走。

"出了什么事？"黎莎询问遇上的第一个人，那是一名来回踱步安抚婴儿的少妇。女人的目光茫然空洞，看着黎莎跳下马车。接着她注意到黎莎的草药围裙，闪了一丝光芒。

"求求你，"她说，捧起不停叫闹的婴儿，"我想他病了。"

黎莎接过婴儿，伸出灵巧的手指检查他的脉搏和体温。片刻过后，她让他坐在自己的臂弯，然后将一个指节塞到他嘴里。婴儿立刻安静下来，精神抖擞地大力吸吮。

"他没问题。"她说。"只是感受到母亲的恐惧。"女人松了一大口气。

"出了什么事？"黎莎再度问道。

"克拉西亚人。"女人说。

"造物主呀，他们这么快就进军雷克顿了？"黎莎问。

女人摇头。"他们拥入来森堡的附属村落，强迫女人以长袍裹身，强拉男人对抗恶魔。他们挑选来森女孩当作妻子，就像屠夫挑选牲畜一样，把男孩赶入训练营，教导他们仇视自己的家人。"

黎莎皱眉不语。

"外围村落不再安全。"女人说。"有钱人就搬进雷克顿了，少数人留下来捍卫家园，剩下的人就前往洼地寻找解放者。他不在那里，镇民说他去安吉尔斯了，所以我们要去安吉尔斯。他会解救大家的，是不是？"

"我们都是如此期望。"黎莎叹气说道,虽然她心存怀疑。她把婴儿交还给母亲,爬回马车。

"我们立刻赶回洼地。"她对其他人说。接着她转向加尔德。

"让路!"伐木巨汉喊道,如同狮吼,难民们争先恐后地离开道路,让他驾马通过。帐篷、毯子以及魔印转眼间收得一干二净。黎莎对此感到抱歉,但马车不能离开道路,而她的孩子需要她。

远离数以千计的难民后,他们立刻策马急驰,但绝不可能在天黑前赶到洼地。黎莎以眼神示意,罗杰当场拿起小提琴,一行人就凭着黎莎的木杖引导方向、罗杰的小提琴驱赶地心魔物,穿越黑暗继续赶路。

黎莎可以在光亮边缘看见遭受迷惑的恶魔,随着音乐的节奏摇摆身躯,像喝醉了酒的醉汉,缓缓跟随罗杰前进。

"我宁愿与它们直接干一仗。"汪姐说。她拉弓搭箭,随时准备攻击。

"这样反倒觉得浑身不自在。"加尔德同意道。

他们于午夜时分抵达黎莎位于洼地边缘的小屋,稍事停留让黎莎卸下车上的各种物品,然后继续穿越黑暗,前往镇上。

如果之前的状况算乱,现在镇上比之前还要糟上很多倍。雷克顿的难民装备比较齐全,有帐篷、魔印圈,以及满载补给品的马车,但他们围在禁忌魔印外围,削弱了魔印的威力。

黎莎转向加尔德和汪姐。"去找其他伐木工,沿着禁忌魔印巡逻。任何位于魔印边缘十英尺内的营帐都必须搬离,不然街道上就会满是地心魔印物。"两人点头离开。

她转向罗杰。"通知史密特和约拿。我们今晚召开座谈会,不管他们睡了没有。"

罗杰点头。"我想我不用问你要去哪里。"他跳下马车,在她朝诊所方向前进时拉上魔印斗篷的兜帽。

贾迪尔抬头看着阿邦一拐一拐地走进王座厅。"你今天精神不错,卡菲特。"

阿邦鞠躬。"绿地的春天令我精神百倍,沙达玛卡。"

阿山在贾迪尔身旁轻哼一声。贾阳和阿桑退向一旁,他们已学会不在父亲面前攻击阿邦。

"你对于解放者洼地了解多少?"贾迪尔问,不理会其他人。

"你想找魔印人?"阿邦问。

阿山冲到阿邦身前,一把抓紧他的脖子。"你从哪里听来那个名字,卡菲特?"他问道。"如果你又贿赂奈达玛打探消息,我就——"

"阿山,够了!"贾迪尔在阿邦虚弱地喘气挣扎时叫道。一看达玛基没有立刻照做,贾迪尔没有再度下令,而是冲走去对准他的腰部狠狠一脚。阿山被踢到一旁,重重摔倒在光滑的石板地上。

"你为了穿花衣服的卡菲特而殴打你忠心的达玛基?"阿山在呼吸平衡后难以置信地诘问道。

"我打你,是因为你不服从命令。"贾迪尔纠正道,接着目光扫视王座厅里的所有人,阿雷维拉克、贾阳和阿桑、阿山、哈席克,还有厅门守卫。只有英内薇拉躲过他的目光,她身穿半透明长袍躺在位于王座旁摆满亮丝枕头的床上。"我已经宣读过这条规定,今天我再次公开宣布,任何没有我的允许就在我面前动手打人的人都将处以死刑。"

阿邦露出得意的笑容。但贾迪尔立刻转身瞪他。"还有你，卡菲特，"他吼道，"你要是再敢用问题来回答问题，我就挖出你的右眼让你吃下去。"

阿邦脸色苍白，看着贾迪尔大步走回王座，重重坐下。"你如何得知魔印人的事？达玛假装盘问了很久才从青恩圣徒口中套了这个名字。"

阿邦摇头。"所有青恩都在谈论他，解放者。无须拿一点点面包屑或是说几句好话就能在街上探听来很多的消息。"

贾迪尔皱眉。"那些消息指出他在一个叫作解放者洼地的村落？"阿邦点头。"你对这个解放者洼地了解多少？"

"直到一年之前，该村都叫作伐木洼地。"阿邦说。"某个归安吉尔斯公爵管辖的小村落，专门砍伐树木当木材和燃料。木头在沙漠中难以运送，所以我很少和他们做生意，但我在那里或许还有联络人，某个贩卖上等纸张的商人。"

"上等纸张有什么用处？"阿山问道。

阿邦耸肩。"我不知道，达玛基。"

"那么自从该地改名后，你又听说过些什么？"贾迪尔问。

"去年魔印人在该村瘟疫肆虐、魔印失效时伸出援手，"阿邦说，"他赤手空拳杀了数百头阿拉盖，并且教导镇民参与阿拉盖沙拉克。"

"不可能。"贾阳说。"青恩如此虚弱，不可能面对黑暗。"

"或许不是所有青恩都是如此。"阿邦附和道。"别忘了帕尔青恩。"

贾迪尔瞪着他。"没有人记得帕尔青恩，卡菲特。"他低声吼。"你最好忘了他。"

"我要亲自出去看一看。"贾迪尔决定。"你随我一起去。"所有人惊讶地看着他。"哈席克，去通知山杰特。叫他调集解放者长矛队。"贾迪尔的迷宫部队成为他的专属护卫后就使用这个称谓。解放者长矛队是由克拉西亚最顶尖的五十名戴尔沙鲁姆所组成,指挥官是山杰特凯沙鲁姆。

哈席克鞠躬,快步离开。

"你认为这样明智吗,解放者?"阿山问道。"在敌人的地盘上与主力部队分开并不安全。"

"想要安全就不要参与沙拉克卡。"贾迪尔说。他一手搭上阿山的肩膀上。"但如果你担心,可以随我来,我的朋友。"

阿山深深鞠躬。

"这是愚蠢之举。"阿雷维拉克低吼道。"就算是解放者长矛队也敌不过一千名懦弱的青恩。"

贾阳哼了一声。"我不这么认为,老头。"

阿雷维拉克转向贾迪尔。贾迪尔点头表示允许。年迈的达玛基朝贾阳出手,男孩当场摔倒。

"我要杀了你,老头。"贾阳吼道,立刻翻身而起。

"试试看,小鬼。"阿雷维拉克挑明道,摆出沙鲁沙克的动作,扬起独臂对他招手。贾阳怒吼一声,但在最后关头,他看向自己的父亲。

贾迪尔微笑。"没有问题,想就试试看。"

贾阳的脸上露出残酷的笑容,但片刻过后他就被摔在地上;阿雷维拉克拉扯他的手臂,用脚抵住贾阳脖子缓缓施压。

"够了。"贾迪尔说。阿雷维拉克立刻放手,向后退开。贾阳一边揉揉喉咙一阵猛咳,一边走向旁边。

"就算是我儿子也要尊敬达玛基,贾阳。"贾迪尔警告。"这下你就会记住话不能乱说了。"

他转向阿雷维拉克。"我不在的时候,艾弗伦恩惠就交给达玛基统治,议会唯你马首是瞻。"

阿雷维拉克眯起双眼,在决定是否还要继续抗议。他深深鞠躬。"谨遵沙达玛卡号令。阿山达玛基不在期间,谁会代表卡吉部族发言?"

"我儿子,阿苏卡吉达玛。"阿山说,朝年轻人点头。阿苏卡吉还不满十八岁,但已取得穿着白袍的资格,这表示他有资格缠黑头巾,只要他有能力保住它。

贾迪尔点头。"如果贾阳能够学会谦逊,他就可以暂代沙鲁姆卡。"

所有目光集中在贾阳身上,而贾阳无法掩饰脸上惊讶的神情。片刻过后,他半跪下,一手撑地,这可能是他这辈子第一次这么做。"我当然愿意为达玛基座谈会效劳。"

贾迪尔点头。"我不在的时候,督促弱小部族持续征服青恩。"他对阿苏卡吉和阿雷维拉克交代道。"沙拉克卡需要全新的战士,而不是部族之间为了小事争论不休的人。"两人鞠躬。

英内薇拉从枕头床上坐了起来,半透明的面纱下神情平静。"我要私底下与我丈夫交谈。"她说。

阿山鞠躬。"当然,达玛佳。"他们迅速退出,只留下阿桑走在最后,不情愿离去。

"有什么事令你困扰,我的儿子?"贾迪尔等其他人离开后问道。

阿桑鞠躬。"如果你不在时贾阳可以暂代沙鲁姆卡,那我应该有权担任安德拉。"

英内薇拉哈哈大笑。阿桑眯起双眼,但他知道不能激怒她。

"那你的地位就会高于你哥,儿子。"贾迪尔说。"一个父亲不会轻易作出这种决定。再说沙鲁姆卡向来是指派的,安德拉则是必须亲自争取的头衔。"

阿桑耸耸肩。"召唤达玛基。如果有必要,我可以把他们通通杀光。"

贾迪尔凝视儿子双眼，看见了他那疯狂的野心，同时也或许足以驱使这个刚满十八岁的男孩通过生死考验的强烈自尊，即使这表示他得杀死自己的兄弟，或他最好的朋友兼谣传中的爱人阿苏卡吉。阿桑的白袍或许禁止他使用武器，但他比贾阳还要高强许多，就连阿雷维拉克都不敢对他掉以轻心。

贾迪尔为这个儿子感到骄傲。他已认定自己的次子会比贾阳更适合继承自己的事业，但他还需要更多磨练，而且他的长子贾阳只要还有一口气在就绝不会任由弟弟骑到自己脖子上。

"只要我还在位一天，克拉西亚就不需要安德拉。"结果贾迪尔说道。"贾阳也只有我不在时才能戴白头帽。你要协助阿苏卡吉管理卡吉部族。"

阿桑想再度开口。但英内薇拉打断他。"够了，这件事讨论到此，赶紧出去吧。"

阿桑很反感，但还是鞠躬退了出去。

"有朝一日他会成为伟大的领袖，如果他能活那么久的话。"贾迪尔在儿子出门后说道。

"我对你也是如此期待，丈夫。"英内薇拉说，转头面对他。这话十分刺耳，但贾迪尔没说什么，心知在妻子说完之前自己说什么都没有意义。

"阿雷维拉克和阿山说得对，"英内薇拉说，"你没有必要率队犯险。"

"沙达玛卡难道不是为沙拉克卡召集军队吗？"贾迪尔问。"根据传言，这个青恩参与圣战。我一定要调查清楚。"

"你至少应该等到我掷骰子后再作决定。"英内薇拉说。

贾迪尔皱眉。"没必要每次都掷骰子。"

"或许有。"英内薇拉说。"沙拉克卡不是游戏。想要成功

的话，我们必须掌握所有优势。"

"如果艾弗伦要我成功，我就不需要其他优势。"贾迪尔说。"如果他不是这么安排的……"

英内薇拉拿起装阿拉盖霍拉的袋子。"祈祷，就当让我高兴一下。"

贾迪尔叹气，还是点了点头，退到王座厅后方英内薇拉的房间。就和以前一样，屋内放满色彩鲜艳的枕头，充斥着甜腻的焚香气味。贾迪尔心跳加速，英内薇拉的体香让他血脉贲张。吉娃卡在欲望满足时会很乐意与其他女人分享丈夫，但她几乎与男人一样饥渴，这间经常使用的侧房就是专门为这个目的而设，甚至通常是当达玛基的顾问在王座等待时派上用场。

英内薇拉拉上所有的窗帘。他则幸福地透过她现在唯一会穿的半透明长袍欣赏她的胴体。尽管年过四十——她从来不曾透露自己的年纪——她仍比他其他妻子美艳许多，线条依然浑圆紧实，肌肤依然光滑柔顺。他很想立刻占有她，但投骰子时英内薇拉心无旁骛，他知道在掷完骰子前她一定会拒绝自己。

他们躺在丝质枕头上，空出一大块空间让骰子滚动。就和以前一样，英内薇拉需要他的血来施法，拿她的魔印匕首干净利落地划开伤口。她将匕首上的鲜血舔干净，然后插回腰带上的刀鞘，手掌压住伤口，将骰子通通置入掌心。骰子在黑暗中绽放耀眼的光芒，她摇晃骰子，一掷而出。

恶魔骨骰散落在地上，英内薇拉迅速察看结果。贾迪尔知道骨骰落地的位置就和上面的符号一样重要，但他对骷髅图的理解也仅止如此。他曾多次见过其他妻子为了掷骰结果争得面红耳赤，但没有人胆敢质疑英内薇拉的解释。

达玛佳朝面前的骨骸发出愤怒的嘶吼，突然抬头看向贾迪尔。

"你不能去。"她说。

贾迪尔皱眉,走到窗边,愤怒地抓起窗帘。"不能?"他大声问道,沉重的窗帘一把拉开,屋内立即撒落耀眼的阳光。英内薇拉差点没能及时收回骨骰。

"我是沙达玛卡,"他说,"世上没有我不能去的地方。"

英内薇拉的脸上闪过一丝怒意,不过稍纵即逝。"骨骰说如果你去会遭逢大难。"她警告道。

"我已经厌倦你的骨骰了。"贾迪尔说。"特别是它们总告诉你一些你认为我没资格知道的事,这次我偏要去。"

"那我就随你一起去。"英内薇拉说。

贾迪尔摇头。"你不能去。你要留在这里,防止你儿子自相残杀,直到我回来。"

他走到她面前,一把抓住她的肩膀。"不过在启程前,我还要再尝一次我妻子的滋味。"

英内薇拉手腕翻转,看起来似乎只是轻轻碰了他手臂一下,让他顿时力量全失。她立刻向后退开。"如果你要自己去,你就给我等着,"她说,脸上浮现一丝残酷的微笑,"让你更有活着回来的理由。"

贾迪尔怒目以对,但知道不能逼她,不管自己是不是沙达玛卡兼她的丈夫都一样。

☙

汪妲打开通往黎莎小屋的房门,让罗杰和加尔德进去。她听说魔印人命令加尔德贴身保护罗杰后,立刻坚持也要贴身保护黎莎,还要每晚睡在小屋里。黎莎开始安排她帮忙做一些日常杂务,试图浇灭她这种紧迫盯人的热情。但汪妲欣然接受所有工作,黎莎得承认自己渐渐习惯她高大身躯跟在身边了。

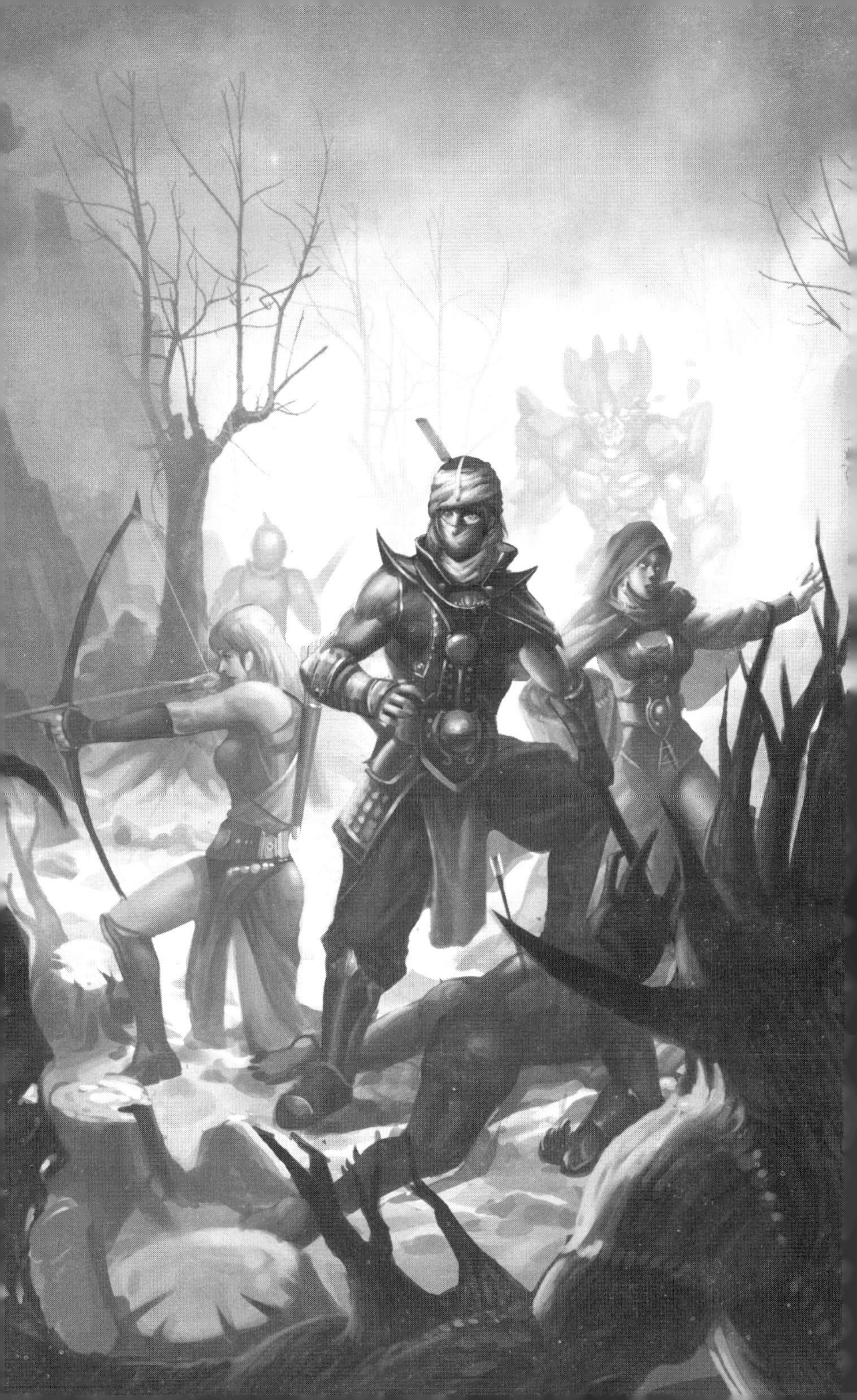

"伐木工已经把下一道大魔印的规划区给清出来了。"罗杰在黎莎的桌旁坐下喝茶时说道。"一里见方,和你要求的一样。"

"很好,"黎莎说,"我们立刻开始铺设石块,标清边界。"

"那块土地上积满木恶魔,"加尔德说,"数百头。砍树就像是粪堆吸引苍蝇一样将它们吸引过来,开始建设前必须先召集群众杀光它们才行。"

黎莎仔细打量加尔德。伐木巨汉总想着战斗,如同挂在他腰带上那支布满凹痕和缺口的铠甲护手给人的联想。但黎莎一直不能肯定他是为了杀戮的乐趣和魔力的快感,还是真的为了镇上着想。

"他说得对。"罗杰在黎莎保持沉默时补充道。"魔印启动后,恶魔会被逼到魔印圈外,导致数量越来越多,随时准备杀害任何不小心离开禁忌魔印圈的人。我们最好在开阔的空地上杀光它们,避免日后要进入树林内逐一猎杀。"

"要是魔印人在就会这么做。"加尔德道。

"魔印人会杀掉半数恶魔,"黎莎说,"但他不在这里。"

加尔德点头。"所以我们要有你的帮忙。我们需要雷霆棒和液态恶魔火,越多越好。"

"我知道了。"黎莎说。

"知道你很忙,"加尔德说,"如果你写下配方,我可以找镇民帮忙调配。"

"你要我交给你火焰的秘密?"黎莎哈哈大笑。"我宁愿让这个秘密永远消失!"

"恶魔火和我的魔印斧头到底有什么不同?"加尔德问。"你愿意把斧头交给镇民,却不愿把恶魔火交给镇民?"

"不同的地方在于,你的斧头不会在不小心摔落地面或放在太阳底下晒时炸毁方圆五十英尺内的一切。"黎莎说。"我自己的学徒如果有朝一日能学到火焰的秘密就算她们幸运了。"

"所以我们就应该将难民的城镇建在恶魔肆虐的土地上?"加尔德问。

"我们是要扩建洼地,不是另建难民镇。"黎莎纠正道。"拟订清剿计划,如果看来可行,我就会提供所需物资。但——"她补充道。"我会现场监督,确保不会有哪个木脑袋白痴放火烧死自己或烧毁树林。"

加尔德摇头。"那不安全。你得待在诊所,以免有人受伤。"

黎莎双手交叉抱在胸前。"那你们就得在没有恶魔火的情况下作战。"

汪妲照样双手交叉抱在胸前。"只要有我在,没有恶魔能动黎莎女士一根寒毛,加尔德·卡特,我也同意黎莎女士在场监督。"

"一星期后行动。"黎莎说。"还有很多时间架设陷阱、调配药水,去知会班恩一声。在让恶魔见识阳光的同时帮我们加持一些玻璃也不错。"

加尔德和罗杰都不太满意。但黎莎知道他们除了点头同意别无选择。她或许没有做到阿瑞安那般完美,无法让男人们认为是自己希望她到场监督的,不过也算不错了。她心想当年布鲁娜是否也是如此,在无人知情的情况下实际统治着洼地。

❦

五十名战士驾驭沙漠黑战马,跟在骑着白马驹的贾迪尔和阿山身后穿越绿地。阿邦坐在他的长脚骆驼背上,远远落在后面,不过依然与部队保持在视线范围。部队为了让他跟上,几

度被迫停下来等待，通常是停在可以让马喝水的溪边或湖边。水源在绿地几乎随处可见，沙漠战士们都觉得不可思议。

"艾弗伦的胡子啊，路上的石头真多。"阿邦在抵达一条小溪时哀号道。他完全是从骆驼背上摔下来的，一边呻吟，一边揉搓臃肿的背部。

"我不懂为什么要带这个卡菲特来，解放者。"阿山问。

"因为我希望除了你我，还有其他人不用靠数手指头就能做算术。"贾迪尔说。"阿邦可以看见其他人看不见的东西，而我如果想要率领绿地人参与沙拉克卡，就得从所有角度看清楚这块土地。"

阿邦不断抱怨凹凸不平的道路或是寒风。不过贾迪尔发现奔驰的时候可以轻易忽略其他人永无止境的抱怨。他感到数十年不曾感受过的自由，仿佛一个难以想象的重担突然离开自己的肩膀。因为在这段或许会持续数星期的旅程中，他都只须为阿邦、阿山及身后五十名坚强的戴尔沙鲁姆负责就好。他有点希望自己能够永远奔驰下去，远离青恩、达玛基及达玛丁的政治纠纷。

他们在路上遇到一些绿地难民，但难民一看到他们立刻抱头鼠窜，而贾迪尔没有理由追捕他们。这些人徒步行走，又不敢趁夜走路，根本不可能赶在他们前面警告洼地镇民，而且也没有人胆敢攻击解放者长矛队。就连夜里的地心魔物都不敢阻挡他们的去路，因为贾迪尔没有在日落时下令休息。不过阿邦倒是有办法在夜里跟上部队。他驾驭骆驼挤在战士之中，为了性命安全不得不忍受他们的冷嘲热讽。

他们就在这样一个夜晚抵达洼地，道路另一端呼声震天，还夹杂着许多震耳欲聋的声音以及熊熊的火光。

他们放慢步伐，贾迪尔钻入树林，循着声音找过去，战士尾随在后。最后他们来到一个满是树墩的空地边缘，目睹青恩展开他们北地人的阿拉盖沙拉克。

烈火沿着壕沟蔓延，伴随着战场上持续不断的魔印光芒，将空中照耀得亮如白昼，地上躺满阿拉盖的尸体。烈火和魔印将恶魔赶往几个地点，北地人就等在那里将它们碎尸万段。

"他们预先准备了战场。"贾迪尔沉思道。

阿邦东张西望，找到一个合适的地方，拴好骆驼，从鞍袋内取出一道携带式魔印圈，开始在自己和骆驼身边架设起来。

"即使在这么多战士身边，你还是像懦夫一样躲在魔印之后？"贾迪尔问。

阿邦耸肩。"我是卡菲特。"他简短说道。

贾迪尔轻哼了一声，转向北地人，继续观战。

与艾弗伦恩惠里的青恩不同，这些北地人身材高大魁梧。其中最壮硕的男人不使长矛和护盾，而是舞动魔印巨斧和锄头。这些男人与木恶魔一般高大，而且把它们当成树木一样劈砍。

北地人勇猛善战，但有数百头木恶魔持续涌入。就在青恩快被恶魔攻陷时，他们突然向一旁，为等在后方的弓箭手让出射程范围。

看见弓箭手身穿北地女子偏好的长裙，如同妓女般露出面孔和胸口上半部时，贾迪尔忍不住发出一声惊呼。

"他们让女人参与阿拉盖沙拉克？"阿山惊讶地问道。贾迪尔仔细观察战场，发现就连近身肉搏的战士里面也有几个女人。其中还有一名巨人，耸立在一群高大的男人中，在足以传出数里的吼叫声中领头进攻。他一手拿着在他手中看起来像是手斧的双刃巨斧，另一手使的是如同随身小刀的大弯刀。

一名北地人被一头八英尺高的木恶魔击倒，巨人在恶魔挥出致命一拳前，一把擒抱住对方将其摔倒。他跌倒时武器脱手，

但当阿拉盖冲上来时对他并没有任何影响。巨人单凭一条手臂阻挡恶魔的冲势，紧紧抓住，接着举起另一条手臂一拳挥下，魔光四射，打得阿拉盖团团乱转。贾迪尔看出他手上戴着一副以魔印金属打造的护手。

巨人不给木恶魔时间恢复，跳到它身上，殴打它的脑袋，直到身上沾满浓汁，对方不再动弹。他朝夜空呐喊，浓密的金色长发和胡须相衬映，看起来就像站在猎物身上的雄狮。

另一头恶魔逼近，但一位发色鲜红、肤色苍白，身穿如同卡菲特般七彩鲜艳服饰的瘦弱男孩站在对方面前，拿出一把看起来像乐器的东西。他拉出刺耳的声音，阿拉盖紧抱脑袋，发出痛苦的尖叫。男孩持续拉奏噪声。恶魔仿佛受伤一般拔腿就跑，直接冲向另一名青恩的利斧。

"艾弗伦的胡子啊。"阿邦喘息道。

"那家伙到底有什么样的魔法？"阿山问。

"我们一定要查清楚。"贾迪尔同意道。

"请允许我杀死巨汉，将男孩抓来给你。"哈席克请缨道，眼中绽放准备出战的疯狂目光。

"不要动手。"贾迪尔说。"我们是来观察，不是来战斗的。"他看得出来自己的战士不喜欢这个答案，但他不在乎，因为还有另外两个身影吸引他的目光。其中一名显然是女子，手无寸铁，只提着一只小篮子。另一名身材魁梧许多，而且身穿男子服饰，但与其他北地女子一样手持长弓，她的脸上布满恶魔伤疤。

两人身上都披着编有魔印的斗篷，在战阵中来去自如，没有阿拉盖去骚扰她们，其他北地人也都与她们保持距离。

"阿拉盖看不见她们，仿佛她们身披卡吉斗篷。"阿山说道。

一头恶魔一爪划开一名男子胸口,他惨叫倒地,斧头脱手。身披斗篷的女人迅速冲向男子,高个子一箭射中恶魔,苗条的女人们则半跪在男子身边。她拉开兜帽,贾迪尔看见她的容颜——她甚至比英内薇拉还美丽,皮肤如牛奶般白皙,与漆黑可比石恶魔外壳的秀发形成强烈对比。

女人撕开男人的上衣,处理他的伤口,女保镖则站在旁边守护她,射杀任何胆敢接近的阿拉盖。

"某种北地达玛丁?"贾迪尔道。

"或许是愚蠢可笑的异端。"阿山说。

片刻后,美貌女子对保镖下令。保镖长弓上肩,抱起伤患。一群阿拉盖阻挡她们的退路,但北地达玛丁把手伸进袋里取出一样物品。火光乍现,于她的掌心剧烈燃烧,她扬起手臂抛出烈焰。一声巨响炸飞所有挡路的阿拉盖,落地后不再动弹。

"或许。"贾迪尔说。"但这些北地人并不缺乏实力。"

"这些男人一定比卡菲特还要懦弱,竟然依赖女人伸出援手。"山杰持说道。"我宁愿战死沙场。"

"不。"贾迪尔说。"我们才是懦夫,在青恩展开阿拉盖沙拉克时躲在阴影中。"

"他们是敌人。"阿山说。

贾迪尔看着他,缓缓摇头。"白天或许是敌人,但在夜晚,所有男人都是兄弟。"他拉起面巾,举起长矛,发出一声战呼,冲入战阵中。

他的手下惊讶地迟疑片刻,接着一声大喊,加入战斗。

"克拉西亚人!"屠夫的妻子梅伦叫道。罗杰大惊抬头,发现她没看错。数十名身穿黑衣的克拉西亚战士冲入空地,挥舞

长矛,大呼小叫。他血液凝结,琴弓自小提琴上滑开。

一头恶魔差点将他当场击杀,幸亏加尔德一刀砍下疾挥而来的魔爪。

"注意恶魔?"加尔德朝所有伐木工下令。"如果死在恶魔手中,克拉西亚人就会没有敌人可战。"

但他们很快就发现克拉西亚人并不攻击洼地镇民。在某个头缠白布、手持看起来像由纯银打造的魔印长矛的男人带领下,克拉西亚人如同闯入羊圈的狼群般扑向恶魔,以极具效率的手法展开杀戮。

那领袖独自冲入一群木恶魔中。但如此胆大的行径似乎是以强大的实力为后盾,他出手如电,将长矛挥舞得连影子都看不到,杀恶魔就如魔印人一样轻松。

其他战士护盾相连,组成三角战斗阵型,将恶魔如同夏天的大麦般连根铲除。其中一组人马由某个身穿白袍的人带领,与其他战士的围裙形成强烈的对比。白袍男子赤手空拳,但充满自信地穿梭于战阵中。一头木恶魔朝他冲了过去,他向旁一让,趋势一推一拐,将恶魔推入一名战士的矛头下。

另一头恶魔攻击他,但白袍男子向左一偏,接着转回右边,在没有移动双肢的情况下闪避恶魔的利爪。恶魔挥到第三爪时,他抓住对方的前肢,狠狠一扭,以恶魔本身的力道反击其身,将恶魔翻倒在地,旁边的战士顺手刺穿它的身体。

罗杰和其他人本来预计要战斗一整晚,预备的援军也会投入战局,而且会用掉黎莎大部分的火药。

克拉西亚人参战后,一切在几分钟内就结束了。

最后一头恶魔倒地后,克拉西亚人和绿地人全都僵在原地,张大眼睛互瞪着。所有人都紧握武器，似乎不能肯定此役到底结束没有，但没有人胆敢抢先行动，大家都在等待领袖下令。

"青恩都用一只眼睛在看我们。"贾迪尔对阿山说道。

阿山点头。"另一只眼睛看向那个巨人，还有让阿拉盖抱头鼠窜的红发卡菲特男孩。"

"他们和其他人一样站在原地。"贾迪尔注意道。

"那就不是真正的领袖，"阿山猜测，"只是异端的凯沙鲁姆，那个巨人甚至可能是他们的沙鲁姆卡。"

"依然是两个值得尊敬的男人。"贾迪尔说。"来吧。"

他大步走向两人，将长矛插回背上的肩带，摊开手掌，表示自己没有恶意。来到两人身前时，他礼貌地轻轻鞠躬。

"我是霍许卡敏之子阿曼恩·贾迪尔，卡吉之子的嫡传血脉。"他以标准的提沙语寒暄道，看着男人们眼中露出理解的目光。"这位是阿山达玛基。"他指向阿山。

阿山也轻轻鞠躬。"我的荣幸。"阿山说。

两名绿地人好奇地互看一眼。最后，红发男孩耸了耸肩，巨人接着松懈下来。贾迪尔惊讶地发现男孩的地位较高。

"罗杰，河桥镇旅店杰桑之子。"红发男也跟着将七彩斗篷甩到身后。他一脚向前，一脚在后，以某种绿地人的鞠躬姿势弯腰行礼。

"加尔德·卡特，"巨人说。"呃……史蒂夫之子。"他的行礼方式很野蛮，就这么向前一步，伸出手掌，动作快得贾迪尔差点抓起他的手腕，扭断他的手臂。直到最后关头，他才了解巨人只是想要握手招呼。他握手的力道非常大，或许是男人之间某种原始的测试。贾迪尔也用力紧握，直到两个男人的骨头都磨在一起。终于放手后，巨人对他点头表达敬意。

"沙达玛卡，又有青恩来了。"阿山以克拉西亚语道。"一

名异教祭司还有那个异教医疗师。"

"我不希望与这些人对立,阿山。"贾迪尔说。"不管是不是异教徒,我们都要像对待达玛和达玛丁一样对待他们。"

"我要不要顺便帮他们的卡菲特洗脚?"阿山语气厌恶道。

"如果我下令的话。"贾迪尔回应,朝新来的人深深鞠躬。红发男孩跨步向前,帮忙引见。贾迪尔和祭司打招呼、鞠躬,然后立刻忘记对方姓名,转而面对女子。

"黎莎·佩伯女士。"罗杰介绍道。"解放者洼地的草药师。"黎莎轻拉裙摆,屈膝点头,贾迪尔发现自己的目光从头到尾都没办法离开她的乳沟。她直视他的双眼。他惊讶地发现她的眼珠如同天空般蔚蓝。

在一股冲动下,贾迪尔拉起她的手,亲吻她手背。他知道这样做十分大胆,特别是对陌生人,但根据传说,艾弗伦宠幸胆大之人。黎莎对他的举动发出一声惊呼,苍白的脸颊微微变得红润,那一刻她甚至还比之前更加美丽。

"感谢你的协助。"黎莎说,朝空地上数百具阿拉盖尸体点了点头。

"所有男人在夜里都是兄弟。"贾迪尔鞠躬说道。"我们团结一致。"

黎莎点头。"那白天呢?"

"看来北地女子不只会打架。"阿山以克拉西亚低声说道。

贾迪尔微笑。"我认为所有人在白天也该团结一致。"

黎莎眯起双眼。"团结在你的统治下?"

贾迪尔察觉阿山和绿地人都开始紧张。那感觉像是场上所有人都不重要,只有他们两人足以决定战场上的黑色恶魔胆汁上会不会染上一片血红。

但贾迪尔不怕那种情况,他觉得今晚会面仿佛是许久以前就已注定的。他无奈地推开双手。"如果那是艾弗伦的旨意，或许有一天吧。"他再度鞠躬。

黎莎的嘴角微微上扬。"至少你很诚实，或许这样也好。既然如此，你和你的部属是否愿意赏光一起喝杯茶？"

"我们深感荣幸。"贾迪尔说。"我的战士们能否在这块空地上扎营等待？"

"去那一头吧。"黎莎立。"这边还有工作要做。"

贾迪尔好奇地看着她，接着发现许多绿地人在战事结束后集结而来。这些人体型稍矮，也没有使斧头的战士那般强壮，他们开始在战场上收集闪闪发光的的物品。

"他们在干吗？"他问，只是为了听到她的声音，而不是真的在乎北地卡菲特在干什么。

黎莎看向旁边，弯腰拾起一只有瓶塞的玻璃瓶，递给贾迪尔。那是只优雅的瓶子，散发出简朴的美感。

"拿你的矛柄击碎它。"她说。

贾迪尔皱起眉，不能理解摧毁如此美丽的事物代表什么意义。或许只是某种代表友情的仪式。他拔出卡吉之矛，按照她的吩咐去做，但矛柄在清脆的声音中自瓶身上弹开。瓶子却完好无损。

"艾弗伦的胡子啊。"贾迪尔喃喃说道，不断敲击玻璃瓶，但怎么打也打不破。"难以置信。"

"魔印玻璃。"黎莎说，再度捡起瓶子，递交给他。

"真是慷慨的礼物。"阿山以克拉西亚语说道。"至少他们懂得尊敬我们。"

"我们的人民可以从彼此身上学到很多，如果白天和黑夜一样和平共处。"黎莎说。

"我同意。"贾迪尔说，凝视她的双眼。"让我们在喝茶时

谈论此事,还有其他话题。"

"你看到他的王冠了吗?"黎莎问。

罗杰点头。"还有那根金属长矛,他就是马力克和魔印人提到的那个人。"

"显然是。"黎莎说。"我是说那顶王冠上的魔印,魔印人的额头上纹有同样的魔印。"

"真的吗?"罗杰惊讶地问道。

黎莎点头,压低音量,只让他听见。"我认为亚伦并没有告诉我们他对此人所知的一切。"

"不敢相信你竟然请他喝茶。"汪妲说。

"难道我应该对着他的眼睛吐口水吗?"黎莎问。

汪妲点头。"或是叫我射杀他。他杀死来森堡中半数男人,命令手下强暴那里所有适合生育的女人。"

汪妲突然住嘴,接着转向黎莎,凑到近处。"你打算对他下药,是不是?"她问,眼中闪闪发光。"囚禁他和他的手下?"

"我不会做这种事。"黎莎说。"我们对于这人所知都是听别人讲的,唯一所见的只有他和他手下帮助我们除掉两百头木恶魔。除非做出任何不规矩的行为,不然他都是我们的客人。"

"更别说绑架他们的解放者,肯定会把克拉西亚大军直接引来洼地。"罗杰补充道。

"那也是个重点。"黎莎同意道。"去请史密特清空旅店,召集议会成员。让所有人亲自评判这头所谓的沙漠恶魔。"

"他与我想象中不大相同。"约拿牧师说道。

"看起来彬彬有礼。"加尔德同意道。"但都是虚情假意,就像公爵王宫中的仆役。"

"那叫作礼貌,加尔德。"黎莎说。"你和其他男人也该上点礼貌课。"

"他说的有理。"罗杰说。"我以为他是头野兽,而不是什么在抹油的胡子后面微笑的贵族。"

"我懂你的意思。"黎莎说。"我肯定没有想过他会如此英俊。"

约拿、罗杰以及加尔德全停下脚步。黎莎又走了几步,这才察觉他们没有跟上。她回头发现男人们都在看她,就连汪妲都面露惊讶。

"干吗?"她问。

"我们会假装你没说那句话。"罗杰过了一会儿说道。他继续前进,其他人跟在他身后。黎莎摇了摇头,跟了上去。

❦

"这些绿地人比想象中还要糟糕,"阿山在回去与部下会合时说道,"我相信他们竟然听从女人号令!"

"但真是个了不起的女人!"贾迪尔叹道。"如此强势,如此出众,如同黎明般美丽。"

"她打扮得像个妓女。"阿山说。"她胆敢直视你的双眼就该处死。"

贾迪尔嘶吼一声,挥手驱离这个想法。"杀害达玛丁是死罪。"

"对不起,沙达玛卡,但她并不是我们的达玛丁。"阿山说。"她是个异教徒。所有绿地人都是异教徒,崇拜某个虚假的神祇。"

贾迪尔摇头。"不管知不知情,他们都遵循艾弗伦的安排。《伊弗佳》中只有两条神圣法条:崇拜神祇,以及参与阿拉盖

沙拉克。除了这两条圣律,所有部落都有权遵守自己的传统。或许这些绿地人与我们也没有那么不同,或许我们只是不习惯他们的习俗。"

阿山张嘴欲言。但贾迪尔的眼神表示讨论已结束。阿山闭上嘴,深深鞠躬。"当然,既然沙达玛卡这么说,那就一定是事实。"

"去吩咐戴尔沙鲁姆扎营。"贾迪尔下令道。"你、哈席克、山杰特,还有阿邦和我一起参加他们的茶会。"

"我们要带卡菲特去?"阿山皱眉。"他没资格和男人一起喝茶。"

"他说他们的语言比你流利,我的朋友。"贾迪尔说。"哈席克和山杰特两人加起来只会说几个字。我带他来就是为了这个原因,他会在这次会面中发挥宝贵的作用。"

克拉西亚人抵达时,全镇的人仿佛都已聚在史密特的旅店外面。黎莎只让议会成员及他们的配偶参加茶会,加上史密特的儿子和孙子端茶服务,洼地的人可比克拉西亚人多太多了。

贾迪尔走向旅店时,人群中开始发出不满的声浪。"滚回沙漠去!"有人叫道,人群纷纷附和。

如果克拉西亚人因此感到不安,他们也没有表现出来。他们抬头挺胸地挤过人群,毫不畏惧。只有其中那个身穿亮丽服饰、手持拐杖的肥胖瘸子,在经过时面露谨慎。黎莎站在门口,随时准备有群众失控时冲上前去。

"你说得对,他真的很英俊。"伊罗娜只是微笑。

黎莎惊讶地转头看她。"谁告诉你我这么说了?"伊罗娜只是微笑。

"欢迎。"黎莎在贾迪尔抵达门口时说道。她和她妈行了一模一样的屈膝礼。贾迪尔看向伊罗娜,接着转向黎莎。她们长得很像,不会有人看不出来她们的关系。

"你的……姐姐?"贾迪尔问。

"我母亲,伊罗娜。"黎莎两眼一翻,听着伊罗娜咯咯娇笑,任由贾迪尔亲吻她手背。"还有我父亲厄尼。"她朝父亲点头。贾迪尔对他鞠躬。

"容我介绍我的部属。"贾迪尔说,指向身后的男人。"大家已经见过阿山达玛基了。这位是山杰特凯沙鲁姆,那位是我的戴尔沙鲁姆、保镖哈席克。"众人依次低头鞠躬。贾迪尔没有介绍第五名随行人员,便径自与其他手下一起走进旅店,一边鞠躬一边相互介绍。

第五人与其他人不同。其他人很瘦,他却很胖。其他人身穿简单朴素的服饰,他则身穿鲜艳得如同吟游诗人的七彩服。其他人身手矫健,他却整个人倚在拐杖上,好像没了拐杖就会摔倒。

黎莎在对方进屋时开口招呼,但他的目光瞟向她身后,接着对她父亲鞠躬。"很荣幸终于与你见面了,厄尼·佩伯。"

厄尼好奇地打量他。"我们认识吗?"

"阿邦·安哈曼·安卡吉。"男人自我介绍道。

"我……之前卖纸给你。"厄尼片刻后突然想起。"我,啊……事实上你上次订的货还在我的仓库里。我还在等待付款,结果一直没有来森堡信使的回信。"

"没记错的话,好似六千张你女儿的压花纸。"阿邦说。

"黑夜啊,那是你订的?!"黎莎惊呼。"你知道我花了多少时间在那些纸上吗?结果却只能堆在干燥的库房里当……当废品!"

贾迪尔立刻走了过来，打断正在作自我介绍的史密特，好像他根本无关紧要。

"你说了什么话冒犯了主人，卡菲特？"他大声问道。

阿邦在拐杖允许的情况下深深鞠躬。"看来我欠她父亲一笔钱，解放者，她和她父亲数年前制作的一批纸张因为我们的边疆封闭导致无法收货。"

贾迪尔怒吼一声，随手一拳将他打得摔倒在地。"你要支付欠款的三倍价钱，立刻！"阿邦落地时大叫一声，吐出一口鲜血。

黎莎推开贾迪尔，冲到阿邦身边蹲下。他试图挣脱，但她用力捧着他的脑袋，检视他的伤势。他嘴唇裂开，不过应该不用缝合。

她立刻走向瞪视贾迪尔。"你到底有什么问题？！"

贾迪尔面露震惊的神色，仿佛黎莎头上突然长出角来。"他只是卡菲特。"他解释。"一个毫无荣誉可言的弱者。"

"我不在乎他是什么！"黎莎大声说道，冲到贾迪尔面前，鼻子差点碰到一起，她的双眼绽放蓝色怒火。"他是我们的客人，就和你一样，如果还想继续当我们的客人，你就给我注意礼貌，不准动手打人。"

贾迪尔站在原地，惊讶得说不出话来，他的手下也都一副同等惊讶的模样。他们转向领袖，打算听从指示行动。战士们摩拳擦掌，随时准备拔出肩膀后方的短矛，而黎莎则准备把手伸进围裙口袋中抓出一把盲眼药粉，提防他们发难。

但贾迪尔偏开目光，后退一步，深深鞠躬。"你说得对，我为动手打人向你赔罪。"他转向阿邦。"我会支付三倍价钱购买你自她父亲那买来的纸张。"他大声说道，然后转向黎莎。"任何黎莎女士如此看重的东西肯定都是无价的珍宝。"

阿邦额头磕地，接着撑着拐杖起身。厄尼连忙过去扶他，不过瘦小的厄尼根本扶不动对方肥胖的身躯。

贾迪尔转身朝黎莎微笑，一脸骄傲，仿佛他真的认为展示自己的财力会比暴力殴打更能取悦她。

"不管英不英俊，他都是个浮夸的浑蛋。"黎莎低声对罗杰说道。

"或许，"罗杰同意，"不过是个只要有心就可以把他当成小虫一样踏扁的浑蛋。"

黎莎皱眉。"那可不一定。"

&

"北地女子个性坚强。"哈席克在人们招呼他们于长桌旁的硬板凳上就座时以克拉西亚语说道。

"我们的女人也不遑多让。"贾迪尔回应。"她们只是把一切隐藏在长袍下。"所有男人，包括阿邦在内，通通发了一阵认同的笑声。

茶童端茶上桌，外带一盘硬饼干。北地圣徒清理喉咙，所有人转头看他。阿山看他的神情如同猛禽打量猎物。绿地牧师在达玛的目光下脸色发白，但依然开口说话。

"我们有祷告的习俗。"他说。

伊罗娜轻哼一声。约拿瞪了她一眼。贾迪尔不去理会女人，但对于她的无礼感到惊讶。"我们也有这样的习俗，牧师。"他鞠躬说道。"我们理应感谢艾弗伦所赐予的一切。"

"造物主啊，"约拿吟咏道，双手捧起茶杯，仿佛献祭一样，"我们感谢眼前的食物和饮料，代表你赐给我们的生命以及享受生活的恩典。我们祈祷你赐予服侍你的力量，并且请你降福于我们，以及所有今晚不能聚集在餐桌前的人们。"

"今年可没有什么富饶的恩典。"伊罗娜喃喃说道,拿起一块硬饼干,厌恶地皱紧眉头。接着女人突然露出痛苦的表情,贾迪尔从她瞪向黎莎的模样猜测可能是被女儿在桌底下踢了一脚。

"很抱歉我们无法提供更丰盛的菜肴。"黎莎在与贾迪尔目光相对时说道。"但战争的蹂躏深深影响我们的村子,数千名难民失去他们拥有的一切,以及许多深爱的人。"

"无动于衷么?"阿山用克拉西亚语低声道,"他们这是攻击您和您发动的圣战,解放者。"

"不!"阿邦嘶声道。

"这是一项挑战,小心应答。"阿山瞪视着他。

"两个都给我闭嘴!"贾迪尔压低声音斥道。他目光离开黎莎和她母亲身上,转向牧师点头。

"你们的餐前祷告与我们的大同小异。"他说。"在克拉西亚,我们就算只有空碗也要祷告,因为透过艾弗伦的意志,空碗比盛满的饭碗更能坚定人心。"

他看向黎莎。"我听说一年前你们村子与其他村落没什么两样。"他说。"但现在你们人口众多,实力雄厚。街道上没看见饥民,也没有乞丐、哀痛或残疾的人。不但如此,你们甚至在黑夜中挺身出战,对抗数以百计的恶魔。相信我的出现改变了你们的村子,让你们变得更加坚强。"

"改变我们的不是你,"加尔德突然说道,"是魔印人,当时你们还在沙漠上啃沙。"

哈席克神色一凛。贾迪尔怀疑自己是否听懂绿地人的意思,但巨人说得很清楚。他对哈席克摇摇手指,要他冷静。

"我想了解这个魔印人。"贾迪尔说。"在艾弗伦恩赐下,我听说了很多关于他的事迹,但从未真的见过此人。"

"他是解放者,你只须知道这点就够了。"加尔德低声吼道。"为我们带回失传多年的魔法。"

"对抗阿拉盖的战斗魔印。"贾迪尔说。加尔德点头。

"我可以见识他制作的战斗魔印武器吗?"贾迪尔说。

加尔德迟疑,目光瞟向黎莎。贾迪尔顺着他的目光看去,再一次,他几乎陷入她如同冰水般的蔚蓝双眼中。她面露微笑,他全身感到一阵快意。

"可以让你看,"黎莎说着露出羞怯的笑容,"只要你也给我们看看你们的——你的长矛。"

就连阿邦也为她如此大胆的想法发出一声惊呼,但贾迪尔只是微笑。他伸手拔矛,但阿山拉住他的手。

"解放者,不行!"阿山嘶声道。"卡吉之矛不能被青恩亵渎。"

"它不再只是卡吉之矛了,阿山。"贾迪尔以克拉西亚语说道。"它同时也是阿曼恩之矛,我想给谁看就给谁看。这也不是它第一次被青恩的手碰到,它的法力依然存在。"

"万一他们想要据为己有呢?"哈席克道。

贾迪尔看着他,神色冷静。"如果他们敢这么做,我们就杀光这个镇上所有男人、女人以及小孩,将整座村落夷为平地。"

争论结束,他将长矛平举在身前。加尔德把手伸向腰带,取下一把长刀。哈席克和山杰特神情紧张,随时准备应变,但巨人翻转刀面,手握刀身,将柄递给贾迪尔。两人同时交换武器。

接着双方再也顾不得礼仪,各自对魔印有研究的人通通凑上前来观摩研究。

贾迪尔将长长的刀身转向明亮处,凝视着刻蚀在刀面上如

同发光的河道般的复杂魔印。他立刻看出大多数魔印都和自己的族人用来加持武器的魔印一模一样，是源自几乎包含世上所有战斗魔印的卡吉之矛上的符号。

但这些魔印不只是实用，与戴尔沙鲁姆长矛上粗糙的魔印不同。它有种可以和卡吉之矛相提并论的艺术之美，数百个魔印飘逸纵横，编织出一张美观而致命的魔印网。

"美不胜收。"贾迪尔喃喃道。

"无价之宝。"阿邦说。

"这个魔印人会不会是从安纳克桑中盗出这些魔印的？"阿山怀疑。

"荒谬。"贾迪尔说。"那里千年之内无人踏足，除了……"他看向部下，所有人都有着同样的暗示。

"不。"最后贾迪尔说道。"不，他死了。"

"当然，他不可能还活着。"阿山于片刻后说道，其他人纷纷点头。

他们抬起头来，看见黎莎和她戴起眼镜的父亲正在仔细打量卡吉之矛。他们观察卡吉之矛已经够久了，他没理由透露所有的秘密。

"这些魔印威力强大。"他说，将长刀归还给加尔德，刀柄在前。他指向长矛，绿地人颇不情愿地归还长矛。黎莎看着长矛归还时的渴望神情十分动人。她迫切想要取得长矛中的秘密。

"魔印人在哪里？"贾迪尔将卡吉之矛插回肩带后对加尔德问道。"我非常想要见他一面。"

"他独来独往。"黎莎在巨人回话之前插嘴说道。

贾迪尔朝她点头。"你这件奇妙的斗篷是他给你的吗？它就和卡吉本人身穿的斗篷一样，可以让你在阿拉盖之前隐形。"

黎莎脸色一红。贾迪尔了解到自己无意间恭维了她。

"隐形斗篷是我自己发明的。"她说。"我修改了困惑和强化视觉的魔印，整合一点禁忌魔印，不让任何地心魔物看见身披斗篷的人。"

"不可思议。"贾迪尔说。"艾弗伦必会对你有所启示，赐给你修改魔印的能力，制作出如此美丽且威力强大的物品。"

黎莎低头看着自己的斗篷，若有所思地伸手把玩。最后，她轻呼一声，站起身来，解开喉间的银扣环。"那我就送给你吧。"她说，将斗篷递给贾迪尔。

"你疯了吗?!"伊罗娜大叫，冲上前去挡在她面前，就像阿山之前阻止贾迪尔交出卡吉之矛一样。

"斗篷只对恶魔有效。"她说，不单向母亲解释，也向贾迪尔解释。"明早太阳升起时，让它提醒谁才是真正的敌人。"她推开母亲，将斗篷交给贾迪尔。

贾迪尔双掌平放桌面，低头鞠躬。"这个礼物太珍贵了，我没有东西可以交换。看在艾弗伦的分上，我不能收啊。"

"它能提醒你那一点就是最好的回报。"黎莎说。贾迪尔再度鞠躬，难以置信地接下神奇的斗篷。如果那魔印人武器上的魔印算是和谐的曲调，黎莎的隐形斗篷简直堪称交响乐章。他小心翼翼地折叠斗篷，在自己或手下开始研究礼物而分心前塞入自己的长袍内。

"感谢你，黎莎女士，厄尼之女，解放者洼地的草药师。"他说着，深深鞠躬。"你的厚礼让我感激不尽。"

黎莎微笑，坐回座位。一时间，绿地人全都假装喝茶，并在喝茶的同时交头接耳。贾迪尔任由对方私下讨论，转头看向阿邦。

"告诉我关于打扮得像个卡菲特的红发男孩的事。"他命令道。

阿邦鞠躬，"绿地人称他这种人为吟游诗人，解放者。他们是四处游荡的说书人兼乐手，身穿亮眼的服饰以吸引观众的目光。这是种高深的职业，从业人员常被视为鼓舞人心的领袖人物。"

贾迪尔点头，尽力消化这些信息。"他的音乐能影响阿拉盖，以音乐控制它们，那是怎么回事？"

阿邦耸肩。"魔印人传说中从未提到某个能以音乐蛊惑阿拉盖的人，但我对他的能力一无所知。可以想见，这是天赋，并非什么普遍的能力。"

✤

罗杰不自在地看着克拉西亚人偷偷打量自己。他们很显然在谈论自己，尽管罗杰的耳力敏锐，足以辨认如同惊异音乐般的语言的声调和模式，不过要听懂他们在说什么又是另一回事了。

克拉西亚人对他又爱又怕，就和魔印人对他的态度很像。罗杰不仅是个乐手，同时也是个说书人，而他曾唱诵过许多克拉西亚的传说，但从来不曾遇过任何来自那片土地的人。他的脑中浮现出上千个问题，不过在抵达他的舌尖之前就已经乱成一团，因为面前这些根本不是他故事中的那些异国王子。罗杰曾经骑马穿越通往来森堡的道路，亲眼见过他们的手段——不管有没有文化，这些都是奸淫掳掠、无恶不作的恶人。

贾迪尔再度朝他看来，在罗杰不得已偏过头去之前，两人目光交会。罗杰大吃一惊，感觉如同被逼入绝境的野兔。

"请见谅，实在太抱歉了。"贾迪尔鞠躬说道。

罗杰假装搔着胸口，其实只是借机摸摸自己的护身符。他透过金牌以及随侍左右的加尔德建立信心。这已不是罗杰第一次庆幸这名伐木巨人曾发誓守护自己了。

"我不介意。"他说，轻轻点头。

"我们家乡没有吟游诗人。"贾迪尔说。"我们对你的职业感到好奇。"

"你们没有音乐家？"罗杰一脸讶异地问道。

"有。"贾迪尔说，"但在克拉西亚，音乐唯一的作用就是赞美艾弗伦，而非用在战场上操控恶魔。告诉我，这种能力在北地普遍吗？"

罗杰哈哈大笑。"一点也不普遍。"他放下茶杯，希望杯子里是比较烈的酒。"我甚至无法教会任何人，我也不确定自己是怎么做到的。"

"或许艾弗伦曾经引导你，"贾迪尔试探道，"或许也赐福给你家中血脉。你的儿子当中有人展露天赋吗？"

罗杰再度大笑。"儿子？我根本还没结婚。"

克拉西亚人似乎对此感到震惊。"拥有这种力量的男人应该有很多妻子帮你生孩子。"贾迪尔说。

罗杰窃笑，朝他们举起茶杯。"同意，我就该有很多妻子。"

黎莎轻哼一声。"我倒想看看你怎么应付妻子。"餐桌旁的两方人马通通开口嘲笑罗杰。罗杰一言不发地等待笑声止歇，洼地的人每天都在开罗杰的玩笑，但他并不会因此习以为常而不脸红。

他看着贾迪尔，却发现克拉西亚领袖没有和其他人一起笑。"我可以请问一个私人问题吗，杰桑之子？"贾迪尔问。

罗杰在听见父亲名字时触摸胸口的金牌，但还是点了点头。

"你手上的伤是怎么来的？"贾迪尔问，指向罗杰只有两根手指以及部分手掌的手。"看起来是旧伤，不可能是你长大成

人后对抗阿拉盖所留下来的,神奇的是它并没有妨碍你的演奏,可见手上的伤已跟了你很多年。"

罗杰感觉全身的血液都凝结了。他的目光飘向身穿亮眼丝绸、因为身有残疾而忍受同伴嘲弄的肥胖商人。他不知道克拉西亚人会不会因为自己只有半只手掌而不把他当作男人看待。

所有人都不再交谈,默默地等待罗杰回答。本来他们就在偷听两人交谈,但现在所有人都敛声屏息地看着他们。

罗杰皱起眉。洼地人与他们又有什么不同?他怀疑。没有任何洼地人,包括黎莎,曾提起自己的断指,大家都假装没这回事,然后又在自以为不在看时偷偷瞄它。

至少他不掩饰自己的好奇。罗杰心想。转头看回贾迪尔。而且我也没必要在乎他对我有什么看法。

"我三岁的时候,恶魔闯入我们家。"他说。"我父亲拿起拨火棒阻挡恶魔,我妈则带着我逃命。一头火恶魔扑到她背上,咬断我的手指,然后咬中她的肩膀。"

"你怎么逃过一劫?"贾迪尔问。"你父亲救了你吗?"

罗杰摇头。"当时我父亲已经死了。我母亲杀掉那头火恶魔,将我推入地窖中。"

桌旁惊呼四起,就连贾迪尔也瞪大双眼。

"你母亲徒手杀了一头火恶魔?"他问。

罗杰点头。"她把恶魔从我身上拉开,将它按在水槽中直到溺死。恶魔不再挣扎时,水面已翻滚沸腾,但她的手煮得一片通红,布满水泡。"

"喔,罗杰,真是太可怕了。"黎莎呻吟道。"你从来不曾告诉我这件事!"

罗杰耸肩。"你也没问啊。从来不曾有人问我手是怎么受伤的,所有人都刻意避开我的手,包括你。"

"我一直以为你想要保留隐私。"黎莎说。"我不希望你不自在，只因为提起你的……"

"残疾？"罗杰说，不喜欢她那同情的语气。

贾迪尔突然起身，一脸愤怒。餐桌旁双方人马立刻紧张起来，随时准备开打或是逃命。

"这是阿拉盖伤疤！"他大叫，伸手越过餐桌，抓起罗杰的手掌，高高举在众人面前。"这是荣誉的象征，任何以同情眼光看他的人都该下地狱去。"

"伤疤表露我们对抗阿拉盖的决心！"他叫道。"以及对抗奈本人的决心！这些伤疤让她知道我们曾经见识她的深渊，并且朝里面吐口水！"

"哈席克！"贾迪尔指向体型最壮硕的手下。在他的命令下，战士豁然起身，拉开护甲长袍，露了占据半个胸口的半圆形齿痕。

"土恶魔。"他说，带有浓厚的口音。"很大。"他补充，摊开手臂。

贾迪尔转向加尔德，挑衅地眯起双眼。

"还不错，"加尔德哼道，"不过我应该有更大的。"他拉开胸口的上衣，转身露出一条从右肩延伸到左腰的爪痕。"木恶魔这一下着实不轻，"他说，"个子小一点的人可能当场就被撕成两截了。"

罗杰讶异地感受沸腾的情绪如同涟漪般扩散。餐桌两边的人纷纷述说自己受伤的故事，争辩着谁的伤势比较沉重。这一年来，镇上几乎人人都曾受过伤。

但屋内没有任何悔恨的气氛。人们笑着谈论差点没能闪开的攻击，有时甚至出手比画，就连克拉西亚人也开心地拍腿大笑。罗杰看向脸上布满丑陋伤疤的汪姐，却发现她露出印象中

从未见过的笑容。

当屋内的气氛达到高潮时，贾迪尔如同吟游诗人大师般站上自己的板凳。"让阿拉盖看见我们的伤疤，并且心生绝望！"他大叫，脱下他的长袍。

橄榄色肌肉窿起，但这并不是所有人惊呼的原因，而是他身上的疤痕，那些疤痕都是魔印。数百个魔印，甚至可能上千个，如同魔印人的文身般刻在他身上。

"黑夜呀，或许他真的是解放者。"罗杰喃喃说道。

第二十五章　不惜代价

333 AR　春

"你最好给我快一点。"哈席克笑着对阿邦道。"不然就把你留在黑暗里。"

阿邦一脸痛苦，汗水如同小溪般沿着肥胖的脸颊淌下来。阿曼恩以极快的步伐赶回营地，与阿山大步走在前方，把可怜的阿邦留下与哈席克、山杰特走在一起。这两个男人打从小就喜欢欺负他，现在更是变本加厉。

一星期前，哈席克趁阿邦前往大帐传信时强暴了他的女儿。稍早前，还强暴了他的妻子。祖林和山杰特在卡吉沙拉吉中刻意检阅过奈沙鲁姆儿子们，向他们灌输唾弃卡菲特的观念，令阿邦心痛不已。所有解放者长矛队的战士都嘲笑他，趁沙达玛卡不在时肆意殴打他。他们全都认识阿曼恩多年，解放者对阿邦言听计从让他们感到忿忿不平。阿邦心知自己一旦失宠，肯定没有好下场。

当他们离开解放者洼地大魔印所建立的禁忌力场后，阿邦身上立刻爬满鸡皮疙瘩，不得不承认，不管沙鲁姆们怎么做，他们都不会为了维护自尊而祈求对方的保护。

这就是卡菲特的宿命。

"我不了解你为什么要以对待真正男人的态度对待这群懦弱的青恩。"阿山边走边问阿曼恩。

"这些人都很坚强。"阿曼恩回应道。"就连他们的女人都有阿拉盖伤疤。"

"他们的女人都和妓女一样无耻。"阿山说。"她们的丈夫就应该多管教她们,其中最糟糕的就是他们的领袖!我不敢想象的是,你任由她训斥你,像是……像是……"

"比较像是达玛佳。"阿山说。"而这个女人两者都不是。"

阿曼恩脸颊微微抽动,要是阿邦看到这种愤怒的征兆一定会拔腿就跑。

但阿曼恩没有动怒。"想一想,阿山。"他说。"我有必要浪费人力征服这群已在对抗阿拉盖的人吗?"

"他们并非在你的指挥下战斗,沙达玛卡。"阿山反驳道。"根据《伊弗佳》记载,想要赢得沙拉克卡,所有战士都得遵守解放者号令。"

阿曼恩点头。"他们会的。我不是靠杀人统一克拉西亚部族,我是通过迎娶各族达玛丁,将我的血脉融入各族来达到统一的目的。没道理北地不能照搬。"

"你想娶那个……那个……"阿山难以置信地说。

"那个什么?"阿曼恩问。"那个举手投足就能杀死阿拉盖、美艳可比古代女巫的女子?"他将对方送他的魔印斗篷举到面前,闭上双眼,深深吸气。"就连她的体香都令我痴狂,我一定要得到她。"

"她甚至不信仰《伊弗佳》!"阿山啐道。"她是个异教徒!"

"即使异教徒都在艾弗伦的计划中,我的朋友。"阿曼恩说。"你难道看不出来吗?北地唯一参与阿拉盖沙拉克的部族是由一名女子所统治的,一名拥有前所未见力量的北地草药师。透过与她结合,我可以在兵不血刃的情况下吸收他们的力量。这桩婚姻简直是艾弗伦预先安排好的。我可以感受到它的意志在我体内激荡，绝对不容违逆。"

阿山似乎还想争辩，但阿曼恩显然心意已决。他皱起眉，但依然鞠躬。"谨遵解放者号令。"他咬牙切齿说道。

他们终于抵达营地，阿邦在看见阿曼恩的大帐已搭建好后，终于松了一大口气。戴尔沙鲁姆围着大帐休息，轮班守卫，绝不放过任何风吹草动，不管是恶魔还是其他东西所引发的。

"阿邦，我们谈一会儿。"阿曼恩说。"山杰特、阿山，去照顾其他弟兄。"

达玛基和凯沙鲁姆互换一个苦涩的眼神，没有多说，领命离开。哈席克跟上阿曼恩，但阿曼恩以眼神阻止他。

"我和卡菲特会面无须保镖。"阿曼恩说。

"解放者，如果你不给我一项新的任务，我就陪着你吧。"哈席克鞠躬。

阿曼恩点头。"哈席克，那就在外面守着吧。"

哈席克抬头看向阿邦，眼中浮现杀机；但阿邦安安稳稳地躲在阿曼恩身后，没有像个卡菲特一样谄媚鞠躬，反而对他露出嘲笑的神色。

阿邦转身走向大帐，撩起帐帘让阿曼恩先进入。他放下帐帘时，哈席克脸上那副无能为力的愤怒神情并不足以补偿他女儿所失去的童贞，但阿邦只能从这种小地方得到一丝复仇的快感。

贾迪尔在两人独处后立即转身面对阿邦。

"很抱歉我打了你，"他说，"那是——"

"为了取悦那个女人，我知道。"阿邦打断他道。"如果有效就很值得，但这些青恩看待世界的观念与我们不同。"

贾迪尔点头,想起从前帕尔青恩守护阿邦的景象。"我们的文化先天就会羞辱彼此,我早该知道那样行不通。"

"与青恩相处时一定要格外谨慎。"阿邦同意。

贾迪尔提起卡吉之矛。"我是战士,阿邦。我的战略只有用在征服人类与屠杀阿拉盖,我并不擅长这类……琢磨人心。"他悄声说道。"而你和英内薇拉可是深谙此道。"

"你总是不会说谎,阿曼恩。"阿邦鞠躬道,似乎同时带有恭敬与嘲弄的意味。

"那我要如何得到这个女人?"贾迪尔问。"我知道她在注意我。你认为她和达玛丁一样拥有选择丈夫的权利,还是我该去找她父亲?"

"达玛丁可以选择丈夫是因为没人知道她们父亲是谁。"阿邦说。"黎莎女士刻意向我们介绍她的父亲,接着又送斗篷给你,显然表示她愿意接受追求。一名普通的女子或许会送给追求者上好的布袍,但她的礼物足以匹配解放者。"

"所以我只须去和她父亲谈定聘礼就好了。"贾迪尔说。

阿邦摇头。"厄尼很会讨价还价,但不会造成阻碍。我比较担心达玛佳会反对这场婚姻,而其他达玛基会支持她。"

"我会处死任何反对此事的达玛基。"贾迪尔说。"就算是阿山也一样。"

"这样做会给部队带来什么后果,阿曼恩?"阿邦进一步问道。"我们的领袖为了某个青恩女子杀死他自己的达玛基?"

贾迪尔皱眉。"何必担心?英内薇拉没有反对的理由。"

阿邦耸肩。"我这么说是因为达玛佳或许会发现这个北地女人不像其他吉娃森一样容易掌控。"

贾迪尔心知阿邦说得没错。他一直认为英内薇拉是世界上最强势的女人,但这个解放者洼地的黎莎似乎从各方面来看都与她旗鼓相当。她绝对不会屈就于次等妻室,而英内薇拉又不可能容忍地位相等的女人。

"然而这种不肯屈就的态度就是我非娶她不可的原因,如果我要带领青恩参与沙拉克卡的话。"贾迪尔说。"或许我可以和她秘密结婚。"

阿邦摇头。"结婚的传言迟早都会传入达玛佳耳中,她只要一句话就可取消婚约,但黎莎的部族可能将那视为奇耻大辱。"

贾迪尔摇头。"肯定有办法的。这是艾弗伦的旨意,我感觉得出来。"

"或许……"阿邦开口,手指在卷曲的胡子里转动。

"什么?"贾迪尔问。

阿邦沉思一段时间,接着摇头挥手。"只是个想法,可能行不通。"

"什么想法?"贾迪尔问,语气显示他不会再问第二遍。

"啊,"阿邦说,"我只是在想,要是达玛佳只是你的克拉西亚吉娃卡呢?如果可以这么算,表示可以另外指派一名北地吉娃卡,安排和绿地青恩女子的婚事。"

阿邦摇头。"但就连卡吉也没有两个吉娃卡。"

贾迪尔摩拳擦掌,一边沉思一边抚摸皮肤上的魔印伤疤。

"卡吉活在三千年前,"他终于说道,"而且圣典已经残缺不全。谁能肯定他有几个吉娃卡?"

眼看精明的阿邦没有立刻回应,贾迪尔微笑。"你明天前往黎莎父亲家去清偿债务,"他下令,"然后谈妥要付多少聘金。"

阿邦点头离开。

阿邦拄着骆驼头拐杖，一拐一拐地穿越村镇，沿途不断向绿地人点头微笑。他们瞪视着他，很多人露出不信任的表情。虽然他的拐杖在克拉西亚会引来暴力相对，在青恩之间却似乎带来相反的效果。他们羞于攻击无力反抗的男人，就像他们羞于攻击女人，这解读了北地的女人能如此高调的原因。

阿邦发现自己对绿地的好感与日俱增。这里的天气不会太热也不会太冷，不像沙漠那么极端，而且北地的资源丰富得超乎阿邦想象。这里有无尽的发财机会。他的妻子和孩子已经在艾弗伦恩惠下发了一笔小财，而绿地大部分区域都还没开发。在克拉西亚，他很有钱，但依然被人视为下等男人。在北地，他可以过着达玛基般的殷实生活。

这已是阿邦第一次质疑阿曼恩真正的想法了。他真的相信自己就是解放者，还有和这个女人结婚是艾弗伦的旨意之类的鬼话，还是一切只是为了掌权的政治阴谋？

如果是其他人，阿邦都会认定是后者。但阿曼恩总是天真地相信这种事，甚至会被这种夸大的妄想所迷惑。

这种事情荒谬绝伦，但几乎所有克拉西亚的男人、女人以及小孩都对他的神性深信不移，进而赋予阿曼恩大得根本不必在乎是真是假的权力。无论如何，阿邦服侍着世界上最有权势的男人，尽管他们没有恢复往日的友谊，起码看起来也像是朋友。

但现在友谊中又多了一个新的变数，就是达玛佳，深谙操弄人心之道的阿邦一眼就能认出另一名同道。英内薇拉利用阿曼恩来达成自己的目的，但就连阿邦也看不出她的目的到底为何，而阿邦却是专靠看穿他人欲望致富的人。

达玛佳透过某种不为人知的手段影响阿曼恩，但影响力已微不足道。他是沙达玛卡。不管是不是达玛丁，只要他一声令下，人民绝对会为了取悦他而毫不迟疑地将她撕成碎片。

阿邦当然知道不要介入他们两人之间。他经验老到，绝对不会犯下如此愚蠢的错误。只要英内薇拉察觉他的不忠，她立刻就会把他当作蝎子般一脚踩扁，就连阿曼恩也不能阻止她。阿邦的地位低于达玛佳，不像她低于阿曼恩，不过阿邦低贱太多了。

唯一真的可以对付女人的只有女人——阿邦的父亲死前曾向他嘱咐过很多次。这是个好建议。

黎莎·佩伯会动摇英内薇拉的权力基础，或许可以帮助阿曼恩完全摆脱她的掌控，而最好的部分在于达玛佳永远不会看出他曾参与此事。

阿邦越笑越开心。

❀

阿邦很高兴地发现，厄尼讨价还价的实力就和他的信使一样高超。阿邦唾弃任何不会讨价还价的人。除了阿曼恩外，因为阿曼恩并非不会讨价还价，而是不屑于讨价还价。

结果他们谈定了十分公道的价钱，但在应阿曼恩要求而将价钱提高三倍后便是一大笔钱。厄尼和他妻子一脸愉快地看着阿邦掏出金币。

"货都在这里。"厄尼说，将装有黎莎所制压花纸的箱子放上柜台，打开盒盖。阿邦伸手抚摸最上面一张鲜艳的纸面，感受着嵌入纸张中如同艺术般的花朵所印出的花纹。他闭上双眼，深深吸气。"这么久了依然香甜。"他微笑着说道。

"保持干燥，香味永远不会淡去。"厄尼说。"至少对凡人

而言堪称永远。"

"你女儿似乎深受艾弗伦眷顾。"阿邦说。"从各方面来说都是,美如天使。"

伊罗娜轻哼一声,但厄尼瞪了她一眼,她立刻闭嘴。

"她是。"厄尼同意道。

"我家主人想要购买她回去作为妻子。"阿邦说。"他授权我协商聘金,出手保证大方。"

"有多大方?"伊罗娜问。

"那不重要!"厄尼大声道。"黎莎不会像马一样拿来卖的!"

"当然,当然。"阿邦说着鞠躬,为自己争取一点评估情况的时间。他没想到厄尼会如此反应,而且也很难判断究竟是真的冒犯了对方,还是一种用以哄抬价码的策略。

"请原谅我的用词不当。"阿邦说。"看来我在最关键的时刻错用了你们的语言。我没有不敬的意思。"

这话似乎让厄尼冷静了一点。阿邦立刻换上会让数千名顾客将他错认为朋友的笑脸。"我家主人知道你的女儿统治你们部族,不是什么普通的货物。"他说。"他想要借此整合两族的血脉为她和你们部族增添荣耀。你的女儿会伴随在他左右,成为北地地位最崇高的女人,同时还能影响解放者的议会和床笫,在我家主人挥兵北上时避免不必要的冲突。"

"你是在威胁我们?"厄尼大声问道。"你是说如果我们不卖,你的主人就会杀光我们,然后强夺她?"

阿邦面红耳赤,看来确实冒犯对方了,而且深深冒犯。帕尔青恩从前总说克拉西亚人脾气火爆,但此刻看来北地人在听人说真话时脾气也没有好到哪里去。

阿邦深深鞠躬,推开双手。"拜托,我的朋友,让我们重新开始。我的主人没有威胁,也不打算攻击贵镇。在我们的习俗里,父亲有责任为女儿安排婚事。而婚事中有一部分就是要让新郎家提供父亲和女儿一笔象征她的价值的聘金。据我所知,北地人也有同样的习俗。"

"有的。"伊罗娜在厄尼回答前插嘴道。

"有些人或许会这么做。"厄尼更正道。"但我并不是如此教育黎莎。你家主人想要娶我女儿,他就得像其他人一样追求她。如果她决定选择他,那么他就可以前来寻求我的祝福。"

这在阿邦眼中看起来好像反过来了,但无关紧要。他再度鞠躬。"我会向我家主人讲清楚的,我想他立刻就会展开追求。"

厄尼瞪大双眼。"我不是……噢!"他在伊罗娜的指甲插入他的手臂时叫道。阿邦默默地看着这个动作。他的妻子们一点也不温驯,但也绝不敢在顾客面前贬低他的权威。

"这样对大家都没有坏处,如果他带花来访的话。"伊罗娜说。"你自己也说那是黎莎的选择。"

厄尼凝视她良久,接着叹气点头。他拿起盒盖,盖回黎莎的纸张上。

"盒子很重。"他说。"要我找个男孩来帮你拿吗?"

阿邦鞠躬。"麻烦你。"

"我想男孩们都在忙。"伊罗娜说,"我可以出去走走,纸我来拿就行了。"

阿邦再度感到困惑。在克拉西亚,这种劳动本来就该女人来做。他看着伊罗娜绕出柜台,欣赏她的美貌,尽管年华老去。或许她是个枕边妻子,只须做点轻松工作,随时待在丈夫身边满足对方的淫欲就好。很多克拉西亚男人都有这种妻子,但阿邦无法忍受这种程度的怠惰,就算他最年轻貌美的妻子都必须

和其他人一样辛劳工作。

走在厄尼店前的小道上时，阿邦转头看她。"我向艾弗伦祷告，希望我对你们习俗的误解没有严重冒犯你和你丈夫。"

伊罗娜摇摇头笑道。"我们和你们也没那么大不同，只不过在这里，父亲负责认可婚事，母亲负责安排婚事。厄尼在聘金谈妥前是不会祝福任何人的。"

阿邦赫然止步，终于弄清楚是怎么回事了。"当然。不过很遗憾，我家主人的母亲卡吉和他的妻子一起留在艾弗伦恩惠，我可以代她协商吗？"

伊罗娜点头，不过扬起一边眉毛。"他还有其他妻子？"

"当然，"阿邦说，"阿曼恩·贾迪尔是沙达玛卡。"

伊罗娜皱眉。"告诉你聪明点，不要在我女儿面前提起这些妻子。女孩嫉妒起来就像狂风暴雨一样。"

阿邦点头。"我一定会提醒他的，谢谢。我假设你女儿是处女？"

"她当然是。"伊罗娜立刻道。

阿邦鞠躬。"拜托，不要感到冒犯。在克拉西亚，男人的第一妻室会亲自检视其他妻子的状况，但如果你们习俗如此，当然你说了算。"

"我们的习俗当然不会让丈夫或是草药师以外的人看见我们的大腿。"伊罗娜说。"所以你或你家主人不要妄想试喝牛奶。"

"当然。"阿邦说，为了终于成功展开协商而点头微笑。

❦

贾迪尔如同野兽般焦躁地在大帐中来回踱步，等待阿邦归来。

"他怎么说?"卡菲特一入帐,他立刻上前抓住他的双臂问道。"办成了没有?"

阿邦摇摇头。贾迪尔深吸一口气,拥抱失望的感觉,在没有造成任何伤害的情况下任其透体而过。

"黎莎女士比我想象中更像达玛丁。"阿邦说。"她有权选择自己的丈夫,不过你还是得支付聘金才能取得她父亲的祝福。"

"我会不惜任何代价。"贾迪尔说。

阿邦鞠躬。"你说过了。"他同意道,"但我,你最卑微的仆人,还是展开协商,尽可能降低你的财物损失。"

贾迪尔毫不在乎地挥了挥手。"所以我可以直接去找她?"

"她父亲允许你追求她。"阿邦说。

贾迪尔微笑,提起长矛,在一面银镜前整理仪容。

"你要怎么对她说?"阿邦说。

贾迪尔回头看他。"不清楚。"他坦白道。"但这是艾弗伦的旨意,所以我相信不管我说什么都不会说错话。"

阿邦皱眉。"我不认为这样可行,阿曼恩。"

贾迪尔转向阿邦,心中清楚他没有说出口的意思。在信仰这方面,阿邦和帕尔青恩很像——有礼貌、有包容力,但毫无信仰可言。

贾迪尔看着自己的好朋友,内心感到无比同情,终于了解身为卡菲特所代表的意义——艾弗伦不会与他们交流。阿邦可以在每一句话里提及造物主的名字,但从来不曾听过他的声音,感受到它的全能意志。阿邦眼中只看得见利益,他永远都会是它的奴隶。

但那样也是艾弗伦计划中的一部分,因为卡菲特能看见其他人看不见的细节,对于贾迪尔而言如果他想要赢得沙拉克卡,

那会是非常重要的细节。

贾迪尔伸手放上阿邦肩膀，面露哀伤的微笑。"我知道你不这么认为，我的朋友，但如果你信造物主，也请对我有信心。"

阿邦鞠躬。"当然。但最起码，千万别提及你其他妻子。她母亲告诉我黎莎女士的妒意如同狂风暴雨。"

贾迪尔点头，一点也不怀疑女人能够看清自己的价值，并且期待其他女人让道两旁。这只会让他更想要她。

✧

罗杰心不在焉地带领学徒练习。但每当坎黛尔弯腰去拿小提琴箱，他就可以看见横跨胸口上缘的疤痕。那或许是道象征荣耀的恶魔伤疤，但同时也提醒罗杰这些学徒在可以真正上场作战之前还有多长的路要走。他希望吟游诗人公会的导师可以尽快抵达。

伐木工在街道对面的魔物填场上训练战技。建立新的大魔印还有诸多工作要做，但只要克拉西亚人还在空地扎营，就没有任何伐木工愿意上工。加尔德将伐木工分组安排巡逻任务，其他人就聚集在填场训练待命。如果黎莎发现没人在工作一定会大发雷霆。但尽管曾经历那么多坎坷，黎莎依然会轻易相信他人。

突然有人大叫一声，罗杰抬起头来，看见克拉西亚领袖朝他走来，身后跟着两名保镖，哈席克和山杰特。他们将矛和盾捆在背上，尽管贾迪尔一派轻松的表情，另两名战士还是一副如临大敌的模样。他们下意识弯曲手指，随时准备拔出长矛。

贾迪尔朝罗杰走来，加尔德一边大叫，一边率领几名手下前往拦截。贾迪尔的保镖转身面对他们，长矛和盾牌当即握在手中,伐木工们一看,立刻举起武器,一场冲突眼看就在眼前。

但贾迪尔转身,以同样的目光看向伐木工和沙鲁姆。"我们是黎莎女士的客人!"他叫道。"除非她改变立场,不然我们不该暴力相向。"

"那就叫你手下收起长矛。"加尔德说,一手握着斧头,另一手握着魔印弯刀。数十名伐木工穿越填场,在他身后聚集,但哈席克和山杰特处变不惊——迫不及待地想要和对方大打出手。见识过克拉西亚战士的身手后,罗杰认为这会是场硬战。

但接着贾迪尔以克拉西亚语下达命令,他的保镖立刻收起长矛,不过盾牌依然拿在手上。

"我不是说收起武器,我是说放下武器。"加尔德吼道。

贾迪尔微笑。"不会有人在门口要求客人缴械的,史蒂夫之子加尔德。"

加尔德张嘴欲言,但罗杰打断他。"当然,你说的没错。"他大声说道,转向加尔德。"收起你的斧头。"他对加尔德说道。

加尔德瞪大双眼。这是罗杰第一次公然对他下达命令,而且还是他不愿接受的命令,因为只要他收起武器,其他伐木工都会照做。

两人目光相对,加尔德透过眼神挑战权威,但罗杰是默剧演员,他可以轻易模仿魔印人那种严肃的神情,并且换上亚伦专门用来吓退他人、使群众远离的嘶哑嗓音。

"我不会说第二遍,加尔德。"他说,同时感到巨汉的意志瓦解。加尔德点头,将斧头和弯刀插回原位。其他伐木工惊讶地看着他,不过反正人多势众,于是纷纷照做。

罗杰转回去面对贾迪尔鞠躬道。"有什么可以为你效劳吗?"

"有的。"贾迪尔鞠躬道。"我有事想找黎莎女士谈谈。"

"她不在镇上。"罗杰说。

"我懂了。"贾迪尔说。"你可以告诉我该去哪里找她吗?"

"当然不!"加尔德吼道,不过罗杰和贾迪尔都没理他。

"为什么?"罗杰说。

"她送给我价值连城的斗篷。"贾迪尔说。"我希望回赠一件同样贵重的礼物。"

"什么礼物?"罗杰问。

贾迪尔微笑。"那是我和黎莎女士之间的事。"

罗杰打量着他。他在心里大叫不要相信这个奸淫掳掠的笑面沙漠恶魔,但贾迪尔似乎自有一套荣誉标准,而他认为这个男人不会伤害黎莎。如果他的礼物真的拥有同等强大的魔法,那么拒绝他就太愚蠢了。

"把你的战士留在这里,我就带你去找她。"罗杰说。

保镖们大声抗议,加尔德和几名伐木工也一样,但罗杰和贾迪尔依然不加理会。

贾迪尔鞠躬。"当然,我对黎莎女士没有恶意,当然不介意有监护人在场监督。"

他的遣词听起来有点奇怪,但罗杰想不出还有什么好争论的。没过多久他们就走在通往黎莎小屋的小路上。加尔德坚持跟来,沿路一直瞪着贾迪尔,不过克拉西亚人似乎毫无所觉。

✦

"黎莎女士为什么没有住在贵镇强大的大魔印里?"贾迪尔问。"在我看来,像她这么重要的人物实在不该冒险接触阿拉盖。"

罗杰大笑。"如果今晚地心魔域浮现人间,那么世上最安全的地方就是黎莎的小屋了。"

贾迪尔不太相信这种说法，但当他们接近小屋时，他发现道路都是由魔印大石块铺成的，每一块都大得可以让人站立其中，不必担心踏花魔印。

贾迪尔突然停步，惊讶地看着石块。他蹲下身去，伸手抚摸在石块表面。"艾弗伦的胡子呀，要刻这些起码要一千名奴隶。"

"我们不是你们那种肮脏的沙漠奴隶贩子。"加尔德喃喃说道。贾迪尔心中立刻生起杀掉他的念头，但这肯定不是取悦黎莎女士的做法。他拥抱这股羞辱，将它抛到脑后，注意力回到道路上。

"这些魔印是用灌注的，不是刻的。"罗杰说。"采用一种石头和水混合而成，名叫克里特的原料，能在干掉后凝固。黎莎在地上雕刻魔印，然后由自由的人在上面灌注石块。"

贾迪尔赞许地凝望道路。"这些都是战斗魔印，而且环环相扣。"

罗杰点头。"闯入道路的恶魔下场就等于踏入阳光下。"

贾迪尔终于了解自己曾经嘲弄的态度有多自大天真。尽管绿地人野蛮无理，但就连沙利克霍拉里也没有收藏北地女人的某些魔印。

庭院同样令人惊奇，地上铺满克里特石板，在小屋外围及周边区域编织出一道复杂的魔印网。这座大花园中生气勃勃，草药和花朵井然有序，排列出更多魔印线条。其中有不少贾迪尔不认得的魔印，但他看得出这些魔印的功用不只是单纯驱离或杀害地心魔物。

他从来不会如此深切地感到艾弗伦的意志在自己体内激荡。这个女人注定要成为他的妻子，得了她和英内薇拉的辅助，世

上还有什么他办不到的事？

❦

黎莎一边准备午餐，一边听着汪妲砍柴所发出的有规律节奏。经历过昨晚的事件，并且拿她遇上这些男人和难民的故事与亚伦的警告比较过后，这种简单的工作能助她理清思绪。

黎莎并非不误信传言，她喜欢自行判断。很多难民都会人云亦云、夸大事实；而亚伦有时待人严厉，毫无疑问，他在克拉西亚时发生了一些事———些永生难忘的伤害，但既然他不愿提起那些事，黎莎也只能猜测。

不管克拉西亚人的其他传言是否属实，他们绝对是天下无敌的战士。黎莎一看到他们动手立刻了解这点。伐木工体形较为壮硕，肌肉也更加结实，但他们出手的精准度完全不及戴尔沙鲁姆。驻扎在空地上的五十名战士在被群众拖倒之前绝对可以造成极大的伤害，而如果贾迪尔其他的手下都有他们一半的战力，洼地镇民就没有多少胜算，即使有她各式各样的火焰秘密作为后盾也一样。

于是她下定决心，如果能有任何回转余地，绝对不愿意与对方开战。杀恶魔是一回事，但所有人命都是宝贵的。古世界的书籍提到世界上会有上亿人口，但大回归时代后还剩下多少？五十万？想到仅存的人类竟然还要自相残杀就令她感到心生厌恶。

但她也不能投降，她绝对不会将洼地拱手送给克拉西亚人。她耗费这么多心力在流感后重建洼地，并吸收来自来森堡和雷克顿的难民，可不是为了将他们拱手交给克拉西亚人。如果有方法谈和，她一定要找出来。

与克拉西亚领袖的第一次会面似乎表示这个可能是存在的。

他文质彬彬、知识丰富，一点也不像难民们描述的那种疯狂野兽，而且显然怀抱信仰，虽然黎莎诊断他们的宗教有时候既野蛮又残暴。她深深凝视他的双眼，并没有在其中发现暴戾之气。如同严厉的父亲教训孩子一样，阿曼恩·贾迪尔只是在做他自认对人类最好的事。

黎莎暂停工作，因为她发现屋外的砍柴声停止了。门开时她抬起头来，看见汪妲站在门框中。

"去洗手摆设餐具。"黎莎说。"午餐再过一会儿就好了。"

"对不起，女士，但罗杰和加尔德前来找你。"汪妲说。

"请他们进来，多摆两副餐具。"黎莎说。

但汪妲待在原地。"还有其他人。"

黎莎将菜刀放在砧板上，然后擦一擦手，来到门口。阿曼恩·贾迪尔站在前廊，神态冷静，完全无视加尔德的目光。他在战士黑袍外多披了件白袍，搭配他王冠上的白色头巾。黎莎的目光掠过其上的魔印，但强迫自己不要盯着看。她将目光下移到他双眼，但这样更糟，因为他目光如炬，仿佛能看穿她的灵魂。

贾迪尔深深鞠躬。"请原谅我不请自来，女士。"

"只要你一句话，我立刻把他拖回去，黎莎。"加尔德说。

"别乱说话。"黎莎道。"欢迎。"她对贾迪尔道。"汪妲和我正要坐下来吃午饭，你愿意与我们一同用餐吗？"

"这是我的荣幸，我很乐意与你们共进午餐。"贾迪尔说，再度鞠躬。他跟着黎莎进屋，停在门口脱下凉鞋，摆在门边。黎莎注意到就连他的脚上也布满魔印伤疤。他一脚踢出多半能对地心魔物造成与魔印人同等严重的伤害。

黎莎准备的午餐是一锅素菜搭配新鲜面包和乳酪。贾迪尔在黎莎祷告时低下头去,接着所有人开始用餐。他本来要端起碗来喝汤,但发现绿地人都把汤碗留在桌上,用某种工具舀起碗里的食物来吃。

他看向自己面前的餐具,发现一把类似的工具——末端有凹痕的木条。他看向黎莎,模仿她的动作浅尝食物。十分美味,里面放满他从未尝过的疏菜。他开始大口吃菜,拿厚厚的绿地面包刮干净碗里最后一滴汤汁,就像加尔德和汪妲一样。

"太美味了。"他对黎莎说道,接着在看到她因这句恭维而面露喜悦时感到快意透体而过。

"我们克拉西亚没有这么好吃的食物。"

黎莎微笑。"只要我们能和平共处,就能从彼此身上学到很多。"

"和平,女士?"贾迪尔问。"阿拉上没有和平。只要阿拉盖占据黑夜,人类在他们面前畏缩不出就不可能和平。"

"所以传言是真的?"黎莎问。"你打算征服我们,征召我们的人参与沙拉克卡?"

"我有什么理由征服你们?"贾迪尔问。"你的族人在造物主面前恭敬谦逊,在黑夜前毫不退缩,并在阿拉盖沙拉克中与我的战士并肩作战。这表示你们已成为《伊弗佳》教徒,只是你们并不知情。"

"没这回事!"巨汉吼道。"我们和你们肮脏的——"

"加尔德·卡特!"黎莎的声音如同达玛的鞭子一般蹿出,让他止声。"在我餐桌上嘴巴放干净点,不然我就给你一大把胡椒,让你一个月不能说话!"

加尔德神情畏缩，贾迪尔再度对这个女人的权威感到惊讶。相形之下，达玛丁简直堪称柔弱。

黎莎转向他。"很抱歉，阿曼恩。"她在看见他的微笑时似乎有点吃惊。"我说了什么吗？"

"你直呼我的名字。"贾迪尔简单回应。

"我很抱歉。"黎莎说。"这样是否不恰当？"

"正好相反，"贾迪尔说。"我的名字在你口中听来格外悦耳。"

由于没有面纱遮住脸颊，贾迪尔看出她白皙的肌肤在听见自己的话后变得红润。他从来不会追求女人，不过看来艾弗伦似乎在亲自引导他说该说的话。

"三千多年前，"贾迪尔说，"我的祖先卡吉统治这片土地，从南方的海洋到北边的冻土。"

"历史是如此记载的，"黎莎同意道，"不过三千年是段很长的时间，口口相传的说法……不能尽信。"

"或许在北地是如此，"贾迪尔说，"但沙漠之矛里的沙利克霍拉神已存在超过三千年，而我们的记录十分明确。卡吉确实统治过这片土地，有时候凭借着部族同盟，以血缘交融坚定盟约。"

他环顾餐桌。"卡吉的血脉至今依然茁壮。就连你们的镇名——解放者洼地都是在纪念他。你们不是有待征服的青恩，而是我们失散多年的血亲。我赐名你们为洼地部族，并且赋予你们所有伴随而来的权利。"

"什么权利？"黎莎问。

贾迪尔把手伸进长袍中，取出他自己的《伊弗佳》圣典。书皮是由刻满魔印的软皮所制，书页镀金。其中夹着一条标记页面用的红丝带，书页因为经常使用的关系而被翻得又薄又软。

"这些权利。"他说。将圣典交给她。

黎莎以行家的眼光打量这本书。他在她检视书时才想起她是制书商的女儿。她推开餐碗，将腿上的餐巾摊在桌上，然后将书本放在上面，开始翻阅。

"很美。"她在片刻后说道。"尽管我很想学习你们的语言，恐怕我还是一个字也看不懂。"她合起书页，将书交还给他。

贾迪尔伸出一手阻止她。"留着，还有什么比这本书更适合用来学习的？对照你本身的信仰，或许你会发现《伊弗佳》中的真理还超乎你的想象。"

"喔，我不能接受！"黎莎说。"这实在太贵重了！"

贾迪尔大笑。"你送给我一件媲美卡吉的斗篷，而你竟然拒绝接受记载他的真理的典籍？我另外再抄一本就好了。"

黎莎低头看那本书，接着又转向他。"这本书是你自己抄录的？"

"用我自己的鲜血。"贾迪尔说。"我在沙利克霍拉求学时抄的。"

黎莎瞪大双眼。

"这不是什么金银珠宝，我了解。"贾迪尔说。"可以的话，我会给你数不清的金宝，但我这次北上没带那些东西。这本书就是我此刻身上最有价值的物品，除了我的王冠、长矛以及新斗篷。在阿邦和你母亲谈妥恰当的聘金之前，我希望你可以收下它。"

"聘金？"黎莎大吃一惊。

"当然，"贾迪尔说，"你父亲允许我追求你，而你母亲会谈妥你的身价。他们没告诉你吗？"

"不，他们天杀的没有！"黎莎大叫道，立即站起来，踢开身后的椅子。所有人通通跟着站起。贾迪尔感到一股突如其来的恐惧。他冒犯了她，但在不了解是怎么回事的情况下，他甚至无法道歉。

"恶魔养的！"巨汉大吼一声，挥出斗大的拳头。

贾迪尔不记得上次有人胆敢攻击他是什么时候。如果此刻不是身处黎莎女士的餐桌上，贾迪尔一定会将他击毙，但想到黎莎厌恶暴力，贾迪尔只有出手自卫。他抓起加尔德的手腕向后一扯，将他整个人翻转过来，拉到桌上。他仅以一根手指抵住加尔德的喉咙，光凭两根手指固定他的手腕，不管巨汉如何挣扎，始终受制于他，一张脸随着时间一秒一秒地过去而越涨越红。

"你的长官在交谈，沙鲁姆。"他说。"我是因为尊重黎莎女士才一再容忍你的无礼，但如果再敢对我出手，我就折断你的手臂。"他轻轻一扯，加尔德痛得大叫。所有人都转向黎莎听候指示。

黎莎双手胸前交抱。"你活该，加尔德·卡特。没有人叫你在我家里攻击任何人。"她朝门口点头。"出去，罗杰和汪妲也出去，你们全都在院子里等。"

"我们才不出去！"罗杰叫道，汪妲跟着点头。"如果你以为我们会让你和这个——"

他们脚下传来一声巨响，伴随一道白光，所有人通通吓得跳了起来。黎莎一言不发，只是脸色铁青地指向大门。两人夺门而出。贾迪尔放开加尔德，而他也立刻匆忙离开。

贾迪尔转向黎莎，深深地鞠了个躬。"我很抱歉，女士，但我不了解自己做错了什么。我诚心前来拜会你和你的家人，但你们表现得好像我在偷了一口井后还要你逃跑一样。"

黎莎很长一段时间没有任何反应，脸上的怒意可怕到让贾迪尔仿佛身处沙尘暴中那样想要伸手遮眼。慢慢地，她拥抱这

种感觉，表情再度恢复宁静。

"我很抱歉。"她说。"我生气不是因为你，而是因为我是最后一个得知此事的人。"

"阿邦告诉你父母。我会立刻前来。"贾迪尔说。"我以为他们会告知你。"

黎莎点头。"我相信你，我母亲以前就经常瞒着我安排这种事。"

贾迪尔鞠躬。"如果需要时间考虑，你不用立刻答复。"

"好……"黎莎开口。"我是说，不好。我的意思是，我很荣幸，但我不能嫁给你。"

你会的。贾迪尔心想。你命中注定会爱上我，就像我已经爱上你一样。

"为什么不？"他对她问道。"你母亲说你没有订婚，不管你家人要求多少聘金我都付得出来。要不了多久，我就会统治整个北地，而你会和我一起统治，还有谁可以提供更好的条件？"

黎莎暂停片刻，接着摇了摇头，仿佛在理清思绪。"那些都无关紧要。我才刚认识你，聘金对我毫无意义，而且老实说，我不认为我希望你'统治'任何地方。"

"随我回艾弗伦恩惠，"贾迪尔说，"来看看我的族人以及我们所建立的一切。我会遵照你的要求，教你我们的语言，而你可以深入认识我，评判我是否……够资格统治北地。"

黎莎凝视他良久。但贾迪尔耐心等候，心知她的回答是英内薇拉。"好吧。"她终于说道。"但要有监护人陪伴，而且在我安全回到洼地前不作任何决定。"

贾迪尔鞠躬。"当然，我以艾弗伦之名起誓。"

罗杰在院子里踱步，凝视着黎莎的小屋。加尔德斗大的拳头握得如同两块大火腿，就连汪妲也将巨弓举在手中，最后，屋门开启，黎莎伴随贾迪尔来到前廊。"汪妲，护送贾迪尔先生回镇上去，"她说，"加尔德，帮我把柴劈完。"

加尔德嘟哝一声，在汪妲和贾迪尔沿着来路离去时拿起斧头。罗杰看着黎莎，只见她朝屋门点了点头。她走回小屋，直接走向布鲁娜的摇椅，裹好她的披肩——这向来不是什么好兆头。

"他被拒绝后如何反应？"罗杰问，没有坐下。

黎莎叹气。"没有什么反应。他请我好好考虑考虑，邀请我和他一起回来森堡。"

"你不能去。"罗杰说。

黎莎扬起一边眉毛。"你和我妈一样无权决定我的婚姻，罗杰。"

"你是说你想嫁给他？"罗杰问。"在喝杯茶，吃顿尴尬的午饭之后？"

"当然不是。"黎莎说。"我并不打算接受他的求婚。"

"那你究竟以什么理由将自己送入虎口？"罗杰问。

"大兵压境了，罗杰。"黎莎说。"你看不出来这个亲眼认清敌人的机会有多宝贵吗？去数数他们的营帐，熟悉他们领袖的想法。"

"那也不能拿我们的草药师作代价。"罗杰说。"林白克公爵不会亲自跑去密尔恩弄清楚欧克的企图，他会派遣间谍去。"

"我没有间谍。"黎莎说。

罗杰轻哼一声。"你有数千名欠你一命的来森人，其中很

多人都还有家人在来森。我们可以说服一些人回去探听消息。"

"我不会命令人们以身犯险。"黎莎说。

"那你自己就可以以身犯险?"罗杰问。

"两天前,他还是沙漠恶魔。"罗杰说。"现在他就变成阿曼恩了?怎么,难道你对所有自认是解放者的男人情有独钟?"

黎莎皱眉。"我不要听你讲这种话,罗杰。"

"我才不管你要什么。"罗杰叫道。"你会听说克拉西亚人如何对待女人。不管那头狡诈的恶魔怎么和你说的,一离开洼地弓箭手的射程范围,你就会变成他的俘虏,任何与你同去的人眉心都会插上一根长矛。"

"所以你不随我去?"黎莎问。

"黑夜啊,我说的话你都没有在听吗?"罗杰大声问道。

"一字不漏。"黎莎说。"不过我还是要去。如果阿曼恩是那种男人,那么战争绝对无法避免,我们做什么都无关紧要。但如果他在餐桌上说的有几句真话,那我们就有机会找出方法和平共处,而这样的结果远比黎莎·佩伯一人的命运来得重要。"

罗杰叹气,瘫在一张椅子上。"我们什么时候出发?"

第四部分 地心魔域的召唤

SECTION IV The Call of the Core

第二十六章　重回故土

333 AR　夏

魔印人的心情随着密尔恩堡逐渐远去而越来越糟糕。离开瑞根和伊莉莎家时的好心情完全被杰克的话一扫而空。他的话在心中一遍遍重复，他来不及为自己辩解，也无法摆脱认可杰克的说法的念头。

为了转移注意力，他仔细阅读朗奈尔的机械设计图。这些工具都是专门设计用来屠杀人类，而非恶魔。

究竟是地心魔域将人类逼至绝种边缘，他怀疑。还是我们咎由自取？

他在太阳开始下山时看见路边的一座堡垒——欧克家族的某位先祖曾在此驻军，但恶魔攻陷了堡垒之后就再也没有重修过。信使大多认定此地有鬼魂作祟，所以都敬而远之。一扇锈蚀的栅门垂在扭曲不堪的门框上，城墙到处是残破的大洞。

他骑马走进堡垒，将黎明舞者安置在一道魔印圈中。他脱下长袍，剩下缠腰布，挑了一根长矛和长弓。黑夜降临时，恶臭的魔雾开始从庭院的石板缝隙中渗出。恶魔喜欢聚集在没有魔印守护的废墟里等待——本能告诉它们总有一天会有猎物回来。五十名士兵在魔印崩溃时阵亡，通常就是被此刻凝聚形体的同一批恶魔所杀——该有人为他们报仇。

魔印人一直等到恶魔发现他并展开攻击后才举起长弓。领头的是一头火恶魔，不过他的第一箭瞬间夺走了它的性命。接下来是一头石恶魔，一连中了好几箭才倒下。石恶魔轰然倒地，其他恶魔愣在原地，有几头甚至准备撤退。但魔印人沿着城墙缝隙和大门放置魔印石，将它们困在堡垒中。弓箭射完后，他举起长矛和盾牌展开进攻，不久便抛开武器，赤手空拳屠杀恶魔。

随着夜色渐深，他吸收的魔力越来越多，也越战越勇。他迷失在疯狂的杀戮中，心无旁骛，直到最后魔印皮肤上沾满嗞嗞作响的恶魔体液，废城堡里再也找不到任何一头幸存的恶魔。没过多久，天色开始转亮，附近仅存的几头地心魔物开始化身迷雾，躲避能够烧尽它们一身污渍的阳光。

接着，阳光照到他身上，他感觉皮肤有如着火般难受。阳光刺得他眼发痛，令他恶心头昏、喉咙灼痛。站在阳光下痛苦不堪——这种情况曾经发生过。黎莎说那是阳光在焚烧自己体内过剩的魔力，但自己心中的另一自我、某个原始的自我，十分清楚真相——太阳在驱赶自己。自己逐渐变成恶魔，不再属于这个世界——地心魔域在召唤自己，为自己提供庇护所。通往地心魔域的道路，如同自地底升起的魔法通道，在自己的魔印目光之前无所遁形，而它们都吟唱着同样的旋律。在地心魔域的拥抱下，阳光绝对伤不了自己。

魔印人开始化身迷雾，沿着一条魔法通道微微下沉，体验着其中的感觉。

一次就好，他告诉自己。去试探一次，看看能否将战场推进到地底。那是个理想化的想法，但并不完全是事实，最有可能的情况是自己会死在里面——反正世界没有我会更好。

但在他完全消失前，庭院中一具尸体在阳光照射下起火燃烧，发出耀眼的火光以及噼啪之声。他朝那个方向望去，看着

尸体如同庆典爆竹般一具接着一具燃烧起来。

地心魔物燃烧的同时,他身上的痛楚逐渐消失。太阳就跟往常一样削弱了他的力量,但是并没有摧毁他。

还不到时候,他心想。但快了,最好趁有机会时将魔印带回自己最初的家乡——提贝溪镇——他们就不会再在恶魔面前退缩不前。

✦

随着魔印人逐渐接近提贝溪镇,熟悉的地标开始出现,将他被地心魔域纠缠不止的思绪拉回到心痛的现实。他看见自己与瑞根、奇林过夜的信使洞窟,看见他们找到他的废墟,至少那些地方没有被恶魔破坏。一群夜狼占据了那座废墟,而魔印人明智地决定不去打扰它们。就连地心魔物也不会轻易招惹一群野狼。数百年来恶魔不断猎食弱小的动物,导致仅存的野外掠食者都是最凶猛剽悍的动物。夜狼因其漆黑的毛皮而得名,夜狼可重达三百磅,一群夜狼甚至能围杀木恶魔。

后来,他来到自己将独臂魔打残的小空地。他原以为这块空地会与自己离开时一模一样;一块漆黑黑的焦土,中央有一圈他曾在此架设魔印圈的荒地——十四年过去了,那块荒地已经生气勃勃,甚至比周围其他区域更缤纷多彩。如果他相信这种事,这或许是个好兆头。

在提贝溪镇这个偏远村落里,一名信使,或任何陌生人——就算是来自隔壁村落的阳光牧地——都是十分稀有的景象,肯定会引人注目。于是当魔印人抵达镇郊时,他就停在那静静地等待。最好还是晚点再经过外围镇郊进入镇中广场,趁人们忙着检视魔印,没空理会路人的时候。他会在黄昏时分抵达那个广场,时间刚好够去霍格的酒馆租个房间。第二天早上,他只要去找镇长，交给对方一本战斗魔印宝典，分发几把武器给敢于战斗的人，然后在半数镇民发现他之前离开。他不知道当年自己离开的"不孕"西莉雅镇长是否还健在，是否跟以前一样硬朗。

他经过的第一座农场是马克·佩斯特尔的，尽管听见了牲口棚中动物的叫声，却没见任何人。没过多久，他抵达豪尔的农场。谭纳家的田地完全荒废，看起来似乎是最近两天的事，因为魔印依然完整，田地中没有焦痕；但主人不见了，田里杂草丛生。他没有看见恶魔攻击的迹象，他好奇地自问——发生了什么事？

豪尔的农场对他而言具有特殊意义。十一岁以前，豪尔的农场是他曾到过离家最远的地方，除此之外，他母亲去世的前一天晚上，他还在这里亲过班妮和瑞娜。讽刺的是，现在他再也想不起来母亲的容颜，却清楚记得那两个吻。他记得自己的牙齿与班妮的撞在一起，两人吓得一起退后；他还记得瑞娜柔软温暖的嘴唇，以及她呼吸的气味。

他已经许久不曾想起瑞娜·谭纳。他们的父亲帮他们俩订婚。如果亚伦没有离家，他们现在差不多已经成婚，一起抚养小孩、照料杰夫的农场；他很好奇想知道她后来怎么样了。

他越走越觉得奇怪。他没有任何理由保持警觉，因为自从进入提贝溪镇后他就没有看到半个人影；每一栋房子都大门紧锁。他暗自计算日期，夏日庆典还没到，镇民一定被大号角的召唤集结在某处。

大号角位于镇中广场，只有在发生恶魔攻击事件时才会吹响，传达攻击发生的方位，让住得最近的人们可以赶去救助幸存者，可能的话帮忙重建。镇民会锁住牲口，匆匆赶去，有时候甚至在外过夜。

魔印人知道自己离家时看待镇民的眼光过于严苛，他们与伐木洼地或其他数十个自己曾到过的外围村落没有什么不同。提贝溪镇的人或许不像克拉西亚人一样与恶魔大战，但他们通过自己的方式反抗——团结一致，强化邻里之间的帮扶和协作。他们都是一些鸡毛蒜皮的小事争吵。提贝溪镇没有人会让邻居挨饿受冻，而在大城市里这种事常常发生。

魔印人嗅着空气，仰望天际，但没有看见一丝浓烟——那是恶魔攻击后的标志。他竖起耳朵，但听不到任何动静，搜寻片刻，他又继续朝镇中广场前进，那里应该会有人告诉他是否有攻击的事。接近镇中广场时天已经快要黑了，数百镇民鼓噪的声音开始传入他的耳中。他放松心情，了解自己多虑了——到底什么事情，可以吸引全镇人都跑来镇中广场过夜。难道霍格的女儿终于结婚了？

街道上空无一人，但全镇镇民都到了——所有面朝广场的前廊、门口以及窗口都挤满了人。有些人像是南哨的居民，甚至自行绘制魔印圈，手持《卡农经》，远离其他人，沉浸在祈祷中。与相互扶持伤心哭泣的博金丘居民形成强烈对比。他看见瑞娜的姐姐班妮也站在人群中，她紧紧抱着路席克·博金。

他顺着他们的目光转向广场中央，看见一个美丽的女子被绑在木桩上。

太阳渐渐下山了。

◈

魔印人立刻认出瑞娜·谭纳，或许是因为他刚刚还想起她，或许是因为他才刚看到她姐姐，但即使这么多年没见，他依然一眼就认出瑞娜的圆脸，以及她几乎及腰的棕发。

她四肢软绵绵地垂着，如果不是手臂和胸口上绑着绳索根本无法站立。她眼睛是张开的,但眼神茫然,没有焦点。

"到底怎么回事?"他大叫,脚跟用力夹紧黎明舞者的腹部。巨马冲向广场,越过一脸惊讶的镇民,踏出的每一步都掀起一块地皮。四周的火把和油灯让广场笼罩在一股暗淡的光影中,但天际已经转为一片深紫,地心魔物即将现身。

他跳下马背,冲向木桩,打算解开束缚瑞娜的绳索。一名长者大步来到他面前,挥舞一把上面满是黑色污渍的猎刀。魔印人敏锐地闻到刀上的血腥味,同时认出对方是鱼洞的发言人洛达克·劳利。

"此事与你无关,信使!"劳利说,举起猎刀指着他。"这个女孩杀死我的亲戚和她自己的父亲,我们一定要她死在地心魔物口中!"

魔印人讶异地看向瑞娜,接着一切如同甩在脸上的巴掌般回到脑海。她及班妮在干草棚上想和他玩的亲亲游戏、宣称是偷看她们父亲和伊莲所学来的游戏。魔印人的脑海浮现伊莲的秘密,她苦苦哀求杰夫带她私奔;深夜里的豪尔屋里发出的呻吟声。

记忆瞬间涌来,但这次他是以成年人的角度,而非天真男孩的眼光来看整件事。他感到满腹恐惧,随之而来的是愤怒。他在洛达克有机会反应前动手抓住对方的手腕,接着以一招沙鲁沙克顺势扭转,将他摔倒,猎刀脱手而出。

魔印人在众人面前高举猎刀。"如果瑞娜·谭纳杀死了她父亲,"他叫道,"那我可以告诉你们,他该死!"

他走过去欲割断捆绑瑞娜的绳索,但数名费雪家的人在加瑞克的带领下手持渔叉朝他直扑过来。他将血刀劈在木桩上,然后转身面对他们。

如果接下来发生的事称为打斗,算是给足费雪家人面子了。

他们都是壮丁，不过不是战士。魔印人则是训练有素的战士，而且比他们全部人加起来还要强壮。要不是他手下留情，只怕不少费雪家人落地时都会摔成重伤。

"有我在此，没有人会死在地心魔物口中。"他叫道。"我要带她走，你们绝对无法阻止我！"

他听见拐杖敲地的声音，抬起头来，难以置信地瞪大双眼。乔吉·华许站在一旁，看起来就和自己上次见到他时一模一样，不过那已是十多年前的事了，而那时乔吉就已经九十多岁了。

"我们或许无法阻止你。"他说。轻轻点头，扬起拐杖。"但我想你要应付的不是我们，小鬼。大瘟疫会把你们俩一并解决！"

魔印人顺着拐杖望去，发现他说的没错。广场四周弥漫着魔雾，有些地心魔物已开始凝聚成形。费雪家的人大声尖叫，退回魔印圈后。

乔吉·华许脸上露出得意的笑容——伸张公义的笑容，但魔印人毫不畏惧。他拉开兜帽，面对南哨牧师的目光。

"我曾应付过更可怕的对手，老头。"他大吼一声，脱下长袍。围观群众在看见他身上的文身时同声惊呼。

如同往常，首先动手的是火恶魔。一头火恶魔冲向瑞娜，但魔印人抓住它的尾巴，把它甩到广场对面。另一头也挺身攻击，但他皮肤上的魔印绽放魔光，它的利爪当即滑开。他在地心魔物咬下前抓起对方下颌。它当即朝他的眼睛吐火。他脸上的魔印短暂发光，吸收对方的攻击，将火焰唾液转化为一阵凉风。他掌心的魔印越来越亮，最后捏碎恶魔的口鼻，将它抛向一旁。

接着一头木恶魔凝聚成形，冲向黎明舞者，但战马扬起前蹄将它踩扁，魔印马蹄上爆出阵阵魔光。

这时,天上传来一声尖叫,魔印人及时转身,抓住俯冲而来的风恶魔,借力使力,将它重重摔在地上,巨马一脚踏下,在震耳欲聋的魔爆中踏碎对方的喉咙。

另两头木恶魔朝他扑了上来,他踢中第一头的腹部,在一片魔光中震退对方,接着与第二头近身搏斗。他以沙鲁沙克紧扣对方一条臂膀,然后使尽全力狠狠拉扯,硬生生把臂膀拧了下来。他将断臂丢向乔吉·华许,不过断臂在南哨牧师的魔印圈前弹开。

三头火恶魔跳到独臂木恶魔身上,没过多久受伤的地心魔物就在遭受火焰吞咽的同时尖声惨叫。另一头木恶魔自地上爬起,打算再度攻击魔印人。但他对它嘶吼一声。恶魔吓得裹足不前。

"是解放者!"群众中有人叫道。不少人跟着大叫,有些甚至跪倒,但魔印人只是皱眉。

"我不是来这里解放任何把女孩丢在黑夜里等死的人!"他吼道。他转向瑞娜,自木桩上拔出猎刀,割断束缚她的绳索。她瘫倒在他怀中,两人的目光短暂交会。瑞娜的眼珠似乎转了一下,她摇了摇头,仿佛试图弄清楚这是不是梦——他将她抱到黎明舞者背上。

"那个女孩杀了我儿子!"加瑞克·费雪叫道。

魔印人转身,脑中清楚浮现儿时惨遭科比·费雪殴打自己的景象。"你儿子是个恶棍,是个一无是处的废物。"他说着爬上马鞍,坐在瑞娜身后。她像个小孩似地依偎在他怀中不住战抖,尽管晚上的天气不算冷。

他转身看向镇民,扫视他们一张张布满恐惧的面孔。他看见自己的父亲扶着伊莲·谭纳,心中浮现另一股怒意。如果杰夫明知豪尔对她们姊妹的所作所为,依然站在那里眼睁睁看着

瑞娜被人绑上木桩,那就表示他还是那么愚蠢怯弱……

"我是来这里传授对抗恶魔之道的!"他对群众叫道。"但看来提贝溪镇只养得出懦夫和蠢材!"

他掉转马头准备离去,但心中隐隐作痛,于是他回过头去,再给镇民一次机会,最后一次机会。

"任何宁愿对抗恶魔也不要把邻居送入它们口中的男人、女人或是小孩,明天黄昏时都来这里等我。"他叫道。"不来的话,你们就自生自灭!"

这时杰夫直视他的目光,但没有认出他来。"瑞娜·谭纳是我的亲人!"他叫道,所有人转头看他。"今晚请你留宿我位于镇边缘的农场!瑞娜知道路!"魔印人知道杰夫的农场在哪,但他还是点了点头,掉转马头直奔向北方。

"听着,你不能窝藏那个杀人的女巫,杰夫·贝尔斯!"洛达克·劳利叫道。"议会投票表决过了!"

"那么幸好我没参加议会。"杰夫吼回去。"因为在黑夜的见证下,如果你或其他人胆敢来我的农场找她,我就要你们血溅当场!"

洛达克张嘴欲言,但人群中已传来愤怒的吼叫。他不安地环顾四周,不确定他们到底站在哪边。

魔印人轻哼一声,策马飞奔起来,离开镇中广场,朝父亲的农场前进。

※

一路上瑞娜一言不发,靠着他休息,紧紧抓住他的长袍。一头头恶魔扑向他们,但黎明舞者闪过攻击,加快脚步,迅速甩开对方。战马甚至两度在没有减速的情况下踏过恶魔的身体。

他父亲的农场就和记忆中差不多,不过屋子后方多建了一间小屋。麦田里的魔印桩还是他当年亲手刻的那几根,不过多的是添加了几层亮光漆。杰夫费尽心思保养魔印,这个习惯遗传到了他儿子身上,多年来数次挽救了亚伦的小命,并且影响了他大半辈子。

受到房屋吸引,一大堆地心魔物聚集在庭院里,它们不停地测试着魔印。魔印人射杀两头恶魔,清空通往畜棚的道路,进入畜棚魔印力场的范围后,他立刻将黎明舞者带往马厩,然后站在门口,以长弓将地心魔物一一射杀。不久院子里的恶魔死伤殆尽,他护送瑞娜走进小屋。

魔印人将瑞娜安置在客厅点燃壁灯中的灯火时一直激动地战抖。这里的一切都如此熟悉,熟悉得令他心痛,就连屋里的气味都和从前一样。他默默期待母亲走出厨房,叫他洗手准备吃饭。一只老猫跑过来闻他的气味,在他的脚边慵懒地磨蹭着。他抓起猫,搔搔它的耳朵,想起这只猫的母亲当年在畜栏里的破推车上产下小猫的景象。

他走到坐在原位的瑞娜面前,她看着自己的裙摆。"你还好吗?"

瑞娜摇头,两眼盯着地板。"不确定我还好不好得起来。"

"我了解那种感觉。"魔印人说。"你饿吗?"

看到她点头后,他把猫放下,走进厨房,毫不奇怪地发现一切都和自己印象中一模一样。他看到烟熏火腿和新鲜疏菜,还有放在面包箱里的面包。他把所有东西拿到砧板上,然后从水桶里舀了一锅水。不久他就在炉火上炖了一锅菜,屋里立即香气弥漫。他打开橱柜,在餐桌上摆餐具,接着过去叫瑞娜来吃,发现老猫依偎在她脚上。她一边哭泣,一边下意识地抚摸老猫,泪水滴落在它的毛上。

吃饭的时候,瑞娜沉默寡言,他发现自己目不转睛地看着

她，希望自己知道说什么话能让她的双眼恢复生气。

"好吃吗？"他在她拿面包刮干净最后一点汤汁时道。"想吃的话还有。"她点头。于是他自炉火上端下菜锅，又帮她添了一碗。

"谢谢。"她说。"感觉好像几天没吃东西了，一直不觉得饿。"

"我想你这星期过得很艰难。"他说。

她终于面对他的目光。"你杀了那些恶魔，赤手空拳地杀了它们。"

魔印人点头。

"为什么？"她问。

魔印人扬起一边眉毛。"杀恶魔需要理由吗？"

"但他们告诉我你做过什么。"瑞娜说。"他们说得没错。如果我服从我爸，这一切都不会发生，或许我应该死在地心魔物口中。"她再度将目光移开，但魔印人用力抓住她的肩膀，强迫她转头面对自己，他的双眼仿佛要喷出火来。她的眼中则流露出恐惧。

"你听我说，瑞娜·谭纳。"他说。"你爸没资格要你服从，我知道他在农场里对你和你姐姐所做的事，那种男人根本死有余辜。所有的一切都是他造成的，不是你，从来都不是你的错。"

她愣愣地凝望着他，他摇晃她的肩膀。"你有听到吗？"

一时间，瑞娜只是凝视着他，接着缓缓点头。然后又点了一次，这次更坚决。"他对我们做的事是不对的。"

"毫无疑问。"魔印人嘟哝道。

"而可怜的科比也没有做错何事。"瑞娜继续，越说越快。她抬头看他。"他不是恶棍，至少在我面前不是。他只是想要娶我而已，但爸……"

"为此杀了他。"魔印人在她迟疑时把话说完。

她点头。"那样的男人和恶魔根本没有两样。"

他也点头。"而你得对抗恶魔，瑞娜·谭纳，唯有如此，你才能抬头挺胸地做人。自己该做的事，绝不能交给别人去做。"

☙

第二天早上杰夫的马车停在院子里时，瑞娜还蜷缩在火炉旁沉睡。魔印人站在窗口打量窗外，在看见四个小孩跳下马车时感到喉咙一紧；他们是素未谋面的弟弟和妹妹。

接着下车的是老当益壮的诺莉安，以及伊莲。魔印人小时候曾暗恋伊莲，现在的她依然美艳，但看着父亲以对待自己母亲的方式扶她下车就让他感到很不自在。他不能责怪伊莲想要逃离豪尔的魔掌——至少再也不用了——但看着她如此轻易地取代母亲的地位依然令他心里难受。

他望向道路，没有人跟来；他推开房门出去迎接他们。小孩立刻停步，在他走向杰夫时凝视着他。

"她在火炉旁沉睡。"他说。

杰夫点头。"谢谢你，信使。"

"你说过会保护她，我把这个责任交给你。"魔印人说着，伸出一根文有刺青的手指指向自己父亲。

杰夫吞咽口水，点了点头。"我会的。"

魔印人眯起双眼。杰夫满嘴都是听起来真心诚意的承诺，而且他也不愿承担责任，但每当事到临头时，他常常无法信守承诺。

可是在没有其他选择的情况下，魔印人只好点头。"我去

牵马离开。"

"等一等，拜托。"杰夫说着抓住他的手臂。魔印人看向他的手，杰夫立刻放手退开。

"我只是……"他迟疑。"我们希望你留下来吃顿早餐，这是我们至少可以为你做的。或许今天傍晚全镇的人都会前往广场，如你所说的。你可以在这里休息，待到傍晚。"

魔印人看向他，很想离开这个地方，但也很想认识自己的弟弟妹妹，而且他的肚子咕噜作响，渴望再度品尝地道的提贝溪早餐。这些儿时不放在心上的东西已成为珍贵的回忆。

"这些是小杰夫。"杰夫说，在众人来到餐桌旁时介绍自己的长子。男孩对他点头，不过还是盯着他布满文身的手掌，并且试图偷看兜帽里的脸。

"他旁边的是珍妮·泰勒，"杰夫继续，"他们订婚至今已两年了。后面是我们家最小的孩子，希尔维和科利。"

魔印人坐在小孩对面、瑞娜与诺莉安中间，听到这两个名字咳了几声，因为那是他母亲和舅舅的名字。他喝了一口水，掩饰自己惊讶的神情。"你的孩子都很可爱。"

"哈洛牧师说你是解放者再世。"小希尔维突然抬头说道。

"我不是。"魔印人对她道。"只是前来传达好消息的信使。"

"现在的信使都和你一样？"杰夫问。"满身刺青？"

魔印人微笑。"只有我这样。"他承认。"不过我只是一个人，就跟你们一样。我不是来解放任何人的。"

"你解放了瑞娜。"伊莲说。"我们感激不尽。"

"这一切本来不用等着我来做的。"魔印人说。

杰夫面对指责，无言以对。"你说得没错。"他终于说道。"然而有时候我们身为群体的一分子，而群体又作出决议……"

"不要再找借口了，杰夫·贝尔斯。"诺莉安突然说道。"他说得对。除了亲戚朋友，我们在这世上还拥有些什么？不管任何情况我们都该为他们挺身而出。"

魔印人转向她——她和印象中的诺莉安不同，不再是他母亲遭受恶魔攻击那晚站在前廊袖手旁观的女人。当时她除了阻止亚伦出去之外，什么也没做。他点了点头，目光再度飘回杰夫脸上。

"她说的对。"他说。"你得走向对抗那些会伤害你和你家人的人。"

"你说话很像我儿子。"杰夫说，目光投向门外。

"你说什么？"魔印人说，喉咙一紧。

"像我？"小杰夫问。

杰夫摇头。"你哥哥。"他对儿子道，桌旁除了魔印人和瑞娜，所有人都凭空比画魔印。

"多年前，我还有个名叫亚伦的儿子。"杰夫解释道。伊莲握起他的手掌，为他带来力量。"事实上，他还曾和瑞娜订婚。"他朝瑞娜点头。"亚伦的母亲死在地心魔物手中，之后他就离家出走。"他低头看向桌面，语气变得难过。"亚伦总是爱问自由城邦的事，我希望他真的去了大城市……"他说不下去，大力摇头，尽力抛开这个想法。

"但你现在拥有美满的家庭。"魔印人说，希望转移到比较轻松的话题。

杰夫点头，双手握住伊莲的手，轻轻一捏。"我每天都感谢造物主将他们赐给我，但这并不表示我不怀念失去的家人。"

早餐过后,魔印人前往畜棚检视黎明舞者,但其实是为了暂时避开人群。当他开始帮它刷毛的时候,畜棚大门被打开了,瑞娜走了进来。她切了一块苹果喂给黎明舞者吃,等它吃完后抚摸战马的腹部。它轻声嘶鸣。

"几天前,我在入夜后抵达这里。"她说。"本以为我一定会死在恶魔手中,但杰夫在没有离开魔印范围情况下拿起斧头杀了一头恶魔。"

"有这种事?"魔印人问。

"你会告诉他,是吧?"她问。

"告诉他什么?"魔印人问。

"你是他儿子,"瑞娜说,"告诉他你还活得好好的,而且已经原谅他了。他已经等待很久了,你明明已经原谅他,为什么还要惩罚他?"

"你知道我是谁?"他惊讶地问道。

"我当然知道!"瑞娜大声说。"我不笨,不管其他人怎么想。如果你不是亚伦·贝尔斯,怎么会认识我爸?知道他做过什么?你怎么会知道科比是个恶棍?还有杰夫的农场在哪里?黑夜呀,你随意绕过那些橱柜,好像这里还是你家!"

"我不打算让任何人知道。"魔印人说,突然发现自己在密尔恩生活时就已经改掉的提贝溪镇口音又恢复了——这是信使的老把戏,转换成偏远村落的口音来得到镇民的信任。他曾耍过不下百次这种把戏,但这次不同,感觉像是打从离家后他就要这种把戏,而现在终于换回自己的口音了。

瑞娜一脚踢中他的小腿,他痛得叫出声来。

"这下是为我不知道,而且也不打算告诉我!"她叫道,用力将他推倒在马厩后方的干净草堆里。"我等了你十多年!一直认定你会回来接我的,是不是?就连现在也不是!你只打算来了就走,以为不会有人发现!"她又踢了他一脚,他立刻翻身而起,移动到黎明舞者身后。

她说的没错。就像去密尔恩时一样,自己以为可以神不知鬼不觉地回顾从前的生活,就像拆开绷带看看伤口好了没有。然而实情是这些伤口都已经化脓,终于到了它们开始流血的时刻。

"我们父亲交谈五分钟并不足以决定我们的婚事,瑞娜。"他说。

"是我要求我爸去找杰夫的,"瑞娜说,"当时我就告诉你我们订婚了,你离开那天的清晨我也在前厅说过同样的话。我们有婚约!"

但魔印人摇头。"在清晨时说某些话并不能让它成真。我从来不曾与你订婚,瑞娜。虽然那天晚上你们都这么说,但我没有。"

瑞娜看着他,眼中泛出泪光。"或许你没有与我订婚,"她承认道,"但我有。那是我这辈子唯一为自己做过的事,我绝对不会收回承诺。我们接吻那一刻我就知道了,我们命中注定会在一起。"

"但你已答应嫁给科比·费雪了。"他说,掩饰不了语气中的苦涩。"他以前老和朋友一起打我。"

"你教训过他们了。"瑞娜说。"科比对我一直很好……"她抽噎一声,摸摸胸口的项链。"我不知道你还活着,而我又得逃离我家那个魔窟……"

他伸手放在她的肩膀上。"我知道,瑞娜,我不是那个意思。不要为你的所作所为责怪自己,我只是说世上没有命中注

定的事，我们都在以我们自认为最好的方式过日子。"

她看着他。"我想和你一起离开，我认为这是最好的方式。"

"你知道那代表什么吗，瑞娜？"魔印人问。"我不会在太阳下山后躲在魔印圈后面，我的生活没有一丝保障。"

"我在这里就安全了？"瑞娜问。"就算他们没有在你离开后立刻把我绑上木桩，我又能依靠谁？这里谁不是站在旁边眼睁睁看我被地心魔物吃掉？"

他凝视她良久，试图想出拒绝她的理由。费雪家的人都是欺善怕恶的恶棍——今天晚上我会恫吓他们，如果他们还不知道害怕。瑞娜在提贝溪镇会很安全，她应该要安安稳稳地过日子。但只是安全就够了吗？安全的生活对我而言足够，我有什么资格认定对她就算足够了？我总是看不起那些一辈子都生活在恐惧中的人。

与瑞娜相处就像在伤口上撒盐，让他想起自己开始在身上刺青时所放弃的一切。与不认识的人相处都已经很难受了，而瑞娜让他感觉自己仿佛又回到十一岁。

但她需要他，而这种需求驱退了地心魔域的召唤。今天是他离开密尔恩后第一次期待黎明。内心深处，魔印人知道自己绝不可能从地心魔域生还，但看到自己家乡的人竟将瑞娜送给黑夜让他想要永远离开人类的世界。如果他独自一人离开提贝溪镇，或许他们就会这么做。

"好吧，"他终于说道，"只要你跟得上我的脚步。如果你拖慢我，我就把你留在经过的第一座城镇。"

瑞娜环顾四周，发现一丝阳光自干草棚门门缝中洒落。她缓缓走到阳光下，面对他的目光。"我不会拖慢你。"她承诺道，拔出豪尔的猎刀。"阳光为我见证。"

"你握那把刀的样子像是它能帮你对抗地心魔物。"魔印人说。"我帮你刻蚀魔印。"瑞娜眨眼,看着猎刀,举在身前。他伸手去拿,但她突然缩手,紧握手中。

"这把刀是世界上唯一属于我的东西。"她说。"你必须教我,我想自己来刻。"

想起小时候她糟糕的魔印技巧,魔印人怀疑地凝视着她。

瑞娜察觉他的神情,皱起眉。"我不再是九岁小孩子了,亚伦·贝尔斯。"她大声说道。"十多年来,我家的魔印圈或魔印至今没有被任何恶魔闯入,所以你别小看我;我可以画和你一样好的魔印圈。"

魔印人大吃一惊,摇头驱散刚才那种想法。"对不起。离开提贝溪镇后,自由城邦的魔印师也是这样对我,我都忘记那感觉有多侮辱人了。"

瑞娜走到他存放装备的地方,从鞍袋的护套中拔出一把魔印匕首。"这里,"她说,走到他面前,"这个魔印有什么效果?"她指向刀锋上的一个魔印。"剩下的刀刃为什么都是同一个魔印,只是角度不同?没有连在一起怎么形成魔印网?她倒转匕首,以手指感受刀面上的魔印。

魔印人指向刀锋。"这是刺杀魔印,用来刺穿硬壳。旁边的是切割魔印,让匕首插入外壳后划开血肉的。只要角度正确,切割魔印就会自行连接。"

瑞娜点头,目光沿着魔印上移。"那这些呢?"她指向位于刀刃内侧的魔印问道。

☙

晚餐过后,杰夫套好马车,全家人都爬上车去,朝镇中广场前进。瑞娜坐在魔印人身后,骑在黎明舞者背上。

他们在即将日落时抵达。如果昨天广场算是挤满人,今天简直是爆棚了。提贝溪镇所有区域的人都到齐了,不论男女,还是能走路的小孩。他们挤在街道和广场上,总数超过千人,都站在临时放置的魔印石后面。

魔印人抵达时,所有人都抬起头来,完全无视杰夫一家人的存在,只看着骑在巨型魔印战马上、头戴兜帽的陌生人,以及坐在他身后的那个女孩。镇民在魔印人经过前往广场时让道两旁。他驾驭黎明舞者前后转了几个圈,让所有人都能看到他们。他伸手拉开兜帽,镇民们报以一阵暴风雨般的掌声和尖叫。

"我来自自由城邦,为了教导提贝溪镇的好人们杀恶魔的方法而来!"他叫道。"但目前为止,我还没有看见任何'好人'。好人不会把无助的女孩送入地心魔物口中!好人不会眼看地心魔物伤人,自己却袖手旁观!"他一边说话一边继续绕圈,尽可能与镇民目光相对。

"她不是什么无助的女孩,信使!"洛达克·劳利挤到鱼洞居民前面大叫道。"她是个冷血杀手,议会投票要她付出代价。"

"是的,他们投票了。"魔印人大声同意道。"却没有人挺身反对这项决议。"

"镇民相信他们的发言人。"洛达克说。

"真的吗?"魔印人朝群众问道。"你们相信你们的发言人吗?"

所有区域的人们同声高呼喊"相信"。提贝溪镇的镇民都以自己所属的地区和共同分享的姓氏为荣。

魔印人点头。"那么看来我要检查你们的发言人。"他跳下马背,从黎明舞者的鞍袋中挑出十根轻矛,笔直插在面前的地上。

"任何今晚与我并肩作战的议会成员或战死后他们的子孙，如果战死，都会得到一根刻有战斗魔印的长矛，"他说着举起一根，"以及战斗魔印的秘密，让他们自行制造武器。"

现场陷入惊人的沉默，所有人都望向他们的发言人。

"可以给我们一点时间考虑吗？"马克·佩斯特尔说。"我们不想草率决定。"

"当然。"魔印人说，仰头看天。"我想你们可以考虑……十分钟。明天的这个时候，我会走在前往自由城邦的大道上。"

"不孕"西莉雅率众而出。"你期待我们这些提贝溪镇的老人，拿着长矛深入黑夜？"

魔印人看着她，多年不见她依然盛气凌人。她曾经鞭打过他很多次，不过都是为了他好。对他而言，与"不孕"西莉雅对立比吓阻一头石恶魔还要困难，但这一次该鞭打的人是她。

"比你们给瑞娜·谭纳的机会要好多了。"他说。

"并非所有人都投死刑票，信使。"西莉雅说。

魔印人耸肩。"你们坐视不管，与亲自动手没什么两样。"

"没有人可以凌驾于法律之上。"西莉雅说。"只要议会投票决议，我们就得优先考量本镇的利益，不管我们自己的感受如何。"

魔印人一口啐在她脚边。"如果法律规定要把邻居送给黑夜，去你妈的法律！你想要优先考量本镇的利益，那就站出来让大家看看你付出的是否和收获的一样多。不然的话，我就带着我的长矛离开。"

西莉雅眯起双眼，接着撩起裙摆大步走入广场。四面八方传来欢呼，但西莉雅不加理会，拔起一根长矛。哈洛牧师和布林立刻跟进。高大的伐木工渴望地拔起长矛，镇中广场的居民和伐木工大声欢呼。

"还有疑问吗?"魔印人问,环顾四周。当年他只是个小男孩,在提贝溪镇说话没有分量,现在他终于有能力说出自己的想法。群众突然开始鼓噪,但如同辨认溪流中的巨石,他很快地轻易认出其他发言人。

"我有疑问。"乔吉·华许说。

魔印人转头面对他。"问吧,我会坦诚相告。"

"我们要怎么肯定你真是解放者?"乔吉问。

"我已经说过,牧师。"魔印人说。"我不是,我只是个信使。"

"谁的信使?"乔吉问。

魔印人迟疑片刻,察觉问题中的陷阱。如果他说自己不是任何人的信使,大家就会假设他是造物主的信使。最好的选择就是回答欧克。提贝溪镇基本上算是密尔恩的领地,镇民会假设战斗魔印是欧克的礼物。但他已经承诺过要坦诚相告。

"这回的信息没有雇主。"他承认道。"我在一座古老的废墟中找到战斗魔印,然后一肩扛起传播魔印的责任,让所有人类都有能力起身战斗。"

"唯有解放者回归,大瘟疫才会结束。"乔吉说,一副要将魔印人困在逻辑陷阱里的样子。

但魔印人只是耸肩,交给乔吉一根魔印长矛。"或许你是解放者,杀死一头恶魔来确认一下。"

乔吉放开拐杖,接过武器,眼中绽放坚定的光芒。

"我亲眼见识超过百年大瘟疫的景象。"他说。"眼睁睁看着所有我认识的人过世,包括我的孙子。我一直怀疑造物主究竟为了什么召唤这么多人去它身边,却让我这个糟老头子活这么久,我想是因为我在世上还有未竟之事。"

"克拉西亚人相信除非杀死一头恶魔,否则男人没有资格进入天堂。"魔印人说。

乔吉点头。"明智的民族。"他走过去站在西莉雅身旁,南哨的人在他走过时纷纷比画魔印。

洛斯克·霍格跟着踏入广场,卷起衣袖露出粗壮的胳臂,他抓起一根长矛。

"爸,你在干吗?"他的女儿卡特琳大叫着,冲出来抓住他的手臂。

"用用脑子,女孩!"霍格大声道。"贩卖魔印武器肯定可以大捞一笔!"他挣脱女儿,走过去站在其他发言人身边。

沼泽区传出一阵骚动,只见克伦·马许坐在一张硬背椅上。"我爸没有手杖根本站不起来。"凯文·马许叫道。"让我代他出战。"

魔印人摇头。"对一个自认有权坐在议会里扮演造物主的人而言,长矛就像拐杖末端一样好用。"沼泽的居民开始挥舞拳头,大声怒骂。但魔印人不为所动,双眼凝视克伦,刺激他挺身而出。年迈的居民开始挥舞拳头,大声怒骂,但他从椅子上站起,一拐一拐地缓缓走上前去,抓起一根长矛;他将手杖放在乔吉的拐杖旁边。

魔印人的目光转向米雅达·博金,看着她推开儿子的拥抱,大步走出博金丘的人群。她在经过的时候看了可琳一眼,但草药师摇了摇头。"我有病人需要照料。"她说。"而且万一你们有人能活着回来,会需要我的帮助。"

马克·佩斯特尔同样摇头。"我还没蠢到踏出魔印圈。"他说。"我的家人和牲口需要我,我来不是为了要死在地心魔物手中的。"他退后一步,农场和牧地居民发出一阵不满的叫骂声。

"如果现任发言人这么没胆,让我们挑选新的发言人!"有

人叫道。

"为什么?"魔印人对他们叫道。"你们之中也没人有种站出来为瑞娜·谭纳说话!"

"那并非事实!"瑞娜叫道,魔印人一脸惊异地转头看她。她冷冷面对他的目光。"五个夜晚之前,杰夫·贝尔斯曾为我挡下一头恶魔。"

所有人转向杰夫,杰夫在众人的目光下面露怯色。魔印人感觉像被瑞娜一脚踹在牙齿上,但他父亲已经面对测试,而他比任何人都想知道结果。

"她说的是真的吗,贝尔斯?"他问。"你在你家院子里对抗一头恶魔?"

杰夫凝视地面良久,接着看向他的孩子。他似乎从他们身上获取力量,于是抬头挺胸。"是。"

魔印人转向农场和牧地的居民,提贝溪镇中所有的农夫和牧人。"只要你们在日落前一致推举杰夫·贝尔斯为发言人,我就让他参战。"

群众立刻发出一阵赞同的声浪。诺莉安推了杰夫一把,让他迈开步伐。最后魔印人转身对洛达克·劳利。

"根本无法证明长矛有用!"劳利叫道。

魔印人耸肩。"相信我就站出来,不然就出去。"

"我不认识你,信使。"劳利说。"不知道你从哪里来,也不知道你有何信仰。除了你说的话,我对你一无所知,而你认为费雪家的公义不该得到伸张!"很多费雪家的人都点头鼓掌表示认同。

"所以你需要谅解,"洛达克继续说道。大步走入广场,不只面对鱼洞居民,同时也面对全体镇民,"我不能完全相信你的话。"

魔印人点头。"我可以谅解。"他指向开始在发言人脚下冒出的魔雾。"现在我建议你要么就拔出一根长矛，不然就回去你的魔印圈。"

洛达克·劳利发出一声最不体面的哀号，以他一双老腿所能达到最快的速度，三步并作两步地冲回鱼洞区的魔印圈。

魔印人转头看向挺身而出的发言人。他们笨拙地握着长矛，因为他们习惯拿工具而非武器，但令人意外的是，他们的眼中毫无畏惧。除了杰夫一张脸苍白得如同雪恶魔的鳞片，他们似乎十分平静。发言人在作出决议后就不会质疑它。

"恶魔最脆弱的时候就是形体凝聚到一半的此刻。"魔印人说。"如果你们动作够快……"

话没说完，霍格已经咕哝一声，大步走到一头正在凝聚形体的木恶魔面前。魔印人回想起小时候每年夏至庆典的景象。霍格会把好几块猪肉插在大木棍上，然后付钱给小孩帮忙在火堆上翻面。他举起长矛，以长矛刺向恶魔时绽放出一阵耀眼的魔光，地心魔物尖声惨叫。群众大声欢呼，看着魔印长矛如同闪电般刺入半透明的恶魔体内。霍格在恶魔抽动的同时紧握长矛，矛身上的魔印光芒四射，沿着手臂传入他体内。最后，地心魔物不再抽动，霍格拔出长矛，任由完全转化为实体的恶魔摔在地上。

"这感觉还不赖。"霍格嘟哝一声，对着尸体吐口水。

西莉雅接着出手，挑上一头正在成形的火恶魔。她如同搅拌奶油般反复戳刺，魔光不断闪动，画出一片炫目的死亡弧线。

克伦如法炮制，以在沼泽里插青蛙的手法刺向另一头火恶魔，但他忽然腿软，身体失去平衡，完全失去准头。火恶魔喉咙咯咯作响，酝酿一口火焰唾液。

"爸！"凯文·马许大叫一声，冲入广场。他抓住依然插在

地上的一根长矛，将它当作斧头般挥舞，把火焰唾液打出恶魔口中，带动恶魔凌空翻滚。唾液在地上烧出一道火线，凯文则顺势追击，以和他父亲同样的姿势将恶魔刺死在地。

他看向魔印人，神情坚定不移。"我绝不会看着父亲死在地心魔物手中。"他说，露出白森森的牙齿，等待与魔印人争辩。他的儿子凯文扶起克伦，领着他回到魔印后方。

结果魔印人对他鞠躬。"好人。"

杰夫匆忙以矛头插向一头几乎凝聚成形的火恶魔，但他慢了一步，火恶魔朝他喷火。杰夫尖叫一声，斜过长矛，企图抵挡火焰。

群众发出惊恐的叫声，但杰夫矛柄上的魔印绽放魔光，火焰唾液当下化为一阵凉风。杰夫立刻回神，举矛就劈，仿佛在拿锄头拔除一株顽强的杂草。他踏在恶魔冒烟的背上，使劲拔出长矛，就像要扯掉一堆卡在橱柜中的干草。

一头风恶魔凝聚成形，魔印人脱下长袍，抓住对方，将恶魔抛向博金丘的魔印石。恶魔撞上魔印网时猛烈地抽动，落地后便动弹不得。"米雅达·博金。"他叫道，指向无力反击的恶魔。

一头木恶魔对他挥出一条如同树枝般的手臂，但魔印人扣住它的手腕，借力使力，将它摔在乔吉·马许面前，乔吉如同敲击拐杖般插下长矛。魔法撼动全身，他的双眼冒出狂热的光芒。

哈洛牧师和布林护送米雅达前去击杀恶魔，两人手举长矛守在一旁，严防风恶魔在她出矛之前恢复行动。他们根本不担心，她如同拿铁锹插入酒桶般狠狠插落。

另一头木恶魔现形，布林和哈洛同时出击。

现在所有恶魔都已凝聚成实体。有不少恶魔选择在广场现形，不过超过半数已经死了，而周围的魔印石阻挡了其他恶魔进入。

一头火恶魔挨向瑞娜，她大声尖叫，由于她还骑在黎明舞者背上，战马当即立起，将恶魔踩扁。

"集合，包围！"魔印人命令发言人们。"将长矛举在身前！"他们遵命行事，围住两头风恶魔，以乱矛插死它们。魔印人冷静地引导他们穿梭于广场，指挥攻击，随时准备在危急时出手相助。

但他再也没有出手的必要，剩下的恶魔很快就被杀光。发言人们环顾四周，此刻握矛的架势已经与最初大不相同。

"我感觉像年轻了二十岁，回到自己砍柴的时候。"西莉雅说。其他人纷纷发出赞同声。

魔印人望向围观群众。"你们的发言人办到了。"他叫道。"下次有恶魔在你家院子出没时，记住这点！"

"广场上没有恶魔了。"霍格提出。"我们达成你的要求，接下来就换你付账啦。"

魔印人鞠躬。"现在？"

霍格点头。"我有一叠上好的羊皮纸，你可以在我店里的后室抄写。"

"好吧。"魔印人说。霍格低头鞠躬，指向杂货铺。魔印人和其他发言人开始移动，不过霍格转身面对群众。"明天早上再来。"他叫道。"我会在杂货铺接受长矛的订单，并且雇用技巧纯熟的人来制作长矛！先到先得！"群众交头接耳地谈论这个消息。

魔印人摇了摇头。他知道霍格的生意会非常兴隆，他总是有办法利用镇民自己就可以做的东西大捞一笔。

第二十七章　迈向未来

333 AR　夏

瑞娜坐在角落，看着亚伦在霍格的杂货铺里教导各区的发言代表们战斗魔印。黛西和卡特琳进进出出，端上热气腾腾的现煮咖啡；她们以一种恐惧的目光盯着瑞娜，仿佛她会突然一扑而上，抓起放在桌上的那把猎刀攻击她们。她在刀面上绘制了整齐的魔印，此刻正拿着亚伦的刻蚀工具缓缓将它们刻入金属中。亚伦偶尔会走过来，看看她刻得怎么样。但她每次都是转过去不给他看，她不打算继续求助。

当黎明的曙光从窗间撒落时，发言人们已抄录完毕，每个人手中都握着一卷羊皮纸。

亚伦又和霍格商谈几句，接着走过来找她。"你还好吗？"

瑞娜点头，抑制住打呵欠的冲动。"只是有点困。"

亚伦点头，戴上兜帽。"或许你该趁霍格帮忙准备回程补给的时间回农场小睡一会儿。"他哼了一声。"即使我为他带来这么大的商机，那个老骗子还是恬不知耻地叫我付钱。"

"你怎么会以为他不会叫你付钱？"瑞娜说。

"这就要离开了？"西莉雅在他们走向店门时问道。"你为提贝溪镇带来重大改变，却不留下来等待成果？"

"我抵达的时候，镇上早就已经开始改变，"魔印人说，"我只是推了一把。"

西莉雅点头。"或许是这样。自由城邦有什么消息？他们都在加持武器，猎杀地心魔物了吗？"

"自由城邦不是你此刻担心的事。"魔印人说。"等提贝溪镇驱逐所有恶魔之后，你们再来见识辽阔的世界。"

乔吉·华许提起新矛敲击地面。"照料自己的田地，然后再去帮忙料理邻居的田地。"他引用《卡农经》中一段人人耳熟能详的经文。

魔印人转向洛斯克·霍格。"我要你抄写几份，送给阳光牧地的发言先行人。"

"这个嘛，可不便宜。"霍格开口。"单是羊皮纸就差不多要二十个买卖点数，加上抄写的工钱——"

亚伦打断他，拿出一枚沉甸甸的金币。霍格瞪大双眼，看着这枚又大又厚的金币。"如果他们没收到魔印，我会知道的。"他在霍格收下金币时说。"到时候我就会剥下你的皮来造纸。"

瑞娜看着霍格红润的脸色瞬间煞白。尽管体形壮硕许多，他还是在亚伦的目光下有些畏缩，并且咽下一大口口水。"两星期吧。"他说。"我保证。"

"看来你自己也学了些恶棍欺压良民的伎俩。"她在他走回来时低声说道。他没有转头看她，而且依然戴着兜帽。一时间，她以为他没听见。

"接受信使训练时学过整套课程。"他说，收起与其他人讲话时的低沉嗓音。她可以想象那张画满魔印的嘴正在兜帽里窃笑。

霍格打开杂货铺店门，门外已聚集了大批群众。"后退！"他吼道。"清出一条路让发言人先行通过！不然我不接受任何订单！"镇民发出不满的声浪，提防着有人会趁机插队，不过

还是清出一条路让发言人先行通过。

瑞娜走下霍格杂货铺门前台阶时，洛达克·劳利已经等在群众之前。"事情还没结束，瑞娜·谭纳！你不能永远躲在杰夫的农场里。"

"我永远不会再躲了。"瑞娜直视他的双眼说道。"我要离开这个天杀的小镇，永远不会回来了。"

洛达克张嘴欲言，但亚伦伸出一根手指指向他。他立刻闭嘴，瞪着他们，看着亚伦以双掌充作踏阶，帮助她跨上黎明舞者。

魔印人自鞍袋里取出一本小书，转身环顾群众。看到可琳·特利格后，他大步走过去。草药师连忙后退，差点绊倒身后的人群，她自己却在尖叫声中坐倒在地。

魔印人等她一脸尴尬地爬起身来后，将书放在她手中。"我所有治疗恶魔伤口的秘方通通记载于此。"他对她说道。"你很聪明，很快就能学会，然后传承下去。"

可琳瞪大双眼，点了点头。魔印人嘟哝一声，跳上马鞍。

✦

约正午时分，亚伦离开杰夫的农场，去找霍格拿说好的补给。"收拾行李，"他离开时说道，"我一回来就出发。"

瑞娜点头，看着他离开。她没有行李可收，就算回豪尔的农场也是一样。她身上穿着西莉雅的衣服，腰间挂着父亲的猎刀，颈上绕了两圈科比给她的溪石项链。她希望自己有东西可以送给亚伦，当作带她离开的回报，但除了自己，她一无所有。对科比而言这就够了，但她怀疑亚伦没那么简单就能打发。

伊莲出门来到前廊，站在她身旁看她坐着刻蚀父亲的猎刀。

"带点东西在路上吃吧。"她说道，提起一个篮子。"霍格煮东西是为了保存，没有什么味道。他的培根熏得比石头还硬。"

"谢谢。"瑞娜接下篮子。她看着多年来自己时时刻刻挂念的姐姐，此刻却想不出有什么话要说。

"你没有必要离开的。"伊莲说。

"我非走不可。"瑞娜说。

"信使是个神秘的男人，瑞娜，除了会杀恶魔，我们对他一无所知。"伊莲说。"他可能比爸还要可怕得多。你和我们待在这里比较安全。经历昨晚的事以后，人们不会再来烦你。"

"不要烦我。"瑞娜说。"我想这样，你就不必在乎他们把我绑在木桩上了。"

"所以你打算就这样跟着一个疯狂到在身上文满刺青的陌生男子远走他乡？"伊莲问。

瑞娜站起身来，语气不屑。"这真是五十步笑百步！你和杰夫·贝尔斯私奔时并不爱他，伊莲。除了他是个会在妻子尸骨未寒时另结新欢的人，你对他根本一无所知。"

伊莲甩了瑞娜一耳光；但她毫不退缩，眼神非常坚定，最后退缩的是伊莲。

"伊莲，我们之间的不同，"她说，"在于我不是在逃避，我是在迈向未来。"

"迈向未来？"伊莲问。

瑞娜点头。"提贝溪镇不值得我眷恋，这里的人放任爸那种人为所欲为，却把我丢入黑夜。我不知道自由城邦是什么样子，但肯定比这里好。"

她凑向前去，压低声音，确保不会被人听见。

"我杀了爸，伊莲。"她说，扬起魔印猎刀。"是我杀的，杀了那个恶魔养的。他该死，不光是为他做过的事，也为他可

能想做却还没做的事，爸从来不曾为自己的罪恶付出任何代价。"

"瑞娜！"伊莲大叫一声，连忙后退，仿佛她妹妹突然变成了地心魔物。

瑞娜摇了摇头，朝走廊的栏杆外吐了一口口水。"如果你够勇敢，很久以前就该亲手把他杀了，在班妮和我还小的时候。"

伊莲瞪大双眼，但没有说话，分不清是出于愧疚还是震惊。

瑞娜转过身去，看向庭院。"我不怪你。"她于片刻后说道。"我要是有种，早在他动手的那天晚上就把他给杀了。但我没这么做，因为我害怕。"

她转回去面对伊莲的目光。"但我再也不怕了，伊莲。不怕洛达克·劳利或加瑞克·费雪，也不怕这个信使。我认为他是个好人，但如果他和爸一样，那么就像太阳肯定会升起，我也肯定会为民除害。"

两小时后，魔印人策马回到庭院。瑞娜在前廊等候，在黎明舞者止住冲势，在地上扬起一片尘土时走到他身旁。

"天快黑了。"他说，甚至没有打算下马，他对她伸出一只手。

"你甚至不向他们道别？"瑞娜问。

"提贝溪镇的生活即将变得多彩多姿。"他说。"最好不要给人理由怀疑我除了带你离开，还与杰夫和伊莲有任何瓜葛。"

但瑞娜摇头。"你爸有权知道更多。"

他瞪向她。"我绝对不会告诉他我是谁。"他低声吼。

瑞娜毫不退缩。"至少让他知道他儿子没死，不然你根本没有资格裁定哪些镇民够格得到你的魔印。"魔印人皱起眉，但他还是翻身下马——瑞娜说的没错，他很清楚这点，尽管他不愿承认。

"我们要走了！"她叫道。所有人从四面八方起来。魔印人看着父亲，向他示意。杰夫走上前来。

"我在信使公会认识一个名叫亚伦·贝尔斯的人。"他在两人独处后说道。"或许是你的儿子。贝尔斯是个普遍的姓氏，但亚伦这名字并不常见。"

杰夫眼睛一亮，"真的？"

魔印人点头。"事隔多年，但我记得他在密尔恩堡的卡伯魔印商行工作，或许你可以捎个消息给他。"

杰夫伸出双手，抓起魔印人的手掌紧紧握住。"阳光照耀你，信使。"

魔印人点头，缩回手掌，走到瑞娜身边，"天快黑了。"他再度说道。这一次她点头，让他帮助自己上马。他坐在她身前，她抱紧他的腰，两人一道转而向北。

"自由城邦不是在南边吗？"瑞娜问。

"我知道一条捷径。"他说。"比较快，还可以避开所有镇民。"黎明舞者发足狂奔。他们在道上飞速前进。晚风吹过瑞娜长长的发梢，夹带着他们愉快的笑声往后飘去。

❧

亚伦说得没错，他真的记得提贝溪镇北部所有道路和牧地的位置。在瑞娜发现之前，他们已经过马克·佩斯特尔的农场，踏上出镇的大路。

他们马不停蹄地朝自由城邦前进，直到太阳下山前将近十五分钟时，他才拉缰止步。

"会不会太赶了点？"她问。

亚伦耸肩。"还有时间架设魔印圈——如果一个人，我或许会连夜赶路。"

"那就别停。"瑞娜说，压抑着对夜间的恐惧。"我答应过不会拖慢你。"

他不理她，翻身下马，自鞍袋中取出两道携带式魔印圈。他将一道丢向黎明舞者，另一道架在一块空地中央，然后迅速调整魔印。

瑞娜吞咽口水，但没有抗议。她浑身僵硬，紧握猎刀四下打量，等待恶魔现身。亚伦抬起头来，发现她紧张兮兮的模样。他站起身来，走到鞍袋旁边翻来翻去。

"啊，在这里了。"他终于说道，抖开一件斗篷，抛到瑞娜肩膀上。他把斗篷绑好，拉上兜帽。

脸颊旁的布料柔软得不可思议，像是猫咪的毛皮。她一辈子都穿家中自制的粗布，从没想过世上有这么柔软光滑的布料。她低下头去，再度惊呼。斗篷上缝有上百个小得不可思议的魔印。

"这是隐形斗篷。"亚伦说。"只要裹在里面，恶魔就不会发现你的存在。"

"有这种事？"她惊奇地问道。

"以太阳之名起誓。"亚伦说。

接着她突然便发现自己一直紧握猎刀的手终于松开来，她的指节上传来一阵疼痛。好像过了一小时，她的呼吸才恢复正常。

亚伦回到魔印圈前，迅速架设魔印圈。瑞娜则生了一堆火，拿出伊莲的篮子。他们一起坐了一段时间，分享冰冷的馅饼、火腿、新鲜蔬菜、面包以及奶酪。地心魔物偶尔会冲到魔印圈上，但瑞娜相信亚伦的魔印技巧，不把它们放在心上。

"你穿这套裙装在马鞍上不好坐。"亚伦说。

"呃?"瑞娜说。

"如果你的坐姿不对，我就不能让黎明舞者全速前进。"他解释道。

"它还能跑得更快?"瑞娜难以置信地问道。

亚伦大笑。"快得多。"

她凑上前去，双臂环抱在他的肩上。"亚伦·贝尔斯，如果你想要我脱掉衣服直说就好了。"她微笑道，但亚伦后退，双手放在她的腰间，轻易地将她举起放到一边的地上，像她把爪爪太太从腿上抱起来一样。他立刻站起身来。

"我带你来不是为了这个，瑞娜。"他说着向后退开。

"你不是要占我便宜?"她说，语气中充满困惑。

"与那无关的。"亚伦说，自鞍袋中取出缝纫工具。他将工具丢给她，转过身去。"把裙子分成两半，动作快点，今晚我们还有事要忙。"

"有事要忙?"瑞娜问。

"黎明前你要杀死一头恶魔。"亚伦说。"不然我就把你丢在下一个村落。"

❦

"好了。"瑞娜叫道。她剪掉衬裙，割短裙摆，两边都开衩，开得很高。坐在魔印圈边缘刻蚀箭矢的亚伦抬起头来，目光不自觉地停留在她裸露的大腿上。

"喜欢吗?"她问，接着在他大吃一惊并连忙迎向她的目光时露出得意的笑容。"想看清楚的话，就走到火光下。"

亚伦凝视自己手掌片刻，缓缓摩擦自己的魔印手指，双眼

眺望远方。最后他摇了摇头，站起身来，走到她面前。

"你信任我吗，瑞娜？"他问。

她点头。他随即拿出一把刷子和一瓶浓稠的墨水。"这是黑柄液。"他说。"它会附着在你身上几天，甚至一星期。"

他小心翼翼，甚至有点深情款款地抹开她脸上的发丝，在她眼旁绘制魔印。画完后，他轻轻吹干墨水。他的嘴唇离她足一寸，她很想亲上去，但刚刚遭拒的情况历历在目，令她有些发虚。

吹干后，他看着她。"你在火光外的地方看见什么？"

瑞娜环顾四周，夜晚几乎陷入完全的黑暗。"什么也看不到。"

亚伦点头，伸手放在她眼皮上。这是双粗糙的手，布满硬茧和疤痕，不过触感依然温柔。皮肤接触时，她感到一股轻微的刺痛，全身欢愉地战抖。他收回手掌，快感消失，但眼旁的魔印依然十分温暖。

"你现在看到什么了？"他问。

瑞娜环顾四周，一脸惊讶。树木和植物全都绽放着萤萤光芒，脚下还有一层模糊的发光雾气缓缓渗出地面。"全看到了。"她惊奇地说。"比在阳光下看到还要透彻，一切都在发光。"

"你看到的是魔法。"亚伦说。"从地心魔域渗出来，沾染所有生命，让他们发光。"

"生命的灵魂？"瑞娜问。

亚伦耸肩。"我不是牧师。地心魔物体内充满魔力，在你的眼中绽放强光。"

瑞娜转身看向树叶发出骚动的位置，发现一头木恶魔，前一刻还不见踪影，现在在魔光四射的世界里完全无处遁形。她看着自己的手掌，也有淡淡光芒。黎明舞者比较亮，马蹄和鞍带上的魔印如同天上的星星般发光。

但光芒最耀眼的还是亚伦，他皮肤上的魔印蕴含强大的魔力。看起来仿佛所有魔印都是以光芒写成，永远处于启动状态。

"太多魔印了。"亚伦说。注意到她在凝望自己，于是戴上他的兜帽。"吸收太多恶魔的魔力，再也不能变回普通人了。"

"你为什么会想放弃这种力量？"瑞娜问。

亚伦迟疑，似乎有点困惑。他张嘴欲言，接着又闭上嘴。"其实我没有想过放弃，"他承认道，"只是这并不是可以反悔的决定，而我作这个决定的时候脑子不太清楚。"他指向瑞娜。"你此刻脑子也不算清楚。"

"你是什么身份，亚伦·贝尔斯，有什么资格判定我脑子清不清楚？"瑞娜大声问道。

他以那种令人看了就气的神态忽略这句话，拿起一根长矛交给她。她怀疑地看着长矛，并没有伸手去接。

"发言人们都办到了。"亚伦提醒她。

"我知道。"瑞娜说。"但如果我要动手，就要用我自己的猎刀。"她已经刻完穿刺魔印和切割魔印，不过其他都没刻。她将猎刀交给他检视。

"这是把好刀。"亚伦接过猎刀说道。他以拇指抚摸刀刃，几乎没有使力就能割出鲜血。"锋利得可以刮胡子。"

"我爸照顾它比照顾家人还要悉心周到。"瑞娜说。

亚伦看向她，一言不发。他以不同的角度观察猎刀，检视其上刻蚀的魔印。"刻得好。"他语气微带懊悔地说。"足以与我见过的任何魔印相比。可以再做一点强化，不过刚开始这样就够用了。"他将刀柄向前，交还给她。瑞娜嘟哝一声，接回猎刀。

"剩下的就是要测试它了。"亚伦说。"该是离开魔印圈的时候了!"

瑞娜一直都知道迟早得离开魔印圈,但事到临头她依然有些恐惧,仿佛刚吃到肚子里的东西都要吐出来了。她告诉姐姐自己再也不怕任何事物,但那并不是事实。她或许不怕男人,但地心魔物……茅房当晚的景象依然历历在目,有时即使在清醒的时候也会让她突然受惊。

亚伦伸手搭上她的肩。"我们身处荒野,瑞娜。地心魔物只会聚集在人类聚集或猎物很多的地方,这里只有寥寥几头出没。你身穿斗篷,而且我也在旁边。"

"在旁边拯救我。"瑞娜说。他点头,而她感到一阵愤怒。她已经厌倦了等待其他人来拯救,但当她看向一头待在道路边缘的木恶魔时,身体突然一阵战抖。"还没准备好面对这个。"她承认道,痛恨显露自己软弱的一面。

但亚伦没有像斥责发言人们一样斥责她。"我知道你很害怕。"他说。"我第一次也很害怕,但我在克拉西亚学会要拥抱自己的恐惧。"

"怎么拥抱?"瑞娜问。

"让自己面对恐惧,"他说,"然后让你的心灵退入一个超越恐惧的境界。"

瑞娜低哼。"完全没有道理。"

"有道理。"亚伦说。"我曾见过年纪只有我一半的男孩手持没有魔印的长矛攻击恶魔。见过他们无视疼痛持续战斗,直到战胜或战死。恐惧和疼痛只有在你放任它们影响时才会真的影响你。"

"有这种事?"瑞娜问。

他点头。于是瑞娜闭上双眼,敞开心胸面对恐惧所带来的不适感、四肢的僵硬，以及腹中的翻腾，紧握的拳头和冰冷的脸颊。当她感觉到这一切后，她开始忽视它们的存在。

亚伦扬起一根手指，指向一头栖息在附近树上的小型木恶魔。本来它与树完美地融为一体，但现在在她的魔印眼中绽放耀眼的光芒，与暗淡的树身形成强烈对比。

瑞娜相信斗篷的魔力，大步走出魔印圈，径直走向恶魔。它好奇地嗅闻空气，但似乎没有察觉到她的逼近。在她明白自己在做什么之前，猎刀已插入对方背心。魔印闪烁，恶魔树皮般的硬壳裂开。一股电击般的力量流入她的右臂，仿佛她把整条手臂放入一团烈火中，感到一阵微带快意的痛楚。

恶魔尖叫着后退，但瑞娜拔出猎刀，再度砍下，接着又是一刀。片刻过后，恶魔倒地，在地面上的魔雾中掀起许多小小的乱流与漩涡。

瑞娜抬头挺胸，吸入一口香甜的夏夜空气。她感觉自己这辈子从来不曾如此强大、充满活力。

道路对面，她瞥见一头火恶魔双眼绽放着光芒，而这一次她毫不迟疑，一脸坚定地直奔而去，半跪而下，一刀刺穿对方脑袋。这一次，她在恶魔战抖倒地的同时享受魔法所带来的痛楚。黑色浓汁贱了一地，起火燃烧，冒出阵阵白烟。

她最初在路上看见的那头木恶魔足足有六英尺高，此时已注意到刚刚发生的事。她本来可以躲在斗篷之后，但这个想法完全没有进入脑海。瑞娜大喊一声，直扑而上。恶魔放声吼叫，一爪挥出，但瑞娜拥有超乎想象的力量和速度，在叫声中躲开对方笨拙的攻击，一刀插入对方胸口。这一次，感觉就和宰猪没有实质性区别。

她环顾四周，急促喘息，却没有一些疲惫的感觉。那种感觉比较像是……欲望。她还想要杀更多恶魔，希望附近有一整

群恶魔,但没有。

"我说过了。"亚伦微笑着说道。他收起魔印圈,拉起黎明舞者的缰绳。"让我们自由自在地在黑夜中奔驰。"

瑞娜点头,在没有马镫的情况下轻松地一跃翻上马背。她坐在前面,留下空间让亚伦坐到身后。他哈哈大笑,像她一样轻松上马。他伸手环抱她的腰间,她则轻踢黎明舞者,在愉快的呼喊声中策马狂奔,迎向光芒四射的黑夜道路。

❦

恶魔王子在围墙中的人类聚集地发现猎物至今已过了一个循环。他被迫浪费两个晚上的时间追踪对方,最后终于飞跃一座满是对方气味的废墟。废墟受到刚架设不久的魔印守护——威力强大的魔印。不过它依然可以轻易突破。

但并没有这个必要,因为心灵恶魔发现该名人类的心灵在距离城墙很远的地方移动。

化身魔拍击巨大的翅膀,朝该名人类直飞而去,如同死亡般寂静。心灵恶魔释放心灵的力量,想办法进入对方的思绪,但遭受强大的魔印阻挡。它嘶吼一声,接着在扩张自己的力量时发现对方并非独处。那人类的心灵伴随着一名心灵如同天空般开放的雌性人类。它神不知鬼不觉地溜入她的思绪,透过她的双眼观察一切——

瑞娜把刀狠狠插入木恶魔体内,扭转刀尖刺穿对方的心脏。亚伦正在她身边与另一头恶魔在地上扭打,控制它的行动,让身上各式各样致命的魔印发挥效用。

一声吼叫传来,瑞娜抬头看见第三头恶魔自上方的树枝中现身。她在对方扑下来的同时迅速转身,恶魔撞上卡在前一头恶魔硬壳上的刀柄。第一头魔物倒地死亡,但她也被迫放开手中的武器。

"恶魔屎。"她叫道,依照亚伦所教的方法以背着地,并屈起双脚。她抓住木恶魔那树枝般的双臂拉向两旁,然后狠狠踢出,以它本身的力道对付它。恶魔落在亚伦身前,亚伦一拳击碎了它的头颅。

"在我的指节上绘制魔印,我就可以自己处理了。"瑞娜说。

"没必要在你的皮肤上加持魔印。"他对她道。"暂时而言,猎刀就够了。"

瑞娜走到木恶魔身边,拔出她的猎刀。她举起刀给亚伦看。"刀又不在我手上。"

"没刀也可以应付得不错。"

"那是因为你没有忙着应付另一头恶魔。"瑞娜说。"我不是要你拿针刺青,只要用刷子和黑柄液就好了。

亚伦对她皱眉道。"但魔印在你皮肤上的回馈效果不同,瑞娜,效果会强烈得让你深陷其中。我曾经迷失过很长一段时间,即使到了现在我依然无法恢复自我。我不想看到你也面对同样的命运,你对我来说意义重大。"

"真的?"瑞娜问。

"我很高兴有个人可以聊天,除了黎明舞者以外。"亚伦说,没有注意到她兴味十足的反应。"我会……寂寞。"

"寂寞。"瑞娜反复地默念着这个词。"我知道那种感觉。寂寞也能令人迷失,世界上有太多能够令人深陷其中的事物,这并不表示我们应该一辈子都不去接触它们。"

亚伦凝视她良久。最后,他耸耸肩。"我不能告诉你该怎么做,瑞娜。你想要不顾我的反对,在手上绘制魔印,那是你的决定。"

恶魔王子继续观察这种求偶行为好几分钟，对人类的求偶仪式深感兴趣。这个人类显然对他的魔法了解不够深入，无法察觉心灵恶魔的存在或其魔法的实力。他有成为统一者的潜力，但身处野外的他并不构成任何威胁，可以继续观察。

恶魔放开雌性人类的表面思绪，更加深入地刺探她的心灵，搜寻该名男性的讯息，但没有多少有价值的情报；它透过她的嘴唇询问一个问题——

"你是如何找回失落魔印的？"瑞娜问，自己也吃了一惊。她知道亚伦不喜欢谈论离开提贝溪镇后所发生的事。

"告诉过你了，在一座废墟里找到的。"亚伦说。

"什么废墟？在哪里？"她继续逼问。

"有什么差别？"亚伦大声道。"又不是什么值得吟游诗人大肆宣扬的冒险故事。"

瑞娜摇头，理清思绪。"很抱歉，我不知道自己为什么突然这么感兴趣。没有关系，我并不想探听你的隐私。"

亚伦哼了一声，朝他过去几星期一边教导她猎杀恶魔一边费心架设魔印圈的堡垒前进。

恶魔王子在亚伦拒绝回答问题时嘶声低吼。在通常情况下，应将他们赶尽杀绝，但目前来看，似乎没有必要这么急迫。有太多魔印守护他们，这表示他们不会马上离开。还可再观察他们几个循环周期。

人类进入魔印圈后，心灵恶魔与雌性人类的联系立刻遭到了阻隔。片刻过后，化身魔降落在一片空地上，化身魔雾，在恶魔王子思索的同时担任守卫。

第二十八章　镜宫

333 AR　夏

镇议会一直开到天黑才终于散会。如同黎莎预期，议会成员一致投票反对她随贾迪尔一起回来森堡。当她提醒大家投票结果毫无意义时，众人感到一阵惊愕和抱怨。

黎莎回小屋时没穿隐形斗篷，但罗杰利用小提琴的琴声，将一行人笼罩在足以媲美任何魔印网的音乐所形成的保护力场里。新的小提琴似乎大幅增加了他的力量，但汪妲和加尔德还是手持武器，守护妲西和薇卡。

"我还是觉得你脑袋坏了。"妲西低声吼道。她和汪妲一样令人望而生畏——体形同等壮硕，不过稍微矮一点，相貌同样平庸，但脸上没有疤痕。

黎莎耸耸肩。"你可以任意发表意见，但我的决定不会改变。"

"如果他们绑架你，我们要怎么做？"妲西问。"我们又没有能力解救你，而你又是我们镇上的领袖，特别是当解放者不知所踪的时候。"

"汤姆士王子和林木军团很快就会抵达。"黎莎说。

"他们也并不是因为你而来。"妲西反驳道。

"我没打算让他们救。"黎莎说。"你得相信我有能力自保。"

"我比较担心其他人，"薇卡说，"如果你嫁给这个男人，我们会永远失去你，而如果你没嫁……我们也可能会失去你。我们该怎么办？"

"那就是今晚我请你们来的原因。"黎莎说。这时小屋已经映入眼帘，他们才一进门，她就指示汪妲拉开通往地窖工作室的暗门。

"除了薇卡和妲西，其他人都留在上面。"黎莎下令道。"这是草药师的事。"其他人点头，黎莎带着两个女人走下楼梯，同时点燃她冰冷的化学油灯。

"造物主呀。"妲西喘息说道。自从被布鲁娜赶走后，她已经多年没有来过这座地窖。黎莎后来大幅扩建，现在已占据了整间小屋及庭院大部分的地底，堪称地下宫殿。魔印梁柱沿着主厅以及许多走廊的墙上支撑起整座地窖。

从前布鲁娜只储藏几根用来驱除难缠草根的雷霆棒，以及几罐恶魔火，但现在黎莎的存货简直取之不尽，用之不竭。

"这里的火药足以把整个村庄毁掉。"黎莎道。

"为什么不告诉别人？"薇卡问。

"因为其他人不需要知道。"黎莎说。"我不会让伐木工或是镇议会来决定该如何使用这些东西。这是草药师的事，你们要慢慢发放使用，而且只能用在性命攸关的时刻。我要你们发誓不会暴露此事，不然我就在你们茶里下药，让你们忘记一切。"

两个女人望着她，仿佛在确认她是不是认真的。不过黎莎是认真的，而且确定对方能从她眼中看出自己有多认真。

"我发誓。"薇卡说。

妲西迟疑片刻，最后点了点头。"我对太阳发誓。"妲西道。"但如果你不回来，再多存货都有用完的一天。"

黎莎点头，转向一张堆满书籍的桌子。"那些就是火焰的秘密。"

✤

贾迪尔面露愉快的微笑，看着黎莎和她的护花使者抵达。他没想到这么有权势的女人竟然只带这几个人同行：只有她的父母、罗杰、巨汉加尔德，以及那个女性沙鲁姆——汪姐。

"那女的会让达玛抓狂。"阿邦指着汪姐说道。"他们会要求她放下武器，把自己包起来。你应该请她留下。"

贾迪尔摇头。"我会承诺黎莎可以自行挑选随行人员，而我言出必行。我们的族人得开始接受洼地部族的习俗，或许让他们见识一个参与阿拉盖沙拉克的女人会是个不错的开始。"

"如果她在他们面前表现良好的话。"阿邦说。

"我曾见过那个女人打斗。"贾迪尔说。"只要加以训练，她可以与任何沙鲁姆匹敌。"

"一步步来，阿曼恩。"阿邦说。"强迫你的手下在短时间内改变，他们或许会暗中抗拒。"

贾迪尔点头，心知阿邦说得不错。

"我要求在回艾弗伦恩惠的途中陪伴黎莎。就拿教她我们的语言当作由头吧，这也是她的要求。我直接去找她不太恰当，不过她的随行人员应该比较愿意接纳我。"阿邦喃喃说道。

贾迪尔点头。"我要了解她的一切。她喜欢的食物、偏好的香味，所有一切。"

"当然。"阿邦说。"一切交给我吧。"

趁着戴尔沙鲁姆拔营时，阿邦一拐一拐走向黎莎和她父母的篷车。阿邦惊讶地发现黎莎亲自驾车，没有仆役服侍她或帮她处理杂务；他对她的敬意逐渐加深。

"我可以和你同车吗，女士？"他鞠躬问道。"如你所求，我家主人交代我教你我们的语言。"

黎莎微笑。"当然，阿邦。罗杰可以骑马。"罗杰和她一起坐在篷车驾驶座上，哼了一声，扮个鬼脸。

阿邦深深鞠躬，紧握他的拐杖。如同达玛丁所言，他的脚一直没有痊愈，至今仍会在极不恰当的时机绊倒。

"杰桑之子，如果你愿意，可以骑我的骆驼。"他说，指向拴着骆驼的地方。罗杰怀疑地打量骆驼，直到他看见广阔的棚子和看起来既宽敞又舒适、有坐垫的座位，这才眼睛一亮。

"好吧，如果算是帮你的忙……"罗杰说。

"当然。"阿邦同意道。罗杰抓起小提琴，一个筋斗翻下马车，跳上骆驼旁。阿邦说谎，那头骆驼脾气很差；但在它对他吐口水前，罗杰已经拿起乐器，如同蛊惑阿拉盖般轻松地让骆驼的情绪稳定下来。对阿曼恩而言，黎莎或许更有价值，但罗杰肯定也是值得经营的投资。

"我可以问你一个问题吗，阿邦？"黎莎问，打断他的思绪。

阿邦点头。"当然，女士。"

"你是一出生就开始使用拐杖的吗？"她问。

如此直接的问话令阿邦十分惊讶。在他的族人中，人们只会嘲笑或忽视他的残疾，不会有人关心卡菲特并提出这种问题。

"我并非先天残疾。"阿邦说。"我是在汉奴帕许中受伤的。"

"汉奴帕许？"黎莎问。

阿邦微笑。"正好利用这个字来开始你的语言课程。"他说，爬上马车坐在她身边。"在你们的语言里，这个字就是'人生之道'的意思。所有克拉西亚男孩都在十分年轻时就被带离母亲身边，进入部落训练营接受训练，看看艾弗伦打算让他们成为沙鲁姆、达玛，还是卡菲特。"

他以拐杖轻拍自己的瘸腿。"这是无可避免的结果。我天生不是战士，入营第一天起我便非常清楚这点。我生下来就是卡菲特，而……汉奴帕许的严格训练证实了这点。"

"胡说。"黎莎说。

阿邦耸肩。"阿曼恩也是这样想的。"

"是吗？"黎莎惊讶地问道。"从他对待你的方式看不出来。"

阿邦点头。"请你原谅那种行为，女士。我的主人和我同一天进入汉奴帕许，而他一再违逆艾弗伦的旨意，背负我穿越卡吉沙拉吉。他不断给我机会，但每一次测试我都令他失望。"

"那些测试公平吗？"黎莎问。

阿邦大笑。"阿拉上没有任何公平的事物，女士，而最不公平的就是战士的生活。弱就是弱、强就是强，嗜血就是嗜血、怕血就是怕血，勇敢就是勇敢、懦弱就是懦弱。汉奴帕许揭露男人的本性，而至少在我身上，它是成功的。我内心深处就不是沙鲁姆。"

"那不是什么值得羞愧的事。"黎莎说。

阿邦微笑。"确实不是，我也不会感到羞愧。阿曼恩深知我的价值，但……在其他人面前宽容待我并非恰当的行为。"

"宽容无关恰当。"黎莎说。

"沙漠里的生活十分艰苦，女士。"阿邦说。"我的族人也因此变得严以待人。我恳求你，在你了解我们之前不要妄下断言。"

黎莎点头。"我就是为此而来，这段期间让我看看你的脚，或许我能改变你的状况。"

阿邦的眼前闪过一道影像，阿曼恩发现阿邦脱下丝质裤子让黎莎检查的景象；他的性命在那之后肯定贱如沙土。

阿邦挥了挥手。"我是一名卡菲特，女士。不值得你如此照料。"

"你和其他人一样都是人。"黎莎说。"如果你要和我相处，我就不要听见任何自我贬低的话。"

阿邦鞠躬。"我认识另一个和你有同样想法的绿地人。"他说，装出一副随口说话的语气。

"喔？"黎莎问。"他叫什么名字？"

"杰夫之子，亚伦，来自提贝溪镇的贝尔斯家族。"阿邦说，接着在她眼中看出她听过名字的神色，尽管她的表情没有变化。

"提贝溪镇离这里很远，属于密尔恩领地。"她说。"我没机会认识任何来自那里的人。他是个怎么样的人？"

"他在我们族人里拥有帕尔青恩的称号，意思是'勇敢的外地人'。"阿邦说。"不管在大市集或是沙鲁姆大迷宫都如鱼得水。啊，他于多年前离开我们的城市，从此再也没有回来。"

"或许有一天你会与他重逢。"黎莎说。

阿邦耸肩。"英内薇拉。如果这是艾弗伦的旨意，我会很高兴再度见到我的朋友，得知他身体无恙。"

当天接下来的时间他们都同车共行，谈论许多事，但再也没有提起帕尔青恩的话题。阿邦从黎莎绝口不提此事的态度看出一些端倪。

由于沉重的马车行进缓慢，戴尔沙鲁姆无法在入夜后继续赶路，留下他们去面对恶魔。阿曼恩下令战士扎营休息，并在阿邦搭帐篷时派人来叫阿邦过去。

"第一天的情况如何？"他问。

"她思绪敏捷。"阿邦说。"我从简单的片语教起,但她一下子就念出了整个句子。等我们抵达艾弗伦恩惠时她就能向其他人自我介绍并讨论天气,等到冬天就能精通我们的语言。"

阿曼恩点头。"她学会我们的语言是艾弗伦的旨意。"

阿邦耸肩。

"你还问出了什么?"阿曼恩问。

阿邦微笑。"她喜欢苹果。"

"苹果?"阿曼恩问,一脸困惑。

"某种长在北地树上的水果。"阿邦说。

阿曼恩皱眉。"你和她聊了一整天,结果只查出她喜欢苹果?"

"又红又硬,刚从树上摘下来的。她表示因为有太多难民要养,苹果已变成十分稀有的食物。"阿邦微笑看着阿曼恩脸色越来越难看。他伸手进入口袋,拿出一颗水果。"像这样的苹果。"

阿曼恩收起难看的脸色,展开嘴角上扬到耳根的微笑。

阿邦离开阿曼恩的帐篷,为了自己没提黎莎听见帕尔青恩的反应微感罪恶。他没有说谎,但即使在内心深处,阿邦也没有办法解释自己为什么不提。帕尔青恩是他的朋友,这是事实,但阿邦从来不曾让友情影响他的利益,而现在他的利益与阿曼恩征服北地的成败息息相关。想要确保成功,阿曼恩就必须尽速找出帕尔青恩并且将他除掉。杰夫之子不是任何人可以等闲视之的敌人。

但阿邦身为成功卡菲特的一大诀窍就在于严守秘密,等待正确的时机出售,而全世界最大的秘密莫过于此。

贾迪尔来到黎莎的魔印圈时,她正在搅拌汤锅。如同魔印人,他轻松地穿过克拉西亚扎营区没有魔印守护的土地。他身上穿着黎莎的魔印斗篷,但将其撩在身后,并没有发挥在地心魔物眼中隐形的效果。

除非风恶魔从天上发现他的身影,否则他不会需要保护。太阳下山后,戴尔沙鲁姆就开始猎杀营区附近的恶魔,将树林里的木恶魔尸体垒成一堆,等待黎明到来就会化为一团冲天大火。

"我可以分享你的营火吗?"贾迪尔以提沙语问道。

"当然,霍许卡敏之子,"黎莎以克拉西亚语回道。她依照阿邦所言,撕下一块面包端到他面前,"与我们一起分享面包。"

贾迪尔咧嘴微笑,深深鞠躬,接下面包。

罗杰和其他人都在汤锅前用餐,不过看到黎莎若有深意的表情后全部自动离开。只有伊罗娜留在可以偷听的范围内,对此贾迪尔似乎感到十分恰当,尽管黎莎不喜欢被人偷窥。

"你的食物令我食欲大振。"贾迪尔在刮净第二碗菜时说道。

"很简单的一道菜。"黎莎说,但听到他的恭维依然忍不住微笑。

"希望你没有吃得太饱。"贾迪尔说,拿出一个又大又红的苹果。"我最近喜欢这种北地水果,就像你分享面包一样,我想与你分享。"

黎莎一看到苹果,嘴里就口水直流。她有多久没有尝到成熟的苹果了?在饥饿的难民如同蝗虫过境般席卷解放者洼地以来，苹果常常还没成熟就被摘走了。

"我很乐意。"她说，试图压抑语气中的渴盼之情。贾迪尔拿出一把小刀，干净利落地将苹果切成几块。黎莎享受着每一口香甜的滋味。两人用了一会儿才把整个苹果吃完。黎莎发现他虽然爱吃苹果，但却把大部分都让给自己吃，只吃几块没切好的切片，并一脸愉快地看着她吃。

"谢谢，真好吃。"黎莎吃完后说道。

贾迪尔在她对面鞠躬。"我的荣幸。现在，如果你愿意，我很荣幸为你吟诵一段《伊弗佳》的经文，如同我所承诺。"

黎莎微笑点头，从裙子的深口袋里取出皮革圣典。"我非常乐意，不过如果你要念你的书给我听，你就得从头念起，并且保证整本念完，一字不漏。"

贾迪尔侧头看她。一时间，黎莎担心自己冒犯了他。但接着，他的脸上缓缓浮现微笑。

"那可要念很多晚啊。"他说。

黎莎环顾营地以及空荡的平原。"最近晚上我似乎都很有空。"

意外的是，一行人抵达艾弗伦恩惠时最引人注目的并非汪姐，而是加尔德。贾迪尔看着众多沙鲁姆以一种掠食者的眼光打量着伐木工高大的体型和强健的肌肉，找寻对方的弱点，如同面对每个初见面的人般衡量彼此的实力。随时准备与任何人战斗正是沙鲁姆之道——敌人、兄弟、父亲或是朋友。他手下所有战士都迫不及待地想和这个北地巨汉一较高下——击倒此人的沙鲁姆会赢得荣耀。

直到打量完加尔德这个最明显的威胁后，他们的目光才开

始瞟向已经在等待他们达玛佳。英内薇拉躺在一座由数名身穿拜多布和小背心的青恩奴隶所抬的枕头轿子上。她打扮得如同往常一般暴露,当奴隶放下轿子,她从轿中起身时,就连绿地人也面红耳赤地发出一片低声惊呼。她扭着丰满的翘臀,来到贾迪尔面前,伸出双手。

"她是谁?"黎莎问。

"我的第一妻室,英内薇拉达玛佳。"贾迪尔说。"其他的都是我的次等妻室。"

黎莎突然狠狠地瞪着他,正如阿邦所警告的——她的脸上满是阴霾。

"你已经结婚了?!"她大声问道。

贾迪尔好奇地打量着她。就算再怎么喜欢吃醋,她还是会知道这点。"当然,我是沙达玛卡。"

黎莎张嘴欲言,但英内薇拉已经迎了上来,于是她把嘴里的话硬吞了回去。

"丈夫,"英内薇拉说,随即拥抱并且深深亲吻他,"我在床上时时刻刻想念你健壮的身体。"

贾迪尔对她的举动感到惊讶,接着发现英内薇拉的目光不断瞟向黎莎,这才了解她就像母狗一样在标示自己的地盘。

"容许我引见我尊贵的客人,"他说,"厄尼之女、解放者洼地的首席草药师黎莎女士。"英内薇拉听见头衔时脸色一沉,瞪向贾迪尔,接着又转向黎莎。

黎莎自认为表现得还算得体,以冷静的神态毫不退缩地面对英内薇拉的目光,并以绿地人惯用的礼仪屈膝行礼。"很荣幸认识你,达玛佳。"

英内薇拉的微笑和回礼与她同样难以捉摸。贾迪尔知道阿邦说得没错——英内薇拉绝不可能接受这个女人成为吉娃森,而当贾迪尔不顾反对和黎莎结婚并让她管理所有北地妻室时，英内薇拉肯定不会善罢干休。

"我有事和你私下商谈，丈夫。"英内薇拉说。

贾迪尔点头。面对她的时刻终于来了，他一点也不打算拖延。他感谢艾弗伦此刻太阳依然高挂天空，她不能在白天施展她的霍拉魔法。

"阿邦，安排镜宫给黎莎女士和她的随行人员居住。"他以克拉西亚语说道。镜宫并不足以匹配黎莎的身份，然而艾弗伦恩惠里最好的建筑就是这栋三层高楼——一座摆满地毯、画帷以及银框镜子的宫殿。

"我想镜宫此刻是伊察奇达玛基的居所。"阿邦说。

"那么伊察奇达玛基会根据需要另作安排。"贾迪尔说。

阿邦鞠躬。"我了解了。"

"请原谅我，"贾迪尔说着朝黎莎鞠躬，"我得与我的妻子商量一些事。阿邦会帮你安排住宿事宜，安顿好后，我再来拜访。"

黎莎点头，流露出一种隐含怒火的冷淡神态。这个景象令贾迪尔心跳加速，同时在与英内薇拉步入宫殿时为他带来力量。

※

"你带那个女人回来究竟想是什么意思？"来到王座室旁的枕头寝宫后，英内薇拉立刻大声问道。

"骨骰没告诉你吗？"贾迪尔得意地问。

"当然有。"英内薇拉大声道。"但我满心期望这次是它们搞错了，你并没有蠢到这种地步。"

"婚姻奠定了我在克拉西亚的权力基础。"贾迪尔说。"而假设婚姻在北地也会发挥同等功效，那难道是愚蠢之举吗？"

"这些是青恩,丈夫。"英内薇拉说。"让戴尔沙鲁姆繁衍后代没有问题,但青恩女人没有资格怀你的种。"

"我不这么认为。"贾迪尔说。"这位黎莎女士远远超越我见过的所有女人。"

英内薇拉皱眉。"无所谓。骨骰已经提出异议,我绝不会同意这场婚事。"

"你说得对,无所谓。"贾迪尔说。"我还是会娶她。"

"你不能娶。"英内薇拉一声怒吼。"我是吉娃卡,我决定你可以娶谁。"

但贾迪尔摇头。"你是我的克拉西亚吉娃卡。黎莎会成为我的绿地吉娃卡,有权管理安排我所有北地妻室。"

英内薇拉双眼圆睁。一时间他以为她的眼珠会跳出眼眶。她放声尖叫,一扑而上,长长的指甲疾挥而出。贾迪尔的背可以证明这些指甲有多锐利,因为他常常在另一种情况下被它们抓伤。

他立刻转向一旁。想起上一次她攻击自己的手法,他尽可能以最少的肢体接触抵挡或闪躲英内薇拉的攻击。她的长脚包在单薄的半透明丝绸中,配合手指的动作踢得又高又快,专门瞄准男人肌肉和神经交会的弱点。一旦被她击中,他的四肢立刻就会不听使唤。

这是贾迪尔此生第一次见识达玛丁的沙鲁沙克,他惊奇地欣赏她的精准的攻击,心知英内薇拉有能力在达玛基还没发现她出手前秒杀对方。

不过贾迪尔是沙达玛卡。他是当今世上最伟大的沙鲁沙克大师,而在卡吉之矛的帮助下,他的身体比正常情况更加强壮而敏捷。现在他对她的战技怀抱敬意,并且谨慎提防,就连英内薇拉也不是他的对手。最后他扣住她的手腕脉门,将她压倒在枕头堆里。

"再敢攻击我,"他说,"我就会杀了你,管你是不是达玛丁。"

"异教妓女扭曲了你的心灵。"英内薇拉啐道。

贾迪尔大笑。"或许,也或许她只是帮我解放心灵而已。"

⚜

伊察奇达玛基一脸怨愤地带着老婆和孩子离开镜宫。

"如果眼光能杀人,他的眼光肯定不用怀疑。"罗杰说。

"你以为那座宅邸不是他从某名来森贵族手中抢来的吗?"黎莎回道。

"谁知道这些人是怎么想的?"罗杰问。"如果他事先杀光那个贵族家族,或许还能称得上是光荣占领。"

"这样并不有趣,罗杰。"黎莎正色说。

"我没有在开玩笑。"罗杰说。

没过多久,阿邦步出镜宫,深深鞠躬。"你的宫殿在等你入住,女士。我的妻子们会帮你的随行人员收拾下榻房间,不过作为你私人居住的顶楼都已收拾完毕了。"

黎莎抬头看着眼前的大宅,只是顶楼就有数十扇窗户,整层顶楼都给她一个人使用?那比自己和汪妲共住的小屋大上十几倍。

"一层楼都是她的?"罗杰问,与她一样瞠目结舌。

"当然你也会有很多房间,杰桑之子,"阿邦鞠躬说道,"但传统上处女必须独自居住顶楼,与楼下的随行人员分开,确保她在披上婚纱前保持贞节。"

"我没有同意阿曼恩的婚约。"黎莎指出这点。

阿邦鞠躬。"没错,不过你也没拒绝,所以你依然是我家

主人的追求对象，直到你作出决定。恐怕在这一点上我们得依照传统规矩。"

他凑到近处，假装摸胡子，趁机遮住嘴。"而我强烈建议，女士，除非你答应求婚，不然不要在艾弗伦恩惠里违反任何规定。"黎莎点头，心里早已作出同样的结论。

他们进入镜宫，到处都是裹着一身黑袍的女人在擦拭打扫。主接待厅两侧各有一整排镜子，永无止境地反映厅内的景象。铺于光滑石板地中央的地毯名贵厚重，染有缤纷的色彩，通往楼上的楼梯栏杆通通漆成金黄象牙色。墙上挂满肖像画，多半都是前屋主的画像，一脸怨叹地看着他们走进去。黎莎好奇，这些人在克拉西亚人入侵后遭到了什么样的下场。

"如果你愿意和陪同人员待在楼上等待，女士，"阿邦说，"我等会儿就会来分别护送他们前往自己的房间。"

黎莎点头，阿邦鞠躬，将他们留在一间窗口可以俯瞰整个来森的巨型起居室内。

"出去守着房门，加尔德。"黎莎在阿邦离开时说道。房门关闭后，黎莎立刻转向自己母亲。

"你告诉他们我是处女？"她问道。

伊罗娜耸肩。"他们如此假设，我只是没有说破而已。"

"如果我真的嫁给他，而他发现我不是怎么办？"黎莎问。

伊罗娜轻哼一声。"你又不是第一个以女人的身份步入新房的新娘，没有男人会为了这点小事拒绝一个垂涎已久的美丽女人。"她看向厄尼，发现他正在打量自己的鞋子，好像鞋上写满了字。

黎莎皱眉，接着摇头。"无所谓，我不打算成为后宫中的新娘之一。他好大胆，竟敢不告诉我就把我带来！"

"喔，看在黑夜的分上！"罗杰大声说道。"你没理由不知道，所有克拉西亚故事都是从基本上拥有几十个妻妾的领主开始讲起的。反正这样到底有什么不同？你说过你根本不打算嫁给他。"

"没人问你。"伊罗娜说道。黎莎一脸惊讶地看着她。

"你早就知道他结过婚了，是不是？"黎莎指责道。"你明明知道这点，竟然还想把我当成牲口般卖给他！"

"我知道，没错。"伊罗娜说。"我同时还知道他会一把火烧掉洼地，也可以让我的女儿成为王后，我这样选择难道很糟糕吗？"

"我要和谁结婚轮不到你来决定。"黎莎说。

"总得要有人决定。"伊罗娜说。"而你显然不打算决定。"

黎莎瞪着她。"你到底承诺他们什么，母亲？他们提出什么样的条件？"

"承诺？"伊罗娜大笑。"这是桩婚事，新郎要的不过就是一个床上的玩物兼生产小孩的机器。我保证你很能生，并且可以产下儿子，就这样。"

"你太恶心了。"黎莎说。"你怎么可能知道这种事？"

"我还提到你有六个哥哥，"伊罗娜承认道，"都在对抗恶魔时不幸身亡。"她假装伤心地说。

"妈！"黎莎气愤地大叫。

"你觉得六个太多了吗？"伊罗娜问。"我还担心讲得太夸张了，但阿邦立刻接受了这种说法，而且似乎还有点失望。我认为我应该说更多的才对。"

"说一个就够多了！"黎莎说。"撒死去小孩的谎，你都不尊重死者吗？"

"尊重什么？"伊罗娜问。"不存在的孩子可怜的灵魂吗？"

黎莎感到左眼肌肉抽动，心知自己的头要开始痛了。她按

摩自己的太阳穴。"来这里真是个错误。"

"现在发现太晚了。"罗杰说。"就是他们放我们走,现在离开就跟把口水吐在他们脸上没有什么两样。"

左眼后方疼痛加剧,令她感到一阵晕眩。"汪妲,去拿我的草药包。"还是先喝个调节血液循环的药酒舒缓头痛再来应付老妈比较好。

贾迪尔在黎莎的朋友各自回到楼下打扫干净的房间后抵达。黎莎心想,他是不是故意等到自己独处后才来的。

他站在门口,微微鞠躬,不过没有进屋。"我不想做出越轨的行为,你希望你母亲到场监督吗?"

黎莎轻哼一声。"我宁愿让一头地心魔物到场监督,如果你把手放到任何不该放的地方,我想我自有办法对付你。"

贾迪尔哈哈大笑,再度鞠躬,步入房内。"关于那点我毫无疑问。我得再度为此寒酸的住所道歉,我希望我有一座可以与你的能力及美貌媲美的宫殿,唉,可惜这个简陋的地方就是此刻艾弗伦恩惠最华丽的房舍了。"

黎莎想告诉他除了林白克公爵的宫殿,自己从来不曾见过如此美丽的建筑;但她压下这句恭维,心知这一切都是克拉西亚人强夺而来,根本不值得赞美。

"你为什么不告诉我你已经结婚了?"她直言问道。

贾迪尔一脸惊讶,看起来不像装的。他深深鞠躬。"请原谅,女士,我假设你知道。你母亲建议我不要提起这点,因为你的妒意可比美貌,这表示一定非常可怕。"

黎莎一听到他提起老妈,太阳穴就再度开始抽痛,不过她无法否认这句恭维令她感到愉悦,虽然这只是表面话。

"你的追求令我感到无比荣幸。"黎莎说。"看在造物主的分上,我甚至认真考虑过!但我不打算成为一群妻妾中之一,阿曼恩。北地人没有这种传统,婚姻是两个人的结合,不是两打人。"

"我无法改变事实,"贾迪尔说。"但我求你不要妄下定论。我会册封你为北地第一妻室,有权拒绝我未来所有的婚事。如果你不希望我再娶任何北地女子,那我就不娶。仔细考虑考虑,如果你怀了我的儿子,我的族人就非得接受洼地部族不可。"

黎莎皱起眉,但她心知不能当场把话说死。他们现在上了贼船。再一次,她对自己草率决定前来感到后悔莫及。

"黑夜即将到来。"贾迪尔说,在看到她没有回应时尽快转移话题。"我来邀请你和你的保镖一起参与阿拉盖沙拉克。"

黎莎凝视他良久,考虑他的邀请。

"对抗阿拉盖是我们两族人民的共同点。"贾迪尔说。"这样做可以帮助我的战士接受你们,如果他们看到我们是……黑夜里的手足兄弟。"

黎莎点头。"好吧,不过我父母不能去。"

"当然,"贾迪尔说。"我对艾弗伦的胡子发誓,他们待在这里会很安全。"

"是否需要去提防你的反对者呢?"黎莎问道,回想起了刚到那一会儿见到的伊察奇达马基愤怒的目光。

贾迪尔鞠躬。"当然没有必要,我只是在陈述事实。请原谅我。"

※

贾迪尔带领黎莎和其他人前往阿拉盖沙拉克时。黎莎赞许地看着克拉西亚战士整齐的检阅队形。阿邦一拐一拐地跟在她

的身旁，黎莎如同往常一样庆幸有他陪伴。她的克拉西亚语进步很快，但克拉西亚有太多她和其他人所不了解的文化规矩。就像罗杰一样，阿邦有能力在嘴唇不动的情况下发声，指示他们什么时候该鞠躬，什么时候该点头，何时应该退让，何时应该强硬，至今还没有让他们惹任何麻烦。

不过除此之外，黎莎发现自己喜欢阿邦。尽管一次受伤让他沦落到所属社会最低贱的阶级，这个卡菲特依然有办法保持乐观的态度和幽默感，并且从某方面而言算是取得了某种全新的权力。

"不可能只有这些人。"罗杰低声说道，看着集合校阅的沙鲁姆。"单凭这些人绝不可能攻下整个公爵领地，光是我们洼地就可以集结这么多战士了。"

"不，罗杰。"黎莎摇头，低声说道。"我们集结的是木匠和面包师、洗衣工和裁缝师、所有愿意在必要时拿起武器捍卫家园的人。但这些人可是专业的战士。"

罗杰嘟哝一声，再度看向集结的部队。"还是不够。"

"你说得对。"阿邦说，显然把他们低声的交谈一字不漏地听了进去。"你们眼前只是我的主人麾下部队的一小队人马。"他指向站在城门口的另外十二队人马。"这些是克拉西亚十二部族最精英的部队，精挑细选成为部族达玛基进城时的荣誉守卫。他们是全世界最强悍的战斗部队，但就连他们也不能与沙达玛卡麾下的百万大军相提并论。剩下的部队全都分散在艾弗伦恩赐的数百座小村落里了。"

百万大军。只要贾迪尔能集结四分之一的人马，那些自由城邦最好尽快投降，而自己也最好乖乖成为贾迪尔的床上玩物。亚伦似乎认定克拉西亚部队没有这么大的规模。黎莎看向阿邦，不知道他有没有夸大其词。她心中涌现数十个疑问，但明智地保持沉默，不让任何人看破自己心里的想法。

除非必要，不然绝不让任何人得知你的想法。布鲁娜曾教导过她，阿瑞安似乎也很认同这种思维。

"那么住在那些村落里的人呢？"黎莎问。"他们怎么了？"

"他们住在那里。"语气十分受伤。"你们一定以为我们是野兽，竟然担心我们会滥杀无辜。"

"恐怕北方的传言都是这么说的。"黎莎说。

"那些并非事实。"阿邦说。"我们会向被征服的人民抽税，没错，男孩和男人则会接受阿拉盖沙拉克的训练，但除此之外，他们的生活没有改变。而我们提供的回报就是让他们能骄傲地面对黑夜。"

再一次，黎莎打量阿邦的表情，试图找出夸大或撒谎的对象，但找不到。征召男孩和男人赶赴战场当然十分可怕，但至少她可以告诉洼地里惊恐的难民他们被俘虏的丈夫、兄弟以及儿子很可能至今还活着。

黎莎和其他人出现时，部队中传过来阵阵骚动，但他们的白面巾军官大声下令，众沙鲁姆立刻闭嘴准备检阅。部队最前方站着两个男人，一个身穿战士黑袍、头戴白头巾，另一个身穿达玛的白袍。

"我家主人的长子，贾阳。"阿邦指着战士说道。"以及次子，阿桑。"他又指向祭司。

贾迪尔大步走到部队前面，全身散发出一股强大的气势。战士们心悦诚服地看着他，就连他儿子的目光都带着狂热。黎莎很惊讶地发现在两个礼拜的学习过后，她可以听懂他大部分的话。

"沙漠之矛的沙鲁姆们！"贾迪尔喊道。"今晚我们有幸邀请来自北方解放者洼地部族的沙鲁姆，我们的黑夜弟兄，与我

们一起参与阿拉盖沙拉克。"他指向黎莎的人马,部队随即传来震惊的声浪。

"他们要参战?"贾阳大声问道。

"父亲,《伊弗佳》明白昭示女人禁止参与沙拉克。"阿桑抗议道。

"《伊弗佳》是解放者写的,"贾迪尔说,"现在我就是解放者,沙拉克卡的法规由我来订。"

贾阳摇头。"我绝不与女人并肩作战。"

贾迪尔如同狮子般疾扑而上,以迅雷不及掩耳之势出掌紧扣他的喉咙。贾阳难以呼吸,使劲蹬脚只能勉强触碰地面。

黎莎惊呼一声,开始移动脚步前进。但阿邦伸出拐杖拦住她,力量大得出奇。

"别犯忌。"他低声告诫。迫切的语气令黎莎停下脚步,退回原位,无助地看着贾迪尔挤走儿子的生命。在男孩摔倒在地,不住抽动、重重喘息,性命无忧后,她才终于松了一口气。

"什么样的禽兽攻击自己的儿子?"黎莎惊骇地问道。

阿邦张嘴欲言,但被加尔德打断。"没有办法。如果连自己儿子都管不住,没有人会与他一起对抗黑夜。"

"我不需要镇上的恶霸提供意见,加尔德。"黎莎斥道。

"不,他说得对。"汪妲的话令黎莎更加惊讶。"我听不懂他们在说什么,但我如果用那种语气和我爸说话,我爸一定会把我的鼻子打歪。让他吃点泥土对他没有坏处。"

"看来我们的处世之道也没有那么不同,女士。"阿邦说道。

阿拉盖沙拉克是每天晚上沿着城市外围进行的扫荡行动。沙鲁姆自北城门出城,然后分道两边,肩并肩、盾挨盾,六个部族朝东边,六个部族朝西边,杀光沿途遇上的所有阿拉盖,最后在南城门会合。为了避免更多冲突,贾迪尔刻意派遣贾阳和阿桑向东而去,自己则带领黎莎和其他人向西行,阿邦留在城门内。

洼地部族的人没有用盾的习惯,于是贾迪尔安排他们在前线后方,与哈席克及数名解放者长矛队的战士亲自守护黎莎。在戴尔沙鲁姆与地心魔物交锋后,恶魔很快就越过盾墙,毫不迟疑地攻击后方较小规模的队伍。

一开始克拉西亚人试图保护他们,但如同贾迪尔所期望,黎莎和其他人很快就让部队了解他们不需要保护。罗杰的小提琴将恶魔诱入陷阱或是让它们自相残杀。黎莎将魔法火焰抛向阿拉盖,让恶魔如同闪亮的焰火化作一堆灰土。加尔德和汪妲直接杀入恶魔阵中,伐木巨汉举起斧头和弯刀将恶魔砍成碎片;汪妲的弓弦如同罗杰的琴弦般嗡嗡作响,射杀任何进入视线范围的恶魔。她甚至击落几头没机会俯冲而下的风恶魔。

弓箭用尽时,她距离其他人很远。一头火恶魔放声嘶吼,直扑而上,其中一名解放者长矛队的战士大叫一声,冲上前去守护她。

他根本没有必要费心。汪妲将长弓挂回肩上,双手抓起恶魔的兽角,转身避开火焰唾液,施展流畅的沙鲁沙克扭转招式将之压倒在地。她拔出魔印匕首,割开恶魔的喉咙。

她抬起头来,眼中那股渴望恶魔浓汁的神情与贾迪尔见过的任何一名沙鲁姆不相上下。让试图冲上来保护她的戴尔沙鲁姆惊得目瞪口呆。她却朝他微笑,然后瞪大双眼指向天空。"小心!"她叫道。

太慢了,一头风恶魔直冲而下,撕裂战士的护甲,致命的利爪割破了他身体。

所有人同时反击。罗杰手中多了一把魔印刀,疾射而出,

与汪妲的匕首以及三根长矛同时击中恶魔,在它来得及展翅高飞前被肢解了。黎莎撩起裙摆,奔向倒地的战士。她跪倒于战士身旁时,阿拉盖还在数英寸外的地方扭动。贾迪尔跑到她身边,加尔德和长矛队战士则将恶魔击毙,随即围在四周护卫。

那名战士名叫瑞斯塔维,他忠心耿耿地在贾迪尔麾下效力多年。他的护甲染满鲜血,并在黎莎试图检视伤口时疯狂挣扎。

"压住他。"黎莎命令道,语言与达玛丁没有两样,已习惯他人服从自己的命令。"他这样挣扎我无法疗伤。"

贾迪尔奉命而行,抓起瑞斯塔维的肩膀压在地上。战士瞪大狂野的双眼,直视贾迪尔的目光。"我准备好了,解放者!"他叫道。"祝福我,送我上天堂吧!"

"他说什么?"黎莎在割开厚重的长袍,抛开粉碎的陶瓷护甲时问道。看见伤口有多大时,她忍不住咒骂一声。

"他告诉我他的灵魂已经准备好上天堂了。"贾迪尔说。"他要我祝福他,让他痛快死去。"

"我不准你这么做。"黎莎说道。"告诉他或许他的灵魂准备好了,但他的身体还没有。"

她真像帕尔青恩。贾迪尔心想,突然发现自己有多想念老友。瑞斯塔维显然死定了,但北地医疗师拒绝在没有救治的情况下放弃他。这是一种高尚的行为,他也很清楚如果不顾她的意愿杀死对方,即使是对方主动要求,他都会深深冒犯黎莎。

贾迪尔双手捧起瑞斯塔维的脸颊,直视他的双眼。"你是解放者长矛队的战士!没有我的命令不得离开我,早一刻都不行。拥抱痛楚,停止挣扎!"

瑞斯塔维浑身战抖,不过点了点头,深深吸入一大口气,随即不再挣扎。黎莎惊讶地看着他们,接着推开贾迪尔,开始疗伤。

"让盾墙持续推进。"贾迪尔吩咐哈席克。"我在这里等待女士治疗瑞斯塔维。"

"治疗什么?"哈席克问。"就算他活下来,这辈子也无法重执长矛。"

"你和我一样无法判断这种事。"贾迪尔说。"一切都由英内薇拉做主。我不会违逆我的未婚妻,就像我不会违逆达玛佳一样。"

解放者长矛队留在原地,在黎莎和瑞斯塔维之外围成一圈,不过根本没有必要。罗杰的音乐守护着他们,没有阿拉盖胆敢逼近。

"可以移动他了。"黎莎终于说道。"我已经止血,但还要进一步治疗,我需要一张病床和良好的照明。"

"他还有机会重返战场吗?"贾迪尔问。

"他会活下来。"黎莎说。"这样不够吗?"

贾迪尔皱眉,谨慎选择用词。"如果不能战斗,他日后很有可能选择结束自己的性命。"

"不然就会沦为卡菲特?"黎莎问,脸色一沉。

贾迪尔摇头。"瑞斯塔维杀过数百头阿拉盖,他在天堂已占有一席之地。"

"那他为什么要自杀?"黎莎问道。

"他是沙鲁姆。"贾迪尔说。"他注定要死在阿拉盖的利爪下,而不是老死在某张病床上,成为家人和部族的负担。这就是达玛丁日出之前不会治疗伤患的原因。"

"让身受重伤的人就此死去?"黎莎问。

贾迪尔点头。

"这样不人道。"黎莎说。

贾迪尔耸肩。"这是我们的生存哲学。"

黎莎看着她，摇了摇头。"这也是你们与我们不同的地方。你的族人生存就是为了战斗，我的族人战斗则是为了生存。等你赢了沙拉克卡，再也没有恶魔可战之后该怎么办？"

"那么阿拉和天堂将会融为一体，"贾迪尔说，"世界会成为天堂。"

"那么你为什么没有顺应对方的要求把他杀掉？"黎莎问。

"因为你叫我不要那么做。"贾迪尔说。"我曾犯过一次错误，不顾某个你的族人同样的要求，差点摧毁了我们之间的友谊。"

黎莎侧过头去，一脸好奇。"阿邦口中的帕尔青恩？"

贾迪尔眯起双眼。"卡菲特说了什么？"

黎莎冷冷看他。"没什么，他说他们是朋友，而我让他想起他的朋友。为什么问？"

贾迪尔的怒气当即消失，心中充满一股空虚而悲伤的情绪。"帕尔青恩也是我朋友。"他终于说道，"而你在某些方面与他很像，不过某些方面又不大相同。帕尔青恩拥有一颗沙鲁姆之心。"

"什么意思？"黎莎问。

"意思是他为其他人的生存而战，就像你一样，但对他自己而言，他活着就是为了战斗。当他身受重伤，生存无望时，他依然自地上爬起，奋斗到最后一口气。"

"他死了？"黎莎惊讶地问道。

贾迪尔沮丧地点点头。"已经很多年了。"

黎莎在某间从前的来森诊所中彻夜救治伤患，切割并且缝合戴尔沙鲁姆留下的伤口。她双手染满鲜血，背部因为弯腰工作而疼痛不已，但瑞斯塔维会活下去，而且很有可能康复。

长期征用这间诊所的达玛丁在她救人的时候不停地窃窃私语，但又恐惧地打量着黎莎。她可以感觉出她们对她突然闯入十分不满，特别是在深夜时分，而且对她大声下令心怀怨恨，但帮她翻译的是贾迪尔本人，而没有任何身穿白袍的女人胆敢违逆沙达玛卡。汪妲和加尔德被迫留在屋外，罗杰和贾迪尔的保镖也一样。

众达玛丁表现得像是被关在自己家里的俘虏，在英内薇拉闯进来时通通松了一大口气。她面色铁青，大步走到黎莎面前，两人面对面而立。

"你竟敢做这种事？"英内薇拉吼道，她的提沙语口音很重，不过咬字清楚。所到之处香气如云雾般缭绕，放浪的穿着让黎莎联想到自己的母亲。

"我竟敢做哪种事？"黎莎问道，毫不让步。"拯救某个被你们丢在外面自生自灭的男人？"

英内薇拉唯一的反应就是一巴掌甩在黎莎脸上，锐利的指甲当场瓜出血痕。黎莎倒向一旁，还没站稳脚步，对方已经拔出匕首再度朝她扑来。

"你没资格站在我丈夫面前，更别妄想爬上他的床。"英内薇拉啐道。

黎莎把手伸进围裙某个口袋中，在英内薇拉接近的同时朝达玛佳的脸上轻弹手指，空中即弥漫一把盲目药粉。

英内薇拉尖声惨叫，向后退开并捂住脸。黎莎则趁机站稳脚步。英内薇拉在脸上浇水，接着回头看向黎莎，脸上的妆被冲花了。她的双眼一片血红，神色怨毒，隐现杀机。

"够了！"贾迪尔叫道，纵身挡在两人之间。"我不准你们打架！"

"你不准？"英内薇拉难以置信地问道。

黎莎也是同样的想法——贾迪尔和亚伦一样没有资格不准自己做任何事——但贾迪尔只把注意力放在英内薇拉身上。他在众人面前高举卡吉之矛。

"没错，"他说，"你打算违抗我的命令吗？"

屋里一片死寂，其他达玛丁困惑地凝望彼此。英内薇拉或许是她们的领袖，但贾迪尔却是神的代言人。黎莎可以想象如果英内薇拉继续坚持会面对什么样的下场。

确实，对方似乎也了解到这一点，收起气焰。她转过身去，闯出诊所，朝其他达玛丁轻弹手指，众人纷纷随她而去。

"我会为此付出代价的。"贾迪尔以克拉西亚语说道，不过黎莎听得懂。一时间，他肩膀下垂，看起来不再像是天下无敌的克拉西亚领袖，反而像是她父亲刚与伊罗娜吵完架的模样。她几乎可以看出贾迪尔在想象英内薇拉使出各种让他日子难过的手段，心里有点同情他。

接着一声女子的尖叫打破宁静，疲惫的男人当即消失，再度成为全世界最有权势的男人。

第二十九章 黑叶粉

333 AR 夏

贾迪尔在绿地巨汉发出狮子般的吼叫时冲出达玛丁圣堂，黎莎紧跟其后。安卡吉和克里弗正用绳子捆着加尔德的手腕，两边各有三名戴尔沙鲁姆拼命拉紧绳索，仿佛把他当发疯的野马来制伏。其中一名战士趴在加尔德宽厚的背上，双臂紧锁对方的脖子，试图令他窒息倒地，但加尔德似乎完全没有考虑他的存在。那战士的双脚离了地面，就连拉扯绳索的人都被拉得东倒西歪。

罗杰被另一名戴尔沙鲁姆轻松地按在墙壁上。对方单用一只手钳制他，还一边欣赏着旁边的战斗，脸上露出愉快的笑容。

"你们在干什么？"贾迪尔喝道。"那个女人呢？"

沙鲁姆回答之前，旁边两栋建筑间的巷子里再次传过来一声尖叫。"等我回来还有人敢碰绿地人的话，我就把他的手给砍下来！"他一边大喊，一边快速冲进小巷，以迅雷不及掩耳之势挤过人群。

汪妲身处小巷中，一名战士从身后抓住她，在被她咬伤时大声吼叫。另一名战士躺在地上，双手紧抱她的大腿，而第三名战士祖林靠在墙上，惊惧地看着自己那条被折成不可思议角度的手臂。

"放开她！"贾迪尔吼道。

所有人抬头看着他。汪妲立刻获释,随即一手肘打在身后战士的腹部,在他倒地的同时伸手去拔腰带上的匕首。

贾迪尔提起长矛指向她。"住手。"他警告道。

就在此时,黎莎赶入巷内,发出一声惊呼。她立刻跑向汪妲。"怎么了?"黎莎问。

"这些恶魔养的想强暴姑奶奶!"汪妲说。

"北地妓女撒谎,解放者。"祖林啐道。"她攻击我们,折断了我的手臂!我要她死!"

"你以为我们会相信汪妲把你们三个引到巷子里来攻击你们?"黎莎问道。

贾迪尔不理会两人,眼前的情况十分明显。他本来期望汪妲在战场上英勇的表现可以让这些战士打消做出这种野蛮行为的念头。但祖林和其他人显然认为有必要提醒——离开了战场,她还是个女人,而且还是可以任人上的未婚北地女子。根据《伊弗佳》律法,她在任何情况下都无权拒绝或攻击沙鲁姆;祖林和其他人都没有犯罪,并且有权要求处死汪妲。

但贾迪尔深知北地人不会如此看待此事,而他需要他们的战士,不论男女,一起参加沙拉克卡。他看向黎莎,立刻了解自己并非大公无私。这些沙鲁姆得学会自制。我得严惩他们,就像多年前收拾哈席克一样。

贾迪尔挥手指向祖林及另外两人,接着指向墙壁。他们乖乖地在墙前列队,抬头挺胸,无视身上被女孩打出的伤。不管她的性别为何,她都是天生的战士。

贾迪尔听见黎莎张口吸气,于是在她开口前举手阻止她,来到他的手下面前来回踱步。

"我在追求黎莎女士,"他冷冷说道,"侮辱女士的仆人就等于侮辱她,而侮辱她就等于侮辱我。"

他直视祖林双眼，以卡吉之矛的矛头轻触他的胸口。"你有没有侮辱我，祖林？"他轻声问道。

祖林瞪大双眼。他发狂似地看向汪妲，接着把目光移向贾迪尔。他在矛头前不敢挣扎，尽管矛头只是轻轻触身，接着他开始发抖。他知道自己的死活就看此刻如何回答，但对解放者撒谎会让他失去上天堂的资格。

祖林崩溃了，跪倒在地，泣不成声。他将额头压在地上嚎啕大哭，抱着贾迪尔的脚。"原谅我，沙达玛卡！"

贾迪尔踢了他一脚，后退一步，看向位于祖林两旁的战士。他们也跟着跪倒，拼命磕头，放声大哭。

"闭嘴！"贾迪尔叫道，战士们立即止声。他指向汪妲。"这个女人今晚杀的阿拉盖比你们三人的总和都多，因此，她的荣耀值你们三人的小命。"

他们蜷缩着，但不敢有任何异议，"去神庙祈祷一整天，"贾迪尔训道，"明晚你们将拿着矛走进黑夜，只穿拜多布，当你们倒下时，你们将保留你们黑色面巾，尸骨获得通往天堂的资格。"

三人趴在地上拼命磕头，亲吻贾迪尔的脚，因为他给了他们战士的死法，并获得升入天堂的资格。"感谢你，解放者。"他们不断重复这句话。

"滚！"贾迪尔说道。男人们立刻离开。

贾迪尔回过头来看向黎莎，却发现对方怒容满面。"你就这样放他们走？"她问道。

贾迪尔这才发现刚才是用克拉西亚语交谈，而她多半只听懂一小部分。

"当然不是。"贾迪尔说，转身面对她。"他们将被处死。"

"但他们向你道谢！"黎莎说。

"因为我没有剥夺他们的黑袍，保留他们的权力。"贾迪尔说。

汪姐朝南面吐口水。"那些恶魔养的活该这种下场。"

"不，不该是这样！"黎莎说道。

贾迪尔看出来她还在生气，但不知道原因——难道就该在她眼前亲手处死他们吗？绿地人对待女人的方式与我们大不相同，自己并不知道他们会如何处理这种事。

"你还希望我怎么做？"贾迪尔问。"他们没有得逞，甚至没有把她打伤。"他充满欣赏地朝汪姐点头。"所以我认为他们不该为了她的贞操负责。"

"反正我也不是处女。"汪姐说。黎莎转头看了她一眼，但女孩只是耸耸肩。

"而他们得为此付出性命？"黎莎问道。

贾迪尔好奇地盯着她。"他们将会光荣战死。他们明晚将赤身地进走黑夜，只有一根长矛用以自保。"

黎莎眼睛凸起。"这样太野蛮了！"

贾迪尔终于理解了——死亡是绿地人的禁忌。他鞠躬。"我原以为这样的处罚会令你满意，女士。如果你希望，我可以改判他们鞭刑。"

黎莎看向汪姐，汪姐还是无所谓地耸耸肩。她回头面对贾迪尔道。"好吧。但我要求亲眼见证，而且处刑完毕后我要亲自治疗他们。"

贾迪尔对这样的要求感到惊讶，但没有显露出来，只是深深鞠躬。他对绿地人的习俗深深着迷。

黎莎点头。"谢谢，这样的教训足够了。"

"这一次而已。"汪姐吼道。

贾迪尔微笑地注视着她眼中的怒火。竟然要三名解放者长矛队的战士才能勉强制伏她，而且没人得逞！进一步训练的话，就连凯沙鲁姆都不是她的对手。他看着她，尽管作了决定，某个他很清楚可能造成部队反弹的决定，但艾弗伦选择他来领导沙拉克卡，而他打算用自己的方式统帅大军。

他以战士的礼仪对女人鞠躬。"不会再有下一次了，汪妲·瓦弗林·安卡特·安洼地。我亲口向你保证。"

"谢谢。"黎莎说，伸出手轻轻握住他的手臂。贾迪尔内心窃喜不已。

☙

门上传来响亮的敲门声。

"谁呀？"罗杰叫道，清醒过来，左顾右盼。屋里很暗，不过他可以透过丝绒床幔的缝隙看见亮光。

打从离开林白克公爵的后宫以来，罗杰就没有睡过如此舒服的床。床垫和枕头塞满鹅毛，床单柔软滑顺，下面还有加垫的床罩。那感觉就像是睡在温暖的云朵上。罗杰没有听见进一步的声音，脑袋无法抗拒床铺的拥抱，再次抱紧枕头。

房门开启，罗杰睁开一只眼，看见阿邦的妻子走了进来，也有可能是他的女儿——罗杰无法分辨她们的不同。她和他所有妻女一样身穿宽大的黑袍，除了眼睛外全部遮住，而她在他的面前目光低垂。

"你有访客，杰桑之子。"女人说道。

她上前拉开沉重的床幔。罗杰呻吟一声，伸出一手挡在眼前，遮蔽从豪华卧房窗口洒落的阳光。黎莎拥有这座豪宅的一整个楼层，不过罗杰也分到了二楼一整条侧翼，比他父母在河桥镇的旅店所有房间加起来还多。伊罗娜只分到卧房及客厅，尽管它们十分奢华，但她还是在得知克拉西亚人对罗杰如此慷

慨时大发雷霆。

"现在几点?"罗杰问。他觉得自己才刚睡觉不到一小时。

"天刚亮。"女人回答。

罗杰再度抱怨。他确实才睡不到一小时。"不管访客是谁,请晚点再来嘛。"他说着,再度躺回床上。

女人深深鞠躬。"恕我不能那么做,主人。你的访客是达玛佳,你必须立刻见她。"

罗杰当即坐起身来,满脑子的睡意都被吓到九霄云外了。

❀

罗杰打扮完毕,走出卧房时,整座镜宫都热闹起来了。他掏出吟游诗人的化妆盒涂抹掉脸上的黑眼圈,亮红色头发梳到脑后绑在一起;他换上最好的表演服。

达玛佳,他心想。她找我会有什么屁事?

加尔德等在走廊上,见他出门立刻跟随在后。罗杰无法否认有伐木巨汉在的感觉比较安全,而当他抵达楼梯时,黎莎、汪妲正好与厄尼和伊罗娜一起走下三楼。

"她想怎么样?"黎莎问。她睡得不比他多,尽管没上妆,脸上依然没有一丝倦容。

"掏空我的魔法口袋,"罗杰说,"也找不到答案。"

他们全都跟着罗杰跑下楼,让他觉得自己好像在带领大家走向悬崖。罗杰是个演员,习惯成为目光的焦点,但这一次不同。他将手放在胸口,透过上衣握紧胸前的金牌。坚实沉重的手感给了他信心,于是他顺着阿邦妻子的引领进入主接待厅。

就和之前一样,罗杰一看见达玛佳立刻面红耳赤。他曾与数十名乡村女孩以及几名气质出众的安吉尔斯贵族仕女上过床,每个都称得上可爱漂亮,有的甚至美艳动人。尽管黎莎艳冠群芳，但她仿佛一点也不在乎这个事实，完全没有炫耀自己的美艳。

但达玛佳十分清楚自己的优势，半透明面纱后显露出完美的下颌线条以及圆润的鼻形、充满异国风情的深邃的大眼睛、又长又翘的睫毛，以及如同流水般披在肩头的油亮卷发。她半透明的长袍如布帘般遮蔽一切，同时又呈现一切，她附近的空气散发出浓郁的香气。

更有甚者，她的一举一动，每个站姿，每副表情，通通将她的一切整合成一首足以引诱所有男人犯错的旋律。达玛佳可以用自己的身体诱惑男人，就像罗杰用小提琴影响恶魔。罗杰感觉自己的某部分正在勃起，庆幸自己穿着宽大的七彩表演裤。

她站在接待厅内，身后跟着两名女子，身穿英内薇拉不屑穿的克拉西亚服饰，但她们的长袍都是上好丝料缝制的。其中一名穿着达玛丁的白袍，另一名则是一身黑。她们的头巾后方垂落许多漆黑的发辫，长发及腰，饰以金丝带。她们透过面纱偷偷打量着他。

"罗杰·阿苏·杰桑·安音恩·安河桥。"英内薇拉的提沙语可谓是字正腔圆，让罗杰听得浑身舒畅。他试图提醒自己她是他的敌人，但似乎徒劳无功。"我很荣幸认识你。"达玛佳继续道，深深鞠躬，低得罗杰担心她的乳房会整个儿从长袍中弹出来。他在想就算弹出来了，她会不会在乎？她身后的女孩们鞠得更深。

罗杰弓身回礼。"达玛佳，"他简单回道，不知道该如何称呼比较恰当。"我深感荣幸，想不到你竟然专程跑来召见我这个小人物。"

"不要太捧她了，罗杰。"黎莎低声说道。

"我丈夫要我来的。"英内薇拉说。"他说你接受他帮你说

媒的提议,好让你的魔法传承到下一代子孙身上。"

"是吗?"罗杰问。他想起在解放者洼地的闲聊,但他以为他们在聊天。"他不可能真的要……"

"当然有。"英内薇拉说。"我丈夫献上他的长女阿曼娃,担任你的吉娃卡。"身穿达玛丁白袍的女孩向前一步,跪在厚实的地毯上,额头触地。这个姿势拉直了她的丝袍,隐约露出诱人的曲线。罗杰强迫自己的目光从对方身上挪开,以免有人说他无礼,接着如同受惊的兔子般望着达玛佳。

"这其中一定有什么……"他想说的是"误会",但英内薇拉随即又指向另一位女孩上前。"这是阿曼娃的女仆希克娃。"她在女孩跟着阿曼娃跪下时说道。"沙达玛卡的妹妹汉雅之女。"

"他的女儿和外甥女?"罗杰惊讶地问道。

英内薇拉鞠躬。"我丈夫说你曾受艾弗伦感召,除了他自己的血脉,他绝不会献上其他配不上你的女人。如果你希望,希克娃会成为称职的第二妻室,然后阿曼娃就可以开始依据你的喜好帮你寻找其他妻室。"

"造物主啊,一个男人要有多少妻子?"黎莎问。

嫉妒?罗杰不悦地想。很好,难得让你也尝尝那种感觉。

英内薇拉面露不屑地看向黎莎。"只要他有条件,她们也配得上他,一个男人在经济能力允许的范围内想娶多少就娶多少。但有些人,"她对黎莎轻哼一声,"就是不配。"

"阿曼娃的母亲是谁?"伊罗娜在黎莎回应前问道。

英内薇拉转向她,扬起一边眉毛。

伊罗娜撩起裙摆,顺势行了个屈膝礼,完全不像罗杰印象中她会做的事。"解放者洼地的伊罗娜·佩伯,黎莎的母亲。"

英内薇拉双眼一亮,露出灿烂的微笑,来到伊罗娜身前,热情拥抱。"当然,很荣幸认识你。我们有很多事情要讨论,不过那都可以下次再说。我听说杰桑之子的母亲已经长伴艾弗伦身边,你愿意代表她来安排这桩婚事吗?"

"当然。"伊罗娜点头说道。黎莎瞪了她一眼。

"代表我妈是什么意思?"罗杰问。

英内薇拉故作腼腆地微笑。"确保她们揭露面纱时你会规规矩矩,并且确认她们是处女。"

罗杰再度面红耳赤,拼命吞咽口水。

"我……"他张嘴欲言。但英内薇拉不理他。

"我是阿曼娃的母亲。"她对伊罗娜道,好像世界上还有第二种答案一样。

英内薇拉点头,转而打量其他人。"可以请各位回避一下吗?"

一时间,所有人待在原地,等到伊罗娜突然拍手,吓了大家一跳。"你们听见了,出去!你别走,罗杰。"她在罗杰和其他人一同转身离去时抓住他的手臂。

只有黎莎留着。

"这里没你的事,厄尼之女。"英内薇拉说。"你不是新郎的家人。"

"喔,但我是呀,达玛佳。"黎莎说。"如果我妈可以代表罗杰母亲,那我,身为她的女儿,自然可以代表他的姐姐。"她微微一笑,凑向前去,压低声音。"《伊弗佳》在这一点上十分明确。"她得意地道。

英内薇拉皱紧眉头张嘴欲言,但罗杰打断她。"我希望她留下。"这句话尾音有点尖锐,因为英内薇拉突然转头瞪他,不过接着她露出灿烂的微笑,深深鞠躬。"如你所愿。"

"锁门,黎莎。"伊罗娜命令道。"别让加尔德突然跑来说

忘了带斧头。"英内薇拉哈哈大笑,而这两个女人气味相投的模样让罗杰感到无比恐惧。伊罗娜似乎比罗杰还要清楚目前的处境。

黎莎似乎同样不安——罗杰看不出来是因为两个女人的笑声,还是伊罗娜看她的模样。她转身走向巨大的镀金大门,闩上门闩的声音大得吓得罗杰当场跳起。他觉得她们根本是在把他锁在里面,而不是把加尔德挡在外面。

英内薇拉轻弹手指,两个女孩挺直腰身,但依然跪在地上。

"阿曼娃是达玛丁,"英内薇拉说,伸手触摸她的肩膀,"医疗师、接生婆,以及艾弗伦眷顾的人。她还年轻,不过已经做好骨骰,并且通过许多考验。"

她看向黎莎,面露微笑。"或许她可以帮你治好脸上的抓伤。"她说,指向黎莎脸上被自己抓出的血痕。

黎莎微笑着回道。"你似乎不停地眨眼呀,达玛佳。眼睛会刺痛吗?喜欢的话我可以帮你准备一盆清水。"

罗杰转向英内薇拉,期待听到恶毒的反驳,不过英内薇拉只是微笑,继续说道:"我帮我丈夫生下八个儿子、三个女儿。我家族的女人都很能生,而骨骰显示阿曼娃也不会让你失望。"

"骨骰?"黎莎问。

英内薇拉皱眉。"那个与你无关,青恩。"她突然道。

微笑立刻回到她的脸上。"重点在于阿曼娃会帮你生育子女,杰桑之子。希克娃的母亲一样很能生,所以她也将为你传宗接代。"

"很好,但她们会唱歌吗?"罗杰问,试图借此转移这个令他过分紧张的话题。艾利克曾说过某个不管上过多少女人都无法满足的男人的荤段子,现在提的正是笑话中的著名笑点。

但英内薇拉只是微笑着点头。"当然。"她轻弹手指,以克拉西亚语下达命令。

阿曼娃清清喉咙，开始唱歌，声音嘹亮而纯净。罗杰听不懂歌词，他自己也不擅长唱歌，但在师从当代最伟大的歌手艾利克熏陶多年后，他很清楚该如何欣赏其他人的歌声。

阿曼娃的歌声超越艾利克，如同狂风般将他吹起，让他飘飘欲仙，随着节奏四下遨游。

接着希克娃加入，带来第二阵风，将之前的歌声包裹其中。她们配合得天衣无缝，罗杰听得目瞪口呆。不管是不是女人，如果她们跑去安吉尔斯的吟游诗人公会，肯定一辈子不愁吃穿。

罗杰一言不发，默默站在原地，聆听两个女人唱歌。当英内薇拉终于挥手止住时，他觉得自己像个断了线的纸鸢掉下地来。

"希克娃同时也是厨艺精湛的厨师。"英内薇拉说。"她们两人都曾受过做爱技艺的训练，虽然她们不曾和男人睡过。"

"那……呃，艺术？"罗杰问，再度感到面红耳赤。

英内薇拉大笑，轻弹手指。阿曼娃立刻优雅起身，伸手解开面纱。薄薄的白丝巾如同薄雾般飘落，露出一张美艳绝伦的脸；阿曼娃简直可以说是她母亲的翻版。

希克娃跟在她身后起身，解开她的肩膀上的肩带，接着阿曼娃将整件长袍自身上退下，丝绸轻轻滑落地面。她赤身裸体地站在他面前。罗杰忍不住倒抽一口凉气。

英内薇拉转动一根手指。阿曼娃随即转身，让罗杰从各个角度检查自己。就像她妈一样，阿曼娃拥有完美的胴体。罗杰开始担心自己的七彩裤不够宽松——他不知道自己是不是也该脱衣服，让所有女人见识一下自己的勃起。

"造物主呀，真的有必要这样做吗？"黎莎问。

"安静。"伊罗娜突然说道。"当然有必要。"

阿曼娃转身去脱希克娃的丝袍，丝袍如同阳光下的晨雾般转瞬发散，在她足畔形成一泓墨绿色的清泉。她或许不如阿曼娃美艳，但除了这个房间里的女人，罗杰还不曾见过能与她媲美的女人。

"现在你可以确认她们的贞节了。"英内薇拉说。

"我……呃。"罗杰看着自己的双手，接着将手藏入口袋中。"没有这个必要。"

英内薇拉大笑。"你未来的新娘。"她说，露出调皮的微笑。"有些事还是等到新婚之夜再做比较好。"她冲着他眨眼睛。罗杰感到一阵头晕目眩。

英内薇拉转向伊罗娜。"有幸请你帮他检查吗？"

"啊……这个……"伊罗娜说。"我女儿比较够资格……"

黎莎语气不屑。"我妈就算看见处女膜也认不出来。"她低声对罗杰说。"她连自己的都还没有看清楚就已经弄破了。"

伊罗娜听见这句话，皱起眉，但没说什么，只是瞪着黎莎。

"喔，好吧。"黎莎终于叫道。"只要能够快点把事情解决。"她弯下腰去，捡起女孩们的衣服，然后挽着她们的手臂，走向大厅角落一块用布幔围起来的区域。

※

黎莎放下布幔，遮蔽他人的视线，接着女孩们听命地趴在一张小桌上，仿佛把自己当成等待配种的母马。她在担任草药师期间曾检视过数百名年轻女子，包括安吉尔斯公爵夫人，不过向来都是为了病患的健康而作检查，并非什么荣誉仪式。布鲁娜对这种无聊的事没有耐心，她的学徒也一样。

但黎莎知道他们和克拉西亚人之间的关系有多脆弱，公然无视对方的传统等于侮辱，绝对无法赢取同盟。

阿曼娃的处女膜完整无缺。但当黎莎转向希克娃时，却发现这个女孩微微退缩，并且紧张地喘息。她身上浮现汗滴，淡褐色的皮肤比之前苍白。她在黎莎伸指进入她体内时用力紧缩，但还是不够紧——她不是处女。

黎莎露出得意的微笑。尽管这个仪式原始而野蛮，不过却提供了在罗杰说出任何蠢话前宣称遭受冒犯并且拒绝她们的理由。然而接着希克娃回头看她，目光中的恐惧如同挨了黎莎的巴掌。阿曼娃看见这个神情，眉头当即皱起。

"穿好衣服吧。"黎莎对女孩们说道，把衣服扔给她们。希克娃迅速着装，然后过去协助阿曼娃，后者在她系紧达玛丁丝袍时冷冷瞪她。

黎莎面色平和地和两个女孩一同回到接待厅。罗杰知道检查结果无关紧要——自己不会娶贾迪尔的女儿或外甥女，就像黎莎不会嫁给贾迪尔——但不知为何他的心脏一阵狂跳，仿佛自己的性命都取决于这一刻。

"如果你们认为很重要，两个都是处女。"黎莎说。罗杰深深吸了口气。

"当然。"英内薇拉微笑。但阿曼娃似乎不同意这个结果。她走到母亲身旁，在她耳边低语几句，先是指向希克娃，然后转向黎莎。

英内薇拉脸色阴沉，如同暴风雨来临，她大步走向希克娃，抓起女孩的长发辫。罗杰连忙迎上，但伊罗娜以大得出奇的力量紧紧抓住他的手臂，迫使他待在原地。

"不要干蠢事，小提琴小鬼。"她嘶声道。

希克娃一边大叫，一边被拖回布幔后方。阿曼娃跟了进去，

拉上布幔。

"到底是他妈的怎么回事?"罗杰问。

黎莎叹气。"希克娃不是处女。"

"可是你说她是。"罗杰说。

"我知道被人们质疑'贞节'的女孩会有什么下场。"黎莎说。"而我宁死也不要对别人做出这种事——"

伊罗娜摇头。"你救不了不自爱的人,黎莎。你的小谎言或许把事情变得更糟。如果你实话实说,让我来提出金钱补偿,那么现在事情就已经告一段落了。"

"她是个人,妈,不是什么……!"

罗杰不管她们,目光停留在布幔上,心系那个拥有好歌喉的女孩。他听见沉闷的吼叫,但却因为身后的争吵而听不清楚。"你们两个可以闭嘴吗?"

两个女人愤怒地瞪向他,不过没再说话。此刻布幔后方没有任何声响,而这种情况令罗杰胆战心惊。正当他打算冲进去时,英内薇拉拉开布幔走了出来,阿曼娃和哭哭啼啼的希克娃跟在后面。阿曼娃一手环抱希克娃,一边安慰她,一边扶着她行走。罗杰一颗心全都放在她们身上,手掌不由自主地摸向自己的金牌。

英内薇拉对罗杰鞠躬。"很抱歉对你造成侮辱,杰桑之子。那个采草药的女人欺骗了你。希克娃并非处女,当然,她将为此承受严厉的惩罚。我希望你不要因为我女儿和这个妓女的关系而怀疑她的贞节。"她一边说,一边触摸一把珠光宝气的匕首,罗杰忍不住怀疑,什么样的惩罚对这些坚忍的克拉西亚人来说才叫"严厉"。

现场一片死寂,所有人都在等待罗杰回应。罗杰环顾四周,发现每个女人都屏息以待。为什么?片刻之前根本没人在乎他的想法。

接着他了解了，我被冒犯了。

他微笑，抬头挺胸，换上吟游诗人的面具，首度直视英内薇拉的目光。"听过她们的歌声后，我不打算拆散她们的组合，希克娃的歌声对我而言比贞操重要。"

英内薇拉松了口气。"你真是心胸宽阔，这个妓女实在配不上你。"

"我还没决定，"罗杰澄清道，"但我希望她不要遭受……任何可能影响歌声的严厉惩罚。"

伊罗娜挽起罗杰的手臂，把他拉到后面。"不过这会影响到聘金。"

英内薇拉点头。"当然。如果你同意监护她们，女孩们可以待在杰桑之子的侧翼，让他习惯她们的陪伴，在作出决定前确保她们……不会遭受压力。"

"喔，我母亲是个十分称职的监护人。"黎莎喃喃说道。

英内薇拉好奇地打量她，似乎不确定黎莎讽刺的语气是什么意思，但她没有多说什么。

罗杰摇了摇头，仿佛大梦初醒。我刚刚是被订婚了吗？

阿邦于日落前抵达，护送众人前往鞭刑现场。黎莎再度检查药篮中的草药和器具，深深吸气抑制腹中的翻腾。戴尔沙鲁姆对汪妲的所作所为绝对不值得同情，但那并不表示她想要亲眼目睹这种行刑场面。然而，见识过克拉西亚人对于医疗的松懈态度后，她担心如果不亲自治疗，那些伤口会感染，甚至夺走他们的生命。

在安吉尔斯堡，她和吉赛尔每星期都会治疗接受鞭刑的犯

人，每次旁观行刑，她都忍不住落泪，然后偏过头去。那是种可怕的刑罚，不过黎莎很少需要重复治疗同一个犯人。他们都会谨记教训，永不再犯。

"我希望你了解我家主人亲自行刑表示他对你和弗林之女有多么重视。"阿邦说。"如果是其他达玛，或许就会同情他们所犯的罪行。"

"达玛同情强暴犯？"黎莎问。

阿邦摇头。"你必须了解，女士，我们的习俗与你们不同。你和你们的女人可以任意行走，毫不遮蔽容貌与你们的，呃……"他伸手指向黎莎低胸服装的胸线。"魅力。对于许多男人而言都是挑逗、引诱，因为他们害怕你们会影响他们女人的想法。"

"所以他们决定要教训汪姐。"黎莎说。阿邦点头。

黎莎皱起眉，但腹中的翻腾突然平静下来。蓄意伤害他人有违她的草药师誓言，但就连布鲁娜在教训举止野蛮的村民时也不会有丝毫手软。

"我家主人要求达玛基也要到场，还有他们的凯沙鲁姆。"阿邦说。"他要让他们了解，他们得接受你们的习俗。"

黎莎点头。"阿曼恩说他和帕尔青恩相处时也曾遇过差不多的情形。"

阿邦竭力不动声色。但黎莎看到他的脸色微微变化。亚伦在自己皮肤文上刺青前就说能给人们带来这种影响并不是什么令人惊讶的事。

"我家主人提到帕尔青恩？"阿邦问。

"事实上，是我提的。"黎莎说。"我没想到阿曼恩也认识他。"

"喔，是的，我家主人和帕尔青恩是过命的好兄弟。"黎莎没想到阿邦会这么说。"阿曼恩是他的阿金帕尔。"

"阿金帕尔?"黎莎问。

"他的……"阿邦皱起眉,思考恰当的用词。"……血誓兄弟,或许可以这么说。阿曼恩带他进入大迷宫,为彼此挥洒鲜血。在我的族人里,这等于是两个人体内流着同样血液的羁绊,同生共死。"

黎莎张嘴欲言,但还没说话就被阿邦转移了话题。"想要准时抵达,现在就该动身了,女士。"他说。

黎莎点头,他们一起召集剩下的洼地人员,包括紧跟着罗杰的阿曼娃和希克娃。

他们来到来森堡的城中广场,是座位于全城中央的石板环形广场,以一口巨井为中心,四周环绕着许多喧嚣的商店。黎莎看到来森女人和克拉西亚人一样出门采购,尽管依然穿着北地服饰,这些女人在进入公共场合时都得缠上遮脖子的头巾。很多人瞪着黎莎和她母亲,在毫无遮掩的情况下招摇过市,似乎在期待护送她们的戴尔沙鲁姆回头教训她们。

很多克拉西亚人已经抵达现场,包括坐在棚轿中的达玛基还有许多沙鲁姆和达玛。广场上立着三根木桩,不过没有任何绳索或镣铐。

一阵骚动中,群众转头看见贾迪尔步入广场,身后跟着坐在棚轿中的英内薇拉以及其他妻室。黎莎数了数,一共有十四人,但不确定是否全部出席。她们走过来站在黎莎和其他洼地镇民的旁边,距离近得黎莎可以闻到达玛佳的香水气味。

贾迪尔走到木桩前,以解放者长矛挥手。三名戴尔沙鲁姆在无人催促及押解的情况下步入广场,脱掉上半身的长袍。他们在贾迪尔面前跪下,额头贴紧石板地,接着站起来,双手紧抱木桩,没有其他支撑物。那名手臂被汪妲折断的战士,他的

断臂还垂在绷带中。

贾迪尔把手伸入袍中,取出一条有三条鞭尾的皮鞭,每条鞭尾末端都镶有许多锐利金属。

"那是什么?"黎莎问阿邦。她以为阿曼恩会使用普通的马鞭,这条鞭子看来比马鞭残忍多了。

"那是阿拉盖之尾,"阿邦说,"达玛的鞭子,传说被这种鞭子抽到就像被沙恶魔的尾巴击中。"

"他们要挨多少鞭?"黎莎问。

阿邦大笑。"能挨多少就挨多少。沙鲁姆会被打到扶不住木桩,趴在地上。"

"但……那可能会打死他们!"黎莎说。

阿邦耸肩。"沙鲁姆都是剽悍的战士,不过并非以他们的智慧和自我保护的本能闻名。他们把承受鞭打当做男人的考验,他们的弟兄会下注赌谁撑得比较久。"

黎莎皱眉。"我永远无法了解他们。"

"我也是。"阿邦同意道。

那是难以忍受的景象,每一下阿拉盖之尾都在犯人背上留下艳红的血痕。贾迪尔给他们一人一鞭,然后从头来过,但黎莎不确定这是出于仁慈,还是借此不让他们对痛苦感到麻痹。每一下鞭打都令她皱眉,感觉鞭子好像抽在自己身上。她泪流满面,眼看男人背部全变成一整片巨大的伤痕、肋骨都开始露出来时,她一心只想逃离现场。犯人一声不吭,甚至没有放手倒地。

一段时间过后,她终于偏过头去,结果却看见英内薇拉一脸冷漠地欣赏行刑。她发现黎莎在看自己,对黎莎脸上的泪水嗤之以鼻。

黎莎的怜悯之情忽然就此终止,一股怒意化为抗拒同情犯人的魔印力场。她抬头挺胸，擦干泪水，以与达玛佳同等超然的态度见证整场鞭刑。

鞭子仿佛永远抽不完，终于有一名战士倒地了，接着另一名跟着倒下。黎莎看见战士们交换赌注，很想朝他们吐口水。当最后一名战士倒下时，贾迪尔对她点头。黎莎立刻冲到男人身边，拿出准备好的针线、药膏及绷带。她希望自己准备得够多。

贾迪尔长矛顿地，所有人转头看他。

"向所有想在孤独之道的终点看见天堂的人散布这个消息！"贾迪尔吼道，声音越过广场，传入街道。"任何在阿拉盖沙拉克中杀死恶魔的女人都将成为沙鲁姆丁，享有所有沙鲁姆的权利！"

战士发出阵阵惊呼。黎莎在达玛和沙鲁姆脸上看见同等恐惧的神情。人们开始愤怒地抗议，但贾迪尔以一声吼叫压过所有声浪。

"如果今晚有人反对这条法令，"他说着露出满口利齿，"现在就站出来，我保证让他光荣死去。如果明天有人违背这条法令，我就不会这么仁慈了。"人群里浮现许多敢怒不敢言的表情，但没有人蠢到真的站出去。

※

第二天，阿邦领着一名戴尔沙鲁姆一起来到镜宫的前院。那名战士将红色面巾缠在肩上，黑色胡子掺杂些许灰白。除此之外，外表没有任何衰老的迹象。黎莎感到十分惊讶，似乎很少有克拉西亚战士可以活到长出灰胡子的年纪。他姿态高傲，但严肃的面孔凝着愁绪，仿佛在压抑皱眉的冲动。

"容许我介绍佳弗伦·阿苏·钱尼·安卡维尔·安卡吉，

卡吉沙拉吉的训练官。"阿邦说。

战士在他介绍时鞠躬。黎莎撩起裙摆,屈膝回礼。

战士说了几句克拉西亚语,速度快得黎莎跟不上。但阿邦立刻翻译。"他说:'我奉解放者之命,为了训练你的战士参与阿拉盖沙拉克而来。'卡维尔训练官是沙达玛卡和我在沙拉吉中的教官。"阿邦补充道。"最顶尖的训练官。"

黎莎眯起双眼,接着看向阿邦,试图在他不动声色的表情中找出真相。毕竟,他的脚就是在沙拉吉中受伤的。

黎莎转向加尔德和汪妲。"你们愿意接受训练吗?"

卡维尔和阿邦简短交谈,接着再度以黎莎跟不上的速度发言,尽管她听得懂很多单字,依然不清楚他的意思。

阿邦似乎想要争辩,但卡维尔握紧拳头,卡菲特立刻鞠躬。"训练官说他们的是否愿意不是重点。沙达玛卡已经下令,他们必须遵守号令。"

黎莎眉头一皱,张嘴欲言,但加尔德打断她。"没关系,黎莎。"他举起一手。"我想学。"

"我也是。"汪妲说。

黎莎点头,退向一旁,卡维尔指示两人上前供他检查。他嘟哝一声,似乎认同高大的加尔德,不过对汪妲就不是那么欣赏了,尽管她与大多数戴尔沙鲁姆一样强壮。接着他回头面对黎莎。

"我可以把壮汉训练成伟大的战士。"阿邦翻译。"只要他严守纪律。这个女的……只能尽力而为吧。"他看起来没抱太多期望。

训练官走回庭院,动作迅速流畅。他看向加尔德,大声号令,拍打自己胸口。

"训练官要你攻击他。"阿邦说道。

"这个不用你翻译。"加尔德说。他迎上前去,耸立在训练官面前,但卡维尔丝毫不为所动。加尔德大吼一声,展开攻击,尽管谨慎出拳,他的拳头依然打在空气中。他扑上前去,试图擒抱,结果发现自己倒在地上。卡维尔扭转他的手臂,直到加尔德张口呼叫,这才放开他。

"他对你会更加严厉。"阿邦警告汪姐。"小心戒备。"

"我不怕。"汪姐说,开始前进。

汪姐撑得比加尔德久,她的动作更加迅速流畅,这是意料中的事。汪姐两度迫使训练官必须动手格挡她的攻击,不过第一次挡下后他反手击中汪姐下颔,令她翻身吐血,第二次则是一拳击中她的肚子,打得她弯下腰去,腹中空气急泄而出。

卡维尔在她恢复前抓起她的手臂,将之压在石板地上。汪姐落地同时一脚踢中他的脸,发出沉重的声响,但卡维尔毫不在意,面带笑容地扭转她的手臂。汪姐脸色发白,咬紧牙关,但说什么也不肯叫出声来。

"她不投降的话,训练官就会折断她的手臂。"阿邦警告。

"汪姐。"黎莎说。女孩终于认了,出声喊叫。

卡维尔放开她,不太情愿地对阿邦说了句话。

"或许我还是可以把她打造成战士。"阿邦翻译。"请离开,让我们不受打扰专心训练。"

黎莎看向加尔德和汪姐,点了点头。"你何不随我和罗杰上去喝杯茶呢?阿邦。"

"我的荣幸。"阿邦鞠躬说道。

"但首先,"黎莎说,语气变得严肃,"请让卡维尔大师清楚知道,如果我回来时发现战士的伤势重得今晚无法战斗,我一定会让他付出惨痛的代价。"

阿邦的妻子试图服侍他们,但阿曼娃把她们通通赶跑了。她拍了拍手,希克娃立刻过去准备泡茶。黎莎皱起鼻头。这个女孩或许是贾迪尔的外甥女,但地位也只比奴隶高上一点。

"她们昨天起就这样了。"罗杰说。

阿曼娃以克拉西亚语说了几句,阿邦对她点头。"我们有义务满足罗杰的需求,"他翻译道,"我们绝对不让其他人代劳。"

"这点我倒没有意见。"罗杰笑着说道,伸个懒腰,将双手叠在脑后。

"别太习惯了。"黎莎说。"享受不了多久。"她看见阿曼娃听到这话时皱起眉,但没说什么。

片刻过后,希克娃端茶回来。她默默服侍众人用茶,目光低垂,接着退回墙边,与阿曼娃站在一起。黎莎浅尝一口,在嘴里稍含片刻,然后将茶吐回茶杯。

"你在茶里撒了一丁点儿黑叶粉。"她对希克娃说,将杯子放回桌上。"很聪明。大多数人都尝不出来,而以这种剂量来看,我要几星期后才会死。"

罗杰惊呼一声,一口茶全部吐到自己身上。黎莎接下他的茶杯,手指触碰杯缘,浅印残留的茶水。"不用担心,罗杰。看来她们并不急着除掉你。"

阿邦小心翼翼地将杯子放回桌上。阿曼娃看着他,说了几句克拉西亚语。

"啊……"阿邦对黎莎道。"你作出了十分严重的指控,你希望我翻译吗?"

"尽量翻。"黎莎笑道。"不过我想她完全听得懂我的话。"

阿邦翻译。阿曼娃尖叫，冲到黎莎面前大吼大叫。

"达玛丁说你是骗子和蠢材。"阿邦说。

黎莎微笑，举起杯子。"那就叫她喝。"

阿曼娃的双眼几欲喷出火来，不等翻译就一把抢过茶杯。茶水依然滚烫，但她撩起面纱，一饮而尽。她得意洋洋地瞪向黎莎，但黎莎只是微笑。

"告诉她，我知道她可以今晚再喝解药。"她说。"但如果她的解药与我们北地人用的一样，那么接下来的一星期她都会有血便的现象。"阿邦还没翻译完毕，阿曼娃脸上露出的肌肤开始变色。

"下次再做这种事，我就告诉你父亲。"黎莎说。"如果我够了解他，他会扯下你身上那件漂亮的白袍，打得你皮开肉绽，前提是没有把你当场处死。"

阿曼娃瞪着她。但黎莎只是挥了挥手，"下去。"

阿曼娃嘶吼一句话。"你没资格叫我们下去。"阿邦翻译道。

黎莎转向罗杰，罗杰看起来一副想吐的样子。"叫你的新娘们回房间去，罗杰。"

"赶紧走吧！"罗杰挥手大叫，甚至没与她们目光接触。阿曼娃眉头深锁，皱成一个V字，朝黎莎骂了一句克拉西亚脏话，然后带着希克娃一起冲出大厅。黎莎记下那句脏话，打算改天有机会拿出来用。

阿邦大笑。"难怪达玛佳会怕你。"

"她看起来并不害怕。"黎莎说道。"她胆大妄为，竟敢在光天化日下派人行刺。"

"阿曼恩颁布那种政令后，会有这种举动并不意外。"阿邦说。"但往好处想，她们等于是为你带来荣誉。在克拉西亚，

如果没人试图杀你，只代表你根本一文不值。"

"或许我也该走了。"阿邦离开后，罗杰提议道。"如果他们让我们走的话。"他不否认自己曾对阿曼娃和希克娃动心，但现在他脑子里只想到卧房软绵绵的枕头底下可能藏有好几把尖刀。

"只要我提出要求，阿曼恩会让我们走。"黎莎说。"但我还不打算离开。"

"黎莎，她们试图暗杀你！"罗杰说。

"英内薇拉试过，但失败了。"黎莎说。"现在离开正中她下怀，我才不会被那个……那个……"

"女巫？"罗杰建议。

"对，被那个女巫赶跑。"黎莎同意。"她对阿曼恩的影响太大了，我不打算轻易放弃影响他的机会。"

"你确定你只是想要影响他吗？"罗杰问。

黎莎瞪他，但他冷眼以对。"我可不是瞎子，黎莎。"他说。"我有看到你看他的神情。或许与他的克拉西亚妻子不同，但肯定不是朋友的神情。"

"我对他的感觉无关紧要。"黎莎说。"我并不打算加入他的后宫，你知道卡吉拥有一千个妻子吗？"

"可怜的混蛋。"罗杰道。"我认为对大多数男人来说，一个就够受了。"

黎莎嗤之以鼻。"你最好记得这句话。还有，阿邦和阿曼恩都认识亚伦，都自称是他朋友。"

"亚伦不是这样和我们说的。"罗杰说。"至少不是这样说贾迪尔的。"

"我知道。"黎莎道。"我想知道事情的真相。"

"阿曼娃和希克娃怎么办？"罗杰问。"赶她们走吗？"

"好让她们为了假冒处女及行刺失败的事处死希克娃？"黎莎问。"绝对不行，我们有责任照顾她。"

"那是在她行刺你之前。"罗杰说。

"要想清楚，罗杰。"黎莎说。"如果我吩咐汪妲一箭射穿英内薇拉的眼睛，我绝不怀疑她会照做，但犯罪的人依然是我。我们最好还是把她们带在身边加以监视，或许还能看出一点端倪。"

黎莎在深夜里被一阵惨叫声吵醒。不一会儿，门外传来急促的敲门声，她点燃油灯，穿上贾迪尔送她的克拉西亚丝袍——质料凉爽滑顺，穿起来十分舒服。

她打开房门，看见罗杰站在门外，一脸疲惫。"是阿曼娃，"他说，"我听见她在屋内哭喊，但希克娃不肯开门。"

"我知道。"黎莎喃喃说道，绑紧丝袍，系上草药围裙。"好吧。"她叹气道。"我们去看看她。"

他们来到罗杰所住的那条侧翼，黎莎用力敲击两名克拉西亚女孩的卧房房门。她可以听见门后阿曼娃沉闷的哭喊，以及希克娃以克拉西亚语赶他们离开的叫声。

黎莎皱眉。"罗杰，"她大声说道，"去找加尔德。如果你回来时这扇门还不打开，就让他撞门进去。"

罗杰点头准备离去。

如同黎莎所料，房门立刻打开一条缝，惊慌失措的希克娃探出头来说道。"没事。"但黎莎把她推开，闯进屋里，顺着阿曼娃的声音走向卧房后方的小房间。希克娃大声喊叫，试图拦

住她。但黎莎再度无视她的存在动手推门。门锁着。

"钥匙在哪?"她问。希克娃没有回答,一直含糊不清地说着克拉西亚语。黎莎忍无可忍了,狠狠甩了她一耳光,在屋内掀起一阵回响。

"别再假装听不懂我的话!"她大声训道。"我不是白痴。再说一句克拉西亚语,你要担心的不只是达玛佳的怒火。"

希克娃没有回话,但脸上恐惧的神情显示她听得懂。

"钥—匙—在—哪?"黎莎再度问道,刻意在每个字中间停顿一下。希克娃立刻把手伸进长袍里取出钥匙。

黎莎打开房门——奢华的小房间里充斥着排泄物和呕吐物的混合气味,与火盆中的茉莉焚香杂在一起,恶心得足以让任何人呕吐。黎莎不顾臭味,直接走向躺在便桶旁边呻吟哭泣的阿曼娃。她的头巾和面纱都已经扯下,橄榄色皮肤已变得惨白。

"她在脱水。"黎莎说。"去煮一壶热水。"希克娃立刻跑开。黎莎继续检查女孩,还有便桶里的排泄物。最后,她闻了闻放在梳妆台上的杯子,尝了一口残留的药水。

"解药煮得很糟。"她对阿曼娃说。"只用三分之一的清根剂量就足以中和黑叶粉的药效。"

年轻的达玛丁一言不发,一边重重喘息,一边迷惘地看着她。但黎莎知道她听见了自己的话,并且理解每一个字。

她从围裙中拿出研钵和碾杵,看也不看就从不同的口袋中取出草药,在研钵里放入适当的分量。希克娃拿来热水,黎莎煮了第二碗解药,命令希克娃扶起女孩,将药水强行灌入她的喉咙。

"打开窗户,让空气流通。"黎莎对希克娃说。"拿些枕头来,我们帮她补充水分,她接下来几个小时都要待在便桶旁边。"

罗杰和加尔德探头进来。黎莎立刻打发他们回去睡觉。她和希克娃照顾阿曼娃直到她的肚子不再那么难受，这才将她抬上床铺。

"现在你需要睡眠。"黎莎说，喂阿曼娃喝另一剂药水。"你会昏睡十二小时，到时候我们再喂你吃点东西。"

"你为什么要救我？"阿曼娃低声问道，她的口音与她母亲一样浓厚，但咬字依然清楚。"我母亲绝对不会如此善待试图行刺她的人。"

"我母亲也不会，但我们和自己的母亲不同，阿曼娃。"黎莎说。

阿曼娃微笑。"下次面对她时，我或许会希望自己死在毒药下。"

黎莎摇头。"你现在住在我家，没有人可以逼你做任何事，包括强迫你嫁给罗杰。"

"喔，但我们想嫁，女士。"希克娃说。"英俊的杰桑之子深受艾弗伦眷顾。能够成为这种男人的第一及第二妻室，对于一个女人还奢求什么呢？"

黎莎张嘴欲言，随即合上嘴，心知不管说什么对方都听不进去。

❦

黎莎离开阿曼娃的房间时，伊罗娜坐在走廊上等她。黎莎叹了口气，一心只想爬回床上，但伊罗娜站起身来，随她一起上楼。

"罗杰说的是真的吗？"伊罗娜问。"这两个女孩对你下毒？"

黎莎点头。

伊罗娜微笑。"这表示英内薇拉认为你有机会从她手中抢走他。"

"我没事，如果你在乎的话。"黎莎说。

"你当然没事。"伊罗娜说。"你是我女儿。当你看上某个男人后，绝对没有任何沙漠女巫有办法阻止你。"

"我并不想抢夺别人的丈夫和母亲。"黎莎说。

伊罗娜大笑。"那你来这里做什么？"

"试图阻止战争。"黎莎冷冷说道。

"那如果阻止战争的代价就是抢走试图杀害你的那个女人的丈夫呢？"伊罗娜问。"这样的代价算高吗？"她嗤之以鼻。"反正这也不算抢夺，这些女人分享丈夫就像母鸡分享公鸡。"

黎莎两眼一翻。"喔，能当阿曼恩配种的母鸡之一，你女儿我这一生真是够幸运的。"

"总比被送去屠宰的母鸡要好。"伊罗娜反唇相讥。

她们抵达黎莎的房间，伊罗娜随她进屋。黎莎倒在摆满枕头的沙发上，双手垫在后脑勺下。"真希望布鲁娜在这里，她或许知道该怎么办。"

"她会嫁给贾迪尔，然后驯服他。"伊罗娜说。"如果她拥有你的肉体和青春，早就夜夜春宵了，对两个解放者予取予求了。"

"你不知道她会不会这样做，母亲。"黎莎说。

"我对她的了解比你深。"伊罗娜说。"你还没出生前我就当过那个老巫婆的学徒了，当时镇上还有几个年纪大得记得布鲁娜年轻模样的老人。根据他们的说法，她从来不曾夹紧双腿，直到晚年结婚；而那时候洼地完全都是她在管事，比你现在疯狂多了，因为她拥有力量，不只是在这里。"伊罗娜指向黎莎的太阳穴，"还包括了这里。"她一手指向自己胯下。"那就是女人的力量,与采集草药同等强大,只有白痴才不懂得加以利用。"

黎莎张嘴欲言,但不知为何她母亲的话听起来很有道理,让她想不出该怎么反驳。布鲁娜一直是个作风淫秽的老太婆,满嘴下流话和年轻时的荒唐故事。黎莎本来不把那些故事当一回事,认定那都是老太婆拿来吓唬人的,但现在她不那么肯定了。

"怎么利用?"她问。

"贾迪尔为你着迷。"伊罗娜说。"任何女人都能看出这点。这就是英内薇拉怕你的原因,同时也是你一把抓住这条沙漠之蛇的脖子,让他远离你的族人的机会。"

"我的族人。"黎莎说。"洼地镇民。"

"当然,洼地镇民!"伊罗娜大声道。"来森堡已经成了人家的盘中餐了,无可挽回。"

"安吉尔斯呢?"黎莎问。"雷克顿?两地之间的所有外围村落?我或许可以守护洼地,但我能为其他地方做什么呢?"

"何不在贾迪尔的床上帮他们?"伊罗娜问道。"世界上还有其他地方更能让你发挥影响力吗?满足男人的欲望,他就会满足你所有的要求。你那颗大脑袋肯定可以想出某些足以化解大部分冲突的要求。"

她凑到黎莎身前,在她耳边压低音量。"还是你宁愿每天晚上都让英内薇拉在他耳边低语?"

这是个可怕的想法,黎莎立刻摇头,但她依然不能肯定。

"你的双腿中间并非天堂之门,黎莎。"伊罗娜道。"我知道你想要等到结婚再做,说实在话,我也希望你能忍到那个时候。但你那些观念早就过时了。"

黎莎冷冷看向她妈,结果发现母亲毫不退缩地直视她的目

光，准备与她争辩到底。

"你看待世界的目光非常透彻，母亲。"黎莎说。"有时候我很羡慕这点。"

伊罗娜深感惊讶。"真的?"她难以置信地问道。

黎莎微笑。"不过不常就是了。"

第三十章　野性

333 AR

　　瑞娜耐心地等待石恶魔凝聚成形。她谨慎选择藏身处，隐身于某座山丘顶端唯一的大树上，面对一块如同突出于血肉上的断骨的大岩床。

　　她沿着地面上的足迹找到这头十几英尺高的石恶魔。每天晚上它几乎都在同一地点现形。六星期以来，亚伦教了她很多事，包括石恶魔是种惯性的生物，而重要的恶魔都知道要避开石恶魔凝聚成形的地点。

　　随着恶臭的灰雾渗出岩床，缓缓凝聚出恶魔的形体，她闭上双眼，深深吸气，拥抱心中的恐惧，向内探求自己的内心。

　　这个克拉西亚的技巧效果惊人。开始对她是项挑战，但现在她只须一点时间就能改变自己的观点，进入对敌人或失败不再怀抱痛苦和恐惧的心理状态。

　　当她睁开双眼起身，赤脚稳稳立于树枝上时，世界看来已经大不相同。她左手握着豪尔的猎刀，拇指下意识地抚摸自己刻在刀柄上的魔印。她的右手掌心握着一颗栗子。

　　一阵清风吹过身边的枯黄的树叶，她深吸一口气，任由清风拂过自己裸露的肌肤，感觉自己与在脚下现形的恶魔一样属于夜晚。

　　当初那一头及腰的棕发妨碍了她的动作，因此她剪短了头

发,只留下一条长辫子。她把连衣裙丢掉,将直筒式衬衣剪成两部分:紧紧固定胸部的小背心,露出绘有魔印的小腹,以及两边开高衩的裙子,方便文有魔印的双脚活动。

亚伦依然拒绝在她身上绘制魔印,但她自己研磨黑柄液。这种墨汁在她皮肤上留下深褐色痕迹,可以维持数日不褪。

她凝视下方,看见恶魔终于现形,接着抛下栗子。她也不管栗子有没有击中目标,当即跳下树枝,悄然坠下。

栗子在她下坠的同时击中恶魔的肩膀,上面的热魔印在黑暗中绽放亮眼光芒,从强大的恶魔身上吸收魔力。坚硬的栗子转眼发出高热,在一声巨响中炸开。

石恶魔毫发无伤,但强光和巨响导致它在瑞娜落在它肩膀时转头看向另一边。她抓住一根魔角,借以稳定身形,接着将猎刀插入它的喉咙。刀面上魔光大作,她立刻感觉到一股魔力蹿入体内,冒着热气的黑色体液洒入掌心。

她低吼一声,拔出猎刀打算继续攻击。但恶魔放声嚎叫,用力转头,逼得瑞娜必须紧握魔角才不至于被甩出去。

恶魔挥拳舞爪,捶打自己头部,试图抓住她,甩开。她则四下荡悠,左闪右躲,手脚并用,攻击任何触手可及的目标。魔法随着每一下攻击蹿入她体内,每次接触都如同电击般令她更加强壮、敏捷。她眼旁的魔印启动,黑夜立刻充满魔光。

她的攻击令恶魔分心,但没有造成致命的伤害。她已错失攻击眼睛和喉咙等弱点的机会,也找不到恰当的支点刺穿对方坚硬的头颅。恶魔的强力攻击迟早都会击中她,她哈哈大笑,享受这种刺激。

瑞娜收刀入鞘,把手伸向腰带上,拔出科比·费雪好似在上辈子送给她的溪石项链。她朝恶魔的喉咙甩出项链,放开它的魔角,自另一边接住项链。她两手交错,跳到它坚硬的肩胛骨中间,凭借项链的皮绳垂挂在愤怒的恶魔攻击不到的地方。

她被恶魔甩来甩去,始终不放手,利用全身的重量拉扯抵住恶魔喉咙的魔印溪石。瑞娜在光滑的溪石表面上绘制了禁忌魔印,此刻魔光大作,沿着恶魔喉咙的表面向内挤压。

没过多久,巨型恶魔震耳欲聋的脚步声变成虚弱无比的蹒跚扭动。随着魔力凝聚,皮绳越来越热,在夜色中大放光明。

一阵巨响和强光过后,魔法终于消退。巨大的魔角头颅坠落地面,瑞娜双脚一蹬,避开落地的头。她轻轻翻身落地,巨型恶魔在她身旁轰然倒地。她可以感到对方的魔力刺痛自己的皮肤,并开始治疗打斗中造成的擦伤和瘀青。她看着手中的恶魔体液,再度大笑,收回项链,继续狩猎。

她从来不曾感到如此自由。

※

一头沿着树干独自搜寻猎物的火恶魔朝她直扑而来。瑞娜站稳脚步,等待对方大口吸气,摆出攻击的预备动作。

火恶魔总是会在进入攻击范围时以一口火焰唾液展开攻击。这口唾液能够燃烧一切,通常会把猎物吓得愣在原地,任由它们以利齿尖牙持续进逼。只要能闪躲第一口唾液,火恶魔要酝酿一段时间才能再吐下一口。

瑞娜屈膝,脸朝下,在恶魔冲到面前吸气时成为显眼的攻击目标。恶魔眯起没有眼睑的眼珠,张嘴吐气,就像人类打喷嚏般的反射动作。瑞娜抓紧时机闪向左方,火焰唾液在空气中画出一道亮眼的弧光。

当地心魔物张开双眼,发现猎物已不见踪影时,瑞娜已经来到它身后,抓起它的魔角。她将它的脑袋扯向后方,然后如同在父亲的田里处理野兔般将之开膛破肚。

火恶魔的体液溅洒在她身上，如同火堆里的灰烬般灼烧，但瑞娜处于一种忘了痛楚的亢奋状态。她在被恶魔体液溅到的地方涂抹泥巴，让皮肤冷却，随即起身。

一阵低沉的吼叫告诉她在与火恶魔短暂交手期间已遭受包围。她转身，看见一头头部以下身躯就高达六英尺，而且还弓身驼背的木恶魔站在自己面前。她的魔印双眼看见对方两个伙伴藏身后方的树林中，粗糙的外壳完全隐没在附近的树干间，不过隐藏不了它们的魔力反光。等她攻击第一头最强的恶魔时，另两头就会从侧面突袭。

瑞娜已经杀过很多头木恶魔，但从来不曾在亚伦离开时应付这么多敌人。

三头超过我的能力范围吗？她抛开这个荒谬的想法。人绝不可能跑得比恶魔快，被发现后也不可能找到地方藏身。她唯一的选择就是杀掉对方，或是被对方杀掉。

"那就来吧。"她低吼一声，举起猎刀指向面前的恶魔。

✦

魔印人在道路一边的树林中观察瑞娜，无奈地摇头。他花了不少时间才找到她。他出门采集草药和柴火，要她在堡垒中等他回来，然后一起猎杀恶魔；这已不是瑞娜第一次按捺不住或无视他的要求独自跑出来。

眼看她溜到火恶魔的盲点，以她父亲的猎刀将它开膛破肚，他必须承认她的学习能力很强。瑞娜·谭纳将全副心神投入到猎杀恶魔上，比伐木洼地的汪妲还要投入，这点从短短几星期来她的进展就可以得到证明。

他不知道自己教导她拥抱恐惧是不是个错误。瑞娜无畏得几近疯狂，恐怕不久就会鲁莽行事；这对她自己以及恶魔来说都是非常危险的事。

他了解她正在经历的转变——远比她想象中更加了解。即使对于拥抱黑夜之道的人而言,黑夜依然残酷无情,这点从瑞娜应付火恶魔时盯上她的那一群木恶魔身上就可以看出。她很可能只会发现直接上前挑衅的那头恶魔,然后死在另外两头潜伏的恶魔之手。

魔印人拉弓搭箭,随时准备出手。他打算等到她看见三头恶魔,以为自己必死之时再出手除掉它们,或许到时候她行事就会更加小心。

木恶魔大声吼叫,恐吓对手,就像火恶魔的火焰唾液一样。这么做的同时,它的伙伴持续逼近,活动到适合突袭的地点。

但瑞娜不给它们机会突袭,如同自杀式攻击般直扑而上。木恶魔张牙舞爪,挺起胸膛拥抱她的攻击。木恶魔的力量仅次于石恶魔,而这家伙树皮般的硬壳几乎无法被刺穿。

瑞娜迅速转身,运用飞奔的力道施展回旋踢。她的魔印脚背和小腿撞向恶魔胸口,令恶魔在一阵猛烈的魔光中向后飞出,倒地不起。

另两头恶魔冲出树林,瑞娜奔向其中一头,抓住它的一只上肢,站稳脚步,扭转腰身,运用对方自身的冲势,毫不费力地将沉重的木恶魔甩到第三头恶魔身上。她紧追而上,趁两头恶魔挣扎起身的同时以豪尔的猎刀插入所有适合下手的部位。

其中一头恶魔还未起身就在瑞娜进入攻击范围时挥出犹如树枝的手臂。她向后跳跃,在呼啸声中闪躲掠过胸前的利爪。她一直没办法在胸前的小背心上有效地绘制魔印,万一被击中会受重伤;她真羡慕亚伦可以赤膊战斗。

她毫发无伤地站稳，但攻势因此受阻，而且三头恶魔都已爬起身来。它们身上都是焦黑的伤痕，不过正如她自恶魔身上吸收而来的魔力开始治疗她的伤势，恶魔的伤也在迅速复原。要不了多久它们就会痊愈。

她趁它们疗伤时把手伸进腰间的布袋，朝它们洒出一把魔印栗子。恶魔在热魔印绽放魔光的同时尖声吼叫，出爪抵挡，栗子在细微的啪啦声中化为猛烈的火焰。

两头站在外围的恶魔及时逃开，但中间的那头走避不及，肩膀当场着火。片刻后，整头木恶魔遭受火焰吞噬，疯狂尖叫，奋力挣扎。

眼看着伙伴像火球一样燃烧，两边的恶魔连忙后退，越跑越远，为瑞娜带来攻击的空当。她再度冲向其中一头，一刀插入右侧第三和第四节肋骨之间的柔软缝隙。长长的刀刃当即刺穿恶魔的心脏。

她闪避恶魔的最后拼命一击——在它扑上时以左手抓住对方的肩。手掌上的魔印光芒闪亮，烧焦恶魔长满节瘤的硬壳皮肤，在对方的魔力蹿入体内的同时感受到一股强大的快感。她转身回旋，将猎刀插得更深，利用猎刀将两百磅重的恶魔高举过头。她吼叫一声，声音犹如恶魔，将恶魔抛向燃烧的伙伴。

这时豪尔猎刀本应抽离恶魔体内，但刀柄横挡卡在肋骨之间。她在猎刀脱手而出时大叫一声。

眼看她手无寸铁，最后一头恶魔立刻吼叫扑上，将她狠狠压在地上。她全身的魔印光芒四射，但恶魔陷入愤怒与痛苦中，疯狂地拉扯撕咬，直到它的利爪找到落手处。这一爪深可见骨，瑞娜放声惨叫，热血洒落地面。

树林中传来一阵骚动，瑞娜心知有更多恶魔受到魔光和战斗声吸引而来，转眼间就会一拥而上。不过如果她不尽快解决身上这头恶魔，后果不堪设想。

恶魔再度吼叫，她也跟着回吼，使劲向上一顶，当场攻守易位。这是一招基本的沙鲁沙克招式，任何初学者都有办法反制，但地心魔物对于肢体缠斗的理解仅限于本能反应。她不断顶出膝盖，攻击恶魔的大腿，不让它抬起双脚攻击自己。她养过很多只猫，心知如果让对方取得那种优势，战斗将会瞬间结束。

她使劲抽离一条手臂，取出她的溪石项链，缠上地心魔物紧绷的颈部，尽可能贴近恶魔，压制对方攻击的范围，接过项链的末端，往反方向拉扯。它的利爪不断抓伤她，但她拥抱痛楚，持续使劲，直到魔光绽放，魔角大头于清脆的声响中坠落地面，在她身上洒满冒烟的黑色体液。

瑞娜洒出魔印栗子时，魔印人无意识地放松弓弦。他知道那个热魔印，那在提贝溪镇十分常见，他父母常在冬天使用这个魔印，于屋子和畜棚四周的大石头上绘制此印，借以吸收并且保存热力。他曾试图利用热魔印来制作武器，拿来当箭头不错，但它总会烧掉手持武器或烧烂包裹武器握柄的外皮，进而灼伤他的手掌。就连他皮肤上的细微热魔印在启动时都会高热难耐。

他从来不曾想过拿它们来加持栗子。才不过步入黑夜几星期，瑞娜已经开始用他从未想过的创新方式绘制魔印了。

他观察着她举起恶魔时眼中的狂野神情，好奇自己一开始感受到地心魔物的魔力快感时是否也有同样的狂态。他认为他有，那是一种会让人冲昏头的感觉，会误以为自己所向无敌。

但瑞娜并非所向无敌，这一点在片刻后武器脱手、并被恶

魔压倒在地时显露出来。魔印人惊呼一声，在恐惧中冷汗直流，手忙脚乱地拉弓搭箭。他试图瞄准在地上缠斗的目标，但找不到出手的时机，而他又不愿误伤瑞娜。他抛下弓箭、冲出藏身处，赶去救她。结果却发现瑞娜根本不须他搭救。

他站在原地，心跳急促地看着瑞娜，美丽的瑞娜，自己曾在无数寂寞夜晚怀念孩童时代温暖一吻的瑞娜，伤痕累累地趴在恶魔的尸体上。

她转向他，放声吼叫，直到眼中浮现认得他的目光。接着她对他微笑，一副猫咪拖来一只死老鼠放在主人脚边的模样。

※

瑞娜翻离尸体，在其他恶魔扑上前挣扎起身。她全身染满自己的鲜血，不过已经感到失血减缓，因为体内的魔力开始疗伤。尽管如此，她依然疲惫得无法继续作战。

她低吼一声，不愿放弃，但再度张开双眼时，眼前却只看见亚伦，他全身绽放强烈的魔光，如同造物主手下顶着光圈的天使。他身上只穿缠腰布，苍白的肌肉上魔印不停地脉动，十分美丽。他不像豪尔那么高，不如科比那么壮，但亚伦身上散发出一股其他男人缺乏的力量。她对他微笑，全身沉浸在胜利的骄傲中。三头木恶魔！

"你没事吧？"他问，语气严厉，没有一丝嘉奖的意思。

"没事，"她说，"只是需要休息一会儿。"

他点头。"坐下来，深呼吸，让魔力治疗你。"

瑞娜照做，感觉全身大小伤痕都开始愈合。要不了多久，大部分都会变成淡淡的伤疤，而再过一阵子就连伤疤也会消失得无影无踪。

亚伦捡起一颗魔印栗子焦黑的残骸。"好主意。"他喃喃说道。

"谢谢。"瑞娜说,即使如此简单的赞美都令她兴奋不已。

"但不管是不是好主意,这都是很愚蠢的行为,瑞娜。"他继续。"你可能会引发森林大火,更别提一次面对三头木恶魔有多愚蠢了。"

瑞娜感觉像他对着自己的肚子揍了一拳。"又不是我叫它们盯上我的。"

"是你不理会我的叮嘱,独自出门猎杀石恶魔。"亚伦斥责道。"还把你的斗篷留在堡垒里。"

"斗篷会妨碍我猎杀恶魔。"瑞娜说。

"我不管。"亚伦说。"最后那头恶魔差点把你杀了,瑞娜。你应付它时的擒拿手法乱七八糟,就连奈沙鲁姆都能摆脱你的钳制。"

"那又有什么关系?"瑞娜大声问道,内心刺痛,尽管她很清楚他说的没错。"我赢了。"

"有关系。"亚伦说。"因为你迟早会输。就算是木恶魔也有可能凑巧摆脱束缚,瑞娜。不管魔力让你感觉多么强壮,你的力气依然只有它们的一半。一旦忘记这点,一丁点儿失误,都可能致命。这表示你必须占尽所有优势,而在恶魔眼中隐形是个极大的优势。"

"那你干吗不穿?"瑞娜问。

"因为我把它送给你了。"亚伦说。

"恶魔屎。"瑞娜啐道。"你在袋子里翻了老半天,一副好几星期没碰过它的样子。我敢打赌你根本没有穿过。"

"另一方面,"亚伦说,"我经验比你丰富许多,瑞娜。你已经沉浸在魔法中,这样很不安全,我很清楚。"

"这只是五十步笑百步!"瑞娜大叫。"你每天都在猎杀恶

魔，还不是好好的。"

"可恶，瑞娜，我一点也不好！"他叫道。"黑夜啊，就连现在我都感觉得到魔法在改变我。我好勇斗狠，鄙视不敢战斗的人。这些都是魔法的控制——恶魔的魔法。一点魔法会让你强壮，太多就会让你……沦为野兽。"

他举起手掌，掌上布满数千个小魔印。"我做的事情有违自然，那曾经让我陷入疯狂，至今我还不认为自己神志清楚。"他伸手搭上她的肩。"我不希望这种情况发生在你身上。"

瑞娜伸手抚摸他的脸颊。"谢谢你的关心。"她说。他微微一笑，试图压低目光，但她捧着他的脸，保持目光接触。"但你不是我爸也不是我丈夫，就算你是，我的身体也是我自己的，我有权自己支配。我不要依照他人的期望过活，从现在起我要走出自己的道路。"

亚伦皱眉。"走出自己的道路，还是跟随我的脚步？"

瑞娜瞪大双眼，全身每条肌肉都在大声吼叫，鼓动她扑到他的身上，拳打脚踢、张嘴狂咬，直到他……她摇了摇头，深深吸了一口气。

"让我静一静。"她说。

"随我回堡垒去。"亚伦说。

"去你的堡垒！"她叫道。"不要管我，你这恶魔养的！"

亚伦凝视她很长一段时间。"好吧。"

瑞娜咬紧牙关，拒绝在他离开时落泪。她站起身来，不顾肉体疼痛，从恶魔焦尸上拔出猎刀，随即抬头挺胸。尽管经历大火焚烧，这把武器依然毫发无损，并且在她擦拭干净，还刀入鞘的同时散发残余魔法的刺痛感。

亚伦离开后，她在原地呆立良久，内心分成两边对立。其中一方想要在尖叫声中冲入黑夜，找寻恶魔来宣泄自己的怒火。

另一方则思考着亚伦的批评是否正确——随时都有可能倒地哭泣。

她闭上双眼，拥抱痛苦与愤怒，然后将它们抛到脑后。她很惊讶地发现自己能在短时间内平复情绪。

亚伦只是过度保护而已。她杀了这么多恶魔后，他依然不相信她有能力自保。

她抛开所有情绪，迈开步伐摆出沙鲁金第一式的架势，如同行云流水般迅速变招，试图将这些招式融入自己的灵魂中，让她能够不假思索地施展出来。练招的同时，她回想今晚战斗的每个动作，思索提升战技的方法。

他在其他人眼中或许是无所不能的魔印人，但瑞娜知道他只是提贝溪镇的亚伦·贝尔斯，而自己绝不相信世界上有任何他做得到而自己却做不到的事。

处理得真好。魔印人一边走开一边讽刺地想着。他没走多远，靠在一棵树下席地而坐，闭上双眼。他的魔印耳可以听见毛毛虫爬过树叶的声音。如果瑞娜需要他，他可以立刻赶过去。

他咒骂孩提时的无知，竟然无法看穿豪尔的本性。伊莲对他父亲投怀送抱时，他还以为她是个淫荡邪恶的女人。其实，她只是想尽办法生存下去，就像他在克拉西亚沙漠里所做的事。

至于瑞娜……如果母亲逝世那天他随父亲回家，而不是逃离家园，她就会随他们一起回农场，不会落入她父亲的魔爪，也不会被判死刑。他们俩的小孩现在也到了该结婚生子的年纪。

但自己背弃了瑞娜，背弃了另一条通往快乐的道路，结果却导致她的人生成为悲剧。

带她走是个错误的决定，自私的决定。他一心只想到自己，为了让自己保持理性而让她过这种生活。瑞娜选择他的道路是因为她觉得自己已经一无所有，但其实她还有救。她虽然不能

回提贝溪镇,但如果他能带她前往解放者洼地,她会发现世界上还是有不少好人——宁愿起身战斗也不愿意放弃人生一切美好事物的好人。

但就算尽可能挑最直接的路走,洼地距离他们的堡垒也要一星期路程。他得在她完全沦为野性的奴隶以前尽快让她回归文明。

河桥镇距离此地不到两天的路程。到那里后他们就可以转往蟋蟀坡、安吉尔斯,以及农墩镇,然后抵达洼地。途中只要有机会,他会强迫她与人接触,并且在白天赶路,而不是像现在这样早上睡觉,下午追踪恶魔的行踪。

他自己也不喜欢花这么多时间与人相处,但他想不出别的做法,瑞娜比他重要。如果人们看见他身上的魔印开始议论纷纷,那就由他们去。

※

欧克信守承诺让难民渡过分界河,但时至夏至时分,又缺乏来森的粮食,全提沙境内的日子都不好过。分界河两岸的河桥镇都大幅扩张,难民在镇墙外围搭建帐篷,仅以简陋的魔印守护,到处都是一片脏乱景象。瑞娜一脸作呕地皱起鼻头,他知道这种景象对她抗拒文明的心态没有任何帮助。

围墙上的守卫数量也增加了,而且在魔印人和瑞娜接近时投以轻蔑的神色。这是意料中的反应。在艳阳下从头到脚包在长袍中,魔印人的外表到哪里都会引人注目;瑞娜身穿衣不蔽体的破布,肌肤上都是褪色的黑色墨汁,也同样引人注目。

但魔印人至今不曾在任何城市或小镇遇过不爱钱如命的守卫,而他的鞍袋中有很多钱。没过多久,他们已经步入围墙,将马拴在闹哄哄的旅店外。时值傍晚时分,河桥镇镇民刚刚结束一天的劳动回家休息。

"我不喜欢这里，"瑞娜说，打量着走过他们身旁的镇民，"半数镇民面有饥色，另一半一副怕我们动手打劫的样子。"

"没有办法。"魔印人说。"我要打听消息，而在深山野外不可能打探任何消息，暂时融入人群吧。"

瑞娜不喜欢这个答案，不过还是默默点了点头。

旅店的酒吧此时人挤得满满的，但活动大多集中在吧台附近，魔印人在后方找到了一张空桌。他和瑞娜过去坐下，片刻过后，一名年轻美貌、眼神略带哀伤疲惫的女侍来到他们面前。她的服装还算干净，只是有点旧，而他一眼就从她的肤色及脸型认出她是来森人；或许是最早抵达的一批难民，所以还能幸运地找到一份临时的工作。

他们旁边一桌的男士们正大声地叫唤着。"唉，蜜莉，再来一轮！"其中一名男子叫道，同时重重拍击女侍的臀部。她吓了一跳，闭上双眼，深吸一口气，然后换上一副虚假的微笑转身面对他们。"当然，男士们。"她愉快地说道。

她转头面对他们，微笑立即消失。"你们要点什么？"

"两杯麦酒和晚餐。"魔印人说。"如果还有空房，还要一间房。"

"有空房。"女侍说。"但路过的旅人很多，所以房价不低。"

魔印人点头，在桌上摆了一枚金币。女侍睁大双眼——她这辈子或许不曾见过真正的金子。"这些应该够付房间和今晚的酒钱，零钱不用找了。现在，房间的事要找谁谈？"

女侍立刻抄起金币，免得被旁边的酒客发现。"去找米歇尔，他是老板。"她说完，指向一名卷起衣袖、围着白围裙、满头大汗的胖佬，他在吧台后方努力帮所有举在他面前的酒杯

倒满酒。转头去看的时候，魔印人瞥见女侍将金币塞入自己的连衣裙内。

"谢谢。"他说。

女侍点头。"麦酒待会儿就来，牧师。"她鞠躬离开。

"我去租房，待在这里，不要惹事。"魔印人对瑞娜说。"不会太久。"她点头，他起身离开。

吧台前很挤，人们都想在钻进自己的魔印圈之前再喝几杯。魔印人得站在吧台旁边等待老板注意到自己，不过当对方转过头来时，魔印人亮出另一枚金币，老板立刻赶来。

米歇尔给人一种壮年爆发的感觉。他有能力赶跑惹麻烦的酒客，不过由于生意成功且迈入中年，他现在的力气似乎早已不复当年。

"一间房。"魔印人说，将金币抛给他。他从钱袋里取出另一枚金币，举在眼前。"以及是否有来自南方的消息——我们在提贝溪镇待了一段时间——如果你有听说的话。"

米歇尔点头，不过眯起双眼。"什么风都吹不到提贝溪镇。"他说，凑上前试图偷看魔印人兜帽下的长相。

魔印人后退一步，旅店老板立刻退开，慌张地看向金币，深恐它自眼前消失。

"最近人们都在谈论南方的消息，牧师。"米歇尔说。"前些日子，沙漠老鼠把洼地的草药师抢回去给他们领袖——沙漠恶魔当新娘了。"

"贾迪尔。"魔印人低吼一声，紧握拳头。他早该在克拉西亚人离开沙漠时就溜入他们的营地将他干掉。他曾以为贾迪尔是个看重荣誉的人，但现在他很清楚一切都是为了掩饰他对权力的渴望。

"根据传言，"米歇尔继续怯怯地说道，"他是为了除掉魔印人才前往洼地的,但解放者失踪了。"

魔印人愤怒无比,怒火中烧。如果贾迪尔胆敢伤害黎莎,如果他敢碰她一根寒毛,他一定会把他杀了,然后把他的大军赶回沙漠。

"你还好吗,牧师?"米歇尔问。魔印人将在掌心中捏到变形的金币抛给他,不等房间钥匙便转身离开,他得立刻赶回洼地。

然后他听见瑞娜怒吼,紧接着又是一声杀猪似的惨叫。

☙

瑞娜进入旅店倒抽一口凉气。她从来不曾见过这种地方,人多得几乎喘不过气。人声嘈杂,空气潮湿污浊,充满烟味和汗臭味。她感到心跳加速,但转向亚伦时,却发现他抬头挺胸,充满自信,这才想起他是什么人,他们是什么人。她一样抬头挺胸,面对眼前那些冷漠的目光。

某些男人在看见她时出声叫嚣,但被她瞪上一眼之后,大多立刻转移视线。不过她在挤过人群时感觉被人抓了一下屁股。她立刻转身,紧握刀柄,但没人看见动手的人;有可能是身后十几个男人中任何一个,而他们全都假装没看到她。她咬紧牙关,迅速跟上亚伦,身后随即传来一阵嘲笑。

当隔壁桌的男人打女侍的屁股时,瑞娜感到一股前所未有的愤怒。亚伦假装没有看见,但她知道他看见了。就和她一样,他很可能也在压抑一股折断对方手臂的冲动。

亚伦去找旅店老板后,隔壁桌的男人转过椅子来面对她。"我还以为那个牧师永远不会离开呢。"他笑嘻嘻地说道。

他是个身材高大的密尔恩男子,肩膀宽厚,蓄着粗犷的黄胡子及金色长发。他一桌伙伴全部转过来盯着瑞娜,目光扫视

她全身上下裸露的肌肤。

"牧师？"她困惑地问道。

"你那个一身长袍的保镖——"男人道。"我能够想象你这么美丽的女孩需要圣徒来护送，因为没有世俗男人能抗拒你的诱惑。"他自桌下伸过手去，巨大的手掌一把抓住她的大腿，用力捏下。瑞娜全身僵硬，没想到对方如此胆大妄为。

"我想你有办法一次应付我们三个。"男人直言不讳。"我打赌你已经湿了。"他的手掌继续朝大腿上方移动。

瑞娜终于受够了。她伸出左手，一把抓起他的拇指，以右手指节对准他拇指和食指之间的施压点狠狠压下。壮汉惊呼一声，手掌力气全失，接着瑞娜施展沙鲁沙克，反转他的手腕，将对方手掌紧紧压在桌上，然后一刀砍断。

男人瞪大双眼，一时间惊得呆了，与他的同伴一样不知所措。接着伤口开始喷出鲜血，男人张嘴尖叫，他的朋友都跳下座位，踢开椅子。

瑞娜早有准备。她将惨叫的男人踢向一名伙伴，然后跳到桌上，压低身形，将父亲的猎刀反握在手臂下方，不让大多数人看见，但只要有人接近立刻就能出刀。

"瑞娜？！"亚伦大叫，自后方将她抱起。她在被亚伦拖下桌面时扭动挣扎。

"到底怎么回事？"米歇尔大声问道，拿着一根巨棒推开酒客走了过来。

"这个女巫砍断了我的手！"金发男子哭着声音嚎叫道。

"我没把你阉了算你走运！"瑞娜站在亚伦身后对他叫道。"你凭什么摸我那里？我又没有和你订婚！"

旅店老板转身面对她，接着看见亚伦，双眼随即大张。亚伦在和她拉扯时弄开了兜帽，现场所有人都看见他脸上的魔印。

"魔印人。"旅店老板喃喃说道。这个名字当即在围观群众之间传开。

"解放者!"有人叫道。

"该走了。"亚伦轻声说道,抓起她的手臂。她跟紧他的脚步,随他推开所有走避不及的镇民。他拉回兜帽,不过依然有一大群酒客跟着他们冲出旅店。

亚伦加快步伐,拖着她前往马厩,丢出一枚金币,然后奔向黎明舞者。

片刻过后,他们冲出马厩,朝镇外疾驰而去。镇门守卫大声喝止,旅店的群众紧追在后,但太阳即将下山,没人胆敢跟随他们冲进暮色中。

"可恶,瑞娜,你不能就这样随随便便乱砍别人的手掌!"亚伦在离河桥镇不远处的空地停马扎营时斥责道。

"他活该,"瑞娜说,"除非我愿意,不然没有男人可以碰我那里。"

亚伦脸色一沉,但没有反驳。

"下次扭断他的拇指就行了。"他终于说道。"这样就不会有人敢多看你一眼了。现在被你这么一搞,我们短期内都不能回河桥镇去了。"

"反正我也讨厌那里。"瑞娜说。"这里,"她张开双手,仿佛拥抱黑夜,"这里才是我们的归属之地。"

但亚伦摇头。"解放者洼地才是我的归属之地,而根据我在你展开疯狂行径之前从老板那边听来的消息,我已经不能继续在这里浪费时间了。"

瑞娜耸耸肩。"那就赶路吧。"

"怎么出发？你刚刚才截断了我们通过全提沙境内唯一一座大桥的道路。"亚伦叫道。"分界河太深了，不能涉水而过；河面太宽，黎明舞者也不可能游过去。"

瑞娜低头看脚。"对不起，我不知道。"

亚伦叹气。"事情已经发生了，瑞娜。我们会想出办法的，但你进入城镇时得多穿点衣服。在夜里露出魔印是一回事，但白天穿那么暴露，是男人都会想入非非。"

"除了你之外。"瑞娜喃喃说道。

"他们只看见大腿和乳沟，"亚伦说，"我看到的是个嗜血成性的女孩，凡事不经大脑，只会用猎刀思考。"

瑞娜瞪大双眼。"恶魔养的！"她尖叫，举起猎刀，朝他扑上。亚伦轻轻向旁边一让，抓起她的手腕，顺势一扭，猎刀脱手。他伸手抵住她的手肘，利用她自身的力量将她推倒在地。

她试图起身，但他扑在她身上，紧扣两手手腕，将她固定在原地。她试图用膝盖顶他两腿之间，但他早有准备，以膝盖压制她的大腿。魔法带来的蛮力每到早上就会消失，她没有办法把他推离自己身上。她尖声吼叫，疯狂挣扎。

"你这样做只是在证明我说的是对的！"他吼道。"给我住手！"

"这不就是你要的吗？"瑞娜叫道。"不会拖慢你的人？毫不畏惧黑夜的人？"她使劲抽手，但他的手臂坚如铁铸。他们的脸相隔不到数英寸。

"我没有'想要'任何东西，瑞娜，"亚伦说，"我只想带你远离那种处境，我并不打算把你……变得和我一样。"

瑞娜不再挣扎。"除了让我看清自己，你没有逼我做任何事，我所做的一切都是出于自愿。如果你明天就离开我，我依然会在皮肤上绘制魔印。尝过自由的滋味后，我绝对不愿再回去坐牢。"

她察觉他松开了手掌，自己只要愿意随时可以挣脱，但亚伦眼中浮现某种光芒，一种她从来不曾见过的理解神情。

"我以前常常想起我们在干草棚上玩亲亲的那个晚上。"她说。"我把那个吻当作订婚的象征，多年后我的嘴唇依然感觉得到那一吻的甜蜜，等待着你的归来，我一直以为你会回来。在科比·费雪之前，我没有再亲过别人，而当时我只是为了不要和爸独处而亲的。科比是个好人，但我并没有很爱他，我们几乎不相识。"

"小时候，你和我也互不相识。"亚伦说。

她点头。"当时我根本不懂订婚是什么意思，也不知道伊莲和爸做的事是错的；那时候很多事却看不明白。"

她感觉眼眶中泪如泉涌，但她别无选择，只能任由眼泪流下。"我知道你是什么人，过着什么样的生活。我对一切不存任何幻想，但我依然可以当你的妻子。我想当，如果你愿意接纳我。"

他看着她，无言以对，但他的眼神已经表明一切。他压低身形，两人鼻头轻触，她感到一股快感袭体而来。

"有时候我还能够感受到那个吻。"她轻声细语，闭上双眼，嘴唇微张。一时间，她很肯定他会亲她，但接着他放开她，翻向一旁。她惊讶地张开双眼，看见他从地上爬起来，转过身去。

"你知道的不如想象中多，瑞娜。"他说。

瑞娜沮丧得想要大叫，但他语气中的哀伤却令她动容。她吸了口气，坐起身来。"造物主啊，你已经结婚了！"她觉得自己无法呼吸。

但亚伦转头看她，接着哈哈大笑。不是那种听到笑话时的

礼貌笑声，或打算伤害他人时的狞笑，而是真心大笑，笑得全身战抖，必须伸手扶着黎明舞者才能站稳。笑声化去了她的恐惧，让她松了一大口气。她突然感到心情开朗，和他一起捧腹大笑。他们笑了好一阵子，化解彼此间的紧绷情绪，接着笑声渐歇，终于恢复宁静。

瑞娜站起身来，伸手触摸亚伦的手臂。"如果有什么我不知道的事情，请告诉我。"

亚伦看看她，点点头，再一次甩开她的手，走开几步，双眼垂向地面。

"这里，"他于片刻后说道，踢了踢脚下的泥土。"有一条通往地心魔域的通道。"

她走过去，透过魔印眼观看。没错，在他们脚边翻腾不休的闪亮魔雾如同烟斗上的烟雾般不断涌出。

"我感觉得到这条通道，"亚伦说。"召唤我直接通往地心魔域。它在呼唤我，瑞娜。就像我妈在晚餐前叫我一样，它呼唤我，而我很想……"他的形体开始消失，仿佛他是一个鬼魂……或是地心魔物。

"不！"瑞娜大叫，出手抓住他，但双手透体而过。"叫它停止召唤！"

片刻之后，亚伦凝聚成形时，她才松了一大口气，不过他的神色依然悲伤。"我身上的魔印并非我不能正常过日子的原因，瑞娜。吸收过多魔力就会变成这个样子。现在我比较像是恶魔，不像个人类，每天黎明我都在等待太阳将我烧成灰烬。"

瑞娜摇头。"你不是恶魔，恶魔不会担心解放者洼地或提贝溪镇。恶魔不会在乎某个认识的女孩惨遭恶魔毒手，或是花费几个月试图帮助对方。"

"或许，"亚伦说，"但只有恶魔才会要求那个女孩也变成恶魔。"

"你没有要求我做任何事。"瑞娜说。"我所有决定都是自己做的。"

"那就花点时间谨慎思考。"亚伦说。"因为这不是你能反悔的决定。"

第三十一章　欢愉大战

333 AR

罗杰对所有人宣称自己之所以在楼梯间练习小提琴而不是在属于自己的那个侧翼房间里，是因为那个地点可以让音乐回荡于整栋宅邸中。这种说法并没有错，但真正原因是那里可以清楚看见阿曼娃和希克娃的房门。三天来，他完全没有看见女孩们出门。

真不知道自己为什么关心。自己到底在想什么，竟然在拥有充足的理由拒绝两人时为希克娃挺身而出？甚至在她们刺杀黎莎后还让她们留下？难道自己真的考虑成为沙漠恶魔的女婿？结婚的想法总是令罗杰恐惧，过去几年来自己曾数度为了逃脱这个圈套而远走高飞。

婚姻是另一种自杀，艾利克总是这么说。女人们抢着要和吟游诗人上床，所以我们顺从她们的意愿。但一旦你订婚了，所有吸引她的特点突然间都变成问题了。她们不希望你继续旅行，又不希望你每天晚上都去表演，或是加班演出，接着她们会怀疑你为什么总是挑选漂亮的女孩上来丢飞刀。不知不觉间，你就已变成天杀的木匠，能在第七日的时候上台唱首歌就算走运了——想和任何女人睡觉都由得你，但床边一定要放着打包好的行李，并且在听到"订婚"两个字的时候立刻走人。

然而他还是不假思索地跳出来帮希克娃解围，即使到了现在，他的脑中依然不时响起两个女孩美妙的合声。罗杰渴望与她们一同唱歌，而当他想起她们的长袍掉落地面那一幕时，他的心里生起了另一种渴望，一种打从遇上黎莎以来就不曾在其他女人身上感受到的渴望。

但黎莎不会接纳他，而艾利克又在没有朋友的情况下孤独死去。

阿邦的女人隔三岔五会送食物来或清理便桶，但女孩们的房门一直只是拉开一条缝，而且总是在他有机会看清楚里面的状况之前就被关上。

✤

当晚在阿拉盖沙拉克中，罗杰紧张地打量贾迪尔，卡维尔。加尔德和汪妲手持长矛与其他戴尔沙鲁姆并肩作战。加尔德和汪妲适应得十分快。加尔德或许不擅长沙鲁沙克，但在持盾推进的时候，没有人比他更强壮，也没有人能够在盾墙后方将矛刺得比他更远。

罗杰与黎莎、贾迪尔，以及数名解放者长矛队的战士一同推进，以自己的音乐笼罩众人、驱退恶魔，同时却强烈地感觉自己心不在焉。贾迪尔迟早都会询问罗杰对与他的女儿和外甥女的婚事，如果他的答案无法满足对方，只怕当场就会有人惨死，而且肯定是他。

但截至目前，贾迪尔的眼中都只容得下黎莎，如同坠入爱河的男人一样不停地讨她欢心。当然，这并不会让他感觉更加自在，特别是当罗杰发现黎莎也在回应他的目光时。他不是傻子，就算她没发现，他也很清楚那代表什么意思。

罗杰在扫荡行动结束，所有人解散回城后终于松了一口气。他整个人看起来很糟糕，手指因为演奏而麻木，全身肌肉无处

不痛；他汗流浃背，身上沾了一层恶魔焚烧的灰烬。

看着加尔德和汪妲全身充斥着恶魔的魔力，一副仿佛刚刚跳下床，而不是要上床休息的模样，罗杰的心情更加难受。他从来不曾感受魔法的威力。在看过魔印人形体消散，说什么要溜入地心魔域之后，他就对魔法产生了强烈的恐惧。最好还是用音乐和恶魔保持距离，然后玩玩飞刀比较稳妥。

但在解放者洼地居住将近一年后，经常吸收魔力的人身上都出现了显而易见的变化。他们比当初强壮，身手更加敏捷，不会生病，也不会疲惫。年轻人迅速长成，老人的老化速度减缓，甚至返老还童。但从另一方面来说，罗杰感觉自己仿佛快要崩溃了。

他跌跌撞撞地走进自己卧房，一心只想好好睡上几小时。但房内的克拉西亚油灯亮着，散发出香甜的气味。这点似乎不大对劲，因为他出门前天还没黑。床头柜上放着冰水，还有摸起来尚有余温的面包。

"我还吩咐希克娃帮你准备洗澡水，未婚夫。"一个声音从罗杰身后传来。他吓得大叫，连忙转身，不自觉地手里握住一把飞刀，结果发现说话的是阿曼娃，希克娃则跪在她身后，旁边摆了个热腾腾的大澡桶。

"你们在我房间里干什么？"罗杰问，他想收起飞刀，但手指有些不听使唤。

阿曼娃顺势下跪，仿佛举行仪式般额头轻触地面。"原谅我，未婚夫。我最近……身体不适，需要希克娃照顾。无法服侍你令我内心不安。"

"那个……啊，没关系。"罗杰说，强迫自己收起飞刀。"我不需要服侍。"

阿曼娃闻闻空气。"对不起，未婚夫，但你得洗个澡。明天就是月亏之始,得准备一下才好。"

"月亏?"罗杰问。

"暗月。"阿曼娃说。"相传恶魔王子阿拉盖卡将会降临人间。男人在月亏的白天必须神清气爽,才能度过最漆黑的夜晚。"

罗杰眨眼。"太美了。应该有人写首月亏之歌。"他立刻开始构思旋律。

"对不起,未婚夫。"阿曼娃说。"已经有很多关于月亏的歌了。你希望我们帮你沐浴的时候唱给你听吗?"

罗杰脑中突然浮现这两个女人一边裸体高歌,一边把他掐死在澡盆里的画面。他紧张大笑。"我的老师告诉我要小心太过美好的事物。"

阿曼娃侧过脑袋。"我不了解。"

罗杰大口吞咽口水。"或许我该独自沐浴。"

女孩们透过面纱咯咯娇笑。"你已经看过我们裸体的模样了,未婚夫。"希克娃说。"你怕我们看见你的吗?"

罗杰面红耳赤。"不是那样,我……"

"不相信我们。"阿曼娃说。

"我有理由相信你们吗?"罗杰问道。"你们假扮不会说提沙语的无辜少女,然后试图行刺黎莎,结果却又完全听得懂我们在说什么。我怎么知道澡盆里面没有黑叶草?"

两个女孩再度额头抵地。"如果你是这样想的话,那就杀了我们吧,未婚夫。"阿曼娃说。

"什么?"罗杰问。"我不会杀任何人。"

"那是你的权力。"阿曼娃说。"而且我们的背叛行为理应处以死刑。你如果拒绝我们,我们也将面对同样的命运。"

"他们会杀死你们?"罗杰问。"解放者的女儿?"

"要么就是达玛佳为了我们行刺失败杀死我们,不然就是沙达玛卡为了我们意图行刺而杀了我们。如果我们不在你的卧房里寻求庇护,我们就死定了。"

"你们可以安安稳稳地待在这里,但那并不表示你们必须帮我沐浴。"罗杰说。

"我表妹和我绝不希望让你颜面无光,杰桑之子,"阿曼娃说,"如果你不想娶我们为妻,我们就去向我父亲坦白。"

"我……不知道可不可以接受这种做法。"罗杰说。

"今晚你不须接受任何事情。"希克娃说。"除了一首月亏之歌以及舒适的澡。"两名克拉西亚女孩同时撩起面纱,引吭高歌,歌声如同他印象中一样美妙。他听不懂歌词,但深沉的曲调明显表达出在黑夜中找寻力量的意境。她们站起身来,走到他面前,缓缓地引领他走向澡盆,帮他脱下衣服。没过多久,他已经赤身裸体,坐在热腾腾的澡盆里,感受着舒舒服服的热水洗去肌肉上的疼痛和疲倦。她们在他身边编织出一道音乐的面纱,如同他用以蛊惑恶魔的音乐般令他着迷。

希克娃轻轻耸肩,黑色丝袍滑落地面。罗杰低声呼叫,看着她转身解开阿曼娃的长袍。

"你们在干吗?"他在希克娃从前方踏入澡盆时问道。阿曼娃从后面入盆。

"当然是帮你沐浴。"阿曼娃说。她立刻继续唱歌,用手捧起热水淋在他头上,希克娃则拿出刷子和肥皂。

她的动作轻快有力,一边刷下他身上的尘土,一边帮他按摩肌肉。但罗杰几乎没有注意,双眼紧闭,陶醉在她们的歌声中,以及那温柔的抚摸下,直到希克娃将双手伸入水中。他当场跳了起来。

"嘘,"阿曼娃轻声道,柔软的双唇贴在他耳边,"希克娃已经有过经验,而且受过枕边舞蹈的训练。让她成为我们送给你的月亏之礼吧。"

罗杰不清楚枕边舞蹈是什么意思,不过其实并不难猜。希克娃的嘴唇贴上他的耳朵,他在她爬上他的大腿时紧张得直喘息。

※

黎莎原来不知道罗杰的卧房就在自己卧房的正下方,直到楼下传来希克娃的叫声。一开始她以为女孩是在惨叫,于是连忙起身,准备去拿草药裙,接着她才听出那是什么叫声。

她试图继续回去睡。尽管这种行为极为不妥,罗杰和希克娃似乎都不打算低调行事。她拿了一个枕头盖在头上,不过叫声竟然突破枕头钻进耳朵。

其实她并不惊讶。就某些方面来说,她甚至没有想到他们会拖这么久。在英内薇拉如此鼓动他们检查希克娃的童贞之后,黎莎就一直觉得她很不对劲。要激发罗杰英雄救美实在太容易了,轻轻松松就让他接受她们成为他的新娘——毕竟,罗杰只是个男人。

她轻哼一声,心知那只是实情的一部分而已——英内薇拉连我也一起要了。

事实上,她不赞成男人娶超过一名妻子,但她还是认为罗杰会对那两个女孩带来好的影响,而或许丈夫的责任也可以帮助他成长。如果这是他想要的话……

就算是他想要的,我也不必在这里听。她心想,接着翻身下床,走出走廊,在她的楼层挑了间空房。她心怀感激地爬进被窝,满心以为自己会立刻入睡,但刚刚的声音在她脑中回荡,引来一些全新的遐想画面——贾迪尔除下衣衫,肌肉上的魔印

栩栩如生。她心想它们是否也与亚伦的一样微带刺痛。

终于睡着后，她陷入一场春梦中。在梦里，她想起她和加尔德缩在父母家中客厅地板上时壁炉发出的热气、马力克的狼眼、亚伦的亲吻和拥抱所引发的激情。

但加尔德和马力克都背叛了她，而亚伦又拒绝了她。春梦化为噩梦，当日在道上被三个强盗压在地上的景象再度清晰无比地回到眼前。她再度听见他们的淫言秽语，感到他们拉扯自己的头发，承受被他们骑在身上的感觉。她将这段回忆封存在脑海深处，但很清楚那是曾经发生过的残酷事实。在这些画面中，她清楚地看见英内薇拉在执行鞭刑时对她露出不屑的神情。

她猛然惊醒，心脏猛跳。她伸出双手，找寻东西守护自己，不过屋内当然没有其他人。

恢复正常后，恐惧消失了，取而代之的是一股强烈的愤怒。强盗在回洼地的路上从我体内夺走了某样东西，但我绝对不会让他们夺走一切。

❦

黎莎脸上涂着厚厚一层脂粉，试穿着可能是第一百件衣服，同时还要顾虑精心设计的发型，不让它被衣服弄乱。

贾迪尔要来求婚了。当天早上他派人捎信，说下午要来造访，继续为她念诵旅途中尚未念完的《伊弗佳》圣典，不过大家都知道他真正的意图。

阿邦的第一妻室莎玛娃带了几十套衣服来给她试穿，比婴儿肌肤还要柔软的克拉西亚丝绸，鲜艳且极度裸露。她和伊罗娜把黎莎当作娃娃一样打扮，让她在墙上一整排镜子面前走动，争论着哪些剪裁样式比较性感。汪妲幸灾乐祸地看着她们，大概在为了阿瑞安的裁缝师对待她的方式感到庆幸。

"这件太夸张，就算以我的标准来看也一样。"伊罗娜评论最后这套服装说道。

"太暴露了。"黎莎说。这套衣服几乎完全透明，是英内薇拉偏爱的那种风格。她要有布鲁娜的厚披肩才好意思穿上这套衣服。

"你得维持神秘感。"伊罗娜同意道。"让他自己想办法赢得奖赏。"她挑了件没有那么透明的连衣裙，但丝绸依然紧贴黎莎，让她觉得自己如似一丝不挂。她打了个冷战，终于了解这种服饰为什么在北地不像沙漠那么流行。

"没这回事。"莎玛娃说。"黎莎女士的身材可以媲美达玛佳，让沙达玛卡看清楚在合约签订前只能看不能摸的好货。"她拿出一套透明裸露到黎莎都不知道穿来干吗的服装。

"够了！"她大声说道，脱下伊罗娜挑选的衣服，顺手丢到地板上。她拿起一块布，开始擦掉脸上莎玛娃和伊罗娜为之争论颜色的化妆品。

"汪姐，去拿我那套蓝色衣服过来。"黎莎说。她的语气将女孩脸上的笑意一扫而空，立刻领命而去。

"那件单调的老古董？"伊罗娜问道。"你会看起来——"

"那是我自己。"黎莎打断她。"不是什么浓妆艳抹的安吉尔斯妓女。"两个女人都张嘴结舌，但她瞪向她们，她们立刻闭嘴。

"至少不要弄乱发型。"伊罗娜说。"我弄了一个早上，打扮一下不会要你的命。"

黎莎转身，欣赏母亲帮她浓密的黑发所做的造型，额头上的刘海桀骜不驯，背上的波浪如同飞瀑。她微笑。"好吧！"

汪姐带着黎莎的蓝色连衣裙回来，但黎莎看着它啧啧两声。"让我想想，去拿我节庆时候穿的那套礼服。"她向母亲眨眼。

"没道理不打扮一下。"

黎莎在自己的卧房中来回踱步,等待贾迪尔到来。她遣走了其他女人,听她们说三道四只会让她更加烦躁。

一会儿,门上传来敲门声,黎莎迅速照照镜子,收起小腹,挺起胸部,然后过去开门。

但等在外面的不是贾迪尔,而是阿邦,目光低垂,手里拿着一只小酒瓶以及一只更小的酒杯。

"增加勇气的礼物。"他说着将手中的东西递给她。

"这是什么?"黎莎问,打开酒瓶闻了闻。她皱起鼻头。"闻起来像我手术前用来消毒伤口的东西。"

阿邦大笑。"它肯定常被拿去消毒伤口。这玩意叫作库西酒,是我们族人用来消除紧张的饮料。就连戴尔沙鲁姆也喝,为太阳下山之后增添勇气。"

"他们会在喝醉之后上场打仗?"黎莎难以置信地问道。

阿邦耸肩。"库西酒……朦胧中带有清醒,女士。喝一杯,你会感到温暖而宁静。喝两杯,你会拥有沙鲁姆的勇气。喝三杯,你会感觉自己有能力在奈的深渊边缘跳舞。"

黎莎扬起一边眉毛,但嘴角微微上扬。"或许喝一杯吧。"她说,在小酒杯中倒满了酒。"此刻我不介意暖暖身体。"她将酒杯放在嘴边,一饮而尽,然后在喉咙传来灼烧感时咳了咳。

阿邦鞠躬。"每一杯都比之前更加甜美,女士。"他离开。黎莎又倒了一杯。的确,这酒的口感滑顺爽口。

第三杯如同肉桂般美味。

阿邦对于库西酒的说法没错。黎莎感觉酒意如同魔印斗篷般笼罩全身，同时提供温暖与保护。脑中争吵不休的声音消失了，在那阵宁静中，她的思绪达到了一种前所未有的清明境界。

屋内燥热难耐，尽管她的庆典礼服胸线很低。她朝胸口扇风，饶富兴味地看着贾迪尔一边装作不感兴趣，一边又不时偷瞄自己的模样。他们舒舒服服地靠在枕头上，《伊弗佳》圣典摊在两人之间，不过贾迪尔已经好一会儿没有念经给她听了。他们谈起其他话题，她越来越棒的克拉西亚语、他在卡吉沙拉克的日子，以及她当布鲁娜学徒的生活，还有他母亲因为生了太多女儿而遭受排挤的情况。

"我妈对于只生一个女儿也一直耿耿于怀。"黎莎说。

"像你这样的女儿比一打儿子还强。"贾迪尔说。"但你哥哥们呢？就算他们已经长伴艾弗伦身边，也不会因此而贬低她的荣誉呀。"

黎莎叹气。"我妈骗你的，阿曼恩。她只生我一个，而我也没有恶魔骰子可以保证帮你生儿子。"此言出口的同时，她感到心中的大石终于放下。就像她的衣服一样，她要让他认识真正的她。

意外的是，贾迪尔只是耸了耸肩。"那就顺应艾弗伦旨意吧。就算你已生了三个女儿，我也会珍惜她们，并且深信你一定会帮我生儿子。"

"我也不是处女。"黎莎脱口而出，然后屏息以待。

贾迪尔凝视着她良久。黎莎怀疑自己是不是透露太多了。但自己是不是处女又关贾迪尔什么事？

从贾迪尔的眼神看来，这事显然事关重大，但她母亲的谎

言在她心中造成很大的压力，如果她继续保持沉默，那与她亲口撒谎没有两样。

贾迪尔左顾右盼，似乎在确定屋内只有他们两人，接着凑向前去，嘴唇几乎与她贴上。"我也不是。"他低声说道。她哈哈大笑。两人笑成一团，沉浸在坦诚融洽的气氛当中。

"嫁给我。"他恳求道。

黎莎轻哼一声。"你为什么还要更多妻子，你已经有了……"

"十四个，"贾迪尔挥手说道，仿佛她们不算什么，"卡吉有一千个。"

"有谁会记得他第十五个妻子的名字？"黎莎问。

"姗娜娃·克雷瓦克。"贾迪尔不假思索地说道。"传说她父亲窃取影子打造她的黑发，于是自她的子宫里产下了史上第一代侦察兵，隐身于黑夜中，但依然传承了父亲的警觉特质。"

黎莎眯起双眼。"你瞎编的吧。"

"万一不是的话，你愿意亲我一下吗？"贾迪尔问。

黎莎假装考虑。"如果是的话，我要打你一下。"

贾迪尔微笑，指向《伊弗佳》。"卡吉的所有妻子都被记载在圣典中，接受世人的永恒赞扬。其中有些妻子的记载颇为详尽。"

"一千个全都记在里面？"黎莎怀疑地问道。

贾迪尔对她眨眼。"直到一百名之后才从详述她们的生平变成简述。"

黎莎笑嘻嘻地拿起圣典。"两百三十七页。"贾迪尔说。"第八行。"黎莎翻到他说的那一页。

"上面怎么说？"贾迪尔问。

黎莎依然不太看得懂书上的文字，但阿邦教过她拼音念诵的技巧。"姗娜娃·克雷瓦克。"她说。她把整页的内容念给他听，努力模仿美如音乐般的克拉西亚口音。

贾迪尔微笑。"听你说我们的语言令我通体顺畅。我已经开始记载我的生平——《阿曼恩圣典》，与卡吉撰写《伊弗佳》一样，用我自己的鲜血撰写。如果你担心被世人遗忘，嫁给我，我会将你的事迹写成一整座沙丘。"

"我还是无法作决定。"黎莎坦白说道。正当贾迪尔的笑容开始消失时，她凑上前去，展颜欢笑。"但你已经赢得了一个吻。"他们四唇交触，一股远比任何魔法还要强大的感觉袭体而来。

"万一被你妈发现怎么办？"贾迪尔问，在发现她不打算停止拥抱时把她推开。

黎莎双手捧着他的脸颊，将他拉回身边。

"我把门锁上了。"她说，张嘴亲了上去。

※

黎莎是草药师，是古世界科学家，且常常做实验。她最喜欢的就是学习新事物，不管是草药、魔印还是异国语言，世界上没有任何她无法学习并且加以改进的学问。

所以那一天在床上，当他们脱下衣服时，十五年来都在学习治疗人体的黎莎终于学会如何让人体自在高歌。

在汗水与喘息声中分开时，贾迪尔似乎十分满意。"你比吉娃沙鲁姆的枕边舞者还要厉害。"

"压抑多年的结果，"黎莎说，愉快地伸展身躯，毫不在意裸露自己。她从来不曾如此自在过。"幸好你是沙达玛卡，稍微逊色的男人可能无法幸存。"

贾迪尔大笑，亲吻她。"我为了战争而生，必要的话可以

与你欢愉大战十万场。"

他站起身来,低头鞠躬。"但太阳快要下山了,我们得赶赴另一个战场。今晚是月亏的首夜,阿拉盖将会异常壮大。"黎莎点头,两人不情愿地穿上衣衫。他拿起他的长矛,她则换上草药裙。

加尔德、汪妲和罗杰与解放者长矛队在庭院里等待,没有人向他们多说什么。黎莎感觉自己有些异样,她很肯定其他人都看得出来,但即便如此,也没有人表现在脸上。

即使在阿拉盖沙拉克作战期间,黎莎都觉得与贾迪尔如此靠近地并肩作战,让她无法集中精神。他似乎也有相同的感受,当她处理经验老到的战士所受的轻伤时,他一步也没有离开她身侧。

"我明天也可以来为你读经吗?"贾迪尔在战事结束后问道。他还要忙上几小时,但洼地镇民可以先回镜宫。

"只要你喜欢,每天都可以为我读经。"她说。只见贾迪尔喜形于色。

※

恶魔王子待在远方观察解放者的传人与手下屠杀躯壳。心灵恶魔已经观察解放者传人好几个周期了,如同王子所恐惧的,他是个统一者。他很显然还不了解恶魔骸骨长矛和王冠所蕴藏的力量,但他的力量依然与日俱增,且这些人类躯壳已经开始统一,可能造成威胁。那时要杀解放者传人已经有点困难,就算恶魔王子成功,还是有很多人可以取而代之。

但北地雌性人类带来新的转机,成为解放者传人的弱点。她的心灵缺乏防护,而且她对解放者传人以及它兄弟在北方跟踪的那个男人所知甚详。

当她与其他人分开时，心灵恶魔随即跟上。

※

回到镜宫后，黎莎几乎是飞奔上楼，直奔卧房。

"你怎么了？"汪妲问。

"看来你完全搞不清楚状况。"汪妲一脸茫然地看着她，黎莎大笑。"回床上去吧。卡维尔训练官要不了多久就会来对你大吼大叫了。"

"卡维尔没那么糟。"汪妲说，不过还是依照她的吩咐回房去了。

黎莎踮起脚尖，溜过母亲房门，祈祷那个女人起码愿意等到天亮才来盘问她。在溜回她与贾迪尔做爱的卧房并且锁上房门后，她诚心感谢造物主。

终于剩她一个人后，她终于再也按捺不住憋了一整个晚上的笑容。

接着一个布袋套在她的头上。

黎莎试图尖叫，但布袋底端的绳子拉紧，令她喘不过气来，声音便哑了。一只强壮的手掌将她手臂扒到身后，接着双手又被同一条绳子捆上了。袭击者从后方踢中她的膝盖，用绳子的末端捆绑脚踝。一开始黎莎用力挣扎，但每个动作都会牵动喉咙上的绳索，她很快就安静下来，以免勒死自己。

她被扛上一个强壮的肩膀，抬离窗户，于冷风中被人扛下一道梯子。他们无声无息，但黎莎可以从梯子震动的感觉判断对方至少有两个人。

她的体重对扛她的男人来说似乎不是问题，对方在呼吸和心跳都很平稳的情况下于街道上飞奔。黎莎试图辨别方向，但根本办不到，最后她被扛上一道台阶，进入建筑，走过一连串

的走廊，穿越一扇房门。男人们停下脚步，粗鲁地将她丢在地上。

这一摔让她几乎喘不过气来，不过厚重的地毯令她毫发无伤。对方割断她脚踝和手腕上的绳子，扯下头上的布袋。这个房间灯火通明，但由于之前头上遮着布袋，油灯看来依然刺眼。黎莎扬起战抖的手掌挡在脸前，让双眼适应光线。之后，她发现自己趴在英内薇拉的地板上。英内薇拉躺在一堆枕头叠出的床铺上，以一种猫咪打量瓜下的老鼠的神色打量着她。

达玛佳的目光转向她身后的两名战士。他们与所有戴尔沙鲁姆一样全身包覆着黑袍，以面巾遮脸，不过没有携带长矛或盾牌，两人肩膀上都稳稳扛着梯子。

"记住，你们没有来过这里。"英内薇拉说。男人们无声地鞠躬，转身离去。

她低头看向黎莎，面露微笑。"男人真是好用，请过来这里。"她指向对面另一堆枕头。

黎莎身形摇晃，等待血液回归麻痹的双脚，不过恢复之前她立刻爬起身来，冷静地环顾四周，抗拒伸手揉脖子的冲动。这是一间堆满枕头的做爱房，光线朦胧，香味弥漫，地板和墙面布满绒布和丝绸，房门就在她身后。

"门外没有守卫。"英内薇拉笑着说道，挥了挥手，仿佛允许黎莎出门查看。黎莎试图查看，伸手握住黄铜门把，只看见一道闪光，身体向后飞出，落在厚重的地毯上。她看见门梁、门框以及门栏上的魔印光芒闪烁，但瞬间消退，在她尚未适应的眼中留下淡淡残影。

黎莎心里的好奇大于恐惧，站起身来，走回门口，打量着门框上以金漆、银漆所绘制的细致魔印。很多魔印她都没有看见过，而她注意到其中包含宁静魔印。这表示门外的人听不见屋内的声音。

她伸出手指轻弹魔印网,看着接触点附近的魔印发光片刻,照亮缜密的魔印网。

魔力从何而来?她心下好奇。附近没有地心魔物可以提供必要的魔力,而少了魔力,魔印只是一堆符号而已。

只要有时间,黎莎知道自己可以解除魔印,逃离此地,但这样做就表示她无法注意英内薇拉,而天知道那个女人会做出什么事。她转身面对依然靠在枕头上的达玛佳。

"好吧,"黎莎说,走过去坐在英内薇拉对面,"你想谈什么?"

"你要和我装傻吗?"英内薇拉问。"你以为我不会在你碰他的那一刻就发现吗?"

"就算你发现了又怎么样?"黎莎问。"这又不是罪。根据你们自己的律法,男人可以和任何女人睡觉,只要她不是另一个男人的妻子。"

"或许当妓女是北地女子找寻丈夫的方式。"英内薇拉说。"但在我的族人里,受害者的妻子有权教训这样的女人。"

"阿曼恩早在与我做爱之前就已经向我求婚了。"黎莎说,故意激怒对方,试图制造脱罪的机会。"而我不认为他自视为受害者。"她微笑。"他充沛的精力充分表达了他的意愿。"

英内薇拉嘶吼一声,坐起身来。黎莎知道她已经上钩了。"拒绝我丈夫的求婚,今晚就离开艾弗伦恩惠。"英内薇拉说。"这是你唯一的活命机会。"

"你之前两次试图杀我都失败了,达玛佳。"黎莎说。"你怎么会认为再来一次就能成功?"

"因为这一次我不会交给十五岁的小女孩去做。"英内薇拉说。"也因为我丈夫不会及时赶来救你。我会告诉所有人你在

诱惑我丈夫的当晚前刺杀我，没有人会质疑我杀你的权力。"

黎莎微笑。"我质疑你是否有杀我的能力。"

英内薇拉自枕头底下取出某个小东西，接着一道火光照亮屋内，在黎莎感到一股强烈的热浪时，它又迅速消失。

"我可以当场把你烧成灰烬。"英内薇拉威胁道。

这是个令人惊讶的把戏，但对于制作火药超过十年的黎莎而言，这道火光产生方式比火光本身更加离奇。英内薇拉没有点火，没有混合化合物，没有撞击目标。她仔细观察英内薇拉手中的物品，顿时恍然大悟——那是一颗火恶魔的头骨。

这就是魔印力量的来源。黎莎了解了，不明白自己怎么会没有在几个月前就想到这一点。阿拉盖霍拉，恶魔骸骨。

明白这一点立刻在她心中掀起无限可能，但如果不能逃出生天，再多可能也没有意义。她盘算着在被英内薇拉烧死之前，自己有没有办法绘制魔印抵抗火焰。

"这就是门框的魔力来源？"黎莎问，转头面对房门。"木头里藏有阿拉盖霍拉？"

英内薇拉瞄向房门，黎莎趁机把手伸进口袋，掏出一把甩炮，抛向英内薇拉。

小小的纸卷发出噼里啪啦的火光，全然无害，但英内薇拉大叫一声，出手挡在脸前。黎莎毫不放纵时机，迅速冲上，抓起对方握持恶魔头颅的手腕。她以拇指紧压英内薇拉的脉门，恶魔头颅应声落地。黎莎另一只手也没闲着，紧握成拳。接着达玛佳鼻梁上的软骨发出清脆的碎裂声。

黎莎举拳又要锤下，但英内薇拉滚到地板上，身体一扭，抓住黎莎的肩膀，以比骆驼还要大的力道，一膝盖顶在她的两腿之间。

"妓女！"英内薇拉在黎莎疼痛难耐的时候吼道。"我丈夫有好好插你吗?"她大叫,再度顶中黎莎的胯下。"我丈夫有这么用力插你吗?"她三度攻击。

黎莎从来没有这么痛过。她盲目地抓向达玛佳的头发,但英内薇拉紧握她的袖口,如同吟游诗人摆布木偶般控制黎莎的双手。黎莎的裙摆过重,难以抵挡,只能任由对方移动到自己身后,放开她的衣袖,转而紧锁她的喉咙。

"感谢你,"英内薇拉在她耳边低语,"本来我打算把你烧死,不要弄脏我的指甲,但现在这种死法令我更加满足。"

黎莎使劲挣扎,但都是徒劳。英内薇拉双脚缠在黎莎腰间,手臂挡在自己脸前。黎莎无法以手掌或药粉攻击任何弱点,而随着肺中的空气逐渐减少,她的视线也开始模糊。她伸手抓向恶魔头颅,但英内薇拉一脚将之踢开。就在黎莎即将昏迷之前,她拔出腰间的匕首,插入英内薇拉的大腿。

一股热血喷洒在黎莎手上,令她感到一阵作呕,不过英内薇拉大叫一声,松开手臂。此时黎莎得以蹬离她身旁,翻身跪起,吸入一口救命的空气,将匕首举在身前。英内薇拉翻到另一边,把手伸进腕袋中,朝黎莎抛出一把东西。

黎莎在一阵黄蜂过境的声响中侧身扑倒。其中一枚射穿她的大腿,另外一枚插入她的肩膀。她惨叫一声,拔出肩膀内的东西,发现那是一颗恶魔牙齿。牙上染满鲜血,但她透过拇指摸出其上刻有魔印。她将恶魔牙齿塞入口袋,以供日后研究。

这时英内薇拉已经起身,朝黎莎直扑而来,但黎莎一边站起,一边高举匕首。英内薇拉停下脚步,开始绕圈。她从腰带中取出自己的匕首,魔印刀锋锋利的程度可媲美黎莎的手术刀。

黎莎的手探入围裙上的另一个口袋。英内薇拉也把手伸进腰间的黑绒袋。

恶魔王子饶富兴味地看着雌性人类摆出一副众王子为了争夺交配对象时的对立姿态。它原先打算吞噬北地女子的心灵，让化身魔取而代之，借以接近解放者传人，但人类自己的政治冲突看来更加有趣。她们可以一并击溃传人的意志并且瓦解他的统一大梦。

它只须推她们一把就好了。

第三十二章　恶魔的抉择

333 AR　夏

贾迪尔于深夜最漆黑的时刻回到宫殿。他并不疲倦，打从第一次使用卡吉之矛以后，他就不再感到身体上的疲倦。尽管如此，他依然渴望回床休息，就算只是为了在梦里与她相会，打发再度前去拜访她之前的时间也好。

黎莎·佩伯真是艾弗伦的恩赐。她迟早会接受自己的求婚，到时候我就能在北地站稳脚跟。但现在他认为有她常伴身边远比站稳脚步来得重要。聪明、美丽、年轻，足以帮他生下很多儿子，同时她还能自愤怒与爱恋中激发出无比的热情——她是足以匹配解放者的新娘，也是抑制达玛佳日益膨胀的支配欲的宝贵资源。当然，英内薇拉会试图阻止这场婚姻，不过那些改天再来担心。

贾迪尔看见自己卧房灯火通明，随即皱起眉头。艾弗伦恩惠没有供给女人和小孩藏身的地下城，就连月亏时期也没有地方可躲。他的妻子们会轮流等在他的卧房中，为他准备热水与肉体，但贾迪尔现在不想洗澡，也不想要女人。他的欲望只有一个女人可以满足，而她的体香依然残留在他的长袍下的皮肤上，他很希望让香味停留得更久一点。

"我什么都不需要。"他在进门时说道。"出去。"

但他屋内的女人不是什么次等妻室，而她们完全没有打算

离开。

"我们得谈谈。"黎莎说。

英内薇拉在她身旁点头。

"难得我同意北地妓女的说法。"英内薇拉说道。

一段在贾迪尔眼中仿佛延续好几分钟的沉默过后,他终于拥抱了这个全新发展,恢复自我意识。

他仔细打量眼前的女人,两人都是衣衫不整。英内薇拉的脚上绑了一条染血的围巾,黎莎的肩膀也有类似的包扎。英内薇拉鼻子歪斜,肿得比平时大上三倍有余,黎莎的喉咙则是一片深紫瘀青,身体重心集中在一条腿上。

"出了什么事?"贾迪尔问道。

"你的第一妻室和我谈了一谈。"黎莎说。

"我们决定不要分享你。"英内薇拉说。

贾迪尔朝她们接近,但黎莎扬起一根手指,仿佛对待小孩一样令他停步。"保持距离,在作出选择之前别碰我们。"

"选择?"贾迪尔问。

"她还是我。"黎莎说。"你不能同时拥有我们。"

"你选择的人会成为你的吉娃卡。"英内薇拉说。"另一个要在城中广场由你亲手处死。"

黎莎一脸厌恶地看了英内薇拉一眼,但没说什么。

"你同意这种事情?"贾迪尔问,语气惊讶。"你发过草药师誓言!"

黎莎微笑。"喜欢的话,你也可以把她衣服扒光,丢到街上给所有人看。"

"懦弱,就和所有北地人一样。"英内薇拉嗤之以鼻。"不赶尽杀绝就会后患无穷。"

黎莎耸耸肩。"你眼中的缺点在我眼中却是优点。"

贾迪尔的目光在两个女人身上游移,难以相信事情竟会走到这个地步,但她们一脸坚定,他知道两人都是认真的。

他不可能作出选择。杀掉黎莎?难以想象。就算这样做不会摧毁与北地联盟的所有可能,贾迪尔还是宁愿挖出自己的心脏也不要伤害她。

但另一个选项同样不能选。如果他剥夺英内薇拉的权力,达玛丁不会改而追随黎莎——为了宠幸某个北方女子——她们或许会选择继续追随英内薇拉,导致帝国分裂,永远无法恢复元气。

而且她是他的第一妻室,他孩子的母亲,曾经辅佐他取得权位,帮他赢得沙拉克卡的顾问、高参。尽管她常常令他痛苦,但他知道自己依然爱她。

"我不能作这个选择。"贾迪尔说。

"非选不可。"英内薇拉说,拔出她的魔印匕首。"现在就选,不然我就亲手割断这女人的喉咙。"

黎莎拔出自己的匕首。"说不定我先割了你的。"

"不要!"贾迪尔大叫,抛出卡吉之矛。长矛击中墙壁,深陷其中,在两个女人之间晃动。他扑向她们,动作迅速,抓起两人手腕,将她们推向两旁。

但就在这么做的同时,他王冠上的魔印光芒大作,照亮两个女人,两人立刻摇头,仿佛大梦初醒。

黎莎率先恢复理智。"你后面!"她指着贾迪尔身后叫道。

"阿拉盖卡!"英内薇拉大叫。

阿拉盖卡——贾迪尔与部下曾以这个名字戏称跟踪帕尔青恩而来的石恶魔,不过它是一个古老的称谓,某个极具分量的

称谓。阿拉盖卡是恶魔之母的配偶，据说它和它的儿子们是世界上最可怕的恶魔，奈的大军指挥官。

他转身面对恶魔，但一开始什么也没看见。接着，随着他集中意志，卡吉之冠再度发光，他看出房内的一部分弥漫着大片魔云。魔云中出现一道涟漪，接着一个比他曾经见过所有恶魔还要可怕的恶魔突然直扑而来。

他伸手去抓长矛，但长矛插在墙上，而在那电光石火间，恶魔已经穿越整个房间，扑到贾迪尔身上。他被撞上床铺，和恶魔一同自另一边摔落地面，恶魔疯狂地对他出爪。他感受到长袍中的陶瓷护甲化为碎片，不过它们帮他挡下最初的攻击。恶魔似乎察觉到这一点，于是张开血盆大口，在他眼前凭空长出全新的利齿，直到嘴巴大得足以吞噬他整颗脑袋。

贾迪尔连忙翻身，以手臂移动身体，挤出够他出脚的空间。他一脚踢出，击退恶魔，接着撕裂长袍，露出英内薇拉刻在自己身上的魔印伤疤。再次与恶魔正面冲突时，他身上的魔印闪闪发光。

直到贾迪尔碰触自己，王冠上的魔印发光时，黎莎才发现恶魔入侵自己的心灵。她听见恶魔的低语，立刻明白那是何物所发。恶魔就在卧房中。

英内薇拉也知道。她们才刚出口警告，恶魔的保镖已经对贾迪尔展开攻势，将他撞到房间的另一边，王冠上的光芒随之消逝。她感受到心灵恶魔的意志再度回到脑海。

黎莎努力抗拒，英内薇拉也是，全身不断抽动，拒绝被恶魔驱使，但她们都很清楚结果。要不了多久，恶魔就会再度取得控制权。她感到无助而虚弱，四肢开始变得沉重。心灵恶魔一边命令她躺下,一边旁观它的保镖攻击贾迪尔。

黎莎疯狂地环顾四周,发现梳妆台上放了一盘还没清理的焚香灰。她朝那个方向倒地,手掌插入焚香盘,假装不小心打翻,在地上扬起一片香灰。

英内薇拉同时倒地,四肢酸软地挥动,黎莎滚到她身边,挤出仅存的力气,在英内薇拉的额头上画下一道魔印,与贾迪尔王冠中央的魔印一模一样。

魔印立刻发光,就在黎莎完全瘫倒、无法动弹时,英内薇拉已经坐起身来。恶魔似乎没有注意,全副心思放在竭力抵抗的贾迪尔身上。

英内薇拉脸色一沉,抓起黎莎的头发。"你依然是个妓女。"她低吼,对黎莎的脸上吐口水。她的无袖上衣上有数条薄纱连在手腕的金手环上,她抽起其中一条,沾口水擦拭黎莎肮脏的额头,然后伸手去沾香灰,在黎莎额头上画了一道心灵魔印。

黎莎起身,伸手捡起魔印匕首。英内薇拉从黑色毛制腕袋中取出一块看来像是魔印煤块的东西,朝心灵恶魔的方向举起。她念诵一个咒语,石块上爆出闪电,击向恶魔。恶魔大叫一声,飞身而起,在骨碎声中撞上墙壁,了无生气地坠落地面。

❦

恶魔不断变换形体,但贾迪尔持续攻击,以手肘及膝盖、拳头和脚跟连续出击,身上魔印嗞嗞作响。他以出身大迷宫的战士技能对抗恶魔粗糙的攻击本能。他的王冠绽放强光,全身魔力激荡,伤口在还没完全成形之前就已经开始愈合。

我在与阿拉盖卡作战,他心想。而且节节获胜。

这个想法令他兴奋了一段时间,但接着恶魔举起一张沉重

的桌子，如同以铁锤敲打钉子般对他当头砸下。

他皮肤上的魔印无法抵抗木头，他没被当场击毙完全是依赖身上魔力纵横的关系。尽管如此，这一击依然打得他骨头碎裂，自脚内插出并刺进他的内脏。他感觉到魔法以难以想象的速度加速自然疗伤的过程，但它却无法矫正骨骼，而他感觉骨头正以奇怪的角度愈合。

不过愈不愈合都无所谓了，因为恶魔已举起桌子，准备将自己击毙。贾迪尔手无寸铁，完全无法抵抗。

但接着恶魔放低桌子，尖声吼叫，双手抱头，桌子随即落地。贾迪尔在恶魔的皮肤如同蜡烛般融化时以没有受伤的脚踢出，对方跌跌撞撞，疯狂抖动。

贾迪尔抬起头来，看出原因。他根本不是在与阿拉盖卡战斗。黎莎和英内薇拉站在一头身体纤细、脑袋巨大的冒烟恶魔身边。即使位于卧房另一端，贾迪尔依然可以感应出那头怪物身上所散发出的邪恶力量。他所对抗的恶魔是他的哈席克——专门动手清除没资格让主人亲自动手之人的无脑肌肉战士。

纤细恶魔抬起大头。英内薇拉吼叫一声，再度射出闪电，但恶魔凭空比画魔印，闪电烟消云散。它随手一挥，她手中的恶魔骸骨脱手而出。纤瘦的恶魔一把接过，骸骨短暂发光，魔力完全被吸干，随即化为灰烬。

恶魔再度挥手，英内薇拉的霍拉袋飞入它的手中。她大声尖叫，眼睁睁看它倒过袋子，将她宝贵的恶魔骸倒入掌心。

黎莎和英内薇拉手持魔印武器，朝恶魔扑上。但它凭空比画另外一道魔印，她们立刻飞身而起，如同遭受狂风吹起。

阿拉盖霍拉在恶魔吸收魔力的同时光芒大作。贾迪尔心中混杂了恐惧和解脱的感觉，看着这些操控自己超过二十年的骰子化为灰烬。英内薇拉嚎啕大哭，仿佛这个景象对她造成了致命伤害。

化身魔在主人复元后随即恢复理智,但贾迪尔已经开始移动,一拐一拐地冲过撞烂的床铺。他翻身下床,双手抓紧卡吉之矛,利用自己的体重从墙上拔出长矛。

站定之后,贾迪尔受创的脚上传来剧痛,但他拥抱痛楚,行云流水般地举起长矛,一把抛出。

战斗在两头恶魔有机会反应前已然结束。长矛刺穿心灵恶魔的头颅,留下一条爆裂的大洞,冲势不止,插入对面的墙壁上后已然不再颤动。心灵恶魔倒地身亡,少了它,化身魔仿佛全身着火般尖叫抽动、摔倒在地。最后它不再挣扎,化为一堆融化的鳞片和兽爪。

※

黎莎在一下喀拉声中醒来,张开双眼看见贾迪尔双眼紧闭,脸色宁静,英内薇拉则使劲拉扯他的脚掌,试图接回穿刺出小腿外的骨头。

黎莎忍住自己的疼痛,侧过身去,抓起贾迪尔的腿骨,接入英内薇拉划开的切口,伤口几乎立刻愈合,但黎莎还是取出针线,仔细缝合。

"没有必要。"英内薇拉说,站起身来,走到心灵恶魔尸体旁。她拿出魔印匕首,割下其中一根退化的魔角。她带着湿黏恶臭的魔角回来,自腰带里取出一只小刷子和瓶子。她在贾迪尔的伤口旁绘制整齐的魔印,然后将魔角放在魔印旁边,魔印当即发光,不留痕迹地封闭伤口。

她以同样的手法治疗自己身上的伤痕,然后一言不发地治疗黎莎,没有接触她的目光。黎莎默默观看,记忆英内薇拉使用的魔印以及排列顺序。

疗伤完毕后，英内薇拉看着她手中的魔角。魔角完好如初，英内薇拉嘟哝一声。"反正我也可以用这家伙的骨头制作更好的骨骸。"

黎莎走到心灵恶魔的尸体旁，割下另一根魔角以及一条手臂。她将这些东西包裹在一块绣帷中，以便日后研究。英内薇拉眯起双眼瞪她，但没有多说什么。

"为什么没人前来查探打斗的声响？"贾迪尔问。

"我想阿拉盖卡在你的卧房内绘制宁静魔印不是难事。"英内薇拉说。"并且很可能在阳光洒落墙壁之前都不会失效。"

贾迪尔凝望她们。"它控制你们的所作所为？"

英内薇拉点头。"它……甚至强迫我们攻击对方，只为了消遣娱乐。"她轻轻触摸自己肿大的鼻子。

黎莎脸色一红，随即咳嗽一声。"是的，"她说，"它强迫我们这么做。"

"为什么要玩如此残酷的游戏？"贾迪尔问，"为什么不让你们趁我睡觉时割断我的喉咙？"

"因为它不想杀你，"英内薇拉说，"他惧怕你的战技，但更怕你鼓舞人心的实力，而最能鼓舞人心的人莫过于一名殉道烈士。"

"最好还是让你失去人心，削弱统一的势力。"黎莎插嘴道。

"但你是沙达玛卡，"英内薇拉说，"现在阿拉盖卡死在你手上，不会再有人质疑你的地位。"

贾迪尔摇头。"它不是阿拉盖卡，太好对付了。我认为它比较可能是阿拉盖卡的子孙，还会有更多更强大的恶魔出现。"

"我也这么想。"黎莎说，看向贾迪尔。"因此我必须请你履行承诺，阿曼恩。我已经见识过艾弗伦恩惠，现在我希望返回家园。我必须领导我的人民面对接下来的大战。"

"你没必要离开。"英内薇拉说。黎莎看得出来这句话有多难说出口。"我愿意接受你成为我丈夫的吉娃森。"

"一名次等妻室?"黎莎笑道。"不,我不这么认为。"

"只要你愿意,我依然会册封你为我的北地吉娃卡。"贾迪尔说。英内薇拉皱起眉。

黎莎悲伤地微笑。"那我仍是一群妻子中的一个,阿曼恩。我的丈夫必须是我一个人的。"

他脸色一沉,但黎莎毫不让步,最后贾迪尔终于点头。

"我们一样会尊重洼地部族。"他说。"我不能防止其他部族窃取你们的水井,但我保证如果有人与你们开战,我一定会严加惩处。"

黎莎垂下目光,生怕自己继续面对他眼中的哀伤会忍不住流下眼泪。"感谢你。"她语气紧绷。

贾迪尔伸手搭上她的肩膀,轻轻捏了捏。"我……很抱歉,如果镜宫里所发生的事并非出自你自身的意愿。"

黎莎哈哈大笑,突然不再害怕落泪。她扑入他的怀中,紧紧拥抱他,亲吻他的脸颊。

"我们是在白天做的,阿曼恩。"她眨眼说道。

❦

"看你离开,我很难过,女士。"几天过后,阿邦在他妻子们打理贾迪尔送来的大批礼物时说道。"我会怀念与你相处的时光。"

"也会怀念可以把最标致的妻女藏在镜宫里不让戴尔沙鲁姆发现的日子?"黎莎问。

阿邦惊讶地看着她,接着微笑鞠躬。"看来你学到的不只

是克拉西亚语。"

"你为什么不直接告诉阿曼恩?"黎莎问。"让他教训哈席克和其他人,他们不能随心所欲地强暴女人。"

"很抱歉,女士。法律说他们可以。"阿邦说。黎莎张嘴欲言;但他扬起一手。"阿曼恩的权力没有他想象中那般绝对,为了一名卡菲特的妻子而惩罚手下,会在手持长矛跟随他的战士心中播下叛乱的种子。"

"而那比你家人的安危还要重要?"黎莎问。

阿邦一脸坚定。"不要以为与我们相处几星期就能了解我们所有的文化,我会找出一个既能保护自己家人又不会危及我主人的方法。"

黎莎鞠躬。"很抱歉。"

阿邦微笑。"让我在你们村里开店营业当作补偿。我家人在所有部族中都有开店,交易商品和牲口。艾弗伦恩惠的谷物多得吃不完,而我知道北方有不少人需要粮食。"

"你真是考虑得太周到了。"黎莎说。

"你错了。"阿邦回道。"等我妻子和你的镇民讨价还价的时候,你就知道了。"黎莎微笑。

外面有人叫唤,阿邦一拐一拐走到窗边,看向庭院。"你的护卫队准备好了。来吧,我陪你下去。"

"阿曼恩和帕尔青恩之间究竟发生什么事,阿邦?"黎莎再也按捺不住,开口问道。如果不现在问个明白,或许永远不会再有机会。"为什么阿曼恩听说你向我提起他的时候会不高兴?我告诉你有向阿曼恩提起他的时候,你又为什么会感到害怕?"

阿邦看着她,叹了口气。"既然我把主人的安危放在家人之前,你怎么会认为我会为了帕尔青恩而出卖他?"

"回答我的问题不会危及贾迪尔的安危,我保证。"黎莎说。

"或许会，或许不会。"阿邦说。

"我不懂，"黎莎说，"你们都说亚伦是你们的朋友。"

阿邦鞠躬。"他是，女士，正因为如此，我决定给你一下忠告：如果你认识杰夫之子，或者如果你能与他联络，告诉他立刻逃往世界的尽头，因为贾迪尔就算追到世界的尽头也一定要把他除掉。"

"为什么？"黎莎问。

"因为世界上只能有一个解放者。"阿邦说。"帕尔青恩和阿曼恩……曾为了谁该成为解放者发生过冲突。"

❦

阿邦从镜宫直接前往贾迪尔的王座厅。贾迪尔一看见卡菲特，立刻遣走所有顾问，留下两人独处。

"她离开了？"他问。

阿邦点头。"黎莎女士同意让我在洼地部族设立贸易站。这样会加速文化融合，并且与北方维持宝贵的联系。"

贾迪尔点头。"做得好。"

"我需要人守护货品，以及贸易站的商店。"阿邦说。"从前我可以找仆役来做这种粗活，或许是卡菲特，不过都是身强体壮的男人。"

"现在连仆役和奴隶都成了卡沙鲁姆。"贾迪尔说。

阿邦鞠躬。"您也看出我的难处了。不管在任何情况下都不会有戴尔沙鲁姆听命于卡菲特，但如果你允许我挑选一些卡沙鲁姆担任这个工作，大家应该都会满意这样的安排。"

"多少人？"贾迪尔问。

阿邦耸肩。"一百人足够了，微不足道的战力。"

"没有战士的战力是微不足道的,包括卡沙鲁姆,阿邦。"贾迪尔说。

阿邦鞠躬。"我会自掏腰包补贴他们的家人,当然。"

贾迪尔考虑片刻,然后耸肩。"去挑吧。"

阿邦在拐杖容许范围内深深鞠躬。"您对洼地部族女族长的承诺会影响我们的计划吗?"

贾迪尔摇头。"我的承诺不影响任何事情。我依然有责任统一北地人民参与沙拉克卡。我们将于春天进攻雷克顿。"

第三十三章　婚约

333 AR　夏

"既然有一座好桥，为什么还有这么多木筏？"瑞娜问，指向眼前一排数量少得称不上是村落的无名小屋。每间小屋外的河岸都停了一艘木筏，位于插在分界河畔的魔印桩守护范围内。

几头恶魔在附近区域徘徊，测试小屋的魔印。瑞娜裹在魔印斗篷中。而亚伦身上所绽放的魔光强烈到只须瞪一瞪、吼一吼就能吓跑所有恶魔。

"不希望让大桥守卫检查货物的商人，有时候会付钱给渡船人带领他们通过分界河。"亚伦说。"通常是因为他们携带某些他们不该带的货物或是人物。"

"所以我们可以雇用木筏？"瑞娜问。

"可以。"亚伦说。"但那表示我们得等到天亮，并且会引起更多谣传。在这种地方我随便挥挥手都会打倒认定我是解放者而做出愚行的人。"

"他们不像我这么了解你。"瑞娜讪笑道。

"那里。"亚伦说道，指向一艘足够黎明舞者舒适搭乘的木筏。这艘木筏每天在河里摆渡，于河岸上留下一道深沟。他交给瑞娜一枚远古金币。"去把这个放在门口。"

"为什么？"瑞娜问。"今晚是新月。他不会看见我们偷船，就算他听见任何动静，也绝对不会离开魔印来追我们。"

"我们不是小偷,瑞娜。"亚伦说。"不管是不是走私者,他们都有权保有他们的木筏。"瑞娜点头,接过金币,放在小屋门口。

亚伦检查木筏。"就连一个天杀的水魔印都没有!"他朝河岸吐口水。

瑞娜回来,对准其中一根魔印桩就是一脚。"这些魔印桩也毫无用处,能够保护这些木筏纯粹是靠运气。"

亚伦摇头。"难以解释,瑞娜。提贝溪镇随便一个十几岁小孩都比自由城邦里大多数人还会画魔印,大城市的人从小就被灌输不要让任何没有魔印公会执照的人加持窗沿的观念。"

"你可以现在画吗?"瑞娜朝木筏点头问道。

亚伦摇头。"天亮之前漆不会干。"

瑞娜看向宽敞的河道。即使透过魔印眼,她依然看不见另一端的河岸。"如果没有魔印,强行过河会怎么样?"

"一般会有蛙恶魔躲在岸边。"亚伦说。"我们先把那些杀光……"他耸肩。"今晚是新月。天上不会有月光照亮木筏,为水里的河恶魔指引我们的位置,所以我们多半能够安然无恙地过河。等我们抵达对岸时,天色已经亮了,蛙恶魔大多会退回地心魔域。"

"蛙恶魔?"瑞娜问。

"河岸恶魔。"亚伦说。"本地人称之为蛙魔,因为它们看起来像是大青蛙,只不过它们大得可以把你当成苍蝇一样吃掉。它们会跳出河面,用舌头缠住你,拉到嘴里吞掉。如果你死命挣扎,它们就会潜入水中,把你淹死。"

瑞娜点头,拔出猎刀。她的指节上有刚用新鲜黑柄液绘制的魔印。"对付它们的最佳方式是?"

"用长矛。"亚伦说,拔出两根长矛,交给她一根。

"看好。"

他缓缓走到岸边,吹响一声尖锐的口哨。一时间,看似风平浪静的河面突然爆出水花,跳出一头形体巨大的阔嘴地心魔物。它伸出两条又短又粗还有趾的脚扒住河岸,大头一转,朝他吐出粗黏的舌头。

但亚伦早有准备,轻易闪向一旁。恶魔呱呜一声,整个跳上河岸,一跃之间前进十英尺。它再度对他吐舌,但亚伦再度避开,并且在舌头回缩前快步抢近。他出手又狠又准,一矛插入蛙魔交叠的下巴,直接刺进脑中,接着迅速扭转矛身。他拔出长矛,魔法照亮黑夜,等到恶魔落地时,他又多刺了一下,确保对方死翘翘。

"诀窍在于引诱它们上岸。"亚伦说着走回瑞娜身旁。"闪过第一次舌击,它们就会跳上岸来继续攻击。它们跳得很远,但前肢比长矛短太多了。你可以站在安全的距离之外出击。"

"那样就不好玩了。"瑞娜说,她抓起长矛,走向河岸,试图模仿他的口哨。

她本来以为要等一阵子才有反应,但河面几乎立刻爆开,一头河岸恶魔自超过十英尺外的地方对她吐出舌头。她转身闪开,但动作不够快,舌头擦过她的身体,将她击倒。

恶魔在她爬起前跳出河面,落在岸边,再度出击。她滚向一旁,但舌头缠上她的大腿,缓缓将她拖向恶魔。瑞娜放开长矛,在河岸上乱抓,不过毫无用处。地心魔物宽得足以将她整个吞下的大嘴中长满利齿。

瑞娜不理会它,反而转向已经开始朝她奔来的亚伦。"你不要插手,亚伦·贝尔斯!"她吼道,令他停下奔跑。

转身回去时,她几乎已进入河岸恶魔利齿的攻击范围。她踢开行动自由的那条腿上的凉鞋,在一阵魔光中踢中对方的下

颚。恶魔的舌头微微松开,瑞娜立刻转身,一刀砍断蛙舌。地心魔物向后退开,她翻身而起,对准蛙眼插下;接着随即跳开,躲避对方临死一击,然后再度逼近,将猎刀插入另一只眼睛,确保对方死透。

她回头看向亚伦,等他点评。他没说什么,不过嘴角浮现一丝微笑,双眼露出夸赞的光芒。

小屋中传来一阵叫声,一扇窗内亮出火光,打斗声引起了人们的注意。

"该出发了。"亚伦说。

猎物离开了。恶魔王子沮丧地嘶吼,但立刻跳上化身魔,一飞冲天,追随他的气味而去。

让这个人类多活一个周期是件很冒险的事,但心灵恶魔愿意承担这个风险,希望能借此得知对方是如何寻回失落已久的力量。这家伙每天晚上都在屠杀躯壳,但数量不多,一如他散布的势力。他不是统一者,不像南方那个么危险。

但他有能力成为统一者。只要他振臂一呼,人类躯壳会蜂拥而至,到时候他们就会开始统一。它绝不容许这种事。

心灵恶魔将月亏第一夜的时间用来追踪对方。黎明之前,它抵达河岸,嘶声怒吼,看着猎物映入眼帘。太阳即将升起,此刻它什么也不能做,不过明天晚上它很快就能找到他们。

化身魔轻轻落在河岸上,低下头去让恶魔王子下来。开始消失的时候,化身魔轻声吼叫,感应到了主人的杀机。

太阳出来后,瑞娜和亚伦继续赶路,几小时后路过某条插了一根路牌的岔路。

"不在镇上停留?"瑞娜问。

亚伦看着她。"你识字?"

"当然不。"瑞娜说。"不用识字也知道路旁的牌子是干什么的。"

"有道理。"亚伦说。她感觉到他在兜帽底下偷笑。"现在不能去其他村庄浪费时间,我得尽快赶到洼地。"

"为什么?"瑞娜问。

亚伦看着她很长一段时间,考虑该怎么说。"一个朋友遇上麻烦。"他终于说道。"我认为多少算是我的错,因为我在外面待太久了。"瑞娜感觉像是有只冰冷的手掌抓住自己心脏一样。"什么朋友,她是谁?"

"黎莎·佩伯。"他说。"解放者洼地的草药师。"

瑞娜吞口口水。"她漂亮吗?"话一出口,她立刻暗骂自己。

亚伦转头看她,脸上一副好气又好笑的表情。"我为什么觉得我们好像还是十岁小孩?"

瑞娜微笑。"因为我和那些把你当成解放者的人们不同,他们没有看过你在干草棚上与班妮张嘴互咬后的表情。"

"你的吻比较棒。"亚伦承认道。她抱紧他的腰,但他尴尬地扭了一扭。

"我们待会就要开始抄捷径,"他说。"最近道上太多人了。我知道一条小路,通往某个我用来存放武器和补给品的地方。我们可以从那里涉水度过安吉尔斯河,接着再赶两个晚上的路程就能抵达洼地。"

瑞娜点头,忍住一个呵欠。杀掉河岸恶魔后,她感受到活力十足,但和往常一样,那些活力都随着太阳升起而消失。她

在马鞍上打了一会儿瞌睡,直到亚伦轻轻把她摇醒。

"最好下马穿上斗篷。"他说。"天色暗了,我们还要几小时才能赶到我的补给站。"

瑞娜点头,她拉缰勒马。他们身处树木稀疏的林地,高大的针叶树彼此相距甚远,让他们可以并肩走在黎明舞者两侧。她翻身下马,凉鞋在森林草地上沙沙作响。

她把手伸进背包中,取出魔印斗篷。"讨厌穿这玩意儿。"

"不管你讨不讨厌。"亚伦说。"分界河这一边的恶魔较为密集,因为有更多村落和废墟吸引着它们。这里的树梢布满木恶魔,借由树枝摆荡移动,会从上方直接跳到你的头顶。"

瑞娜突然抬头,期待看到恶魔从天而降,但它们还没现形。太阳才刚刚下山而已。

随着黑影逐渐拉长,瑞娜看见魔雾缓缓自地面上的针叶和松果之间渗出。雾气沿着树干飘起,如同烟囱上的炊烟。

"它们在干吗?"瑞娜问。

"有些喜欢在树上现形,远离人类视线,不让你看见它们。"亚伦说。"它们通常会等你通过,然后跳到你背上。"

瑞娜想起被自己以类似手法除掉的石恶魔,将魔印斗篷裹得更紧,抬头朝四下张望。

"前面有一头。"亚伦说。"仔细看。"他将黎明舞者的缰绳交给她,然后向前走出几步。

"你不打算脱下长袍吗?"瑞娜问,但魔印人摇头。

"教你一个小把戏。"他说。"只要拿捏准确,无须在皮肤上绘制魔印就能解决恶魔。"

瑞娜点头,仔细观看。他们又走出几步。接着,如同预期,头上传来一阵声音,一头皮肤如同树皮般的恶魔朝亚伦落下。

但亚伦早有准备。他身形微转,将头闪入恶魔的腋下,一手从后方缠上恶魔颈部,紧抓它的口鼻部。他顺势转身,利用恶魔下坠的力道拧断它的脖子。

"厉害啊。"瑞娜轻呼道。

"有很多种手法可以达到同样的效果。"亚伦说,伸出一根魔印手指插入嗞嗞作响的恶魔眼眶,确保对方死透。"不过原则都是一样的。沙鲁沙克的重点在于利用恶魔的力量攻击恶魔,就像魔印一样。过去几世纪来,克拉西亚人就是依赖沙鲁沙克才能在每天晚上的阿拉盖沙拉克中存活下来。"

"他们那么会杀恶魔,为什么你这么讨厌他们?"瑞娜问。

"我不讨厌克拉西亚人。"亚伦说,暂停片刻。"总之不讨厌所有克拉西亚人。我讨厌他们的生活方式,把所有不是男人和战士的人都当成奴隶……这样是不对的,特别是不该利用暴力强迫提沙人接受他们的文化。"

"谁是提沙人?"瑞娜问。

亚伦惊讶地看着她。"我们,所有自由城邦的人,我要他们保有自由。"

※

恶魔王子白天在地心魔域中枯等的时候,猎物已经移动了很长一段距离,但化身魔动作极快,没过多久,心灵恶魔已经找到猎物,对方正领着坐骑穿越一片树林。心灵恶魔在空中盘旋,看着木躯壳攻击人类。人类迅速诛杀恶魔,几乎没有减缓速度。

心灵恶魔的额头鼓动,化身魔侧向一旁,朝树林俯冲,翅膀融化,变形为木恶魔。它在落地前抓住一根粗树枝,将下坠的势道转而向前。它轻松于树枝之间摆荡移动,背上依然背着心灵恶魔。

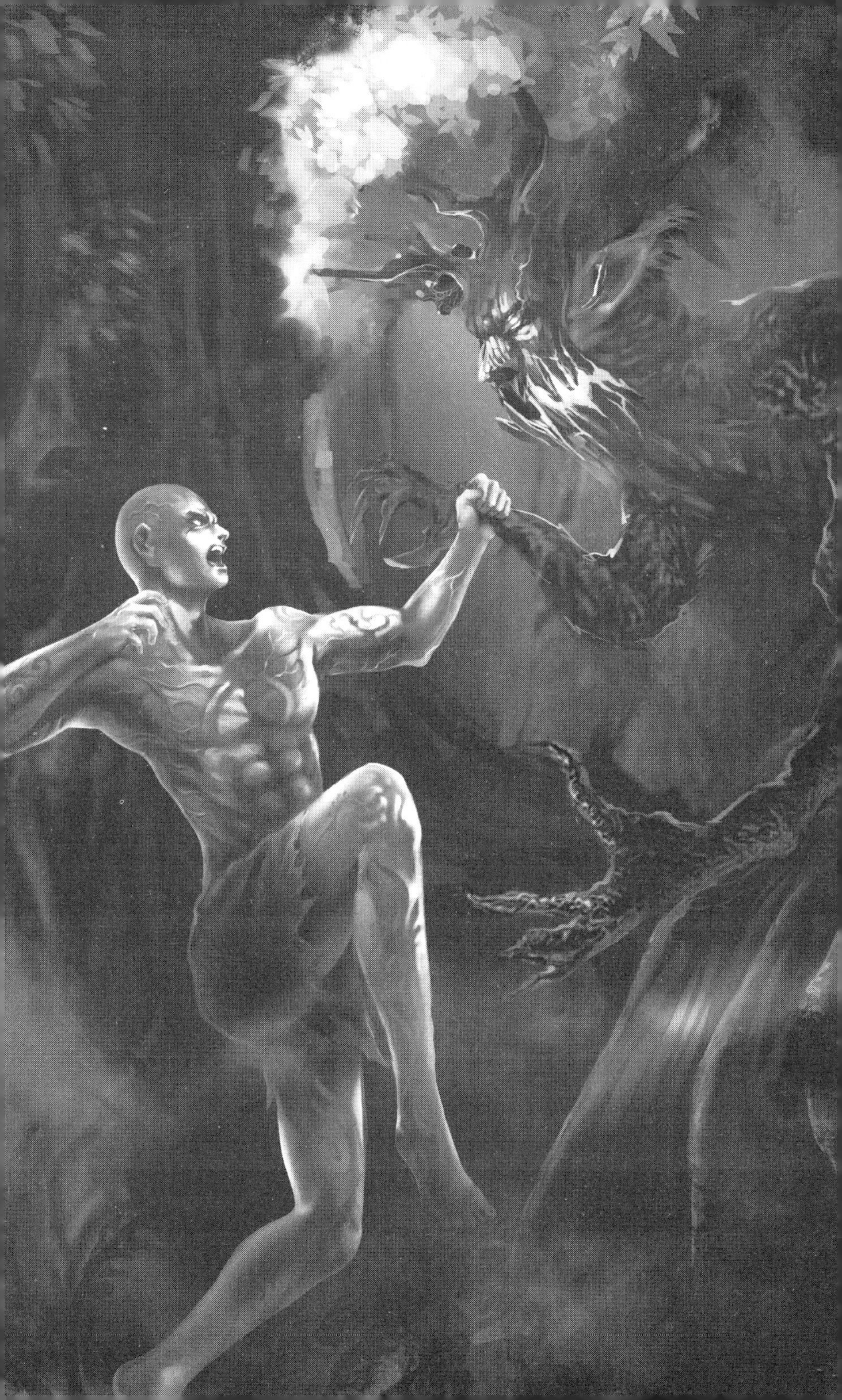

它们停在高处，默默看着猎物接近。雌性人类不见踪影，不过心灵恶魔不记得她的气味自何处消失。它闻了闻空气，搜寻她的踪迹。她不久前还在附近，但此刻完全感应不到。

可惜，她本来可以是个用来对付猎物的好工具，而且她的心灵既美味又空虚，并容易被激怒。值得它在吞噬猎物心灵后花点功夫去追踪她的下落。

☙

"前方又有一头木恶魔。"魔印人叹了口气，这已经是一小时内遇上的第八头木恶魔了。这头比其他木恶魔高大，几乎大得树枝无法支撑，体形直逼石恶魔。

"可以让我试试吗？"瑞娜问。

魔印人摇头。他回头看她，不过花了一点时间才找到她。魔印斗篷依然令他头晕目眩，如果注意力不够集中，他的双眼常常回避它的存在。

"等我们抵达补给站后，你得睡一觉。"他说。"如果你浑身充满魔力就睡不着了。"

"那你呢？"瑞娜问。

"今晚得绘制魔印，我等回到洼地后再睡。"他说，透过魔印眼角监视木恶魔所栖息的位置。

但这头木恶魔没有放任他们通过，一扑而上，对他展开正面攻击。这个举动出乎意料，不过魔印人还有足够的时间闪向一旁，并且出手扣住对方的前爪，以它本身的力道攻击对方。

然而他必定是低估了恶魔手臂的长度，因为他没有抓到对方的利爪，反而被恶魔抓中包在长袍下的小腿，整个人离地而起。一人一魔重重摔落地面，恶魔翻身滚开，与他同时站起来。

他们正面相对，魔印人立刻知道对方不是普通的恶魔。它耐心地围着他绕圈,伺机而动。魔印人数度压低目光或是佯作逃跑,引诱对方攻击,但地心魔物没有上当,谨慎地凝视他。

"聪明。"他饶富兴味地道。

"需要帮忙吗?"瑞娜问,伸手拔刀。

魔印人大笑。"除非寒冬降临地心魔域,不然我不会需要别人帮忙对付一头木恶魔。"他伸手去撩布袍。

地心魔物大吼一声,在他脱下布袍之前扑到他身上,将他压倒。魔印人背心着地,出脚反击,力道重得就连黎明舞者也望尘莫及,但恶魔的手臂突然变成水恶魔的触角,紧紧缠绕着他。触角像吸盘吸附他的长袍,锐利的尖刺陷入他的皮肤,纠缠不放,并遮蔽了他的魔印。恶魔的血盆大口在他眼前张开,化身为河岸恶魔的大嘴,大得足以一口吞下他的脑袋和肩膀。

魔印人抬头一顶,头上的冲击魔印撞上恶魔的下颚。魔光大作,恶魔怒吼,当场撞断几颗牙齿,不过嘴里还有几百颗,而且它也没有松开触角。魔印人攻击时吐出一大口气,却发现自己难以吸气。

魔印人挤出肺里最后一丝空气,发出一声尖锐的哨音,黎明舞者随即摇晃大头,甩开瑞娜手中的缰绳,压低钢角,直冲而来。钢角刺穿恶魔的肩膀,激荡出大量体液和魔光,恶魔尖声惨叫,终于松开触角。魔印人滚向一旁,重重喘息。

地心魔物在黎明舞者的钢角上融化,然后再度聚形,外壳幻化变色,成为一头石恶魔。它朝战马反手挥拳,目光一直盯在魔印人身上。

即使没有盔甲和鞍具,黎明舞者体重也重约一吨,但恶魔这拳依然打得战马飞身而起。它撞上一棵大树,魔印人听不出来碎裂声发自树干还是爱马的背脊。

"黎明舞者!"魔印人大叫,脱下长袍,扑向恶魔。瑞娜冲

过去检视战马。

魔印人的攻击打得恶魔身体摇晃,连连后退,但黎明舞者的钢角所造成的伤口已经愈合,而魔印人的拳脚似乎也没有持续性的伤害。焦黑的中拳部位附近肌肉鼓动,伤口迅速愈合。

魔印人一拳打得恶魔手臂抵地,但它以利爪插入地面,对他甩出一大堆泥土和潮湿的树叶。魔印已经削弱了它们的威力。

不过他所受的伤不比地心魔物重,而且他绝不打算放过这头强悍的恶魔。他们再度绕圈,露出牙齿互相嘶吼。恶魔的一条手臂突然变成六条触角,每一条都有十英尺长,末端突起一根尖角。

"黑夜呀,你是从地心魔域里哪个角落来的?"魔印人问。化身魔没有回应,刚形成的触角急蹿而出。

魔印人闪向一旁,翻身而起,随即冲到恶魔身前。它腋下的护壳间存在着一条缝隙,他举起文有穿刺魔印的手指,狠狠插入其间,试图深入重要部位,造成严重的伤害。

恶魔尖叫着扭动身躯,它手掌附近的肌肉当即融化。直到此刻,当他接触到正在转化形体的恶魔时,他才了解它是怎么办到的。恶魔在化身魔雾,然后重新聚形,就和他以及其他所有恶魔凝聚形体时的情况一样。这头恶魔有能力化身为任何形体。这个发现为魔印人提供了数以千计的可能,多得难以计数。他如同挥开恼人的苍蝇般顿悟,将全副精神放在敌人身上,再度出击。

恶魔转换形体的瞬间,魔印人立刻化身魔雾,与它相互交融,阻止对方凝聚形体。他可以真实地感受到恶魔的存在,但瑞娜的尖叫声听起来仿佛发自一英里之外。他知道在她眼中看来会是什么样子,他们两个都在消失,如同鬼魂般,但他别无他法。

他曾用这种方式对付另一头恶魔，心知在这种情况下力量和魔印都没有意义。意志决定一切，而魔印人知道自己的意志强过任何恶魔。

他瞄准化身魔的每一颗分子，利用意志力打散它们，阻止其聚合。他感受到恶魔突如其来的恐惧，当即凝聚怒意，乘胜追击，仿佛父母教训小孩一样支配它的意志。

然而正当他感到化身魔的意志崩溃时，另一道意志袭体而来，而这一道比之前的强大千倍。

☙

恶魔王子藏身高高的树顶观战，但它的心灵可以看见化身魔眼前所有的景象，整场打斗都是它在操控仆役的行动。

要是遇上其他敌人，此刻早将对方击毙，因为心灵恶魔可以轻易控制对手的思维，在对方动手前预先反制。但此人的心灵有魔印守护，恶魔无从得知他的想法。本来化身魔应该还是足以取胜，但接着人类做出了一件就连心灵恶魔也料想不到的事——他竟化身魔雾。

恶魔王子从来不曾见过这种事，甚至没有想过地表生物会有能力化身魔雾。一时间，它对人类的力量感到恐惧。

不过也只是一瞬间，因为接下来，正当人类击溃化身魔的意志时，恶魔王子触碰到了他的心灵。在变换形体的过程中，魔印无法发挥效用。所有孵化而出的王子都知道这个事实。这个人类犯下了一个愚蠢的错误。

心灵恶魔在人类自震惊中恢复前展开攻击，接着，它终于了解了自己的敌人，沉入对方的记忆洪流中。人类对此入侵行为感到恐惧，却阻止不了它。他的怒气衰减，意志动摇。

然后对方再度做出惊人之举。意志稍微不够坚定的人必定

败下阵来，但此人抛下他的记忆，在毫不防备的情况下跳入心灵恶魔本身的记忆洪流——它存在的精华所在。他冲破心灵恶魔从未预料到并作好准备的心灵防御，两者心灵交流片刻，接着恶魔王子凝聚意志，切断连接。

心灵一获自由，人类立刻凝聚形体，强迫化身魔同时现形。

"瑞娜！"人类高叫。

恶魔王子惊讶地看着空气绽放涟漪，雌性人类凭空出现，举起魔印猎刀刺入化身魔。

心灵恶魔不顾化身魔的惨叫，仔细研究雌性人类周遭扭曲的空气，只见她攻击的同时，一件斗篷在身后飘荡。其上的魔印威力强大，竟然能在恶魔王子的眼前藏匿行踪。

人类凝聚实体后，心灵魔印立刻生效，但同时也失去对化身魔的控制。心灵恶魔控制仆役将他推开，然后扑到雌性人类身上，扯下魔印斗篷，将她击倒。

人类起身时，眼前竟有两名女子蓄势待发，不论容貌或是动作都一模一样。心灵恶魔串联两者的思绪，让化身魔能够彻底模仿她，接着放开紧握树干的魔爪。它双脚踏空，如同落叶般无声无息地飘落地面。

✦

魔印人眨眨双眼，看着眼前的两名瑞娜·谭纳，就连皮肤上褪色的黑柄魔印都一模一样。她们透过同样的眼珠凝视着他，身穿同样的破烂衣衫，手持同样的猎刀，就连她们身上所绽放的魔光也相差无几。

他冲到黎明舞者身边，强迫自己忽略战马沉重的呼吸，抓起他的长弓，搭上箭矢。他犹豫不定，不确定该瞄准。

"亚伦，她是恶魔！"两个瑞娜同时叫道，指向对方。

她们惊讶地互望,接着转回来面对他。"亚伦·贝尔斯。"她们说。同时摆出瑞娜生气时会摆出的姿势。"别告诉我你连恶魔和我都分不出来!"

魔印人看向两人,带着歉意耸了耸肩。两双一模一样的褐眼瞪视着他。

他皱眉。"那天晚上我为什么玩亲亲?"

两个瑞娜听见这个问题,眼睛都为之一亮。"你投骰子输了。"她们同声说道,接着惊恐地转头看向对方。

魔印人全神贯注,仔细观察两人。"我怎么输的?"

瑞娜迟疑,接着看他。"班妮作弊。"她们承认道。她们眼中突然透露杀机,接着同时转向彼此,举起猎刀。

"不要!"魔印人说,扬起长弓。"给我一点时间。"

两人一脸无奈地转向他。"省省吧,亚伦,让我杀掉这头可恶的家伙,赶快作个了结。"

"你不是他的对手,瑞娜。"魔印人说,两个女人再度瞪他。"真正的瑞娜会听我的话。"他补充道。

"不如出来吧!"他对着夜色叫道。"我知道你在附近!那头变形恶魔没有这么聪明!"

一旁传来一阵声响,接着一头恶魔走了出来。它体形瘦小,脑袋巨大,头颅高高隆起。它的双眼浑圆,漆黑深邃,嘴里只有一排利齿。纤细手指尖端的利爪看起来如同安吉尔斯贵妇的彩绘指甲。

"一直在想什么时候会遇上你们这种混蛋。"魔印人说。"你轻拍额头中央的大魔印刺青。特别为了你们绘制这个魔印。"

恶魔侧过脑袋,打量着他。他身旁的两个瑞娜神色紧绷。

"你或许遮蔽了自己的心灵,但这个女的可没有。"瑞娜在

恶魔持续打量他时同声说道。"我们可以随意杀掉她。"

魔印人拉弓射箭,但恶魔在空中比画魔印,绽放一道魔光,将箭矢烧成灰烬。他再度搭箭拉弓,但这样做对这头新恶魔来讲似乎毫无用处。他压低长弓,放松弓弦。

"你想怎样?"他问道。

"注意到你的坐骑在奔驰时甩尾巴赶跑昆虫的动作吗?"瑞娜问。"你们只是有待铲除的小虫,不具任何意义。"

魔印人轻哼一声。"过来铲除我啊。"

但瑞娜摇头。"不急。你没有躯壳守护,但我有很多。用不了多久我就会打开你的脑袋,吞噬你的心灵,但首先我想看你要怎么帮这个女人的性命讨价还价。"

"你说我没有任何你想要的东西。"魔印人说。

"你没有。"瑞娜同意道。"但放弃你不愿放弃的东西会使你痛苦,而那会让你的脑子更加美味。"

魔印人眯起双眼。

"你是从哪里得知我们的存在?"瑞娜问。

魔印人瞪向她们,然后转回心灵恶魔。"我干吗告诉你?你没办法从我脑中挖出答案,而她也不知道。"

瑞娜微笑。"你们人类对于雌性人类十分心软,这是我们煞费苦心在你们祖先的血统里混入的特质。告诉我,不然她就没命。"在它说话的同时,两个女人举起一模一样的魔印猎刀,彼此靠近,用猎刀抵住对方喉咙。

魔印人扬起长弓,箭头在两者之间游移不定。"我可以射杀其中一个,有一半的概率会杀死你的变形怪。"

女人耸肩。"它只是具躯壳。然而这个雌性人类对你意义重大,如果她死了,你会痛不欲生。"

"意义重大?"瑞娜问,魔印人转身面对她们。她们眼中浮现出恐惧以及绝望。

"我很抱歉，瑞娜。"魔印人说。"没料到事情会走到这个地步，我警告过你的。"

两个瑞娜同时点头。"我知道，不是你的错。"

魔印人对她们举起长弓。"这一次我救不了你了，瑞娜。"他说，压抑喉咙中的哽咽。"就算我知道哪个是你也救不了。"瑞娜也压低啜泣的冲动。他几乎可以感觉到心灵恶魔的愉悦之情。

"所以你必须坚强，拯救自己。"他说。"因为那头怪物是邪恶的化身，我绝不会让它逃脱。"

心灵恶魔在了解他想做什么时身体一僵，但一僵太迟了，魔印人抛下弓箭，朝它扑上，瞬间拉近彼此的距离。在它有机会命令瑞娜和化身魔自相残杀之前，魔印人的魔印拳头已经在一道爆破般的闪光中击中恶魔王子硕大的脑袋。

纤瘦的恶魔被爆炸的力道震出数英尺，背心着地，愤怒嘶吼。它的头颅鼓动。魔印人感应到它所散发的邪恶力量，不过并没有对他造成任何伤害。

身后传来化身魔的叫声，但魔印人不去理它，再度冲向心灵恶魔，将对方压在地上，重拳连击。每一道伤口都即时愈合，但他没有停手，持续压制，打算一路打到找出杀它的方法。如果它化身魔雾，他已经准备好要与它较劲意志。

但心灵恶魔保持实体，或许正是担心他会那么做。每一拳都让它头晕目眩，恢复的时间逐渐拉长。魔印人移动到恶魔身后，施展沙鲁沙克锁喉招式，前臂上的挤压魔印逐渐加温，在恶魔喉咙上绽放光芒，凝聚能量。一切眼看就会结束。

但一头风恶魔撞上他，令他松开手臂，滚离心灵恶魔。魔印人翻到风恶魔身上，重拳击中它的喉咙，打得它动弹不得。

但一头木恶魔在他解决对方前从上方的树上落下，片刻间又有好几头恶魔加入战团。

心灵恶魔在人类的拳头冲击脑袋时发现自己和化身魔之间的连接断绝。它从来没有遭受这么痛揍过。打从孵化至今一万年来，没有任何生物胆敢攻击恶魔王子，这实在太难以想象了。

恶魔重重摔在地上，立刻发出求救讯号。四面八方的躯壳都闻讯而来。化身魔尖叫一声，但没有赶来救援。人类跳到心灵恶魔身上，高举魔印拳头殴打它的脑袋。

心灵恶魔习惯让化身魔代替自己战斗，完全不曾尝过近身肉搏的痛苦和困惑。人类不让它有喘息的机会，它也没有办法阻止人类施展原始的锁喉招式。人类的魔印启动，吸收恶魔王子的魔力，转化为痛苦的来源。

本来它以为自己死定了，但一头风恶魔终于赶来回应它的召唤，撞在人类身上解了围。其他躯壳纷纷赶到，聚集起来保护恶魔王子。一脱离人类控制，心灵恶魔立刻治疗伤势，发出愤怒的嘶吼，它发出另一波信号，打算用数量优势埋葬对手。它感应到附近有几十头恶魔，正死命赶来加入混战，但始终不见化身魔的踪迹。

人类甩开木恶魔，再度朝恶魔王子扑来。但这一次它早有准备，比画魔印，狂风乍起，实实在在地击中对方，将他震到空地另一边。当他爬起时，身边再度围满木恶魔。心灵恶魔一声令下，它们折断树枝充作武器，隔着人类皮肤上的禁忌魔印攻击对手。

模仿自己的言语和举动已经够可怕了，当心灵恶魔掌控全局、开始控制她的声音后，瑞娜内心升起一股无比的恶心，终于了解对方一直隐藏在自己体内，像是突然跑出来劫车的偷渡客。

那是一种难以言喻的侵犯，比豪尔曾做过的一切还要可怕。比茅房的那一晚还恐怖，比被人绑在木桩上还痛苦不堪。她感觉得到恶魔像田鼠般在她脑海中挖掘地道，夺走她最珍贵私密的记忆，拿去当作对付亚伦的武器。

这个想法令她怒不可抑，而她还能感觉出心灵恶魔十分满意她这种反应。"我以前就控制过你，"它对她的思绪说道，"控制过很多次。"

瑞娜看向亚伦，绝望地看着他眼中那种认命的神情。她以为自己有能力跟随他的脚步。她做得到任何他能做到的事，但是在事实证明了那些都是谎言，她唯一能做的事就是害他送命。

她呜咽一声，试图举起猎刀插入自己的喉咙，但心灵恶魔如同吟游诗人控制木偶般控制她的身体，她没有办法违逆它的意志。就算亚伦猜对了，并且想办法除掉化身魔，心灵恶魔还是可以轻易强迫自己一刀插入他的心口。她想要警告他，但出不了声。

然而，接着亚伦脸上的神情改变，仿佛已作好决定。他以某种从来没有对她展露的信任神情看着她。

"你必须坚强，拯救自己。"他说。"因为那头怪物是邪恶的化身，我绝不会让它逃脱。"

那个表情驱走了她的恐惧，让她的目光更加坚定。她点头，

随即感受到心灵恶魔大吃一惊，因为它也在同一时间了解亚伦的意思。它试图应变，但应变不及，被亚伦一拳击中脑袋，于漆黑中绽放魔光。

脑海中的恶魔意志消失了，瑞娜一时间惊魂未定，头晕目眩。她看向依然与她一模一样的化身魔，发现对方和自己一样身形摇摆，因为与心灵失去联系而不知所措。

瑞娜紧握父亲的猎刀，大叫一声扑向怪物，一刀插入对方的腹部。她伸出另一手环抱恶魔，将它拉到身前，皮肤上的黑柄魔印随即启动。魔法蹿入她的肌肉，为她持刀的手臂带来强大的力量，在恶魔的腹部到颈部之间划开一条长长的伤口。

化身魔的外表或许像她，但伤口中喷洒而出的恶臭黑液绝对不是地表世界的产物。

她看着它的脸，曾在水面倒影中见过上千次的容颜。瑞娜差点为了自己脸上的痛苦和困惑而落泪，但接着那张脸像狗一般嚎叫，嘴里的牙齿越变越长。

瑞娜在化身魔扑上的同时展开行动，依照亚伦教她的手法借力打力。她出手抓起它的发辫，顺势向上一拉，露出它的颈部。这个动作在她转身砍落时借用对方强大的力道，猎刀顺畅无阻地砍穿恶魔的脖子。

就这样，战斗结束了。恶魔的尸体了无生气地坠落地面，留下她站在原地，手里提着自己的脑袋，双眼上翻，断口处滴着黑色汁液。她张开嘴，吸入感觉好像是几小时以来所吸入的第一口新鲜空气。

她抬起头来，期待看见心灵恶魔已被抓在亚伦手中，结果却看见亚伦被一群手持树枝的木恶魔围殴，心灵恶魔则在步步后退。地心魔物此刻还未注意到她，全副精神都放在亚伦身上。

瑞娜环顾四周，抛下手中的脑袋，捡起她的魔印斗篷。化身魔扯断了斗篷的系线，不过斗篷本身并未损毁。她还刀入鞘，披上斗篷，双手缩在斗篷中拉紧兜帽。

她小心翼翼地起身，以缓慢而又平稳的步伐朝打斗现场移动，让魔印发挥最大的功效。一头木恶魔在她逼近时一棒击中亚伦的肩膀。他大叫一声，摔倒在地，口吐鲜血。其他恶魔乱棒齐下，他无助地翻滚，躲避它们的攻击，但无法尽数避开。

她一心只想冲过去解救亚伦，但她心里清楚他不希望自己这么做。心灵恶魔昂首而立，不再试图逃跑。只要她能让它见识阳光，就算牺牲两人的性命也值得。

魔印人被击倒的同时感到数根肋骨断裂。他喉咙里涌出一堆鲜血和胆汁，张嘴狂吐不止。

在他起身之前，另一根树枝打在自己身上。他翻身躲开第三根，以及第四根，但由于没有机会起身，他被第五根树枝迎面击中，当场将一颗眼珠打出眼眶，只剩下一根肌肉相连，垂在脸上。这声巨响不断在他脑中回荡，将其他所有声音淹没在其中。

他扬起仅存的一颗眼珠，看见数头恶魔同时挥下树枝。一时间，他以为自己大限将至，但接着灵光一现，他暗自咒骂自己的愚蠢。

树枝狠狠落下，却只打到一片魔雾。魔印人飘出木恶魔中央，在其中一头木恶魔身后重现聚形，所有伤势当场痊愈。他踢中恶魔的双脚，在它倒地的同时抓起它的魔角，利用它本身的体重顺势反转，当即扭断它的脖子。他跳向另一头恶魔，两根大拇指插入对方眼眶。第三头恶魔猛挥树枝，但他再度化身

魔雾，树枝击中瞎眼的恶魔。魔印人再度聚形，出指插入挥棒攻击的恶魔树皮般硬壳上的缝隙，如同挤碎栗子般插爆它的心脏。

他一直认为世俗武器都伤不了自己，但现在他明白自己潜力不过如此。除了死亡以及肢解，所有的伤势都转眼痊愈。四周的地心魔物现在就像挡路的苍蝇。它们没有足够的智力利用化身魔雾来辅助攻击，而心灵恶魔又不敢透过它们这么做，以免在另一个世界里与他的意志正面冲突，被反控制。

他不再理会剩下的木恶魔，如同鬼魂般穿越其中，直到通往恶魔王子的道路通畅无阻。他凝视恶魔，突然感到头晕目眩。片刻之前的自信突然荡然无存，因为他了解到自己只是发现了某种这头恶魔已经运用数千年的力量。对方露出利齿，举起一根利爪，凭空绘制魔印。

接着它的胸口爆出一把尖刀，绽放耀眼的魔光。头晕目眩的感觉消失，瑞娜的斗篷缓缓落地。他看见她出手紧锁恶魔的咽喉，猎刀上的魔印持续累积魔力。

恶魔王子发出惊讶与痛苦的叫声，魔印人毫不迟疑，一跃而上，重拳出击，不给它机会恢复冷静。瑞娜放开猎刀，抽出溪石项链死缠住它的咽喉。魔印爆闪，心灵恶魔张嘴欲吼，但没有发出半点声响。它的额头鼓动，发出一阵劲风冲击魔印人，将他逼退。

瑞娜似乎不受影响，但整座树林方圆数里内的所有恶魔同声惨叫。一头风恶魔直坠而下，撞断树枝，落地身亡。最初攻击他的木恶魔纷纷倒地，惨遭恶魔王子的心灵吼叫击毙。

同一时间，心灵恶魔开始逃跑。

✥

恶魔王子从来不知恐惧、痛苦为何物。它已经超越了这类事物，只会透过躯壳或是猎物的心灵浅尝这些情绪——为佳肴增添美味。

但见化身魔的死亡和胸口的那把猎刀完全不是透过任何媒介所感应到的东西——喉咙上的锁链以及令它无法凝聚力量的攻击也不是。它尖声惨叫，感到附近所有恶魔的心灵通通被这阵痛苦吸干。

人类短暂分心，恶魔王子抓紧机会化身魔雾，窜向地心魔域。它会在那里重新训化一头化身魔，在下次周期到来之前恢复元气，到时候它会带着一群千年不曾于地表现身的躯壳回来报仇。

✥

瑞娜突然尖叫，魔印人迅速转身，看见心灵恶魔自她手中融化，转变成一团魔雾，沿着附近的魔法通道逃往地心魔域。

他本能地追了上去。

"亚伦，不！"瑞娜大叫，但听来十分遥远。

闯入地心魔域的通道就像是顺着黑暗中的河道逆流而上。他可以感觉到通道的存在，但视觉在地心魔域路上不具有任何意义。他只能感应发自世界中心的魔法洋流，然后与之对抗，追踪源头。魔印人将意志力集中在前方恶魔王子所散发出的邪恶气息上，仿佛追逐了数公里后才终于抓住对方。

他其实没有手可以抓，但他延伸自己的意志力，阻挡恶魔的去路，接着就像两个男人朝彼此吐烟一般，他们融为一体，意志正面冲突。

魔印人以为恶魔的意志会比之前虚弱，但它依然强悍，于是他们在彼此心中疯狂挥爪，将无形的手指插入任何可能的空隙。恶魔王子摊开他一生所有的失败，嘲弄他将瑞娜遗弃在提贝溪镇自行面对命运，以及他给来森人所带来的悲剧，并以贾迪尔强暴黎莎的画面挑衅他。

这一切几乎令他绝望，但他在痛苦中出击，击溃心灵恶魔的心灵防御。那一瞬间，他看见了地心魔域，某个永恒黑暗之处，不过在魔法光芒的照耀下远比沙漠荒原还要明亮。

恶魔的意志立刻撤退，不再攻击，全力捍卫自己的心智。魔印人察觉优势，继续进逼。恶魔王子在他得知魔巢时放声惊叫。

本来魔印人已经取胜，但魔巢的景象太过骇人。前往地表世界猎食的地心魔物不过是冰山一角，他看见数百万头恶魔，甚至上亿。打从发现古老魔印以来，这是他第一次怀疑人类永不可能战胜恶魔。

心灵恶魔的意志袭体而来，进入了一个更加基本的层面——求生的欲望。但魔印人在这方面占尽上风，因为他毫不恐惧死亡，并不会在死亡降临时迟疑半分。

心灵恶魔畏惧死亡，那一瞬间，它的心智崩溃。魔印人吸收它的魔力占为己有，留下一具焦黑的躯体，被他投入地心魔域的通道，化为灰烬，永远飘散。

独自位于通道中，魔印人终于听见了来自地心魔域的真正召唤，而那听起来美妙动人。其中蕴含了强大的能量，本身毫无邪恶的能量。如同火焰般，这股力量超越邪恶。它就是一股能量，如同乳头引诱着饥饿的婴儿。他对它伸出双手，准备一尝美味。

但接着另一声呼唤传入他的耳里。

"亚伦！"这个声音从远方沿着通道回荡而来。

"亚伦·贝尔斯，你给我回来！"

亚伦·贝尔斯，一个自己已经多年不曾使用过的名字；亚伦·贝尔斯早就死在克拉西亚沙漠了。那个声音是在呼唤一个鬼魂。他转向地心魔域，准备拥抱它。

"你不准再丢下我不管了，亚伦·贝尔斯！"

瑞娜。自己已经两度将她留在凄惨的处境中，但第三次将会伤她最深，因为自己会让她在努力拯救自己的性命后留给她生不如死的后半生。

地心魔域可以提供什么她所不能提供的东西呢？

当魔雾重现，开始凝聚成亚伦的形体时，瑞娜已经哭喊到声音嘶哑。她破涕为笑，差点呛到自己。片刻之前，她还以为他死定了，而现在突然间附近所有恶魔通通暴毙，黑夜一片死寂，只有她和亚伦两两相望。心灵恶魔的魔力回馈威力强大，瑞娜体内充满前所未有的活力。她身上充斥着魔法能量，心跳强烈得如同吟游诗人的手鼓。亚伦光彩夺目，难以逼视。

"黎明舞者。"亚伦突然叫道，打破沉默。他跑向自己的马。

"摔断了几根骨头。"瑞娜伤心地道。"就算活下来，他也永远不能跑步了。我爸通常会直接帮他了断。"

"我管你爸会做什么！"亚伦吼道。

瑞娜感到他的痛苦如同甩在脸上的巴掌，这才了解他有多爱那匹马。她知道世界上唯一的朋友竟是一头动物是什么感觉，她希望他爱她能有它的一半。

"伤口已经不再流血。"她说。"一定是被打伤前吸收了一

些那头变形怪的魔法。"

"化身魔,"亚伦说,"它们叫作化身魔。"

"你怎么知道?"瑞娜问。

"我在接触恶魔王子内心时学到了不少。"亚伦说。他伸出双手,握起战马的一条断脚,拉直断骨。他以一只手掌固定马脚,以另一手凭空比画魔印。

它闷哼一声,魔印闪动,断骨在她眼前自动接合。一处接着一处,亚伦治疗战马的伤口,黎明舞者的呼吸逐渐顺畅,亚伦自己的呼吸则变得吃力。他的魔光片刻之前还难以逼视,现在却迅速黯然失色。她从来不曾见过他的魔光如此暗淡。

她碰触他的肩膀,随即感受到一阵疼痛,感觉自己身上的魔法蹿入他体内。他低呼一声,抬头看她。

"够了。"她轻声道。他点点头。

魔印人看着瑞娜,心中生起一股深沉的愧疚。

"我很抱歉,瑞娜。"他说。

瑞娜一脸好奇。"抱歉什么?"

"小时候弃你不顾,把你丢给豪尔,自己跑去追逐恶魔。"他说。"而今晚我又重蹈覆辙。"

但瑞娜摇头。"我感觉到那头恶魔在自己脑中,感觉它比我爸更加邪恶。它是纯粹的邪恶魔王,直接来自地心魔域,杀死那头恶魔远比拯救一千个瑞娜·谭纳还有价值。"

魔印人伸手触摸她的脸颊,眼神捉摸不定。

"我本来也是这么想。"他说。"但现在不再那么肯定了。"

"我绝对不会取消婚约。"瑞娜说,"如果这就是你的生活,我愿意当个称职的妻子支持你,无论发生什么事。"

THE DESERT SPEAR

黎明即将到来，地心魔域仍不断召唤魔印人，但现在它已细不可闻，可以轻易忽略。一切都是因为她，与瑞娜在一起终于让他想起自己是谁，他毫不迟疑地说道：

"我，亚伦·贝尔斯，将我的一生托付给你，瑞娜·谭纳。"

第二卷《沙漠之矛》完，请试读第三卷《白昼之战》

第五部分 白昼之战（试读）

SECTION V *The Daylight War*

英内薇拉

300 AR

黄昏时分，小摊上只有少许阴影，英内薇拉和哥哥苏利坐在阳光下，两人都光着脚，各夹着一个篓子，灵巧的手指一边编织一边转动着篓筐。他们的母亲蔓娃也坐在一边编着自己的篓子。三人中间的那堆棕叶正渐渐减少。

其实，英内薇拉才九岁。苏利却比她大将近一倍，不过对于换上戴尔沙鲁姆黑袍的人而言，算是十分年轻的了。他身上的黑袍非常新，因为他赢得这身黑袍还不到一个星期，因此他坐在草席上，以免沾上市集地上的尘土。他将黑袍转向身后，露出光滑结实的胸肌，上面汗津津的闪着水光。他不时抓几片棕叶扇风，艾弗伦的胡子啊，这黑袍真他妈的热，真希望像以前那样，出门只用绑上一块拜多布。

"坐到这边阴凉的地方来吧，沙鲁姆，我们换个位子。"蔓娃叫道。

苏利摇摇头，"你以为我赢得黑袍回来后就忘了长幼之序，任意使唤家人吗？"

蔓娃笑了笑。"你真是我的好儿子。"

"对你和亲爱的小妹应该如此。"他说着伸手揉了一把妹妹的头发。她只是笑了笑，推开了他的手。苏利在家时，英内薇拉总是异常开心。"对于别人来说，我可比沙恶魔还可怕。"

"去你的。"蔓娃说,她并不喜欢听儿子把自己比成沙恶魔的笑话。但英内薇拉却认为恰如其分;她还记得他是怎么收拾那两个敢欺负自己的马甲部族小屁孩的——弱者是没法熬过黑夜的。

英内薇拉编好了一个篓子,就叠到其他篓子上,迅速数了数。"还差三个,贝登达玛的订数就凑够了。"

"或许卡西弗来取货的时候,会顺便邀请我参加满月宴会。"苏利说。卡西弗是贝登达玛的凯沙鲁姆,也是苏利的阿金帕尔,一个曾经和他一起在大迷宫度过第一晚的生死兄弟。相传这是上天安排的生死伙伴,会相伴一生。

蔓娃不屑地哼了一声,"如果他真的叫你去,贝登达玛定会要你全身一丝不挂,抹满油脂抱着篓子,将自己的满月之夜为那帮老淫棍服务。"

苏利哈哈大笑。"我听说,要注意的不是那些老头,因为他们大多数有心无力,而在腰带里放油瓶的都是那些年轻人。"他满心向往地叹气道:"尽管如此,杰拉斯说过,他曾去贝登达玛以前举办的长矛宴会帮忙,达玛们付给他两百卓奇。这个价钱真是诱人,就算累到腰酸背痛也值得。"

"你这话,可别让你老爸听见。"蔓娃警告道。苏利转头瞅了瞅身后的门帘。父亲正在里面睡大觉。

"他迟早会发现我是普绪丁——"苏利说。"我不会为了不被发现而糟蹋人家的好女孩。"

"为什么不?"蔓娃问。"她可以和我们一起编篓子,想的时候,随时可以在她体内播种几次,给我生个孙子就这么为难你吗?"

苏利扮了个鬼脸。"这差使你就留给妹子吧。"他看向她。"明天是你的汉奴帕许,亲爱的妹妹,或许达玛丁会给你找个

好丈夫。"

"别胡扯!"蔓娃笑着拿棕叶抽他。"你宁愿面对大迷宫城墙内的恶魔,也不愿面对个漂亮的女人?"

苏利又扮了个鬼脸。"至少在大迷宫里,还有一大群大汗淋漓的强壮战士。谁知道哪个普绪丁达玛会喜欢我。像贝登这种有权有势的达玛会让最宠爱的沙鲁姆担任贴身侍卫,只须在新月之夜出去作战,一个月也就三个晚上,有什么可怕的。"

"三个晚上还是太多了。"蔓娃有些心疼地喃喃说道。

英内薇拉不太明白。"大迷宫是圣地?不是很荣耀吗?"

蔓娃只是叹了一口气,回头继续编篓子。苏利盯着她看了一会儿,他的双眼里写满了苦痛。英内薇拉脸上天真的笑容也在渐渐僵化、消逝……

"大迷宫是一个神圣的墓场,"苏利神情黯淡地说道,"据说死在大迷宫里的男人会进入天堂,但我还不想这么早就去见艾弗伦他老人家……"

"很抱歉提到这个。"英内薇拉说道。

苏利苦笑着摇摇头。"我的小妹,不用担心这些事,顺其自然吧,你不用老挂在心上。"

"大迷宫的圣战,是所有克拉西亚人牵挂的心事,包括女人。"蔓娃说。"尽管我们没有与你们一起面对恶魔。"

这时门帘后传来一阵轻轻的呻吟和穿衣服的窸窣声响。片刻过后,卡萨德低着头从门帘里站了出来。英内薇拉的父亲连看都不看蔓娃一眼就用脚把她挤出了阴凉处,他在地上铺了几个枕头,躺在地上很悠闲地喝起酒来。跟从前一样,他没有理睬英内薇拉,只是盯着苏利。"苏利,你现在已经穿上沙鲁姆的黑袍了,无须像个卡菲特一样干这些家务杂活,快放下那破玩意儿。"

"老爸,客户向我们家订了一大批篓子,我们得抓紧时间赶出来。"苏利回道。"卡西弗……"

"去你的。"卡萨德不屑地挥挥手道。"我才不管那个穿花衣服打香水的普绪丁想要什么。你赶紧放下那破玩意儿,快过来,千万别让人看见你玷污你的新黑袍。我们不得不白天待在这样肮脏的市集里就够掉价的了。"

"真不可思议,他竟然不知道家里挣点钱有多么不容易——"苏利没有理卡萨德,只是小声嘀咕着。父亲似乎没听到,也没有一丝反应。

"还有每天的一日三餐。"蔓娃翻着白眼补充道。"最好还是照他的吩咐去做吧。"

"既然我已经成为戴尔沙鲁姆,想干什么就干什么,那凭什么要听任他指挥,相反我觉得编篓子让我心情平静。"苏利说着编得比刚才更快了。他手上的篓子眼看就要完工了。英内薇拉只是目瞪口呆地看着他,他的速度简直可以赶上母亲了。

"他毕竟是你的父亲。"蔓娃说,"如果你不听话,我们一家人的日子会不好过的。"

她转向卡萨德,柔声说道:"你和苏利只要待到达玛宣告黄昏到来就行了,我的丈夫。"

卡萨德脸色一沉,喝光另一杯。"我到底哪里得罪了艾弗伦,能将无数恶魔送往深坑的卡萨德,英明的卡萨德·阿苏·卡萨德·安达玛吉·安卡吉,竟然穷到了要靠卖篓子混饭吃?"他一边抱怨,一边将手挥向那堆新编好的篓子。"我他妈的应该赶去参加今晚的阿拉盖沙拉克才对。"

"他就是惦记着跟那帮沙鲁姆喝酒。"苏利小声地对妹妹说道。"提前集合的战士都窝在大迷宫里,等待着战斗;在家里只会一个人喝闷酒,喝到四肢发软,也没有一点荣耀可言。"

英内薇拉很讨厌库西酒——发酵的谷物加入不少肉桂,酒瓶又很小,喝酒的杯子也小。只要闻那股气味,就让她呕吐到头昏眼花。那种酒味,根本没有半点肉桂的美味——据说,要喝到第三杯才能品得出一丁点儿,但谁敢相信喝了三杯酒的人说的话是真话还是胡说了?那玩意儿就是战士们开战前的兴奋剂,喝了只会让他们亢奋不已,不惧生死。

"苏利。"卡萨德大叫道。"把那些家务事留给女人吧,过来陪老爸喝两杯!我们为你昨晚宰掉四头恶魔再庆祝一番。"

"那是我们小组所有成员的功劳,不是我一个人的战绩。"苏利有些反感地解释道,编篓子的双手一刻也没有停下,"老爸,我不喜欢喝库西酒。《伊弗佳》禁止战士喝酒。"他大声补充道。

卡萨德白了他一眼,自己端起酒杯又喝了一杯。"蔓娃,那就给你那位沙利克儿子准备点茶吧。"他又拿起库西酒往杯子里倒酒,结果酒瓶里只剩下不够一小口酒了。"顺便给我再拿瓶过来。"

"艾弗伦让我悉心伺候你。"蔓娃很不情愿地叹气道。"我的丈夫,家里也只有你手上拿着的那一瓶了。"

英内薇拉听出母亲的无奈和反感。"大市集里的大多数店铺都打烊了,我们必须得在卡西弗来之前完成这批订货。"

卡萨德不耐烦地挥手。"那个穿花衣的普绪丁就该多等等。"

苏利倒吸了一口凉气,慢慢吐出来。英内薇拉看到他的左手上多了一道棕叶划出来的伤口。但他只是咬咬牙,继续默默地编织着。

"原谅我吧,伟大的丈夫,我们得罪不起贝登达玛的人。"蔓娃一边说,一边编篓子。"如果,我们没有及时凑够订数,卡西弗会向克莉莎买篓子。而且我们还得交战争税,你也就别指望再喝库西酒了。"

"什么?"卡萨德大声吼道。"你把我的钱都花光了?我可是每周都收入超过一百卓奇啊!"

"有一半都交了战争税,"蔓娃说道,"你自己每次还要带走二十多卓奇。其余的你买了库西酒和蒸面团,你还每次带一大帮沙鲁姆来喝酒。你那点收入根本就不够用。你知不知道的因为私贩库西酒的贩子担心会被达玛砍掉手指,他们的酒都卖得很贵的。"

卡萨德愤愤道。"谁要能把太阳从天上摘下来,卡菲特也有胆子贩私。现在最重要的是给我拿酒来,让我打发时间,直到那个假男人来取货。"

苏利编完手上的篓子,站起身来,将篓子轻抛在面前那堆篓子里。"母亲,哪里有卖的,我去吧,我会赶在黄昏之前把酒买回来。"

蔓娃眯着眼看着自己手下的篓子,琢磨了一会儿,她也开始越编越快。"我希望把这些你帮忙赶了一个多月的篓子卖出去了再出门,会妥当些。"

"父亲在家里,没人敢来抢东西的。"苏利说道,但在看着父亲紧握着倒空了的酒瓶迟迟不愿放下时,他叹了口气,"我会尽快回来的。"

"继续工作,英内薇拉。"蔓娃在苏利离开时说道。

英内薇拉埋下头继续编织篓子,之前一直在看他们说话,不自觉地停下了手上的活。她不敢大胆看父亲,但仍忍不住悄悄瞟上一眼。他正盯着忙前忙后的妻子。母亲的黑袍快速地飘动着,不时露出一小截原本裹着的白皙的脚踝和小腿。

卡萨德不自觉将一只手慢慢放在小腹上,摸索着。"快过

来帮个忙,老婆——"

"正在忙着呢。"蔓娃从棕叶堆里取出几片棕叶,慢慢挑选着。

卡萨德似乎被触怒了。"你竟敢在离天黑只有不到一个小时之时,拒绝你家的主人?"

"因为这批货都赶了好几个星期了。"蔓娃说道。"天马上就要黑了,街上人都回家了,而我们家门口摆满篓子,却只有一个发疯的酒鬼守着,这样安全吗?"

"谁会来抢这些破玩意儿?"卡萨德哈哈大笑道。

"谁会来抢?"这时一个陌生的声音问道。他们全都转身抬起头来,克莉莎从街角处钻了出来。

她是个身材很结实的女人。对于克拉西亚人来说,她很高大,但是不算胖。身为战士的女儿,她确实显得很沉稳,裹着如同所有戴尔丁一样的黑袍,双手厚实,手指修长。她也是位编织大师,在卡吉部族里编织手艺仅次于蔓娃,但是克莉莎很狡猾,城府很深。

四名身穿戴尔丁黑袍的女人跟在她身后,其中两名是她老公的小妾,脸上都系着黑面巾;另两名是她的女儿,还未成婚,所以可以露出光滑的脸蛋儿。其实他们都算不上漂亮,相信更多的男人会望而却步;但身材很结实,走进门后就像盯着兔子的野狼一样散开来。

"这么晚了还没收摊啊?"克莉莎不怀好意地问道。"你知道不?所有摊位都关门了。"

蔓娃耸耸肩,目光仍盯着篓子,"还有一个小时才开始宵禁嘞。"

"在贝登达玛举办月圆庆祝的日子,卡西弗总是黄昏后才敢来取货,对不对?"克莉莎问道。

蔓娃没有理她。"克莉莎,我的顾客订我的货,与你有什么关系?"

"怎么与我无关?客户是你的普绪丁儿子从我那里抢走的。"克莉莎气势汹汹说道,但声音低得像要发飙的母狼。她的女儿逼近英内薇拉,将她和母亲分开包围。他老公的偏室直接走向卡萨德。

这话让蔓娃有些发怒,她慢慢抬起头来。"我没抢你客户,卡西弗是主动来找我们订货的;他说你的篓子不够结实,装满东西就垮了。你自己丢掉的客户,哪能怪我们呢?"

克莉莎点头,伸手一把抓起英内薇拉编好的一个篓子。"你和你的手艺真是让人羡慕啊。"她边说边用手慢慢抚摸,接着一把将篓子摔在地上,抬起穿着凉鞋的脚用力乱踩。

"你个贱女人,你竟敢撒野?"卡萨德突然吼道。他挣扎着起身,或者想努力站直身子,四处搜寻他的矛和盾,其实那些武器都放在帐篷里。

趁他还在琢磨下一步该怎么应付这种局面时,克莉莎家的两个女人同时冲上来,从宽大的黑袍里摸出尺来长的短仗。其中一个从身后使劲抱住卡萨德的手臂和腰,另一个使出全身的力气挥杖抽打。卡萨德闷哼一声,疼得直咬牙,就在他一愣神之间,一杖又打在他的胯下。卡萨德哀嚎一声蹲下身去。

英内薇拉吓得大声喊叫,从地上跳起身来。但是被克莉莎的女儿拼命抱住了。蔓娃也立即站起身来,不过克莉莎冲着她的脸上就是一脚,把她蹬得坐倒在地上。她疼得大声喊叫。但是天色这么晚了,也没人过来劝架。

这时克莉莎回过身去吃惊地低下头看着地上的篓子。篓子不仅没被踏坏,反而反弹得跳了起来。英内薇拉忍不住笑出声来。女人这下恼羞成怒,直接跳到篓子上,一顿乱踩,才把篓

子踩瘪下去。

这边树荫下，克莉莎家的两个女人一边继续抽打卡萨德，一边大笑道。"他竟然叫得像个女人。"对着他的胯下又是一棍子。

"打起架来，连女人都不如。"另一个女人叫道，放开他的腰。卡萨德直接瘫倒在地，大口喘息，脸因疼痛而扭曲。女人们不理他，直接冲过去踩踏篓子，拿棍子敲打。

英内薇拉试图挣脱，但是抱着他的女子死命地抱紧她，并威胁道。"再反抗就扭断你的手指，让你再也无法编织了。"她挣扎着改变站位，准备踩向抱着自己的女子的脚，但是蔓娃只是默默地摇头示意。

卡萨德用手撑着坐起身体时，猛咳一声，吐出一大口鲜血，"婊子养的，我会向达玛汇报这件事………"

克莉莎大笑道。"达玛？你还有脸去见达玛？卡萨德，骆驼尿之子敢告诉达玛你喝了库西酒之后，被一群女人痛扁？还别说这，你就是被你的的阿金帕尔鸡奸了，你都开不了口……"

卡萨德拼命想站起来时，一个女人立刻踢了他一脚，将他踢得像只死青蛙一样趴在地上。

"呸。"那个女人调笑道，"他就像个尿了裤子的婴儿一样，哈哈。"

"这样，我突然有个好主意。"克莉莎笑着说道，一边走向那一堆篓子，撩起长袍。"何必费劲踩烂这些破玩意儿，我们只需在上面尿尿，弄脏它们就行了。"她蹲下身去，开始在上面尿尿，一边左右摇晃着身子，尽力多撒一些地方，一边哈哈大笑。其他女人也照做。

"可怜的蔓娃！"克莉莎嘲笑道。"家里的男人都是废物，你的老公连卡菲特还不如,儿子更是每天给那帮老男人服务,哪有时间帮你干活,哈哈哈哈。"

"不尽然。"英内薇拉转过头去,刚好看到哥哥苏利宽厚的手掌抓住抱着自己的少女的手腕,慢慢扭了过去。那少女疼得直叫,接着一脚将她踢得飞出去很远。

"闭嘴。"他冲着摔倒在地上直叫唤的少女警告道,"再敢碰我妹子,我会拧断你的手臂。"

"走着瞧,普绪丁。"克莉莎说道。她家的妾室拉好长袍,举起藤杖,朝苏利冲了过来。克莉莎也抖了一下衣袖,一根短棒已握在手中。

英内薇拉吃了一惊。但是手无寸铁的苏利也冲了过去。第一名女子率先出手攻击,但是苏利比她更快,闪过藤杖,抓住女人的手臂,只听到一阵咔嚓声,那名女人立马抱着手臂倒在地上,藤杖已经落到苏利手中。另一名女子扑过来,苏利闪电般挡开她的棍子,一杖抽在她的脸上,一切犹如舞蹈一般娴熟而完美。英内薇拉在他回家时,还见他演示过沙鲁沙克。女人像沙袋一样摔倒在地上,英内薇拉只见她扯下面纱,吐出一大口鲜血。

在克莉莎女儿扑上来时,苏利已经扔下手中的藤杖,徒手接住对方挥来的武器,化解了她的力道,他以另一只手抓起她的衣领,一把旋倒在篓子堆里,把她的头压在地上,然后伸手抓起她那脚跟处的袍子,一把拉到腰上。

"拜托,"克莉莎哀求道,"求你放过我的女儿,她还没有结婚。"

"去你妈的,"苏利恶心地骂道。"上她还不如上只母骆驼。"

"哦,来吧,普绪丁。"她轻蔑地挑衅道,瞅着他扭扭屁

股；"假装我是男人，从后面上吧。"

苏利捡起克莉莎的藤杖，开始抽打她的屁股，他声音低沉，不过还是盖过藤杖抽打克莉莎屁股的声音。"就算不是普绪丁，老子也不至于把老二插到你这粪堆里。至于你女儿，我绝不会做任何耽搁她们嫁给哪位卡菲特戴上面纱的禽兽之事。"

他松开她的脖子，用藤条追着身后将克莉莎家的女人赶出家门。

蔓娃站起身来，拂拂身上的尘土。他没有去看一眼卡萨德，只是走向英内薇拉。"你没事吧？"英内薇拉点点头。

"大家赶快检查一下篓子。"蔓娃吩咐道。"他们没来多久，看能否将损失降到最低……"

"太迟了。"苏利说着指向街头。三名沙鲁姆正朝这边走过来，他们身穿黑袍坎肩，佩戴黑色的胸甲，突出发达的胸肌。鼓胀的肱二头肌上系着黑色丝带，手腕戴着饰有亮色铁定的皮护腕，背上是金色盾牌，手里握着短矛，如同狩猎的野狼一般机警。

蔓娃抓起一小瓶水，倒在卡萨德脸上。他呻吟一声，爬起身来。

"快进去。"蔓娃走过去在他的屁股上踢了一脚，催促道。卡萨德嘟哝一声，爬进帐篷里躲了起来。

"我看起来还不算糟吧？"苏利整理着长袍，可以露出大片胸肌。

这是个很滑稽的问题。她本来没见任何男人有自己的哥哥一般俊俏。"很好。"英内薇拉压低声音道。

"苏利，我亲爱的阿金帕尔！"卡西弗在十来米外就大声喊道。他今年二十五岁左右，已经是凯沙鲁姆，显然是三人中最帅的，胡子修剪得特别整齐，涂满香油，古铜色的皮肤很有男人魅力。他的胸甲上刻有贝登达玛的烈日印记——肯定是黄金打造——头巾中间镶着绿松石。"我就想今晚来取货时……"他走到近前，打量着他们凌乱的摊位。"……会不会遇到你。哦，天哪，难道有一群野骆驼刚路过你们家摊位？"他嗅了嗅。"还边走边撒尿？"他解开挂在脖子上的丝绸面巾，捂在鼻子上。与他同来的也解下面巾捂住鼻子。

"我们遇到了一些麻烦……"苏利说。"都是我不好，我刚离开了一会——"

"真是太不幸了。"卡西弗走到苏利面前，完全没有看一眼英内薇拉。他伸出一根手指抚摸苏利胸膛上的血迹，然后不停地摩擦拇指与食指，以抹掉刚才沾到的血迹。"不过很明显，你及时赶回来，解决了麻烦。"

"那群野骆驼也不会再回来了。"苏利说道。

"但是他们已经达到目的了。"卡西弗有些难过地说道。"我们不得不去向克莉莎买篓子了。"

"拜托，"苏利近乎哀求地抓住卡西弗的手臂，"我们需要这笔交易。我们的货还是有不少完好无损，可以给我们一半的业务量不？"

卡西弗看向苏利抓住自己的手臂，微微一笑。他很不屑地指向地上的篓子。"算了吧，如果有一个篓子沾到了尿，那其他的也不会干净到哪里去，我不敢带这么肮脏的东西给我的主人。你们自己用水洗洗卖给卡菲特吧。"

他凑上前去，把手放在苏利的胸口。"如果你确实需要钱，明天可以到宴会上帮忙搬篓子。"他的手指继续往上抚摸，直伸到苏利的衣袍里，轻柔地抚上他的肩膀。"可以赚到比卖篓子多三倍的钱，只要你……你扛得住……哈哈哈哈。"

苏利也跟着笑了笑。"兄弟，篓子是我的专长，没有人能

超过我的。"

卡西弗大笑道。"明天早上我们会来接你去参加宴会。"

"到训练场找我吧。"苏利说道。卡西弗点点头，和他的伙伴一起走向克莉莎的摊位。

蔓娃把手放在苏利的肩上。"很抱歉，孩子，又得让你出去干那种苦差事。"

苏利耸耸肩。"很多事都是迫不得已，哪有那么完美。看到克莉莎赢了我只是不甘心。"

蔓娃撩起面纱，对着地上啐了一口。"她没有赢，她哪来的篓子卖？"

"你怎么知道？"苏利问道。

"我一个礼拜前放了不少老鼠在他的货仓里。"蔓娃笑着道。

帮忙整理好摊位后，苏利在达玛在沙利克霍拉的尖塔上高唱晚歌时陪母亲和妹子回到了自家泥砖砌的屋子。他们救回了绝大多数篓子，但是好几个得经过修理，还有一大捆棕叶被毁了。

"我要赶去集结了。"苏利说道。蔓娃和英内薇拉在他出门前拥抱了他，算是为他送行。

回到家里，他们打开了家里的暗门，钻进地下城过夜。

克拉西亚所有建筑都有一层地窖，与通往地下城堡的走道贯通，这些通道与石室形成长达数英里的蜂巢式的地下建筑。每天晚上，当男人们进行阿拉盖沙拉克时，女人、小孩、卡菲特就躲在这里。刻有巨大魔印的大石块阻止恶魔从地下钻进来。

地下城是一座坚固的避难所，不但是设计来保护城内平民的，一旦地上的战争没法取胜时，那还是一个暂时的大本营，地下城有足够的住房、学校、宫殿、神庙，以及食物、水等。

英内薇拉和蔓娃在地下城只有一间小小的卧室，里面备有草席、储藏室以及茅厕。

蔓娃点燃油灯，他们坐在桌旁，吃着冰凉的晚餐。餐盘清理完毕，她摊开棕叶开始编篓子，英内薇拉也赶过来帮忙。

蔓娃摇头。"去睡吧。明天是你的好日子，我可不要你戴着黑眼圈去见达玛丁。"

英内薇拉看着前方排成长龙的女孩和他们的母亲，所有人都等着达玛丁的一一接见。艾弗伦之妻下达指令，当达玛宣布春分破晓之日来临，所有年满九岁的女孩都要参加艾弗伦为他们准备的人生之路——汉奴帕许。男孩子的汉奴帕许要经历很多年磨砺，但女孩只需接受达玛丁为他们占卜就行了。

大部分女孩都只要确认发育成熟，就会被授予第一条头巾，但是也有些在离开大帐时就已经订婚，或是分派新的任务。穷人家的女孩会遭到被贱卖的命运，或许成为侍寝的枕边舞者。以吉娃沙鲁姆的身份侍奉战士们，将来能够为每晚参加战斗的战士生育新战士是她们的荣耀。

那天早上，英内薇拉在兴奋的情绪中醒来，穿上褐色裙子，梳好那一头如黑色缎子飘飞的浓密发亮的头发。今天她会以一个女孩的身份走进达玛丁的帐篷，出来时将成为年轻的女人，只有未来的丈夫才能解开她的面纱，欣赏到她的面容与一头乌黑油亮的秀发。她还将换上黑色的长袍，把自己从头到脚包裹

得严严实实。

"或许会有达玛基看上我的,带我进入他的帐篷吧。"英内薇拉央求道。"我会住在宫殿里,而你会收到一辈子吃用不尽的聘礼。"

"我要是靠你的聘礼来过活,你就得一辈子过见不到阳光的生活。"蔓娃说道,声音低到只有自己听得见。"只能和丈夫及其他妻妾在一起,等待一些足以当曾祖父的老头来看望你了。"她摇摇头。"至少我们还交得起税金,你家里还有两个男人挣钱呢,这表示大家都不会把你卖去填充后宫。不过话又说回来,在后宫也总比被达玛丁宣布不孕而被流放好些。"

奈丁。英内薇拉想着这个词不觉浑身发抖。没有生育能力的女人,永远都不能穿上黑袍,一辈子都得像卡菲特一样穿着褐色的长袍,带着屈辱艰难度日。

"也许会被选为达玛丁呢。"英内薇拉安慰道。

母亲摇了摇头。"不大可能,她们从来没有挑选过达玛丁。"

"但是奶奶曾经说,达玛丁是在女孩接受占卜时挑选出来的。"英内薇拉补充道。

"那都是半个多世纪以前的老黄历了,如果真如此。"蔓娃说道。"愿艾弗伦保佑她,其实你奶奶说话总是不靠谱。"

"那么那些奈达玛丁又是怎么来的呢?"英内薇拉一边问,一边指向那些达玛丁学徒。那些女孩没有系面纱,但穿着代表艾弗伦之妻的白色长袍。

"有人说艾弗伦让妻子们怀孕后,生下的女儿自然就成了奈达玛丁。"蔓娃说道。英内薇拉牵着母亲的手,一边望向母亲,不知道她说的是真是假。

蔓娃只是耸耸肩。"我可以肯定地告诉你,这种说法跟其他说法一样——我所认识的母亲中,没有任何一位的女儿被选为奈达玛丁,或是见过哪位奈达玛长得像她们。"

"母亲,妹妹!"苏利和卡西弗一前一后走了过来,他看到蔓娃和英内薇拉叫道。英内薇拉露出灿烂的笑容。苏利的黑袍依然沾满大迷宫的尘土,而且胸盾上有些新的凹陷,而卡西弗却一尘不染。

英内薇拉立马跑过去拥抱哥哥苏利。他大笑着,抱起妹子在空中转圈。英内薇拉愉快地尖叫起来,一点也不害怕。有哥哥在,她什么也不怕。他轻松地将她放下,然后走过来拥抱母亲。

"你在这儿干吗?"蔓娃问道。"我还以为你已经赶往贝登达玛那儿。"

"我是准备赶过去呀。"苏利说。"但我想过来为妹子献上阿拉的祝福,让她愉快地迎接属于她的汉奴帕许。"

他伸手抚摸妹子的那一头秀发。她和往常一样猛拍他的手。他也和往常一样,等她举手时,他早已及时地缩了回去。

"你觉得父亲会来祝福我吗?"英内薇拉兴奋地问道。

"啊……"苏利耸耸肩。英内薇拉转过头去,不想让他们看见自己的失望。

苏利弯下腰,用手指轻轻抬起她的下巴,笑笑地看着她。"父亲只是不能亲自过来,但跟我一样都在为你祝福。"

英内薇拉点点头。"我明白了。"她在苏利离开前又拥了拥他的脖子。"谢谢你,苏利。"

卡西弗盯着英内薇拉,好似第一次看见似的。他英俊的脸上挂满笑容,礼貌地鞠了一个躬。"祝福你,英内薇拉·娃·卡萨德,恭喜你成为女人,愿你拥有英俊的好丈夫,有许多可爱的孩子;每个都像你哥哥一般帅气。"

英内薇拉微笑着点头，只是有些微微脸红。

他们在火热的阳光下静静地等待着，终于，队伍开始前进了。每次一对母女进入帐篷。有些人进去只有几分钟，有些人则将近一个小时。所有人出来时都身穿黑袍，大家也都松了口气；有些女孩不知所措地望向远方，跟着母亲慢慢回家。

快到英内薇拉她们时，她感觉到母亲抱着自己的肩膀越来越紧，指甲不自觉间透过衣服掐入肉里。

"如果对方不问你，目光保持向下，记住别乱说话。"蔓娃叮嘱道。"绝对不要答非所问，或乱问问题，绝对不要违逆达玛丁，跟我一起说：'是的，达玛丁。'"

"是的，达玛丁。"英内薇拉重复道。

"是的，母亲。"英内薇拉咽了一下喉咙，感觉到内脏纠结得绞痛。大帐篷里到底是怎么回事？难道母亲没有经历过吗？她为什么这么紧张害怕？

一名奈达玛丁拉开帐篷门帘，排在英内薇拉前面的一对母女走了出来，那位女孩已经戴着褐色的头巾，跟她所穿的衣服一样，她的母亲边走边哭着安慰她。

奈达玛丁，大约只有十三岁，高挑的个子，颧骨突出，鹰钩鼻也很显眼，看起来让人有些害怕。她默默地看着她们走了出去，接着转向英内薇拉和蔓娃。"我叫梅兰。"暗示英内薇拉俩进帐。"魁娃达玛丁现在等着为你占卜了。"

英内薇拉深吸一口气，与母亲一起脱掉鞋，在身前画了个魔印，然后走了进去。

阳光洒落在帐篷顶上，照得大帐里一片通明。所有东西都是白色的，帐篷的墙壁、家具、帆布地毯……。

地毯上的血迹格外抢眼，进门的地毯上洒满大片红色与棕色的液体，还有脏兮兮的红色脚印一直延伸到隔间的检查床边。

"那是沙鲁姆的血。"一个声音说道。英内薇拉被吓了一跳,这才发现身穿白袍的艾弗伦之妻站在自己面前。"天亮时从阿拉盖沙拉克送来的沙鲁姆的血。每天,这些帆布地毯都会被割下来,放在沙利克霍拉塔顶焚烧。"

仿佛一切都是安排好的一般,英内薇拉听到四周传来了痛苦的叫声,隔壁的另一边躺了许多受伤的男人。她想着自己的父亲卡萨德——或许更糟的情况,苏利也会躺到他们里面,她不自觉地皱起眉来。

"祈求艾弗伦现在就带我走!"一名男子绝望地叫道。"我不想成为残废。"

"注意脚下。"魁娃达玛丁警告道。"你们的脚没资格触碰那些英雄的血液。"

英内薇拉和母亲绕过沾染血污的帆布,来到达玛丁面前。魁娃从头到脚都包裹在白色丝绸里,只露出眼和手。她的身材比梅兰还高,还结实,很完美的女性身体曲线。

"你叫什么名字,女孩?"达玛丁的声音显得低沉而冷峻。

"达玛丁,我叫英内薇拉·娃·卡萨德·安达玛吉·安卡吉。"英内薇拉说完,深深鞠躬。

"以卡吉娃最初的妻子为名。"听到最后补充的这句话,蔓娃在她的肩膀上狠狠地掐了一下,疼得她直喘气。达玛丁没有注意到。

"我想你认为自己的名字与众不同。"魁娃轻蔑地说道。"如果每个克拉西亚女人都取这个名字,相信沙拉克卡早就结束了。"

"是的,达玛丁。"英内薇拉答道,在母亲放手的时候再度鞠躬。

"你很漂亮。"达玛丁赞道。

"谢谢你,达玛丁!"英内薇拉鞠躬道。

"如果你没有其他意见的话,大后宫很需要像你这么漂亮的女孩。"魁娃转向蔓娃。"他父亲是谁?你是从事什么工作的?"

"戴尔沙鲁姆卡萨德,达玛丁。"蔓娃鞠躬答道。"我是编织棕叶篓子的技师。"

"第一妻室?"魁娃问。

"唯一的妻子,达玛丁。"蔓娃道。

"男人在春风得意时,总是觉得娶的妻子越多越有面子。卡吉部族的蔓娃,你明白吗?"魁娃说。"但事与愿违,我想过《伊弗佳》的所有旨意,为丈夫多娶几房偏室,帮你丈夫生孩子,你的编织篓子生意也好有个帮手。"

"是的,达玛丁,我做过很多次努力。"蔓娃咬牙切齿道。"不过没有一位父亲……愿意将女儿嫁到我们家。"

蔓娃的回答说明了一切。达玛丁嘟哝了一声,"你女儿受过教育没有?"

蔓娃点头道。"有的,达玛丁,英内薇拉是我最优秀的学徒,她的编织技术不比我差,我还教过她加减法和算账,以及让她为艾弗伦七柱各读过一遍《伊弗佳》。"

达玛丁眼中没有一丝表情。"跟我来。"她转过身朝大帐里走去,瞅都没瞅一眼地上的血迹,飘逸的丝袍就这样掠过地面,她的丝袍没有被鲜血染红。那些血没有那个胆量。

梅兰随即跟了上去,奈达玛丁灵巧地绕过血迹,英内薇拉和母亲也紧跟在后面。大帐是由白布墙组成的迷宫,她们在里面左拐右拐,没过多久英内薇拉已不知道身在何处。这里的地上没有血迹,就连沙鲁姆伤兵的呻吟都变成了遥远的闷哼。路过一个转角时,布墙和帐篷顶突然由白变黑。好似突然从白天走进了黑夜。再转过一个转角,帐篷里已经黑到几乎完全看不见身穿黑袍的母亲,就连一身白袍的达玛丁及其学徒都变得若隐若现。

魁娃突然停住脚步,梅兰绕了过去,拉开一扇暗门。英内薇拉注意到门里有一道通往更黑暗处的石台阶。打磨过的石阶在她脚下冰凉无比。梅兰关上暗门时,四周立刻陷入完全的黑暗。她们缓缓向下走去,英内薇拉担心摔倒,连累达玛丁和她一起滚下石台阶。

幸好台阶很短,在大家都没有注意时,英内薇拉在抵达尽头时真的踉跄了一下,差点摔倒,只是立刻站稳了脚。

魁娃手中闪现一团阴气森森的红光,让她们足以看见对方,却没法照亮四周的黑暗。达玛丁带着她们走过一排从石壁中开凿出来的黑暗石室,墙壁上到处刻满了魔印。

"和梅兰在这里等着。"达玛丁对蔓娃吩咐道。接着带着英内薇拉走进了石室。英内薇拉在沉重的石门合上时有点害怕起来。

石室的角落里有一座石台,达玛丁将发光物放在上面。它表面上也布满魔印,或者还有发光的煤块。但是英内薇拉想,应该没那么简单,那更像是阿拉盖霍拉——恶魔骨。

魁娃回过头来看着英内薇拉,手里多了一把闪光的刀。在红色的闪光下,好似沾满了鲜血,显得异常恐怖。

英内薇拉不自觉地尖叫着,往后退缩。但是石室很小,她刚退两步就顶到了墙上。达玛丁将小刀举在英内薇拉的鼻子前。英内薇拉地盯着刀尖不住战抖。

"这把小刀让你害怕了?"达玛丁问道。

"是,是的,达玛丁。"英内薇拉以惊恐的声音回道。

"闭上眼睛。"魁娃命令道。英内薇拉照做,狂跳的心里担

心着刀子会刺穿自己的身体。但是期待着的那一刀迟迟没见下来。"想象棕叶树吧,编织匠的女儿。"魁娃安慰道。

英内薇拉想不明白为什么占卜还要用刀子,但还是点了点头。

"棕叶树会怕风吗?"达玛丁问道。

"不会的,达玛丁。"英内薇拉回答道。

"那风来了,它怎样呢?"

"遇到风,它就弯腰。"英内薇拉说道。

"《伊弗佳》说,恐惧和痛苦就跟风一样。蔓娃的女儿,英内薇拉,请迎接风的吹拂吧。"

"是的,达玛丁。"英内薇拉说道。

"默念三遍。"魁娃命令道。

"恐惧和痛苦都只是风。"英内薇拉深吸一口气说道。"恐惧和痛苦都只是风,恐惧与痛苦都只是风。"

"睁开眼睛,跪下。"魁娃命令道。英内薇拉按照命令照做。达玛丁又补充一句:"举起手来。"她觉得举起的手仿佛不再属于自己,但她还是照做。达玛丁卷起她的衣袖,在她前臂上轻轻划了一道口子,一道血痕慢慢显现出来。英内薇拉猛吸一口气,但是没有畏缩或尖叫——恐惧与痛苦只是风。

达玛丁轻轻撩起面纱,舔舔刀口。她将刀插进腰间,然后伸出有力的手挤伤口,让血流到魔印骰子上。

英内薇拉紧咬牙关,恐惧和痛苦都只是一阵风。

鲜血滴落时,骰子开始发光,英内薇拉随即明白它们就是阿拉盖沙拉克。她的血接触到了恶魔骨,真是太恐怖,太不可思议了。

达玛丁后退了一步,一边振振有词地念叨,一边使劲摇着骰子,骰子的光越摇越亮。

"艾弗伦，光明与生命的赐予者，我恳请你赐予这个谦卑仆人的未来景象。让我看到英内薇拉，卡吉部族达玛吉的卡萨德女儿的未来。"说完后，她将骨骸倒到英内薇拉面前的地上。骨骸魔光爆闪，英内薇拉忍不住眯缝起眼来，接着光线逐渐暗淡，在地板上留下预示她命运的图案。

达玛丁一言不发，眯起双眼，盯着图案看了很长一段时间。英内薇拉说不上来她究竟看了多久，但是她已经实在跪得太久而双腿酸麻，身体渐渐有点发抖。

魁娃看到她身体摇晃时抬起头来。"跪好，别动！"她站起身来，在石室里绕圈走着，从不同的角度细看那副骨骸图案。尽管光芒正渐渐消散，她还是凝神思索着。

不管有没有想象风中的棕树，英内薇拉心里都非常紧张。她的肌肉紧绷着，焦虑和恐惧随着沉默的延伸而疯长。达玛丁究竟看到了什么？她会不会成为母亲所说的不幸者……

最后，达玛丁看了一眼英内薇拉。"你敢碰一下我的骨骸，我就宰了你。"说完后，她匆匆离开了石室，朝外面的梅兰小声下达命令。一会儿，英内薇拉就听到脚步声快跑着远去。

又过了一段时间，蔓娃走进石室，小心翼翼地从一侧走近图案，跪在英内薇拉身后。"怎么了？"她低声问道。

英内薇拉带着恐惧默默地摇头。"我不知道，达玛丁一直盯着图案，我还想有什么奇怪现象。"

蔓娃安慰道。"也可能是她不大喜欢这幅预见的图案。"

"她们跑来跑去在忙什么？"英内薇拉脸色惨白地问道。

蔓娃回答："她们去请示坎莉娃达玛基丁了。"

英内薇拉倒抽一口凉气。"她会来解释这幅图案，也将决定你的命运。我们虔诚地祈祷吧。"

英内薇拉战抖着点头。达玛丁的占卜过程已经够让她觉得

恐怖了。现在达玛丁的领袖要来检查……

求求你，艾弗伦，她默默哀求道。让我能够怀孕吧，为卡吉部族生育子孙。我不能羞辱我的家族，答应我这个请求，我就把自己一辈子献给你。

他们在黑暗中跪了很长一段时间，千万次祈祷。

"母亲？"英内薇拉问道。

"我在。"蔓娃母亲回道。

英内薇拉咽了一下喉咙。"如果我真的不孕，你还会爱我吗？"她说到最后几乎哭出声来。她尽力忍住，但是泪水已经溢满眼眶。

一会儿后，蔓娃把她抱进怀里。"你是我的女儿，哪怕天塌下来，我也永远爱你。"

经历了一段漫长的等待，达玛丁回来了，身后跟着一位比较年长，也比较瘦，目光犀利，身穿白袍，但是系着黑色面纱和头巾的女人，克拉西亚最有权势的女人之一，坎莉娃达玛基丁。

达玛基丁看了母女一眼。两人立刻分开，擦拭眼泪，保持标准的跪姿。但是达玛基丁一言不发，绕过他们直接走到骨骸旁，盯着图案看了很长一段时间。最后嘟哝道，"带她走。"

英内薇拉倒抽一口凉气，任由魁娃抓着自己的手臂，把自己拉起来。她焦急地望向母亲，只见母亲也是满脸的惊恐。"母亲——"

蔓娃全身跪倒在地上，在达玛丁抓走女儿时，拼命抓住女儿的袍子，哀求道。"求求你，达玛丁。我女儿——"

"你的女儿从此与你无关了。"达玛基丁打断她。魁娃拉开蔓娃的手臂。"她从今往后属于艾弗伦了。"

"一定是哪里弄错了吧。"英内薇拉在魁娃紧扣她手臂领着她前进时木讷地问道。她觉得自己更像是被带往鞭笞台,而不是宫殿。达玛基丁和梅兰,奈达玛丁学徒,跟他们一起护送。

"骨骰不会弄错的。"坎莉娃回答道。"其实,你应该感到高兴。你这个编织匠的女儿,将会许配给艾弗伦,你将为你的家族带来无上荣耀,难道你不知道吗?"

"既然如此,那我怎么不能跟他们道别?和我母亲简短地道个别都不行吗?"绝不要用问题回答问题,母亲曾经提醒过她,但惊慌之下,她早已经忘记了。

"你最好跟他们撇清关系。"达玛基丁解释道。"他们的地位让你蒙羞。而且,你将接受训练,这期间你不能和他们见面,而当你准备好接受白袍测试前,也不会再见到他们。"

英内薇拉对这突然的巨变实在没有一丝心理准备,再也不能见到母亲?哥哥?简直荒谬得难以置信。她甚至开始怀念父亲了,尽管父亲从来就不曾在乎自己。

卡吉部族的达玛丁宫殿一会儿就出现在眼前。达玛丁的宫殿可以跟最伟大的达玛基宫殿媲美,二十英尺高的魔印墙,同时可以抵挡人类敌人与恶魔的进攻。穿过城墙,她看见高大的巨型尖塔宫殿的圆拱顶,但英内薇拉从来没有见过里面的结构和景象。只有达玛丁和学徒才有资格进来——男人,包括安德拉本人都没有走进过这块圣地,至少他们是这么对英内薇拉说的。

当自动开启的宫殿外门在身后关闭时,英内薇拉看到了两名结实的男子在推门。他们身上穿着拜多布和凉鞋,全身都抹了油,手腕和脚上都锁着镣铐,只是她没有注意到这些细节。

为了守护达玛丁的贞洁,"我还以为男人会被拒之门外。"英内薇拉说道。

达玛基丁被英内薇拉的话逗得哈哈大笑,梅兰也跟着小声发笑。

"你说的不全对。"坎莉娃道。"这些门卫是被阉割过的战士,所以不能算你想象中的男人。"

"难道他们是普绪丁?"英内薇拉反问道。

"尽管他们被阉割了,但是他们的战斗力并没有被阉割掉。"坎莉娃回道。

英内薇拉苦笑着走上宫殿里洁白得一尘不染的大理石台阶。看着戴着镣铐的帅气门卫推开内宫门,英内薇拉保持双手自然下垂,尽可能不引人注目。

他们向来人鞠躬敬礼,魁娃伸出一根手指钩住其中一个的下巴,"我今天很累,卡维尔。一会儿带着香油到我的房间来,帮我消除疲劳。"那位门卫没有回话,只是鞠躬。

"你们不准他们说话?"英内薇拉问道。

坎莉娃说:"他们说不了话。为了让他们对宫殿里的事情保密,在他们进入之前,就得选长得帅气,且不识字的男人,最重要的是把他们的舌头和睾丸都割掉。"

没错,宫殿的奢华超出英内薇拉的想象——圆柱石、拱顶、台阶等全都是洁白的大理石,打磨得闪闪发光,以及在她脚下柔软而厚厚的地毯铺成的走道;墙上挂着的各式帷幔——记录艾弗伦传奇故事的壁画,全都是人间珍品;光滑的彩陶摆放在大理石台上;还有很多水晶、黄金白银饰品,经过精雕细琢的大型塑像堪称人间绝品——在大市集里,任何一件藏品都够一家人吃喝一辈子——谁又有胆子到达玛基丁的宫殿来偷取呢?

他们走在宫殿的过道上遇上不少或独行或三五个结伴而行

的白袍达玛丁。那些达玛丁都系着白色面巾——即使在没有男人出现的宫殿里也如此。她们会纷纷让到一旁向坎莉娃达玛基丁鞠躬,脸上带着对英内薇拉的异样神色。

很多达玛丁明显都已身怀六甲——这是让英内薇拉感到诧异的,尤其是在宫殿里没有一个真正的男性的情况下。但英内薇拉很明智地没有多问,只是准备以后慢慢观察。

宫殿有七条侧廊,每条都代表一根天堂之柱,位于中间的一条廊道通向安纳克桑——卡吉的坟墓——达玛丁的圣地。这时,英内薇拉被带到第一妻室的接待厅等候,魁娃和梅兰等在门外。

"坐下吧。"达玛基丁指着奢华的桌子边的长布软椅吩咐道。英内薇拉紧张地坐了下去,在这个奢华的接待厅里越发感觉到自己的渺小。坎莉娃坐在桌子的后面,十指交握,盯着她面前这个有点怯怯的小姑娘。

"魁娃说你知道自己名字的来历。"坎莉娃压低声音开口问道。但英内薇拉感觉不出对方是在陈述还是另有所指。"你对英内薇拉这几个字怎么理解的呢?"

"英内薇拉是卡吉最亲密的朋友和顾问——达玛吉的女儿。"英内薇拉解释道。"据《伊弗佳》记载,她的美貌令卡吉一见钟情,封她为第一妻室或皇后是艾弗伦的旨意。"

"小姑娘,达玛佳的功绩不止于此,她在卡吉身边提供智慧,引导他开创大业,成为王者;传说她是艾弗伦旨意的代言人,这才是这个名字的由来。"坎莉娃解释道。

她继续道。"英内薇拉是历史上第一位达玛丁。她精通医疗、用毒、魔法,她为卡吉编织隐形斗篷,为他的王冠和长矛刻上魔印。"

"她还会再度降世,在沙拉克卡之前找出下一任解放者。"

达玛基丁盯着英内薇拉说道。

英内薇拉深深吸了一口气。

坎莉娃接着道："我见过不下百名叫英内薇拉的女孩如此吸气,但是我们至今还没找到下一任解放者。只是达玛吉一族就有多少个来着?起码二十个以上吧。"

英内薇拉紧张地点头。坎莉娃却从桌子里取出一本用皮革包裹的典籍,封面上的金色字迹已经斑驳不清了。

"《伊弗佳丁》,从今天开始你必须研读这部大典。"坎莉娃吩咐道。

"好的,达玛基丁,只是我已经读过很多次圣典了。"英内薇拉鞠躬后说道。

坎莉娃摇摇头笑道:"你读过的只是卡吉的版本《伊弗佳》——不止一任达玛根据自己的理解或为了自己的目的做了很多修改版本。那种书只是在一定程度上陈述部分事实。《伊弗佳丁》是母版,是由达玛佳本人撰写的,其中包括了她的所有智慧,以及更详细地记录了卡吉的成功历程。你必须把这本书研读透彻。"

英内薇拉接过这部古老的圣典,发现书也很薄、很柔软,与蔓娃平日教她的《伊弗佳》差不多厚。她紧紧地抓住圣典,担心达玛基丁突然改变主义拿回去。

达玛基丁还递给她一个厚厚的深色绒布袋。英内薇拉接下时听到了布袋里物体的咔咔声。

"你的魔法袋。"坎莉娃解释道。

"恶魔骨?"英内薇拉这下更紧张了。

坎莉娃摇了摇头。"你需要经过好几个月的训练后才能有那种魔法器物,而且你得花好几年才能刻就自己的骨骸。"

英内薇拉解开袋子口的绳子,将里面的东西倒在手掌上。

这是七颗陶瓷骰子，每一面的数据和图案都不一样，所有骰子都是跟恶魔骨一样呈黑色，每一面的图案却好似红色的。

"只要掌握解读的秘方，骰子可以为你预言一切。"坎莉娃慢慢介绍道。"这些骰子的图案代表一切追求，供你练习使用。而《伊弗佳丁》将告诉你如何解读这些组合图案。"

英内薇拉很恭虔地将骰子放回袋子，系好绳子。

坎莉娃继续道。"她们会妒忌你所拥有的一切。"

"谁，达玛基丁？"英内薇拉不解地问道。

"所有女人。"坎莉娃压低声音道。"这里所有女人都会嫉妒你的。"

"为什么？"英内薇拉更纳闷了。

"因为你的母亲不是达玛丁，你是一个外来的平民子女。"坎莉娃说道。"这几十年来，骨骰没有选中一位达玛丁。想要赢得面纱，你得比那些有特权的女孩更加努力。你必须打败那些从一出生就接受特殊训练的女孩。"

英内薇拉点了点头，她算是听懂了达玛基丁的叮嘱——宫殿之外都把达玛丁当成天使了，其实并不是这样的。

"她们会仇视你。"坎莉娃继续说道。"但她们又害怕你，如果你聪明的话应该懂得充分利用自己的优势。"

"害怕？"英内薇拉再次问道。"看在艾弗伦的分上，那些天生受过良好教育的人为什么会惧怕我这个草根女孩呢？"

"因为此刻站在你面前的达玛基丁正是上一次骨骰挑选出来的草根女孩。"坎莉娃很自信地鼓励道。"骨骰预言你将成为我的接班人。这是卡吉时代就流传下来的规定。"

"我会成为达玛基丁？"英内薇拉惊奇地问道。

"或许而已。"坎莉娃耸了耸肩。"如果你活下来的话——很多人都会关注你，在心里评估你；有些一同学习的女孩或许

会利用你，陷害你；也有些会讨好你。总之，你必须比她们强。"

"我——"英内薇拉感觉到莫名的压抑。

"但不能表现得太有侵略性。"坎莉娃叮嘱道。"否则，你会遭到她们围攻，或许直接被除掉，让规则继续——骨骸再次选择。"

英内薇拉紧张得有些发抖了。

"你身边的一切将发生天翻地覆的改变。你会发现达玛丁的宫殿与大市集没什么两样。"坎莉娃补充道。

英内薇拉仰头看着达玛基丁，分不清这一切是真是假。但对方没有看她，只是抓起桌上的那个金色铃铛摇了摇。魁娃和梅兰走了进来。"带她去地窖。"

魁娃拉着英内薇拉的手臂，走出了石室。

"梅兰，未婚妻子的日常训练，就由你来指导她了。"在他们还没完全走出石室时，坎莉娃说道。"接下来一年里，她犯的错你也会承担责任，连带受罚。"

梅兰满脸的不情愿，但还是深深鞠躬道。"是的，祖母。"

地窖不在宫殿的七条侧廊里，它位于宫殿正中的地下，跟沙漠之矛的其他建筑一样，地上有几层，底下也有几层。只是地下没有阳光照射，没有白色大理石的墙壁，没有精美的壁饰，很冰冷，就是一个囚牢似的练功房。

但是宫殿下的地窖仍比英内薇拉和家人的泥砖房子雄伟得多，高耸的天花板、巨大的石柱和拱道，以及刻画在上面的魔印更是非常美。即使没有阳光，地下仍然十分温暖。走道上铺着绣着魔印的地毯，厚厚的，非常柔软；就算恶魔能闯进来，达玛丁们仍然会非常安全。

在走道上巡逻的达玛丁与她们擦肩而过，并纷纷向魁娃鞠躬。英内薇拉感觉到她们会在背后偷偷回头看自己。她们继续走下一道楼梯，穿过走道，空气越来越温暖，越来越潮湿。慢慢地，地毯消失了，大理石地板被光滑的瓷砖取代。一名身材很结实的达玛丁站在一扇门前，就像猫盯耗子一样看着英内薇拉。英内薇拉在路过一间墙面钉满木钉的石室前打了个冷战。大部分木钉上挂满白色的长袍和白色丝巾，而且一阵戏水的声音从里面传来。

魁娃转身命令道："脱下你的褐色长袍，留在地上，会有人拿去烧掉的。"

英内薇拉很利落地脱下褐色长袍与拜多布———一块宽布条，在大市集中可以保护自己的私处。蔓娃的拜多布是黑色的，英内薇拉的拜多布打结固定就是她教的。

梅兰脱下白袍，英内薇拉转身之间看见了她的白色长袍下也系着白色的拜多布，不过包裹的方法很复杂，那是一条不足一英寸宽的长丝带反复缠绕而成的。她的头顶也缠着白色丝巾，把头发和耳朵、颈部包裹在内，只留下面部裸露在外。

梅兰解开下颌的小结，解开头巾，以娴熟的手法，将丝巾一边解开，一边缠绕在手腕上。

让英内薇拉吃惊的是，梅兰没有头发，橄榄色的头皮像石头打磨过一样光滑。

头巾的末端连在梅兰背后的辫带上，女孩的双手在脑后继续挥舞，解开了辫带上连着拜多布的一串小结。

其实梅兰的面纱、头巾和拜多布就是一条长长的丝巾。她裸着身体以舞蹈般别有韵味的节奏前后转动着，解开缠绕在拜多布之下大腿上的丝带。

英内薇拉平日编的篓子，一眼就能看得出其手法，而梅兰的丝带缠绕手法堪称完美的艺术——繁复的编织手法，绕遍全

身，却一整天也没有丝毫松垮，更没有形成乱七八糟的死结。

"编好的拜多布是一道保护贞操的网。"魁娃说着将一大团丝带扔给英内薇拉。"除了在地窖里沐浴和上茅厕之外，你必须一整天穿着这样的丝网。如果缠不紧，你将受到惩罚。梅兰会教你缠绕的方法，相信对于擅长编织篓子的你来说不是难事。"

梅兰不屑地哼了一声。英内薇拉在她走近时咽了一下喉咙，尽力让自己的眼光避开她光光的头顶。其实梅兰比英内薇拉大好几岁，赤裸的身体显得格外美丽。她伸出缠满丝带的双手示范着。英内薇拉模仿着她的动作，将垂在自己脚下的一堆丝带慢慢缠到自己腰上。

"最开始这个结叫做艾弗伦守护者，"梅兰说着，示范着将丝带拉过两腿间，"一共缠七次，象征天堂的七根柱子。"英内薇拉照做。

过了一会儿，达玛丁打断了他们："有个地方缠反了，从头来过。"

英内薇拉点头。两个女孩重新解开丝带，从头再来。英内薇拉皱着眉，尽力跟上梅兰的动作节奏。坎莉娃曾说过，梅兰会因为自己的过错而受罚，英内薇拉不希望自己连累这个女孩。她一直跟着梅兰缠到头顶。

这次达玛丁又打断了他们："别缠那么紧，你只是缠自己的拜多布，而不是帮受伤的战士固定头骨，再来一次。"

梅兰很不高兴地瞪了英内薇拉一眼。这让英内薇拉愧疚得脸微微发红。两人再度解开丝带，脱下拜多布，缠第三次。

第三次时，英内薇拉已经掌握了缠布的手法，让丝带十分自然地不松不紧地贴在自己的身上，一会儿她就缠上了自己的拜多布。

"或许你真的有些天赋,女孩。梅兰可是学了好几个月才学会的东西,你只是一会儿工夫就掌握了诀窍。要知道,她的资质已算不错的了,是不是,梅兰?"魁娃鼓掌赞叹道。

"正如达玛丁所说。"梅兰僵硬地鞠躬。英内薇拉觉得达玛丁更像是在嘲笑她。

"去沐浴吧。"魁娃吩咐道。"抓紧时间,一会儿就是开饭时间了。"

英内薇拉一听说开饭,就发现自己已经饿得有些受不住了。

"你很快就可以享受宫殿里的美食了。"魁娃微笑道。"但你要跟其他女孩学习帮忙摆餐桌,擦洗餐具。"

她笑着指了指冒着蒸汽和水声的地方。

梅兰迅速解开拜多布,快步朝那边走了过去。英内薇拉却花了比较长的时间,以防丝带打结,然后紧跟上去,赤脚踩着湿滑的瓷砖上啪啪直响。

走道另一头是大水池,池水热气腾腾的,空气中弥漫着浓浓的热气。澡堂里有好几十个女孩,全都跟梅兰一样光着头。有些年龄跟英内薇拉相仿,不过绝大部分都会大好几岁,还有些是成年女人。她们全都赤条条的一丝不挂,或站在水池里沐浴,或坐在台阶上修剪指甲。

英内薇拉想着平日里都是跟母亲共用一桶水洗澡的,因为水在沙漠里很珍贵,平民能分配到的很有限。而且要隔很久才能再领到一桶水。她带着一脸惊奇地慢慢走进水池,让热水漫过自己的脚掌、小腿、大腿、腰部……水面仿佛大市集里的绸缎一样将身子松软地包裹起来。

就在她们走入浴池时,所有人都惊奇地抬起头来——躺在台阶上的人如同嘶嘶作响的毒蛇般突然坐起,澡堂子里的人全都围了过来,将两人围得紧紧的。

英内薇拉转过身去，但是没有后路可退。女孩们慢慢逼近，一面截断她的退路，一面挡住她的视线。

"就是她？"一名女孩问道。

另一个女孩问道："她就是骨骸挑选出来的女孩？"各位女孩围着她慢慢转，跟魁娃从各个角度打量骨骸图案一样。

梅兰点了点头，围观女孩挤得更近了。英内薇拉在众人的逼视下感到有些窒息。

英内薇拉内心紧张得狂跳，朝梅兰伸出求助之手："梅兰，这是？"

梅兰抓住她的手腕，轻轻一拧，接着用力一拉。英内薇拉朝她摔去。梅兰一把抓住她浓密的头发，顺势将她的头按到池水里。

一阵咕噜咕噜冒泡之后，她的耳朵里只留下哗哗的水声。英内薇拉不自觉地喝了一大口水，然后呛了一下，但是头在水里没法呼吸和咳嗽，而她努力憋气的同时，内脏开始痉挛。她拼尽全力挣扎，但是梅兰根本没有放手的迹象。英内薇拉在感觉到肺部即将爆炸的时大力划水，但梅兰施展出沙鲁沙克，就像苏利在对付克莉莎一样，快速而准确，打得英内薇拉毫无招架之功。

梅兰冲她大吼大叫，但是声音在水里听不真切，英内薇拉也不知道她喊叫些什么。接着，她的大脑开始昏迷，那是一种荒谬的临死感觉——在水源极其匮乏而珍贵的沙漠地区，一滴水可比一寸金，自己竟然有一种暴发富似的满足感——溺死也足够快乐。

在即将失去知觉的一瞬间，梅兰将她拉了起来；英内薇拉的脸色像魔鬼一样惨白，披头散发，一边大声咳嗽，一边大口喘息。

"你个不知天高地厚的野丫头——"梅兰大声教训道,"竟敢像达玛基丁一样一边与祖母亲密交谈,一边大摇大摆地走进来,还只学三遍就掌握了拜多布的缠法。"

"三遍?"所有女孩都惊异地问道。

"单凭这个,她就该死。"另一个女孩叫道。

"自以为高人一等,不可一世——"有一个补充道。

英内薇拉头被揪得歪在一边,以一种很别扭的姿势扫视了一下眼前的女孩,她们已经散开,但都漠不关心自己的死活,也不会有人出手相助。

"拜托了,梅兰,我——"英内薇拉忙解释道。但是梅兰再度将她按进水里,直到英内薇拉气息快耗完了,使劲拍水时才把她拉出来喘口气。

"尽管我们要处一年,但是我告诉你,我们不是朋友,你也别以为一夜之间就坐上坎莉娃的位子,更别想超过我,我母亲——我们是坎莉娃的嫡传血脉,而你只是……一把烂骰子。"梅兰冲着几近昏死的英内薇拉吼道。她手里突然多了一把匕首,一把割掉英内薇拉一大把头发,把英内薇拉吓得直哆嗦,"你是废物。"说着梅兰将匕首向空中抛起老高,然后轻松地接住,递给身边的另一个女孩。

另一个女孩也走过来,割下英内薇拉的一大把头发,"你只是个废物。"

其他女孩一个个地走近,割掉英内薇拉的头发,一边嘲笑她,"你就是个不折不扣的废物……"

当最后一个女孩走到身前时,英内薇拉已经被压得跪在水里,全身瘫软,梗咽哭泣,咳嗽,抽搐,就像一具风干了的木乃伊一样。

坎莉娃说得没错,这里跟大市集一样,弱肉强食,更致命

的是，没有苏利的保护。

　　英内薇拉想起了蔓娃，以及她对克莉莎的评价——如果打不过梅兰和她的同党，自己只有忍受并拥抱这一切，服从，学习——

附录 APPENDIX IX
克拉西亚名词解释
Krasian Dictionary

阿拉，Ala，世界或地球；

阿拉盖，Alagai，恶魔或地心魔物；

阿拉盖丁卡，Alagai'ting Ka，恶魔之母，奈的仆人；

阿拉盖卡，Alagai Ka，恶魔之父；

阿拉盖沙拉克，Alagai'Sharak，圣战；

阿拉盖霍拉，Alagai hora，恶魔头骨做的骰子；

阿金帕尔，Ajin'pal，同生共死的兄弟，八拜之交；

安德拉，Andrah，克拉西亚的王，艾弗伦最宠爱的达玛；

青恩，Chin，来自北方绿地的信使；

库西酒，Couzi，克拉西亚地区的一种烈酒；

达玛，Dama，祭司，克拉西亚领导人；

达玛丁，Dama'ting，精通占卜与医疗的巫师；

达玛佳，Dama'jah，英内薇拉的敬称；

达玛基，Dama'ji，克拉西亚十二支部族首领组成的议会；

达玛基丁，Damaj'iting，各部族达玛丁首领；

戴尔沙鲁姆，Dai'Sharum，克拉西亚精英战士；

《伊弗佳》，Evejan Law，克拉西亚圣典；

艾弗伦，Everam，造物主；

艾弗伦恩惠，Everam'sBounty，莱森堡被克拉西亚殖民时期的称号；

汉奴帕许，Hannupash，少年进入训练营接受培训或磨炼期；

英内薇拉，Inevera，艾弗伦的旨意，贾迪尔的妻子；

吉娃卡，Jiwah Ka，解放者的第一任妻室；

吉娃森，Jiwah Sen，吉娃卡之后入门的妻妾；

吉娃沙鲁姆，Jiwah'Sharum，后宫中的慰安女子；

凯沙鲁姆，Kai'Sharum，阿拉盖沙拉克指挥官；

卡吉，Kaji，艾弗伦的使者，第一任解放者；

卡沙鲁姆，Kha'sharum，原为卡菲特的战士；

卡菲特，Khaffit，非祭司或战士，最低贱的阶层；

奈，Nie，与艾弗伦敌对的神，带来黑暗与混乱的恶魔；

奈卡，Nie Ka，即"第一位"，奈沙鲁姆队长或领头人；

奈沙鲁姆，Nie Sharum，未成年的预备役战士，或娃娃兵；

奈达玛，Nie'dama，处于见习期的达玛；

奈达玛丁，Nie'Dama'ting，处于见习期的达玛丁；

帕尔青恩，Par'chin，勇敢的外来者，亚伦的别称；

普绪丁，Push'ting，女性特质很足的男人，假女人；

沙利克霍拉，Sharik Hora，艾弗伦的神庙，英勇骸骨；

沙拉克，Sharak，战争；

沙拉克卡，Sharak Ka，大圣战，最终决战；

沙拉克桑，Sharak Sun，白昼战争，征服绿地人类的战争；

沙拉吉，Sharaji，培训学校；

沙鲁姆，Sharum，战士；

沙鲁姆丁，Sharum'ting，斩杀恶魔的女战士；

沙鲁姆卡，Sharum Ka，统率所有凯沙鲁姆的第一勇士；

沙达玛卡，Shar'Dama Ka，解放者；

沙鲁沙克，Sharusahk，徒手搏击术；

沙鲁金，Sharukin，徒手搏击套路。

※**本书中涉及的英制单位换算公式如下：**

1 英寸 = 2.54 厘米

1 英尺 = 0.304 8 米

1 英里 = 1.690 千米

1 码 = 0.914 4 米

1 磅 = 0.453 6 千克

1 盎司 = 28.35 克